Tod in Tintagel

John Mackenzies siebter Fall

Emma Goodwyn

Im Gegensatz zu den Schauplätzen
sind alle Personen und Ereignisse der Handlung rein fiktiv,
mögliche Ähnlichkeiten zu echten Personen und Geschehnissen
keinesfalls beabsichtigt.

Mehr von Emma Goodwyn:

Tod im Tower
Tod im Kilt
Tod im Museum
Tod im Schatten der Tower Bridge
Tod in Westminster
Tod im Tropenhaus
Tod in Tintagel
Tod im House of Lords
Tod auf dem Campus

Besuchen Sie die Autorin unter
www.emma-goodwyn.com!

c/o Hartmut Albert Fahrner
Am Tannenburganger 36
84028 Landshut

Kontakt: emma@emma-goodwyn.com

Druck: Amazon Media EU

Veröffentlichungsdatum: 1. Februar 2018

(V2.1)

Für diejenigen unter meinen Leserinnen und Lesern, denen der keltische Name Tintagel (gesprochen: Tintädschl, mit Betonung auf dem ä) noch nichts sagt: Es gibt kaum einen Ort, der enger mit dem Mythos von König Artus in Verbindung steht als das Dörfchen an der englischen Küste.
Und nun auf nach Cornwall!

Prolog

„Bibe et vives!“

Die Schrift auf dem durchweichten Pergament war zerlaufen, doch die Botschaft war unmissverständlich. Wie hypnotisiert starrte er auf den schwarzen Schriftzug. Dann hob er den Blick hinauf auf den gezackten Felsen. Im Licht seiner Taschenlampe erglomm mattes Gold. Ein Kelch.

Eine erste kleine Welle schwappte ihm von hinten über die Füße, durchnässte seine Schuhe und den Saum seiner Hose. Er spürte es nicht.

All die Jahre, die Jahrzehnte seiner Suche. All die Hunderte und Aberhunderte von Männern, die seit Anbeginn der Zeit ausgezogen waren, um dies in Händen zu halten. Nicht wenige hatten ihr Leben dabei verloren. Hier und heute, in Merlins Höhle – sollte er wahrhaftig das Ende seines langen Weges erreicht haben?

Das Stück Papier fiel aus seinen klammen Fingern. Er legte die Taschenlampe auf einen Felsvorsprung und hob beide Arme. Ehrfürchtig, beinahe scheu umfingen seine Hände das Gefäß. Vorsichtig hob er es von dem Felsen herunter. In seinem Inneren schwappte eine dunkle Flüssigkeit umher. Er dachte an seine geliebte Guinevere.

„Bibe et vives. Bibe et vives. Trink und du wirst leben.“ Wie von Sinnen murmelte er die Worte immer wieder vor sich hin. Er hob den Kelch an die Lippen.

Kapitel 1

„Die Koffer können wir auch nachher noch ausladen“, drängte Maggie. „Die Kathedrale hat nur bis fünf geöffnet. Also kommt in die Gänge, alle miteinander.“

„Major Maggie bläst zum Appell“, brummelte David und gähnte herzhaft. John schälte sich aus seinem Sitz und kletterte hinter seinem Bruder aus dem Kleinbus, den die Mackenzies für den Familienurlaub in Cornwall gemietet hatten.

Es war erst wenige Wochen her, dass sein Vater den Einfall für diese Ferienwoche mit Kind und Kegel geäußert hatte. Die greise, aber immer noch quicklebendige Patriarchin des Clans, Isabel Mackenzie sollte in Newquay eine besondere Würdigung erhalten. Noch im letzten Jahr hatte es einiger Überzeugungsarbeit bedurft, die Ikone der schottischen Separatisten dazu zu bewegen, aus der Hand der Queen den Ehrentitel als *‚Dame Commander of the British Empire‘* anzunehmen. Im Gegensatz dazu war sie auf der Stelle bereit gewesen, einen Flug aus ihren geliebten Highlands in den Süden zu unternehmen, um bei einer großen Hundeausstellung die Verdienstmedaille des Nationalen Hundezuchtverbandes verliehen zu bekommen.

Es traf sich gut, dass der Termin in den Schulferien lag und so hatte Isabel gemeinsam mit Johns Vater die Idee ausgeheckt, dass die ganze Familie sich in Cornwall treffen sollte, um dort einige gemeinsame Tage zu verbringen. Ein Vorschlag der – fast – auf einhellige Begeisterung gestoßen war. Johns Mutter Emmeline, die mit Isabel Mackenzie seit bald einem halben Jahrhundert in einer Dauerfehde lag, war wenig angetan.

„Du willst mich nach Cornwall schleppen, nur damit ich zusehe, wie diesem alten Drachen *noch* ein Orden angeheftet wird?“, war ihre erste Reaktion gewesen.

Ihre leidende Miene hätte einem von Pfeilen durchbohrten und auf dem glühenden Eisenrost gefolterten Heiligen gut zu Gesicht gestanden. „Bitte, dann fahrt, wenn ihr unbedingt meint. Aber ohne mich. Ich bleibe dann allein hier zurück. Macht euch keine Gedanken um mich, ich komme schon zurecht.“ Sie feuerte noch eine Breitseite gegen ihren altgedienten Ehemann, „Das bin ich ja ohnehin schon gewöhnt.“

James Mackenzie war erst kurz zuvor aus Schottland zurückgekommen, wo er seiner Tante für mehrere Wochen nach einem Oberschenkelbruch beigestanden hatte – ein schmählicher Verrat an seiner armen Ehefrau, wie Emmeline das sah.

Erst nachdem der Haussegen für einige Tage schief gehangen und die gesamte Familie sie bestürmt hatte, mitzukommen, hatte sie schließlich nachgegeben. Letzten Endes wollte sie sich eine Woche mit ihren Kindern und deren Familien keinesfalls entgehen lassen – Tante Isabel hin oder her.

Maggie hatte die Organisation der Reise übernommen – und das mit derselben Akribie, mit der sie sich ansonsten als Staatsanwältin durch die Akten von Wirtschaftskriminellen arbeitete. Herausgekommen war eine generalstabsmäßige Planung mit Pack- und Erledigungslisten, Besichtigungsprogramm und Kisten über Kisten säuberlich beschrifteter Kartons, von „Küchenutensilien“ und „Bettwäsche“ über „Brettspiele“ bis „Sportausrüstung“. Allein letztere umfasste nicht nur etliche Bälle und verschiedenste Schläger, sondern auch noch Reitsachen, Neoprenanzüge und Surfbretter, die auf dem Dach des Busses mitreisten.

John war heilfroh, dass er sich um nichts hatte kümmern müssen. Sein Job in der Einheit der Yeoman Warders im Tower von London, gemeinhin Beefeater genannt, hatte ihn in den letzten Wochen voll in Anspruch genommen. Er hatte endlose Zusatzschichten im Wach- und Besucherdienst geschoben, um nun eine Woche freinehmen zu können. Seine Hauptaufgabe als Assistent des Ravenmasters hatte dabei natürlich nicht zu kurz kommen dürfen. Zusammen mit George Campbell war er für die Pflege der neun königlichen Raben des Towers zuständig und diese muntere Truppe hielt ihn immer ordentlich auf Trab.

So war es ihm seit Ostern nur ein einziges Mal gelungen, zumindest für einen Tag zu Pauline hinauf nach York zu fahren. Seine Freundin unterrichtete dort an einer renommierten Mädchenschule. Da sie an den Wochenenden meist in ihre schottische Heimat fuhr, um ihre Familie zu unterstützen – ihre Mutter hatte vor einigen Monaten einen Schlaganfall erlitten – blieb ihnen seit Monaten kaum Zeit füreinander. Kein Wunder, dass John diesen Tagen in Cornwall besonders entgegenfieberte: Pauline würde morgen gemeinsam mit Tante Isabel aus Edinburgh einfliegen und die ganze Woche mit ihnen verbringen. Er konnte es kaum erwarten, sie wieder in seine Arme zu schließen.

Heute Vormittag war nun endlich der Startschuss für die Reise gefallen: Alle hatten sich in Belgravia getroffen, wo Maggie und Alan mit ihren Kindern Renie, Tommy und Bella wohnten. Johns Bruder David und seine Frau Annie waren mit dem kleinen Christopher aus Cambridge gekommen. James und Emmeline hatten auf dem Weg aus Kew beim Tower gehalten und John mitgenommen. Mit perfektem Timing hatte der vollgepackte Bus genau zum Schlussgong an der Schule gehalten und Bella und Tommy aufgelesen. Johns älteste Nichte Renie wollte später zu ihnen stoßen, da ihr Ressortleiter beim *Guardian* sich nicht hatte breitschlagen lassen, ihr eine ganze Woche freizugeben.

Mit Alan am Steuer waren sie flott vorangekommen, bis sich auf der Höhe von Middle Wallop ein LKW nach einem Reifenplatzer quergestellt und damit die M3 blockiert hatte. So hatten sie für die neunzig Meilen nach Salisbury letztlich drei Stunden gebraucht, was bei Johns Schwester zu erheblichem Unmut führte. Sie war nicht gewillt, sich ihr minutiös ausgearbeitetes Sightseeingprogramm von einem schnöden Stau auf den Kopf stellen zu lassen.

„… sieben, acht, neun, zehn“, zählte sie draußen ungeduldig die Häupter der kleinen Schar. „Okay, dann kanns losgehen. Wir müssen die Straße hier lang, dann links und –“

„Wir sollten vielleicht einen Schirm mitnehmen“, fiel es Emmeline ein und sie betrachtete kritisch den Himmel.

„Ich glaube nicht, dass das nötig ist, Liebes, aber ich hole ihn. Alan, kannst du den Bus bitte noch einmal aufsperren?“ Johns Vater verschwand wieder in dem Fahrzeug.

„Mummy, ich hab Durst“, quengelte der kleine Christopher.

„David, kannst du bitte die Trinkflasche holen? Sie ist in dem blauen Rucksack“, bat Annie. Auch David kehrte wieder in den Bus zurück.

Maggie warf einen betonten Blick auf die Uhr und eine kleine Zornesfalte erschien auf ihrer Stirn. Sie knurrte Tommy an, der mit seiner Kamera im Anschlag näherkam. „Wehe dir, Sohn. Mach jetzt bloß kein Foto von mir –“ Ungerührt drückte Tommy ab.

„Ach, Mum, jetzt komm doch runter“, meinte er lässig. „Chill mal. Wir sind im Urlaub.“

„Genau, entspann dich, Mum“, fiel ihre jüngste Tochter Bella grinsend ein.

Maggie holte tief Luft. John erwartete schon eine Explosion, aber seine Schwester meinte in zuckersüßem Ton, „Na schön, dann lasst uns doch einfach noch gemütlich hier ein bisschen herumstehen. *Ich* bin ja nicht diejenige, die nach den Ferien ein Referat über die Magna Carta halten muss und damit punkten will, dass ich mir die große Jubiläumsausstellung in der Kathedrale persönlich angesehen habe. Nicht wahr, Bella?"

Nun hatte es Bella plötzlich eilig. „Okay, Mum, du hast ja recht. Lass uns gehen."

So setzte sich die Karawane schließlich in Bewegung. Kaum hatten sie den Hotelparkplatz verlassen und bogen in eine mit schönen Fachwerkhäusern gesäumte Straße ein, da schlug Maggie schon den Reiseführer auf, den sie mit sich trug und begann laut vorzulesen. „Die Gegend um Salisbury wurde bereits im vierten Jahrhundert vor Christus besiedelt. Römer, Angelsachsen und Normannen ließen sich in der Burganlage Old Sarum nieder, zwei Meilen vom heutigen Stadtzentrum entfernt."

Während Maggie weitersprach, raunte David John zu, „Pass auf, wir besorgen ihr noch so ein langes Stöckchen mit einem Wimpel dran, dann geht sie endgültig als Reiseleiterin durch. Ich fürchte nur, sie will uns eine Bildungsreise angedeihen lassen. Hilfe!"

John musste über den Ausdruck komischen Entsetzens im Gesicht seines Bruders lachen. Annie knuffte David in die Seite. „Gut, dass unser Sohnemann wissbegieriger ist als sein Vater. Christopher kann es kaum noch erwarten, dass er im Herbst endlich in die Schule kommt und viele neue Dinge lernen kann." Sie warf einen liebevollen Blick zu ihrem Sohn, der an der Hand seiner Großmutter vergnügt die Straße entlanghopste.

„Der arme Wurm", kommentierte Tommy. „Der weiß noch gar nicht, was ihm da blüht. Mann, werd ich froh sein, wenn ich den Mist hinter mir hab."

Maggie, an der Spitze des Zuges, räusperte sich vernehmlich. „Ruhe auf den billigen Plätzen. Weiter im Text. Salisbury oder New Sarum, wie es damals genannt wurde, erhielt 1227 von König Henry III. die Stadtrechte –"

„Ach, seht doch mal! Das ist ja entzückend. Stonehenge, ganz und gar aus Fudge gemacht", rief Emmeline Mackenzie aus. Sie war vor der Auslage eines Süßwarenladens stehen geblieben.

„Ohhhh!“ Der kleine Christopher klatschte in die Hände und drückte sich dann förmlich die Nase an dem Schaufenster platt.

„Stonehenge sehen wir doch morgen in echt. Da müssen wir uns doch jetzt nicht diese Weichkaramell-Nachbildung ansehen!“ Maggies Protest verhallte ungehört.

„Schaut mal, was die für abgefahrene Sorten haben! Schoko-Banane, Kaffee-Walnuss, Erdbeer-Vanille, Schoko-Minz...“ Auch Bella warf begehrliche Blicke auf die verlockend aussehenden Fudgewürfel.

„Jack Daniels Trüffel-Fudge! Das ist was für mich“, kam es von David.

„Puh! Mit so einem amerikanischen Gesöff, das sich Whiskey schimpft!“ James Mackenzie schüttelte sich. „Lass das bloß nicht Tante Isabel hören.“

David grinste. „Erstens treffen wir die Gute erst morgen und bis dahin habe ich das Zeug längst aufgegessen. Und zweitens gibt es auch Fudge mit Single Malt Whisky, sieh mal. Das wäre doch gleich ein nettes Willkommensgeschenk für Isabel. Passt auf, ich gehe jetzt da rein und kaufe ein bisschen was ein. Geht ihr ruhig voraus. Ich hole euch schon ein. Und wenn nicht, treffen wir uns später im Hotel“, setzte er mit einem schelmischen Lächeln dazu.

„David, du brauchst sicher Hilfe beim Tragen. Wenn wir eine schöne Auswahl für alle mitnehmen, könnten da schnell ein paar Pfund zusammenkommen …“ Alan zwinkerte seinem Schwager zu. Gleich darauf zog er den Kopf ein, als Maggie sich vor ihm aufbaute und ihn anklagend anfunkelte. „Auch du, Brutus?“

John lachte auf. „Lass die Kulturbanausen doch, Schwesterherz.“ Er hakte sich bei ihr unter. „Komm, wir gehen jetzt. Ach, und David – pass auf, dass du das Fudge nicht zu schnell aufisst. Du weißt ja, dass Whisky eine ziemlich … umwerfende Wirkung bei dir hat.“

Alle konnten sich noch bestens an die Episode beim großen Clantreffen in Edinburgh vor bald zwei Jahren erinnern. Nach einigen Schlucken Single Malt war David schlagartig in tiefen Schlummer gesunken. Allerdings nicht, bevor er noch lautstark und wenig melodiös – und umgeben von einer Abordnung wenig royalitätsbegeisterter Schotten – ‚God save the Queen‘ zu Gehör gebracht hatte.

„Das kann ich mir wohl die nächsten fünfzig Jahre noch anhören“, murmelte David und verdrückte sich unter dem Gelächter seiner Verwandten schnell in den Laden.

Wenige Schritte weiter begann, von der ‚weltlichen‘ Stadt durch ein mittelalterliches Tor getrennt, der Kathedralenbezirk. Inmitten einer weitläufigen Grünfläche thronte das mächtige Bauwerk.

Maggie zückte wieder den Reiseführer und trug mit der präzisen Diktion der Staatsanwältin vor, „Die Kathedrale verfügt über den höchsten Kirchturm – 123 Meter – und die älteste noch funktionierende Kirchturmuhr des gesamten Landes. Im Kapitelhaus ist eines der vier noch erhaltenen Exemplare der Magna Carta ausgestellt. Die Kathedrale wurde innerhalb von nur 38 Jahren erbaut und gilt als herausragendes Beispiel gotischer Bauweise …“

Johns Gedanken wanderten zu Pauline und er wünschte wieder einmal, sie wäre hier. Geschichte zu vermitteln war nicht nur ihr Beruf, sondern auch ihre Leidenschaft und sie vermochte es stets, ihn mit ihren lebendigen Schilderungen der Vergangenheit zu fesseln. Er hoffte, dass Maggie ihr für die kommenden Tage den Reiseleiterposten überlassen würde. Er begann zu überlegen, wie viele Stunden es noch dauern würde, bis er Pauline morgen endlich wiedersehen würde. Erst als Annie das Wort ergriff, erwachte er wieder aus seinen Tagträumen.

„Sie ist wirklich wunderschön“, sagte sie. „Ich wollte mir dies alles hier schon seit Jahren ansehen, seit ich gelesen habe, dass Ken Follett sich den Bau dieser Kirche als Vorbild für die ‚Säulen der Erde‘ genommen hat. Ich liebe dieses Buch. Und die Serie, die sie daraus gemacht haben, war auch toll.“

„Ah, ich weiß nicht.“ Emmeline sah skeptisch drein. „Ich habe noch nie eine Verfilmung gesehen, die mir so gut gefallen hat wie das zugehörige Buch.“

„Die Harry Potter-Filme sind echt super“, ließ Bella sich vernehmen. „Oder, John?“

Nachdem seine Nichte vor kurzem zu ihrem grenzenlosen Erstaunen bemerkt hatte, dass John überhaupt keine Ahnung vom Universum der Zauberer und Muggel hatte, hatte sie ihn vor einigen Wochen zu einem Heimkino-Marathon mit den ersten beiden Filmen genötigt. John hatte diese – nun wiederum zu *seinem* Erstaunen – durchaus unterhaltsam gefunden und sich dazu animieren lassen, die ganze Buchreihe von Bella auszuleihen. Seitdem hatten JK Rowling’s Bücher ihm eine ganze Reihe von öden Nachtdiensten im Byward Tower versüßt und er hatte mit zunehmender Begeisterung ein Abenteuer nach dem anderen verschlungen. Peinlicherweise hatte er sich letzte Woche so in die finale Schlacht um Hogwarts hineinziehen lassen, dass er seinen obligatorischen Kontrollgang in der Water Lane vergessen hatte. Prompt war Philip Dunders, kommandierender Offizier der Nachtschicht, persönlich anmarschiert gekommen. John war fast aus der Haut gefahren, als die Tür zur Wachstube auf einmal aufgerissen wurde. Anstatt eines Todessers des Dunklen Lords kam glücklicherweise nur sein Vorgesetzter hereingepoltert. Der jedoch war alles andere als amüsiert. Er brüllte, „Was ist hier los, Mackenzie? Sie sind seit zehn Minuten überfällig!“

Noch bevor John sich aufrappeln und sich den hohen Hut der Beefeater ordnungsgemäß auf den Kopf stülpen konnte, hatte Dunders sich schon schnaubend vor ihm aufgebaut.

„Wie lümmeln Sie hier überhaupt herum! Das ist ja schändlich! Und jetzt erklären Sie sich gefälligst. Ich hoffe, Sie haben einen triftigen Grund für Ihre Pflichtvergessenheit! Gerade in diesen Zeiten, wo der Terrorismus in jedem Winkel lauert, ist es unsere oberste Pflicht, in jedem Moment wachsam zu sein. Stellen Sie sich nur einmal vor, es gelänge einem dieser Wahnsinnigen, hier in unsere Mauern einzudringen und einen Anschlag zu verüben. Hier, wo das Herz unserer Nation schlägt –“ Beschämt nestelte John an seiner Uniformjacke und ließ Dunders’ Strafpredigt über sich ergehen.

Da fiel der Blick des Offiziers auf den dicken Wälzer, den John aufgeschlagen vor sich liegen hatte. „Aha! Was haben wir denn da? Ha, ich wette, ‚Fifty shades of Grey‘ oder so ein Machwerk. Sie schauen ja immer, als ob Sie kein Wässerchen trüben könnten, Mackenzie, aber das kennt man ja, von wegen stille Wasser und so.“ Er riss das Buch hoch und klappte es zu. Seine Augen weiteten sich ungläubig.

„Das … das gibts ja nicht. Sagen Sie mal, wie alt sind Sie, Mann? Elf? Zwölf? Oder doch schon dreizehn?“, höhnte er. „Hat Ihnen Ihre Mummy auch ein Kuscheltier mitgegeben, falls Sie sich in der Nacht fürchten?“ Unvermittelt brüllte er, „Nun schwingen Sie schon Ihren plattgesessenen Hintern hier raus und erfüllen verdammt noch mal Ihre Pflichten!“

In seiner Hast, aus der Wachstube und dem Blick seines Vorgesetzten zu entkommen, fiel John über seine eigenen Füße und der Hut plumpste auf den Boden. Dunders maß ihn mit einem angewiderten Blick.

„Mann, ich habe es Mullins damals schon gesagt, als er Sie in die Einheit geholt hat: Diese Psychofuzzis, die haben doch alle einen Sprung in der Schüssel."

Dunders hatte ihm nicht nur eine schwere Rüge in seine Personalakte eingetragen, sondern die Geschichte auch noch bei nächster Gelegenheit in der hauseigenen Bar der Beefeater zum Besten gegeben. Glücklicherweise verfügte der Kommandeur der Yeoman Warders, Chief Mullins, über mehr Humor als der bärbeißige Philip Dunders. Bei der monatlichen großen Lagebesprechung mit allen Mitgliedern der drei Dutzend Mann starken Truppe hatte er am Ende einige strenge Worte zum Thema Disziplin verloren und John dann nach vorn gewunken.

„Mackenzie, da Sie in der Vergangenheit nun schon mehrfach Probleme mit dem Thema Pünktlichkeit hatten und zudem neuen Technologien, die bei der Strukturierung des Alltags hilfreich sein können, bedauerlich ablehnend gegenüberstehen, werden Sie fortan bei Wachdiensten folgendes Utensil mit sich tragen und selbstverständlich auch einsetzen." Unter lautem Gejohl der Mannschaft hatte er sodann einen Mickymaus-Wecker hervorgezogen, den John mit einem schiefen Grinsen entgegennahm.

Für die Witzbolde in der Truppe war dies natürlich ein gefundenes Fressen. So fand John tags darauf in der Sandwichtüte, die er sich in einer kurzen Mittagspause in der Kantine geholt hatte, eine kleine Plastikfigur mit Umhang und Zauberstab. Die Papiertüte war mit ‚Happy Meal' beschriftet.

Den Vogel – buchstäblich – schoss jedoch der Ravenmaster ab. Er brachte Gworran, dem gelehrigsten der Raben und Johns besonderem Liebling, bei, mit einem Stöckchen im Schnabel wie mit einem Zauberstab herumzufuchteln und dann zu krächzen, „*Expecto Patronum*". Dies erheiterte nicht nur John, sondern auch zahlreiche Touristen, die sich an dem Schauspiel ergötzten. Kaum ein Kind verließ den Tower ohne ein Selfie mit dem Magier-Raben.

„Die Diskussion über den Wert von Romanverfilmungen wird auf später verschoben", entschied Maggie resolut. „Wir gehen jetzt in die Kathedrale. Folgt mir."

„15. Juni 1215", las Bella wenig später ehrfürchtig. „Wow, dann werde ich mein Referat wirklich auf den Tag genau 800 Jahre, nachdem die Magna Carta geschrieben worden ist halten." Alle scharten sich um den Glaskasten, der das ehrwürdige Pergament schützte.

„Mach erstmal ein Foto von mir mit dem Ding", forderte Bella ihren Bruder auf. „Das klebe ich dann auf mein Plakat für den Vortrag. Dafür krieg ich von Mrs. Green bestimmt einen Sonderpunkt."

Ein älterer Museumswärter, der neben dem Glaskasten postiert war, hob warnend den Zeigefinger. „Aber nur ohne Blitz."

„Kein Problem", gab Tommy zurück und schoss ein paar Aufnahmen von seiner Schwester. Dann musterte er das Pergament kritisch. „Ist ja komisch. Das sieht aus wie neu. Ist das wirklich echt?"

Der Aufseher plusterte sich empört auf. „Natürlich ist das echt. Wir stellen doch hier keine Reproduktion zur Schau! Unsere Magna Carta ist das besterhaltene der vier noch existierenden Exemplare." Er beruhigte sich ein wenig und fuhr in freundlicherem Ton fort, „Wir sind sehr stolz darauf, dass wir es über die Jahrhunderte unbeschadet bewahren konnten. Unsere Kathedrale hatte zuletzt im zweiten Weltkrieg Glück, dass sie dem Baedeker Blitz nicht zum Opfer gefallen ist."

„Baedeker Blitz? Was war das?", fragte Bella.

„Die deutsche Luftwaffe bombardierte 1942 gezielt Orte, die der populäre Reiseführer Baedeker mit drei Sternen ausgezeichnet hatte. Bath, York, Canterbury … Da ging es nicht um militärische Ziele, sondern um das kulturelle Erbe unseres Landes. Salisbury war damals nicht für bedeutend genug erachtet worden und entkam den Bomben. Und so können wir bis heute dieses wichtige Zeugnis unserer Geschichte sehen." Er zog einen weichen Lappen aus der Jackentasche und wischte liebevoll ein Staubkörnchen von dem Glaskasten, bevor er zu einem Besucher eilte, der es gewagt hatte, die Ausstellung mit einer Coladose in der Hand zu betreten.

„*Johannes Dei gracia rex Anglie*", entzifferte James Mackenzie den Beginn des Dokuments, „John, von Gottes Gnaden König von England –"

„John? Ist das der kleine Bruder von Richard Löwenherz?", krähte Christopher dazwischen.

Erstaunt musterte James seinen jüngsten Enkel. „Hervorragend, Christopher. Du hast recht, John war der jüngere Bruder von Richard

Plantagenet, den wir Löwenherz nennen. Du bist ja schon ein richtiger Historiker, mein Junge."

Christopher plusterte sich stolz auf. „Weißt du, Grandpa, John war voll der Idiot. Er hat immer am Daumen genuckelt. Und er hat in seinem Schlafzimmer die ganzen Säcke mit dem Geld aufgehoben. Und er hatte einen fiesen Berater, das war Sir Hiss. Der war eine Schlange."

„Hiss? Von dem habe ich noch gar nichts gehört –" James blickte verwirrt auf, als Annie, Maggie und John losprusteten. Für diesen unziemlichen Heiterkeitsausbruch ernteten sie einen strafenden Blick des Museumsaufsehers.

„Wir haben uns letzte Woche den Walt Disney-Streifen ‚Robin Hood' angesehen", erklärte Annie. „Daher hat Christopher seine … historischen Kenntnisse."

„Ahso. Na, wie dem auch sei." James beugte sich zu dem Jungen hinunter. „Es war auf jeden Fall genau dieser König John, der sich mit den Abgesandten der Adligen in Runnymede getroffen und diese monumentale Erklärung unterzeichnet hat. Die Magna Carta ist immerhin die Grundlage für unser ganzes Rechtssystem. Man kann sogar sagen, für die moderne Demokratie auf der ganzen Welt."

Die historische Bedeutung König Johns beeindruckte Christopher wenig. „Ich finde, er war trotzdem ein Knallkopf und ich bin froh, dass er Maid Marian nicht gekriegt hat."

Kapitel 2

Am nächsten Morgen fiel ein feiner Nieselregen. Die liebliche Landschaft von Wiltshire lag unter einem Grauschleier, als sie die wenigen Meilen von Salisbury nach Stonehenge fuhren. Missmutig blickte David durch die Scheiben des Busses hinaus, an denen die Tropfen hinabrannen.

„Meinen ersten Urlaubstag hatte ich mir anders vorgestellt. Erst werde ich im Morgengrauen aus den Federn geholt und kann nur husch, husch einen Toast hinunterwürgen, bevor mir der Koffer vor die Tür gestellt wird. Und dann soll ich mir stundenlang alte Steine anschauen und das bei einem Wetter, bei dem man nicht mal einen Hund vor die Tür jagen würde."

Alan lachte seinen Schwager herzhaft aus. „Von wegen Morgengrauen! Maggie, John und ich waren heute schon um halb sechs auf, um vor dem Frühstück eine Runde zu laufen."

Maggie stimmte ein, „Wenn du Faulpelz erst um halb acht aus dem Bett kriechst, brauchst du dich nicht zu wundern, wenn die Zeit nur noch für eine Scheibe Toast reicht. Außerdem hast du gestern ungefähr ein Pfund Fudge verschlungen, also fällst du so schnell nicht vom Fleisch."

David schloss gequält die Augen. „Was für ein Grauen. Ich bin von hyperaktiven Asketen umgeben."

Als sie um zehn vor neun am Parkplatz von Stonehenge anlangten, war dieser schon gut gefüllt und sie konnten erkennen, dass am Ticketschalter eine lange Reihe Menschen anstand.

„Was für ein Trubel", kommentierte James Mackenzie. „Da werden wir wohl eine Weile warten müssen, bis wir überhaupt hineinkönnen."

Maggie lächelte siegesgewiss. „Keine Sorge, Dad. Der erste Shuttlebus zum Steinkreis fährt um neun und ich garantiere dir, dass wir an Bord sein werden."

Kaum hatte Alan den Bus in eine Parklücke manövriert, sprang sie schon hinaus und eilte zu einem Schalter, an dem ein Schild mit der Aufschrift „Abholung vorbestellter Gruppentickets" prangte. Eine Minute später war sie wieder da und trieb die Familie wie eine Schafherde an der langen Warteschlange von Touristen vorbei in das Besucherzentrum hinein und auf der anderen Seite wieder hinaus und in einen bereits wartenden Elektrobus. Während sie Übersichtspläne des Geländes verteilte, stiegen noch einige weitere Ausflügler zu. Gleich darauf schloss der Fahrer die Türen und der Bus setzte sich in Bewegung. Maggie ließ sich unter dem Applaus der gesamten Familie auf den letzten Sitz fallen.

„Was ist denn das für ein Typ?“, raunte Bella John verstohlen zu.

Er folgte ihrem Blick. Ganz vorn, gleich hinter dem Fahrer, hatte ein Mann Platz genommen, der haargenau aussah wie –

„Miraculix! Schau mal, Mummy, da vorn ist Miraculix“, krähte Christopher da schon begeistert. Mit seinen schlohweißen Haaren und dem langen Bart, dem Gewand aus rauem, nicht mehr ganz weißem Stoff und dem mannshohen Stock wirkte die Gestalt tatsächlich wie der gallische Druide.

„Vielleicht drehen die hier einen neuen Asterix-Film?“, mutmaßte Tommy. Da hörte John jemanden hinter sich leise lachen. Er drehte sich um. Ein jüngerer Mann mit einer *National Heritage*-Regenjacke und einem Namensschild, das ihn als ‚Lance Wilson, Aufseher‘ auswies, saß in der letzten Reihe. Als er merkte, wie sich die Aufmerksamkeit ihm zuwandte, errötete er leicht.

„Oh, äh, es tut mir leid, ich wollte mich nicht in Ihr Gespräch einmischen“, stotterte er. Dann beugte er sich vor und senkte die Stimme. „Aber lassen Sie diesen Herrn nicht hören, dass er aussieht wie eine Comicfigur. Er hält sich nämlich für Merlin persönlich.“

Bella riss die Augen auf. „Merlin?“, hauchte sie. „Der Zauberer?“

Der junge Mann nickte. „Er kommt oft hierher. Denn der Legende nach war er es, also Merlin, der Stonehenge erschaffen hat. Man sagt, der Steinkreis hätte ursprünglich in Irland gestanden, aufgeschichtet aus Felsbrocken, die ein Volk von Riesen aus Afrika herangetragen hätte. Als Uther Pendragon, der Vater von König Artus, hier in der Ebene von Salisbury ein würdiges Denkmal für seinen Bruder, König Ambrosius errichten wollte, hat Merlin –“

„Wir sind da. Alles aussteigen“, rief der Busfahrer. „Wenn Sie zurückmöchten, warten Sie bitte auf der gegenüberliegenden Straßenseite. Die Shuttles verkehren laufend. Ich wünsche Ihnen einen schönen Tag hier im Weltkulturerbe Stonehenge.“

Alle kletterten aus dem Bus. Es hatte aufgehört zu regnen. Erste Sonnenstrahlen bahnten sich einen Weg durch die Wolkenfetzen und ließen das Grün der weiten Hügellandschaft vor ihnen in verschiedensten Tönen aufleuchten. Und inmitten des Grüns lag der mythische Steinkreis, noch einige hundert Schritte entfernt.

Emmeline blieb stehen. „Seht euch das an, Kinder! Großartig, nicht wahr? Herrje, ist das schon eine Ewigkeit her, dass wir zuletzt hier waren."

James legte den Arm um ihre Schultern. „Ja, ich glaube auch, dass es an die vierzig Jahre sind. Ein halbes Leben für uns, aber nur ein Moment für dieses Bauwerk." Eine Weile verharrten alle schweigend.

„Es hat sich gelohnt, dass die Straße und das Besucherzentrum wegverlegt wurden. Ich kann mich noch erinnern, wie laut es hier damals war. So, wie die Anlage jetzt ist, gewinnt man einen ganz anderen Eindruck, auch wenn man jetzt nicht mehr so nah an die Steine herandarf", sprach James dann weiter.

Emmeline pflichtete ihm bei. „Ich bin glücklich, dass ich das alles nach so langer Zeit noch einmal sehen darf", seufzte sie. „Und es ist wunderbar, dass wir so früh hier sind und das Ganze ohne Menschenmassen genießen können. Gut gemacht, Maggie."

Maggie lächelte geschmeichelt. „Danke, Mum. Kommt, lasst uns ein Familienfoto machen."

„Eine gute Idee", befand John und schaute sich nach dem jungen Aufseher um, der sich ein paar Meter weiter postiert hatte. „Mr. Wilson, würden Sie vielleicht …?"

Der junge Mann nickte eifrig und ließ sich von Tommy die Handhabung seiner Profikamera erklären.

„Okay. Dann sagen Sie mal alle schön ‚Cheese'", forderte er sie auf und schoss in schneller Folge eine Reihe von Bildern. Tommy prüfte die Aufnahmen mit kritischem Blick und gab dann das Daumen-hoch Signal.

„Also gut, dann lasst uns losziehen und den Rundweg machen", sagte Maggie. Schon hatte sie den Reiseführer wieder gezückt.

Bella schenkte ihr keine Aufmerksamkeit. „Wie ging die Geschichte mit Merlin weiter, Mr. Wilson?", fragte sie erwartungsvoll.

„Äh, das würde ich dir gern erzählen, aber ich fürchte, eure Reiseleiterin –"

Bella kicherte. „Das ist doch bloß meine Mum. Und sie liest nur total langweiliges Zeug aus ihrem Buch vor, das ist voll zum Einschlafen. Ich will lieber die Geschichte von Merlin hören."

Maggie hatte sich schon ein ganzes Stück entfernt und einen halben Absatz vorgelesen, bis sie merkte, dass niemand ihr folgte. Resigniert kehrte sie um und gesellte sich zu den anderen. Alle lauschten, wie der junge Mann von der aufregenden Reise der ‚Steine der Riesen' von der Nachbarinsel hierher erzählte.

„Die Menschen in der Jungsteinzeit hätten sich mit Sicherheit ein wenig Magie – oder einen Obelix – zur Unterstützung bei der Errichtung des Steinkreises herbeigesehnt", schloss er. „In Wirklichkeit waren es unvorstellbare Mühen, das Material überhaupt herzuschaffen geschweige denn so ausgeklügelt aufzurichten."

„Wie lange hat es gedauert, den Kreis fertigzustellen? Weiß man das?", erkundigte sich Annie.

Mr. Wilson nickte. „Wir haben zumindest grobe Anhaltspunkte. Begonnen hat alles ungefähr in der Zeit, als die Pyramiden in Ägypten erbaut wurden, im dritten Jahrtausend vor Christus. Damals war das hier die größte Baustelle auf dem ganzen Kontinent. Gebaut wurde in drei Phasen, über mehrere Jahrhunderte hinweg. Eine der letzten Ausgrabungen hier im Gelände hat ein paar Getreidekörner zutage gefördert, die unmittelbar unter einem Blaustein lagen. Im Labor sind sie auf 2300 vor Christus datiert worden, also gehen wir heute davon aus, dass der innere Ring aus den halbhohen Steinen, die Sie hinter dem äußeren Wall aus Sarsensteinen erkennen können, um diese Zeit gesetzt worden ist."

„Wo kommen die Steine überhaupt her?", fragte Alan.

„Die riesigen Sarsenblöcke, das sind besonders harte Sandsteine, kommen aus den Marlborough Downs. Das heißt, die Menschen mussten jeden einzelnen von diesen gewaltigen Steinen – und die Dinger wiegen bis zu fünfzig Tonnen – über zwanzig Meilen hierher transportieren. Die Blausteine hatten einen noch viel weiteren Weg, sie kommen aus Wales."

„Fünfzig Tonnen!", rief Annie aus. „Wie haben die Menschen das gemacht?"

„Bis heute wissen wir nicht genau, wie der Transport damals bewerkstelligt worden ist. Feststeht, dass in der Jungsteinzeit noch keine Tragtiere, also Pferde oder Rinder eingesetzt wurden. Es müssen ganze Volksstämme ausgezogen sein, mit hunderten von Menschen, die wahrscheinlich mit Hilfe von untergelegten Rollen aus Baumstämmen und primitiven Seilen diese Blöcke über Berg und Tal bis hierher schleppten. Und damit war es ja noch gar nicht getan. Die unförmigen Felsen mussten ja auch behauen werden, damit sie diese rechteckige Form bekamen und auch gleich groß waren. Nur so konnten sie den Ring aus Decksteinen tragen. Für all das gab es nur die allereinfachsten Werkzeuge. Wo wir heute zum Beispiel einen Bagger verwenden würden, mussten damals die Gruben, in denen die Steine stehen, mit bloßen Händen und mit zurechtgeschlagenen Stücken von Hirschgeweih gegraben werden. Alles ein Wahnsinnsaufwand. Wir schätzen heute, dass insgesamt um die dreißig Millionen Arbeitsstunden in der ganzen Anlage stecken."

„Dreißig Millionen!" David horchte auf. „Das sind ja, warten Sie mal … bei sagen wir tausend Arbeitern und zehn Stunden Schuften pro Tag und ohne einen einzigen Ruhetag … über acht Jahre! Oder unter unseren heutigen Arbeitsbedingungen über fünfzehn Jahre."

Annie grinste. „Rechnen kann er, mein Mann."

David besah sich den Steinkreis mit neuer Achtung. „Wenn man die durchschnittlichen aktuellen Löhne für Baufachleute wie Steinmetze und Zimmerer zu Grunde legt, die in den vergangenen Jahren bei rund 24500 Pfund per anno lagen und dazu die Kosten für die Konstrukteure nimmt, die noch deutlich darüber liegen, dann lägen heute allein die direkten Lohnkosten für so ein Projekt bei gut dreißig Millionen Pfund jährlich. Dazu wären noch die fälligen Steuern und Sozialabgaben zu addieren sowie natürlich nicht unerhebliche Materialkosten –"

„Und vergiss nicht die zu erwartenden Krankheitskosten. Bei einem Projekt wie diesem ist mit einer nicht geringen Anzahl von Arbeitsunfällen zu rechnen", unterbrach Maggie.

David überhörte ihren sarkastischen Tonfall und nickte ernst. „Du hast vollkommen recht. Die Belastung des Gesundheitssystems dürfte nicht zu vernachlässigen sein. Zu beachten wären auch noch die Landbesitzverhältnisse, es könnten auch noch Grunderwerbskosten hinzukommen. Es wäre interessant, hier einmal eine Gesamtkalkulation anzustellen …"

„Mein Bruder ist Steuerberater", erklärte John dem etwas verwirrt dreinblickenden Aufseher. „Mit Leib und Seele", setzte er überflüssigerweise hinzu.

„Auf jeden Fall sind die Mühen und der Aufwand, die hinter diesem Werk stecken, unglaublich", stellte Alan fest. „Für mich ist die spannende Frage – wozu eigentlich? Warum war es Generationen unserer Vorfahren wert, ihr Leben dem Erbauen dieses Steinkreises zu widmen?"

Wilson lachte leise. „Da haben Sie die Gretchenfrage gestellt. Ich würde Ihnen gern eine fundierte Antwort geben, aber ich muss ehrlich sagen, dass wir es bis heute nicht wirklich wissen. Es vergeht kaum ein Jahr, wo nicht irgendein Professor einen Artikel veröffentlicht, nach dem Motto ‚Rätsel um Stonehenge endgültig gelöst'."

„Ich habe kürzlich gelesen, dass es eine Art Heilzentrum gewesen wäre, wo Leute sogar vom Kontinent hergereist sind, um sich behandeln zu lassen", bemerkte Maggie.

Wilson nickte. „Dafür gibt es Hinweise. Den Blausteinen wird schon seit Urzeiten eine heilende Wirkung zugeschrieben. Und man hat in einer Grabstätte ein paar Meilen von hier die Leiche eines Mannes gefunden, der als Bogenschütze von Amesbury bekannt geworden ist. Er hat in der Zeit gelebt, als Stonehenge seine Hochphase hatte. Bemerkenswert ist, dass er von sehr weit her kam, aus dem Alpenraum. Noch dazu hatte er eine alte Knieverletzung, die ihn stark eingeschränkt haben muss. Es ist ein Wunder, dass er trotzdem die lange Reise bis hierher angetreten hat. Eine Vermutung ist deswegen, dass er sich hier Heilung erhofft hat."

Er hob die Hände. „Aber die These mit dem Heilzentrum ist nur eine von vielen. Der eine Gelehrte vertritt die Meinung, das hier wäre eine Krönungsstätte, der nächste ist sich sicher, dass hier hochrangige Mitglieder der Gesellschaft beerdigt wurden. Wieder andere verfechten die Idee, es wäre eine Kultstätte zur Verehrung der Ahnen. Auch von einem Druidentempel ist immer wieder die Rede. Und dann gibt es noch die, die in dem Steinkreis einen astronomischen Kalender zur Vorherberechnung der Jahreszeiten sehen –"

„So wurde es uns damals dargestellt, als wir hier waren", warf Emmeline ein.

„Einen Bezug zum Sternenhimmel gibt es auf jeden Fall. Die Achse der Anlage ist exakt nach dem Lauf der Sonne ausgerichtet", bestätigte der Aufseher. „Zur Sommersonnenwende fällt der erste Strahl der aufgehenden Sonne direkt durch den Eingang, während zur Wintersonnenwende das Licht der untergehenden Sonne genau durch den mittleren der Trilithen scheint."

„Trilith? Was ist das?", fragte Tommy.

Wilson deutete auf die Mitte des Steinkreises. „Das sind diese torartigen Gebilde aus zwei Pfeilern und einem querliegenden Deckstein darüber. ‚Tri' kommt aus dem Griechischen und bedeutet drei und ‚lith' ist ein Stein."

„Klar, wie bei Triceratops. Der heißt so, weil er drei Hörner im Gesicht hat“, fiel Bella ihm eifrig ins Wort. „Hab ich von Grandpa gelernt.“ Sie deutete auf James. „Der ist nämlich Dinosaurierspezialist, Mr. Wilson.“

„Das ist ja interessant“, gab Wilson freundlich zurück. „Bei uns an der Universität in Southampton – ich schreibe da gerade an meiner Doktorarbeit in Geowissenschaften – gibt es einen ziemlich witzigen Paläontologen, Professor Montgomery Fielding. Vielleicht kennen Sie ihn ja?“

„Der gute Monty!“, rief James erfreut aus. „Natürlich kenne ich ihn. Wir haben uns auf etlichen Tagungen getroffen. Wie geht es dem alten Haudegen?“

Während Wilson und Johns Vater angeregt plauderten, warf John einen Blick auf die Uhr. Pauline und Tante Isabel mussten jetzt am Flughafen in Edinburgh sein, von wo aus in den Sommermonaten eine Maschine nach Newquay startete. Die beiden sollten um 11.30 Uhr landen und es war vereinbart, dass jemand vom Hundezuchtverband, der ohnehin ein Begrüßungskomitee für Isabel an dem kleinen Regionalflughafen auf die Beine stellen wollte, sie zu dem Ferienhaus brachte, das ihre Unterkunft für diese Woche sein würde. John stellte sich voller Vorfreude vor, wie nachher der Kleinbus der Mackenzies vor dem Haus vorfahren würde, Pauline aus der Tür kam und ihm entgegenlaufen würde, die Sonne leuchtend auf ihrem kupferroten Haar –

Er wurde aus seinem Tagtraum gerissen, als jemand ihn an der Jacke zupfte. „Schau mal, John, da ist ein Verwandter von Gworran. Das ist doch ein Kolkrabe, oder?“

Bella hatte ein ungewöhnliches Interesse an Vögeln entwickelt, seit sie in den Osterferien Paulines Neffen Barry kennengelernt hatte, einen ehrgeizigen – und äußerst naseweisen, wie John fand – Nachwuchsornithologen.

Tatsächlich saß ein Stück weiter vorn am Wegesrand einer der großen Vögel, nur ein, zwei Schritte von dem Mann entfernt, der sich für Merlin den Zauberer hielt. Der Rabe hatte einen winzigen weißen Fleck an der Brust. Den Kopf schief gelegt, sah er aus, als hielte er stumme Zwiesprache mit dem Weißbärtigen.

Unvermittelt fiel John etwas ein, das er in einem von George Campbells Büchern über Rabenvögel gelesen hatte: Einer Sage nach hatte sich die Seele von König Artus nach seinem Tod auf dem

Schlachtfeld in einen Raben verwandelt. Unwillkürlich überlief ihn ein Schauer. Die Vorstellung, dass sich vor seiner Nase der legendäre König in Vogelgestalt gerade mit seinem weisen Ratgeber, dem mächtigen Zauberer, unterhielt, wirkte auf einmal gar nicht mehr lächerlich. Gleich darauf musste er über sich selbst lachen. Er schrieb seinen abstrusen Gedankengang der Ausstrahlung des mythischen Steinkreises zu.

„Sagen Sie, Mr. Wilson, dieser Mann da – er sieht sich wirklich als Merlin?", sprach er den Aufseher an.

„Absolut. Manchmal brabbelt er irgendwelches Zeug in einer Sprache, die sich vage keltisch anhört oder er singt auch mal." Er lächelte ein wenig verschämt. „Ich muss zugeben, ich hätte gern mehr über ihn herausgefunden – wer er ist und was er macht, wenn er nicht hier herumsteht. Ich bin ihm sogar einmal gefolgt, als er abends das Gelände verlassen hat. Irgendwie hätte ich es lustig gefunden, wenn er draußen einen Autoschlüssel aus seiner Kutte gezogen hätte und dann ganz prosaisch mit einem alten Vauxhall oder was auch immer davongefahren wäre. Aber er ist einfach über die Felder davongegangen." Er zuckte mit den Schultern. „Er ist irgendwie … ein wenig unheimlich, aber ich glaube, er ist ein harmloser Spinner. Zumindest belästigt er keinen. Ein ganz anderes Kaliber als dieser Verrückte, der sich für die Reinkarnation von König Artus hält. Von dem haben Sie bestimmt schon gehört?"

John nickte. „Ich habe schon einige Male über ihn gelesen. Ex-Soldat, Ex-Anführer einer Motorradgang und jetzt selbsternannter Vorkämpfer der Druiden. Eine ziemlich schillernde Gestalt."

„Sicherlich. Aber juristisch gesehen durchaus interessant", warf Maggie ein. „Man sollte ihn nicht unterschätzen. Er hat zum Beispiel solange Klage um Klage eingereicht, bis er erreicht hatte, dass heutzutage jeder Inhaftierte, der sich den Druiden zugehörig fühlt, das Recht hat, statt der üblichen Anstaltskleidung seine eigene Robe zu tragen."

„Und welche Sträuße er erst mit unserer Kulturbehörde ausgefochten hat! Bis zum Europäischen Gerichtshof für Menschenrechte ging das." Wilson schüttelte den Kopf. „Er wollte partout durchsetzen, dass die Druiden wieder das Recht bekommen, an Mittsommer Zugang zum Steinkreis zu erhalten, um ihre Zeremonien zu feiern. Von wegen Recht auf freie Religionsausübung. Naja, vor fünf Jahren hat er es ja dann geschafft, dass *National Heritage* klein beigegeben hat. Mittlerweile darf jedermann die kürzeste Nacht des Jahres hier verbringen. Das ist jedes Mal ein Spektakel, sage ich Ihnen." Er machte eine weit ausholende Armbewegung.

„Zehntausende von Menschen hier auf unserem Gelände. Das sind gewaltige Massen. Ein einziges Mal im Jahr haben sie die Chance, sich mitten zwischen den Steinen bewegen zu können, wo sonst niemand hindarf. Dass das für die Besucher eine großartige Sache ist, sehe ich ein, aber manche schrecken wirklich vor nichts zurück. Ich habe schon ein-, zweimal Leute erwischt, die einen Hammer hereingeschmuggelt hatten und sich ein Stück Blaustein herausschlagen wollten als Souvenir." Er schnaubte. „In der Nacht ist wirklich jeder Einzelne vom Personal gefordert, sogar Teilzeitkräfte wie ich, und dazu holen wir uns noch einen Sicherheitsdienst, um einigermaßen alles in geregelten Bahnen zu halten. Klar kommen da auch Touristen her, die einfach die einmalige Atmosphäre aufsaugen wollen, aber es sind auch massenweise richtig abgedrehte Typen dabei, das können Sie mir glauben. Gerade bei diesen neuzeitlichen Druiden, da sind schon merkwürdige Vögel dabei."

„Immerhin ist die Glaubensgemeinschaft der Druiden steuerlich seit einigen Jahren den anderen Kirchen gleichgestellt. Es können also nicht alles nur Spinner sein", gab David zu bedenken.

„In meinem Gartenbauverein gibt es eine Frau, die sich auch als Druidin sieht", mischte Emmeline sich ein. „Ich finde sie eigentlich ganz vernünftig. Sie beteiligt sich viel an Naturschutzaktionen, pflanzt Bäume und kennt sich hervorragend mit natürlichen Heilmitteln aus. Und sie läuft auch nicht in so einem Gewand da herum, sondern ist ganz normal angezogen. Eine wirklich angenehme Person. Ganz anders als so manch andere bei uns –"

Bevor seine Mutter eine ihrer bekannten Tiraden gegen ihre Lieblingsfeindin Jane Argyll (die Emmeline in mehr als einem Wettbewerb um den größten Kürbis geschlagen hatte) vom Stapel lassen konnte, ließ sich Christopher klagend vernehmen, „Mummy, mir tun die Füße weh. Sind wir bald fertig?"

Annie beugte sich zu ihm hinunter. „Eine Weile dauert es noch, Spatz. Aber vielleicht kann Daddy dich ja ein bisschen tragen?"

Entsetzt sah David sie an. „Du liebe Güte! Du weißt doch, dass mein Rücken sofort Probleme macht, sobald ich etwas Schwereres als einen Kugelschreiber hebe."

Christopher zog ein langes Gesicht. Großmütig erbot John sich, seinen Neffen auf den Schultern zu tragen.

Sie verabschiedeten sich bei Mr. Wilson, nicht ohne sich für seine interessanten Erzählungen zu bedanken und gingen weiter. John musste schon wenig später feststellen, dass ein gut im Saft stehender Fünfjähriger doch mehr Gewicht auf die Waage brachte als die großen Säcke mit Trockenfutter für die Raben, die er sonst herumwuchtete. Ächzend setzte er Christopher wieder ab und rieb sich die schmerzenden Schultern.

„Was ist das da vorn für ein Stein? Sieht aus, als hätte er ein Gesicht.“ Tommy deutete nach links.

Maggie studierte den Übersichtsplan, den sie griffbereit bei sich trug. „Warte mal … Nummer zwölf, das muss der sogenannte Fersenstein sein.“

„Hihi, der schaut aus wie eine ganz grummelige Schildkröte.“ Christopher tappte begeistert voran und zog Annie hinter sich her.

Maggie hob die Hand. „Mal langsam. Vorher kommt noch Nummer elf, der Opferstein, der müsste gleich rechts direkt am Weg sein.“

„Das wird er sein.“ James hatte eine flache Felsplatte erspäht, ein paar Schritte nach der Stelle, wo der vermeintliche Zauberer immer noch reglos stand. In einer Vertiefung des verwitterten Steins stand eine rostrote Pfütze.

„Iih, das schaut aus wie Blut.“ Bella schlug sich die Hand vor den Mund. „Uäh, bestimmt sind da drauf irgendwelche armen Tiere geopfert worden und der ganze Stein ist mit Blut getränkt –“

„Unsinn, Kind“, meinte James energisch. „Sieh genau hin. An der Oberfläche der Platte verlaufen überall ganz feine Linien, das ist bestimmt eisenhaltiges Gestein. Durch den Regen ist etwas davon herausgewaschen worden und das verfärbte Wasser sammelt sich jetzt in der Mulde.“

Alan legte den Arm um die Schultern seiner Tochter.

„Ganz sicher sind hier keine Tiere geopfert worden, Kleines. Mach dir keine Gedanken. Komm, gehen wir zu diesem Fersenstein. Er hat wirklich Ähnlichkeit mit einem miesepetrigen Reptil.“ Sanft schob er Bella voran und die anderen folgten ihm. Nur John blieb noch einen Moment stehen, um sich den Raben anzusehen, der auf den selbsternannten Merlin fixiert zu sein schien. Er fuhr zusammen, als plötzlich eine dunkle, etwas kratzige Stimme erklang.

„Das Mädchen hat die Wahrheit gespürt. Auf diesem Stein haben wir den Göttern frisch geschlachtetes Fleisch zum Opfer dargebracht. Von edlen Tieren. Und auch Menschen. Tomnu, Andrasta, Camulos – sie alle fordern ihren Tribut."

Mit offenem Mund starrte John den Weißbärtigen an. In dem tief zerfurchten Gesicht glühten eingesunkene, aber quicklebendige Augen. Dann wandte der Alte sich jäh ab und ging ohne ein weiteres Wort davon. Der Rabe stieß ein lautes Krächzen aus, breitete seine Schwingen aus und erhob sich in die Luft.

Kapitel 3

So sehr er sich selber dafür schalt, hatte die merkwürdige Begegnung dennoch einen Schatten über den Ausflug nach Stonehenge geworfen. Mit einem Mal strahlte der Steinkreis für John etwas Düsteres, Unheilvolles aus. Das mochte vielleicht auch daran liegen, dass der Himmel sich wieder eingetrübt hatte und dunkle Wolkenberge heranstürmten. Auf jeden Fall war er heilfroh, dass niemand von den anderen etwas von der kurzen Szene mit dem mysteriösen Merlin mitbekommen hatte.

Nach einem ‚Ver- und Entsorgungsstopp', wie Maggie es nannte, in der Cafeteria des Besucherzentrums, bewegte sich der Tross wieder zum Parkplatz.

„Alles anschnallen! Drei Stunden und siebzehn Minuten bis Newquay", verkündete Alan frohgemut, nachdem er das Navigationssystem aktiviert hatte.

Auf dem Weg nach Westen prasselte ein Schauer nach dem anderen gegen die Windschutzscheibe. Nach kurzer Zeit war zweistimmiges Schnarchen von David und Johns Vater zu hören. Auch Emmeline und Annie waren eingenickt, offenbar durch jahrelange Übung taub für das Gesäge ihrer Ehemänner. Bella und Tommy hatten sich unförmige Kopfhörer aufgesetzt. Aus dem Fenster war außer der Leitplanke im nassen Grau kaum etwas zu erkennen. John faltete seine langen Beine unter den Vordersitz und beschloss, dass dies in der Tat die richtige Zeit für einen Mittagsschlaf war.

„Mir ist langweilig!" Christopher begann mit seinen Beinen gegen den Sitz zu trommeln. Leise grummelnd öffnete John die Augen wieder. Er drehte sich zu seinem Neffen um und legte den Finger an die Lippen. „Scht. Wir machen jetzt alle eine Pause und ruhen uns ein bisschen aus."

„Wieso?"

„Dann sind wir wieder fit, wenn wir in unserem Ferienhaus ankommen und können gleich alles erforschen."

Sehr zufrieden mit seiner schlüssigen Erklärung und in der Erwartung, seinem Neffen würde die Sinnhaftigkeit einer Regenerationsphase nun unmittelbar einleuchten, machte John es sich wieder bequem und ließ den Kopf in seinem zum Kissen geknautschten Pullover sinken.

„Weißt du ’n Witz, John?“, kam es von hinten.

„Nein, tut mir leid.“

„Soll ich dir ’n Witz erzählen?“

„Nein, danke.“

„Dann ein Rätsel. Was ist grün und macht Miau?“

John hielt die Augen resolut geschlossen, als könnte er das kindliche Geplapper damit ausschließen. Es klappte nicht.

„Was ist grün und macht Miau, John? Sag doch was!“

„Keine Ahnung, wirklich.“

„Eine Katze, die in den Farbeimer gefallen ist.“ Christopher kicherte vergnügt. „Was ist grün und macht Miau?“

„Du sagtest es gerade. Eine Katze, die in den Farbeimer gefallen ist“, knirschte John zwischen zusammengebissenen Zähnen.

„Neee. Ein Frosch, der eine Katze gefressen hat.“ Der Junge kringelte sich schier vor Lachen. John dagegen erschloss sich die Pointe beim besten Willen nicht. Während Christopher unbarmherzig weiter fragte, „Was ist viereckig und macht Muh?“, kämpfte John gegen den Impuls, Bella die Kopfhörer herunterzureißen und sich selbst überzustülpen. In diesem Moment hätte er selbst eine Berieselung mit einer der unsäglichen Boybands, auf die seine Nichte so stand, als Wohltat empfunden.

„Jo-hon!“ Christopher verlangte zunehmend lautstark nach einer Antwort. David erwachte mit einem Grunzen und schaute sich einen Moment desorientiert um. Christopher wiederholte zum vierten Mal seine Frage. Davids Augen leuchteten auf.

„Ah, ihr erzählt euch gerade Witze. Passt auf, ich habe einen auf Lager, da werdet ihr euch wegschmeißen. Treffen sich der Schatzkanzler, ein Banker und ein Priester …“

Der Humor in der Geschichte war wohl nur für Steuerfachleute zu erkennen, aber zumindest versetzte Davids langatmiger Vortrag seinen Sprössling augenblicklich in Tiefschlaf. Zutiefst dankbar lächelte John seinen Bruder an.

„Eine großartige Anekdote, David, wirklich.“ Dann nutzte er die Gunst der Stunde und nickte ebenfalls ein.

Er erwachte erst, als das Auto zum Stehen kam. Ein Blick auf seine Armbanduhr zeigte ihm, dass es kurz vor drei Uhr nachmittags war. Wenn Alans Kalkulation stimmte, mussten sie da sein. Er rappelte sich hoch und sah hoffnungsvoll aus dem Fenster. Zu seiner Enttäuschung sah er nur weite Landschaft, auf die immer noch Regen herniederging.

„Wo sind wir?“, fragte er.

„Am Rand des Dartmoors. Seit Taunton sind wir nur noch im Kriechtempo vorwärtsgekommen, weil überall lauter Sonntagsfahrer unterwegs sind. Und jetzt geht gar nichts mehr“, schimpfte Maggie.

„Ich muss aufs Klo“, kam es von Christopher.

„Ich auch“, stimmte Bella ein.

„Haltet durch, Kinder, in sechs Meilen kommt eine Raststätte.“

Was folgte, waren die wohl längsten sechs Meilen in der Geschichte Britanniens. Als sie endlich auf den Parkplatz einfuhren, wo das ersehnte WC-Zeichen stand, wusste John nicht mehr, wie viele Runden Autofarben-Bingo, ‚Ich packe meinen Koffer‘ und ‚Ich sehe was, was du nicht siehst‘ sie gespielt hatten. Er nutzte die Gelegenheit und rief Pauline an, die bereits angefangen hatte, sich Sorgen zu machen.

„Ich fürchte, es dauert noch eine Stunde, bis wir endlich da sind“, seufzte er. „Der Urlaubsverkehr ist einfach unglaublich.“

„Wir haben schon gemerkt, dass hier im Ort auch wahnsinnig viel los ist“, berichtete Pauline. „Der Mini-Flughafen hier quillt geradezu über. Aber es hat alles wunderbar geklappt. Ein sehr netter Herr hat uns abgeholt, mit einem riesigen Strauß Rosen für Isabel. Und das Haus ist wunderschön, wirklich.“ Sie kicherte leise. „Ich hoffe, du bist mit dem Zimmer einverstanden, das ich schon für uns ausgesucht habe. Es hat zwar keinen Meerblick, sondern geht hinten hinaus und es ist auch nicht gerade groß. Aber …“

John spitzte die Ohren. „Aber?“

„Aber dafür ist es das einzige Schlafzimmer im früheren Dienstbotentrakt im Dachgeschoss, so dass wir ein bisschen Abstand von der Familie haben. Nicht, dass ich nicht alle gernhabe und mich freue, mit ihnen Zeit zu verbringen“, setzte sie eilig hinzu.

„Aber ein bisschen Privatsphäre ist Gold wert“, meinte John inbrünstig. „Ich schwöre dir, ich kann den Moment kaum noch erwarten, wo ich unsere Zimmertür hinter uns zuschließen kann und wir beide ganz für uns sind …“

Er wurde immer kribbeliger vor Ungeduld, bis die ganze Familie – mächtig erleichtert – wieder zum Bus zurückkam. Maggie übernahm das Steuer. Glücklicherweise hatte der Stau sich auf rätselhafte Weise aufgelöst und auch die Sonne war wieder durchgebrochen.

„Drück auf die Tube“, rief John nach vorn.

Maggie lachte ihn im Rückspiegel an. „Was ist aus meinem Bruder geworden, dem bekennenden Schnarchzapfen auf der Straße? Der gar nicht weiß, wofür das Gaspedal erfunden wurde? Für den die Mindestgeschwindigkeit gleichzeitig die Höchstgeschwindigkeit ist?“

„Tja, wenn am Ziel ne heiße Braut wartet …“ Tommy wackelte vielsagend mit den Augenbrauen.

„Diese rustikale Ausdrucksweise hätte ich zwar nicht gewählt, aber du liegst sicher richtig“, meinte Johns Vater augenzwinkernd. Unvermittelt stimmte er einen alten Schlager an, „Ja, auf den Schwingen der Lie-hiee-be, da fliegen wir schie-hiee-hieer dahin …“ Emmeline stimmte fröhlich mit ein. Bella und Tommy verfielen für einen Moment in Schockstarre und griffen dann eilig nach ihren Kopfhörern. John schwor sich, nie wieder in einen Familienurlaub einzuwilligen, bevor er nicht auch solche Dinger besaß.

„Da vorn ist es!“, rief Maggie eine knappe Stunde später endlich. „Das Steinhaus links!“

„Ach, sind das herrliche Rosen“, schwärmte Emmeline. „Ich sehe schon eine Winchester Cathedral, eine William Shakespeare, eine New Dawn –“

„Wow, da müssen wir ja nur über die Straße und dann können wir schon zum Strand runter. Seht euch diese Wellen an!“, kam es enthusiastisch von Tommy.

„Hmmm, aus den oberen Zimmern muss man einen gigantischen Meerblick haben.“ Annie warf einen begehrlichen Blick auf die Reihe der Fenster im ersten Stock.

John nahm nichts von dem wahr. Alles, was er sah, war ein Schopf langen kupferroten Haares, auf dem die Sonne glänzte und zwei meeresgrüne Augen, die strahlend in die seinen blickten.

„Ahem“, drang irgendwann ein Räuspern in sein Bewusstsein. „Nur zur Information, John: David, Alan und Tommy haben bereits alle Sachen ins Haus geschleppt. Und ich hätte jetzt doch gern meine Schwiegertochter in spe begrüßt.“

„Was? Wie?“ Verblüfft sah John seine Mutter an. „Der ganze Bus ist schon ausgeräumt?“ Er sah sich um und merkte, dass sie immer noch engumschlungen im Vorgarten standen. Vom Rest der Familie war niemand zu sehen. Aus dem Haus drang Hundegebell.

Lachend begrüßte Pauline Johns Mutter. „Schön, dich zu sehen, Emmeline."

„Gleichfalls, mein Kind, gleichfalls. Jetzt geht hinein. Die anderen balgen sich schon um die schönsten Zimmer. Ihre Hoheit mitsamt ihrer räudigen Töle hat sich natürlich das beste gesichert. Aber was wäre auch anderes zu erwarten gewesen", sagte Emmeline schnippisch.

„Naja, Mum, immerhin bezahlt sie ja für das Haus. Und die Wochenmiete für so ein Anwesen in der Ferienzeit muss astronomisch sein. Also steht es ihr zu, sich ein Zimmer nach ihren Wünschen auszusuchen", wandte John ein.

„Phh. Sie hat es günstig bekommen, weil der Besitzer im Vorstand von diesem Hundezuchtverband ist und unbedingt wollte, dass sie herkommt. Außerdem habe ich dafür gestimmt, dass wir selbst unseren Anteil bezahlen, aber dein Vater wollte davon ja nichts wissen."

John kannte den verkniffenen Gesichtsausdruck seiner Mutter nur zu gut. Jede weitere Diskussion war sinnlos. Die Gräben zwischen den beiden Frauen waren auch nach einem halben Jahrhundert so tief wie eh und je. Er wechselte einen stummen Blick mit Pauline und sie wandten sich zum Haus.

„Kommst du nicht mit, Mum?", fragte John.

„Nein, ich bleibe lieber im Garten und sehe mir diese wunderbaren Rosen an. Sonst erwürge ich die alte Schabracke schon am ersten Tag", setzte sie hinzu.

Über dem Eingang des aus Granitblöcken erbauten Hauses waren ein Fisch und darunter die Jahreszahl 1766 eingemeißelt.

„Der Erbauer war ein Sardinen-Magnat", erklärte Pauline. „Zu der Zeit gab es hier riesige Schwärme, die gefangen und auf den Kontinent verkauft wurden. Die erfolgreichsten Fischer wurden damals schwerreiche Männer." Sie traten ein. „Mr. Deveril, der nette Mann, der uns hergebracht hat, hat uns schon einiges über die Geschichte des Hauses und auch des Ortes erzählt. Er trinkt mit Tante Isabel in der Küche Tee."

Als sie den großen, gemütlichen Raum mit dem langen Holztisch in der Mitte betraten, erhob sich ein hochgewachsener Mann mit dichtem weißem Haarschopf und kam ihnen entgegen.

„Und Sie müssen der Beefeater sein! Willkommen in Newquay. Gestatten, Kenwyn Deveril. Ich habe die Ehre, der Vorsitzende der

Sektion Süd-West des Nationalen Hundezuchtverbandes zu sein.“ Er schüttelte Johns Hand und wandte sich dann an Isabel. „Ich überlasse dich jetzt deiner Familie, meine Liebe. Wir sehen uns morgen. Ich hole dich um halb zehn ab. Ich freue mich schon.“ Er deutete eine galante Verbeugung an und hielt ihre Hand einen Moment länger als üblich in der seinen.

Nachdem er sich sichtlich widerstrebend losgerissen hatte, konnte John Tante Isabel begrüßen. Behutsam drückte er ihr einen Kuss auf die faltige Wange und streichelte Sir Walter Scott über den Kopf, der auf Isabels Schoss saß. Der Scotch Terrier, letzter in einer langen Reihe von Championatshunden, die Isabel gezüchtet hatte, war ihr unzertrennlicher Gefährte und wie seine Besitzerin in Ehren ergraut.

„Mein Junge, da bist du ja endlich. Ich dachte schon, sie hätten dich an einer Autobahnraststätte vergessen.“ Ihre Augen blitzten schalkhaft.

John lachte und zog sich einen Stuhl heran, während Pauline sich daran machte, einen Karton mit Lebensmitteln, die Maggie mitgebracht hatte, auszupacken.

„Dann wäre ich zur Not getrampt. Keine zehn Pferde hätten mich von euch beiden fernhalten können.“ Er betrachtete seine Großtante aufmerksam. Nachdem sie sich vor einigen Monaten den Oberschenkel gebrochen hatte, hatten die Ärzte vorhergesagt, Isabel würde bestenfalls zum Pflegefall werden. Nun erinnerte bis auf die Krücke, die am Schrank lehnte, nichts mehr an die Folgen des Sturzes.

„Du siehst hervorragend aus, Tante Isabel“, sagte er ehrlich.

„Danke, mein Junge. Ich fühle mich auch ganz gut. Natürlich geht alles nicht mehr so flott wie bei einem jungen Ding von Achtzig, aber ein bisschen herumkrauchen, das kann ich schon noch.“

„Und junge Männer bezaubern“, warf Pauline schmunzelnd ein. „Dieser Mr. Deveril hat ja förmlich an deinen Lippen gehangen. Ich wette, dass wir ihn die nächsten Tage noch sehr oft sehen werden.“

„Ach, Unsinn“, wehrte Isabel ab, blickte jedoch geschmeichelt drein. „Und sooo jung ist er nun auch wieder nicht. Soweit ich mich erinnern kann, hat er die Fünfundsiebzig schon hinter sich gelassen.“

„Tatsächlich?“, meinte John erstaunt. „Ich hätte ihn für Mitte, höchstens Ende Sechzig gehalten.“

„Auf jeden Fall hast du da einen taufrischen Verehrer, Isabel“, stellte Pauline fest. Sie hob eine kleinere Schachtel hoch, auf der fein säuberlich die enthaltenen Gewürze notiert waren. „Cayennepfeffer, Curry, Estragon, Koriander, Kurkuma, Muskat, Oregano, Zimt –

meine Güte, das ist ja ein ganzes Arsenal und auch noch nach dem Alphabet geordnet. Das ist sicher Maggies Werk, nicht wahr? Ich finde es großartig, wenn jemand so strukturiert ist."

John schnaubte. „Warten wirs ab, ob du das am Ende der Woche auch noch sagst."

Draußen im Flur fegten zwei in Neoprenanzüge gekleidete Figuren vorbei.

„Ihr seid aber um 18.30 Uhr wieder hier, damit ihr euch noch zum Abendessen fertigmachen könnt. Um 19.00 Uhr ist Abmarsch. Ich habe einen Tisch beim Italiener reserviert!", drang Maggies Stimme vom ersten Stock herunter. Gleich darauf hörten sie sie die Treppe herunterkommen. Einen großen Zettel in der Hand, trat sie in die Küche.

„Ich gehe jetzt zum Einkaufen. Falls ihr noch irgendwelche Extrawünsche fürs Frühstück habt, könnt ihr die jetzt anmelden. Ihr beide seid, wartet mal, am Dienstag fürs Essen zuständig." Sie deutete auf einen Wochenplan, den sie mit einem Magneten an der Kühlschranktür befestigt hatte.

„Jawohl, Major." John sprang auf, schlug die Hacken zusammen und salutierte.

Maggie zog eine Augenbraue in die Höhe. „Ihr Gepäck, Gefreiter, steht noch unangetastet im Flur. Entfernen Sie es zügig. Und jetzt: Wegtreten."

Dieser Aufforderung kam John nur zu gern nach. Er zog Pauline mit sich und sie liefen mit dem Gepäck die Treppe hinauf. Dort begegnete ihnen David, in Shorts und mit einem Handtuch über der Schulter.

„Ich sehe mir den Strand an. Kommt ihr mit?"

„Nein", rief John über die Schulter zurück. „Ich muss auspacken."

„Na, dann viel Spaß beim … Auspacken", feixte David und polterte die Treppe hinunter. Pauline hastete voran in den zweiten Stock, wo sie eine Tür aufriss, hinter der ein kleines Zimmer lag. Außer einem Doppelbett und einem Schrank passte dort kaum etwas hinein. Aus dem Fenster gab es außer dem Hinterhof und einem altersschwachen Hotelbau in der Nachbarschaft wenig zu sehen. Aber dennoch wähnte John sich im Paradies.

Als Maggies Ruf „Abmarsch zum Essen fassen" in das Dachgeschoss hinaufdrang, standen die Koffer immer noch unangetastet auf dem Boden.

Pauline fuhr in die Höhe. „Oh mein Gott! John, es ist schon sieben! Was machen wir jetzt?“

John hüllte sich in ein Laken, stolperte zur Tür, öffnete sie einen Spalt und rief hinaus, „Geht schon vor, wir kommen nach.“

Von unten war ein Heiterkeitsausbruch zu hören.

„Es ist das ‚Castello‘, ein paar Häuser weiter auf der rechten Seite“, kam Maggies Anweisung.

„Danke! Bis gleich.“ John schloss die Tür wieder. Pauline hatte sich die Decke über den Kopf gezogen. „Herrje, ist das peinlich“, drang es dumpf hervor.

„Ach was“, meinte John fröhlich. „Und selbst wenn, dann war es das wert.“ Pfeifend verschwand er in dem kleinen Badezimmer nebenan.

Zwanzig Minuten später eilten die beiden aus dem Haus und wandten sich nach rechts.

„Da vorn, an der nächsten Querstraße, das muss es sein.“ Pauline zog John hinter sich her. Er war eben im Begriff, die Tür des Restaurants für sie zu öffnen, da gellte ein Pfiff von der anderen Straßenseite herüber. Sie blickten über die Küstenstraße – und erblickten erstaunt die gesamte Familie, die es sich auf einigen Bänken am Rand der Steilküste bequem gemacht hatte und ihnen lachend zuwinkte.

Als sie näher kamen, setzte Maggie ein strenges Gesicht auf.

„Also, Pauline, das hätte ich wirklich nicht von dir gedacht. Du hast dich also schon von der Liederlichkeit meines Bruders anstecken lassen.“

Pauline errötete wie ein Backfisch, was sie in Johns Augen noch hinreißender machte. Verlegen stotterte sie, „Ich, äh, also …“ Da trat Maggie auf sie zu und umarmte sie grinsend. „Mach dir keine Gedanken. Erstens weiß ich ja, dass John unverbesserlich ist – deswegen habe ich den Tisch von Haus aus erst für halb acht bestellt. Und noch dazu habt ihr mir zehn Pfund beschert, die mein lieber Gatte mir jetzt schuldet.“

„Äh, wie …?“

„Ich habe mit Alan gewettet, dass ihr mindestens eine Viertelstunde zu spät kommt.“ Mit einem triumphierenden Lächeln steckte Maggie den Zehner ein, den Alan mit einem Seufzen aus seinem Geldbeutel zog.

„Ich hatte wirklich gedacht, ein paar Jahre im Dienst ihrer Majestät hätten deine Disziplin auf Vordermann gebracht, John“, brummte er.

John nutzte die Gelegenheit, seine ‚Harry Potter und der verpasste Kontrollgang‘-Geschichte zum Besten zu geben und sorgte für allgemeine Erheiterung. Tante Isabel lachte Tränen, als er die Übergabe des Mickymaus-Weckers schilderte. Bella interessierte sich mehr für Gworrans neues Kunststück als Zauberrabe.

„Wenn wir wieder zuhause sind, muss ich dich unbedingt besuchen, John“, kündigte sie an. „Ich will das filmen und an Barry schicken. Das gefällt ihm sicher.“

„Ach, da fällt mir ein, Barry hat mir ein Päckchen für dich mitgegeben“, sagte Pauline. „Erinnere mich daran, dass ich es dir nachher gebe, wenn wir zum Haus zurückkommen. Und natürlich soll ich dich schön grüßen.“

„Oh, danke.“ Bellas Augen begannen zu glänzen.

„Uuuh, Barry“, flötete Tommy. „Bella ist verlie-hiebt, Bella ist verlie-hiebt – he, aua!“ Er rieb sich klagend die Seite, wo ihn ein scharfer Rippenstoß seiner Schwester getroffen hatte.

„Gar nicht wahr“, grollte sie.

„Ach so, und warum sind dann deine Schulhefte seit Neuestem mit Herzchen verziert, in denen überall B+B steht?“, neckte Tommy sie weiter.

Bella lief rot an. „Du bist echt *so* ein Idiot –“

„Nun lasst uns rüber ins Lokal gehen, sonst ist unser Tisch doch noch weg“, unterbrach Alan energisch den Geschwisterstreit.

„Komm, Herzchen, leih mir deinen Arm.“ Isabel hakte sich bei Bella ein und raunte ihr zu, „Große Brüder sind manchmal die Pest.“

Das Mädchen nickte dankbar. „Echt wahr.“

„Große Schwestern sind aber auch nicht besser“, ließ John mit leidgeprüfter Miene fallen, was ihm einen Knuff von Maggie einbrachte.

Nachdem sie das Restaurant geentert und etwas bestellt hatten, blickte Isabel feierlich in die Runde und hob an, „Ich danke euch allen, dass ihr euch diese Woche die Zeit nehmt, um sie mit eurer alten Tante zu verbringen. Ganz besonders möchte ich James danken, der mir nach meinem Sturz so großartig zur Seite gestanden hat.“ Sie erhob ihr Glas und alle taten es ihr nach.

„Ein Hoch auf die Familie – *sláinte mhath*!“

Im allgemeinen Gläsergeklirr raunte Pauline John ins Ohr, „Gott sei Dank hat Isabel nicht auch noch euren lieben Cousin, das Rabenaas, eingeladen."

„Auf den können wir echt verzichten", stimmte er ihr grinsend zu. „Ich habe seit der Geschichte im Zoo nichts mehr von Simon gehört und das kann von mir aus gern so bleiben."

Nachdem sie getrunken hatten, sprach Isabel weiter.

„In der Zeit im Krankenbett ist mir zum ersten Mal so richtig bewusst geworden, dass ich doch nicht mehr die Jüngste bin –"

„Aber, Tante Isabel", unterbrach David. „Was redest du da. Du bist doch noch nicht einmal hundert."

„So ist es. Du bist mindestens so fit wie Prince Philip und der ist immer noch wacker zu allen möglichen royalen Terminen unterwegs", stimmte James ein.

„Und du verdrehst jüngeren Männer den Kopf, wie wir heute schon gesehen haben", gluckste Pauline.

Emmeline machte ein Gesicht, als hätte sie in ihrem Vorspeisensalat ein besonders scheußliches Kakerlakenexemplar entdeckt. John, der neben ihr saß, hörte, wie sie murmelte, „Schamlos, dieses Frauenzimmer. Einfach schamlos."

Daraufhin konnte er sich nicht beherrschen, ihr zuzuflüstern, „Na, heeeersd, Emmilein." Nun war es an Emmeline, rot anzulaufen. An die denkwürdige Episode mit einem österreichischen Fledermausforscher ließ sie sich nur äußerst ungern erinnern. Sie senkte den Blick und studierte eingehend das Karomuster der Tischdecke.

„Jaja, ist ja gut, Kinder", wehrte Isabel lächelnd ab. „Ich wollte damit auch nicht andeuten, dass ich allmählich bereit bin, mich still und leise ins Sterbekämmerlein zurückzuziehen. Im Gegenteil –"

Emmeline hob ruckartig den Kopf. „Im Gegenteil? Was soll das heißen? Willst du dir jetzt eine Faltenstraffung verpassen lassen und dann beim Wettbewerb ‚Großbritannien sucht das geriatrische Supermodel' antreten?"

Rund um den Tisch war kollektives Luftschnappen zu hören, aber Tante Isabel blieb gelassen. „Tatsächlich habe ich schon daran gedacht, meine Bewerbung für den neuen Kalender abzugeben, den unser Schafzuchtverband jedes Jahr herausbringt. Er heißt ‚Verlockende Farmerinnen'."

Nun war es Johns Vater, der seine Tante entgeistert anblickte. „Das … das meinst du doch nicht ernst, oder doch?"

Isabel lachte herzhaft. „Mach dir nicht ins Hemd, James. Es war ein Scherz. Außerdem habe ich für solchen Kokolores gar keine Zeit. Es gibt Wichtigeres zu tun. Die *Scottish National Party* bittet mich ja schon seit Langem, aus meinem politischen Ruhestand zurückzukehren. Und ich denke, dafür ist jetzt der richtige Zeitpunkt. Noch fühle ich mich fit genug dafür und ich kann einfach nicht weiter zuschauen, wie die Fremdherrschaft aus Westminster mein Land kaputtmacht."

„Fremdherrschaft!", zischte Emmeline erbost und schlug sich an die Stirn. „Sag mal, ist dir entgangen, dass deine Landsleute erst letztes Jahr dafür gestimmt haben, im Vereinigten Königreich zu bleiben?"

„Nur, weil ihnen mit Falschinformationen und Demagogie Angst vor der Unabhängigkeit gemacht wurde. Außerdem war damals noch nicht absehbar, dass dieser Wurm, der sich leider nach den Wahlen wieder Premier nennen darf, ernsthaft etwas so komplett Hirnrissiges vorhat wie eine Volksabstimmung über den Austritt aus der EU."

„Aber dafür wird sich doch niemals eine Mehrheit finden", warf Alan ein. „Das wäre ja ein historischer Rückschritt und abgesehen davon ein ökonomisches Desaster."

„Mein lieber Alan, ich hoffe sehr, dass du recht hast, aber ich befürchte, dass die geistigen Falschfahrer wie diese unsäglichen UKIP-Menschen viele Leute hier unten im Süden auf ihre Seite ziehen werden. Gerade die mit dem etwas beschränkten Horizont. Die, für die es das höchste der Gefühle ist, für den dicksten Kürbis ausgezeichnet zu werden." Isabel blickte betont in Emmelines Richtung.

Glücklicherweise nahten genau in diesem Moment zwei Kellner mit den Armen voller dampfender Teller.

„*Eccola, Signore e Signori*, hier kommen unsere vorzüglichen *Pizze* und *Paste*. Ich wünsche Ihnen *Buon appetito*!"

John sah vor seinem geistigen Auge schon die Spaghetti Vongole seiner Mutter über den Tisch fliegen und überlegte fieberhaft, wie er das Gespräch in friedlichere Bahnen lenken konnte. Da kam ihm Pauline zuvor. Sie zwinkerte ihm zu und fragte, „Was steht für morgen auf dem Programm, Maggie?"

„Morgen werden wir uns aufteilen. Mum und Dad machen eine Bustour zum Eden Project und wir fahren nach Tintagel und hinterher ins Bodmin Moor."

„Tintagel, das ist ja wunderbar", meinte Pauline erfreut. „Ich wollte ohnehin schon vorschlagen, dass wir irgendwann diese Woche einen

Ausflug dorthin machen. Im nächsten Trimester möchte ich nämlich mit meiner Mittelstufe ein fächerübergreifendes Artus-Projekt machen. Ich habe schon angefangen, mich einzulesen. Es ist ein ungeheuer spannendes Thema, aus dem man richtig viel machen kann."

„Sehr gut, dann werde ich dir mit Freuden die Reiseleitung übergeben", grinste Maggie. Dann wandte sie sich an Isabel.

„Und du bist morgen mit dem Hundezuchtverband unterwegs, wenn ich das richtig verstanden habe?"

Isabel nickte. „Ken – also Kenwyn Deveril, den ihr vorhin schon getroffen habt – möchte mit mir eine kleine Tour zu verschiedenen ortsansässigen Züchtern machen, die ich von früheren Ausstellungen her kenne. So können wir vor Beginn der Hundeausstellung am Montag noch in Ruhe einen Schwatz halten."

„Wann kommt Renie eigentlich?", erkundigte sich John.

„Sie will morgen gleich im Morgengrauen von London los, also müsste sie im Lauf des Vormittags hier sein", antwortete Maggie.

„Ich freue mich schon, sie endlich wiederzusehen", sagte John. „Seit sie aus Südamerika wieder da ist, hat sie sich bei mir nicht ein einziges Mal blicken lassen."

Seine Schwester blickte bekümmert drein. „Ich weiß auch nicht, was mit dem Kind los ist. Ich sehe sie selbst kaum. Morgens verschwindet sie meist schon aus dem Haus, bevor wir aufstehen und dann höre ich sie oft erst spät nachts nach Hause kommen."

Alan schluckte einen Bissen seiner Quattro Staggioni-Pizza hinunter und brummte, „Ich hätte nicht übel Lust, mal zu diesem Ressortleiter zu marschieren und ihm ordentlich die Meinung zu geigen. Das ist doch pure Ausbeutung, was da abläuft."

„Ich weiß nicht, ob es wirklich ihr Chef ist, der von Renie so viel verlangt – auch wenn dieser Mathers wirklich ein Riesenaas ist", meinte Maggie emphatisch. „Sie setzt sich auch selbst stark unter Druck, glaube ich. Dank Mark Taylor hat sie als blutige Anfängerin diesen Trainee-Posten beim *Guardian* bekommen, auf den selbst studierte Journalisten kaum je eine Chance haben. Und jetzt will sie dem neuen Ressortchef auf Teufel komm raus beweisen, dass sie den Platz in der Redaktion wirklich verdient hat."

„Das war ja schon so, bevor sie nach Südamerika geflogen ist, um in diesem Palmölskandal weiter zu recherchieren. Trotzdem hat sie damals wenigstens ab und an ein Lebenszeichen gegeben. Dass sie sich jetzt so abkapselt, ist ganz untypisch für sie." John runzelte die Stirn.

„Na, in den nächsten Tagen kannst du ihr ja mal auf den Zahn fühlen. Dir erzählt sie noch am ehesten, was ihr auf dem Herzen liegt." Maggie lächelte John an, dann wurde ihr Blick streng.

„Morgen früh fahren wir um zehn Uhr ab. Bis dahin müsste Renie auch hier sein. Also, vor allem für unsere Turteltäubchen hier möchte ich noch einmal sagen: Wer nicht pünktlich im Bus sitzt, muss hier bleiben. *Capisce?*"

„*Si, Signora*", erwiderten John und Pauline wie aus einem Munde.

Kapitel 4

„Alan, deine Waffeln sind ein Gedicht." Randvoll lehnte John sich in seinem Stuhl zurück und klopfte sich auf den Bauch. „Ich fürchte, wenn mein Dienst nächste Woche wieder anfängt, passe ich nicht mehr in meine Uniform."

„Dann verschaff dir doch gleich mal ein bisschen Bewegung und räum den Tisch ab", wies Maggie ihn an und notierte noch etwas auf ihrem neuen Einkaufszettel. „Tommy, du kannst den Picknickkorb und die Kühlbox schon mal raus in den Bus bringen."

„Gleich, Mum." Tommy tippte und wischte in atemberaubendem Tempo auf seinem Tablet herum. „Ey, ich sag euch was, die haben hier besseres WLAN als wir zuhause, das ist ja krass."

„*Jetzt*, Sohn."

„Ach Mum, jetzt nerv nicht schon wieder rum", gab Tommy gleichmütig zurück, ohne aufzusehen. Pauline, die nach oben gegangen war, um mit ihren Eltern zu telefonieren, kam zurück in die Küche und half John, den Geschirrspüler einzuräumen.

„Alles ok bei euch zuhause?", erkundigte sich John etwas bänglich. Nie würde er den Moment vergessen, als Pauline ihren Osterurlaub in London jäh hatte abbrechen müssen, weil niemand sonst da war, der sich um ihre Eltern hätte kümmern können.

„Ja, mach dir keine Sorgen, John." Sie gab ihm einen schnellen Kuss. „Ich hatte nacheinander Mum, Dad und Mary am Telefon und es geht allen gut."

„Hat sich deine Mutter von dem Schlaganfall ein wenig erholt?", fragte Maggie.

„Körperlich ja, würde ich sagen. Die endlosen Physiotherapien haben wirklich viel gebracht. Sie kann die linke Hand wieder richtig benutzen und auch die Kraft kommt allmählich zurück. Anders sieht es hier oben aus." Sie tippte sich an die Stirn. „Sie hat immer wieder kleine Aussetzer im Gedächtnis. Aber im Großen und Ganzen können mein Dad und sie ihren Alltag zumindest wieder halbwegs selbstständig gestalten."

„Das freut mich, Pauline. Ich bin wirklich froh, dass unsere Eltern noch so fit sind. Und natürlich auch Tante Isabel in ihrem biblischen Alter." Maggie schüttelte lächelnd den Kopf. „Die Frau ist wirklich ein Phänomen –" Eines der Handys, die auf der Anrichte lagen, läutete.

„Das ist meins.“ Maggie blickte kurz aufs Display. „Renie.“ Sie nahm ab. „Guten Morgen, Schatz. Wo bist du?“ Nach einem kurzen Wortwechsel legte sie wieder auf. „Renie steht im Stau. Sie kommt dann direkt nach Tintagel und trifft uns dort. Hinterher will sie unbedingt noch mit uns ins Bodmin Moor. Das ist in der gleichen Gegend, also schaffen wir beides heute, ohne uns hetzen zu müssen.“

„Das Bodmin Moor muss wunderschön sein“, meinte Pauline. „Aber was zieht Renie ausgerechnet dahin?“

„Dort wurden Szenen aus *Poldark* gedreht. Das ist ihre neue Lieblingsserie“, erklärte Maggie.

Pauline lächelte. „Mir hat die erste Staffel auch gut gefallen. Man kann da eine Menge über die Geschichte dieses Landstrichs lernen. Wer heute hierherkommt, kann sich ja gar nicht vorstellen, wie der Erzabbau früher hier das Leben bestimmt hat.“

Maggie lachte. „Ich glaube, für meine Tochter liegt der Reiz eher im Hauptdarsteller. Aidan Turner hat es ihr angetan.“

„Ah. Das ist verständlich. Er ist schon ein heißer Typ“, stellte Pauline fest.

„Ach, findest du?“, fragte John betont beiläufig.

„Natürlich nur, wenn man auf diesen dunklen Latin Lover-Typ steht“, beeilte sie sich, hinzuzusetzen. „Du weißt ja, dass für mich Colin Firth das Höchste der Gefühle ist. Und dem bist du ja glücklicherweise wie aus dem Gesicht geschnitten.“

John fuhr sich geschmeichelt durchs Haar. Gleich darauf jedoch verzog er entsetzt das Gesicht, als Pauline ankündigte, „Zu Weihnachten besorge ich dir endlich einen Rentierpullover. In dem würdest du bestimmt allerliebst aussehen.“

Maggie lachte schallend über die bekümmerte Miene ihres Bruders. „Auf den Anblick freue ich mich schon.“ Sie blickte auf die Uhr. „Fünf vor zehn. Alles fertigmachen zur Abfahrt.“

„Was ist denn hier los? Haben die irgendein Festival oder sowas?“ Annie kletterte aus dem Bus und betrachtete erstaunt die vielen bunten Flaggen, welche die Hauptstraße des Dörfchens Tintagel zierten.

Alan entdeckte ein Banner. „Willkommen zum Gralsritter-Symposium!“, las er amüsiert vor. „Das beginnt morgen. Gralsritter im 21. Jahrhundert? Was sind das für Freaks?“

„Oh, es gibt durchaus noch immer Leute, die denken, der Heilige Gral existiert und die auch danach suchen. Ernstzunehmende

Historiker genauso wie eher abgedrehte Typen", meinte Pauline. „Und Tintagel mit seiner engen Verbindung zur Artuslegende ist natürlich ein passender Ort für eine solche Zusammenkunft." Sie wies auf ein Schild, das über einer kleinen Pension angebracht war, ‚Gralsritter Willkommen! Doppelzimmer frei, Kontinentales Frühstück inklusive'. „Der Ort hier macht sicher ein schönes Geschäft mit der Tagung."

„Und nicht nur damit. Die schlachten den Mythos wirklich komplett aus." David hatte eine Reihe kleiner Geschäfte auf der anderen Straßenseite entdeckt, die alles Mögliche feilboten, vom pseudomittelalterlichen Gewand über blecherne Ritterhelme und Zinnbecher bis hin zu runden Tischen, die Kopien des angeblich originalen ‚Ritter der Tafelrunde'-Tisches waren, der in Winchester Castle stand.

„Was für ein Haufen Plunder", urteilte Maggie kritisch. „Lasst uns gehen. Auf zur Burgbesichtigung!"

„*Das* soll die Burg sein? Davon ist ja nicht gerade mehr viel zu sehen." David blickte vom Rand der Steilküste hinüber zu der Halbinsel, auf der die sagenumwobene Festung von Tintagel stand – oder vielmehr das, was davon übrig war. „Und darum machen die hier so ein Brimborium?"

„Da sind ja bloß ein paar blöde Steinmauern." Auch Christopher war sichtlich enttäuscht.

„Müssen wir den Kram echt besichtigen? Ich würde viel lieber zum Surfen gehen", meckerte Tommy. Alans Gesichtsausdruck nach war er der gleichen Meinung wie sein Sohn, aber er enthielt sich wohlweislich jeden Kommentars.

Bella, die mit einem Fernglas zu den schroffen Felswänden der Halbinsel hinüberspähte, quiekte plötzlich, „Uih, ich glaube, das ist eine Alpenkrähe da drüben. Die sind total selten. Los, ich muss da rüber."

John unterdrückte ein Schmunzeln. Barrys Geschenk für Bella war ein Buch gewesen, „Britische Küstenvögel". Dieses hatte sie auf der Fahrt nach Tintagel schon eifrig studiert.

Die Aussicht, eine Krähe zu sehen, riss Tommy und Christopher offensichtlich auch nicht vom Hocker.

„Passt auf, wir stellen uns jetzt vor, es wäre nicht 2015, sondern das 13. Jahrhundert, die Blütezeit dieser Burg", hob Pauline mit geheimnisvoller Stimme an. Sie ging neben Johns jüngstem Neffen in die Knie. „Du, Christopher, bist Baron Christopher von Cambridge."

Die Idee schien ihm zu gefallen. „Cool."

„Und wir sind dein Gefolge. Wir gehen Earl Richard besuchen, der diese Burg bauen hat lassen. Er war der Sohn von König John –"

„Der von der Magna Carta?", unterbrach Bella.

„Ganz genau, Bella. Er hat seinen Sohn nach Richard Löwenherz benannt. Unser Richard hier war der größte Grundbesitzer von ganz England, ein wahnsinnig reicher Kerl. Und dem wollen wir jetzt unsere Aufwartung machen und uns seine neu gebaute Burg anschauen."

Nun trapste Christopher bereitwillig voran. Maggie zwinkerte Pauline zu und beeilte sich, die Eintrittskarten zu besorgen. Während sie am Eingangstor standen und warteten, fragte Pauline, „Wie wären wir heute hierher gelangt, wenn wir im Mittelalter wären?"

„Mit Pferden! Und ich hätte das Größte", krähte Christopher.

Pauline nickte. „Der Adel ist geritten, der Rest musste zu Fuß gehen. Aber auch mit dem Pferd hat man nicht mehr als vielleicht fünfzehn Meilen am Tag zurückgelegt, wenn man seinen Hofstaat dabeihatte."

„Dann hätten wir ja statt fünfzig Minuten zwei ganze Tage von Newquay hierher gebraucht", bemerkte Alan.

„Wahrscheinlich sogar noch mehr. Die Römer haben ja in großen Teilen des Landes Straßen gebaut, aber sie sind im Südwesten nicht über Exeter hinausgekommen. Hier in dieser Gegend gab es damals also kaum befestigte Wege und schon gar nicht verliefen die schnurgerade von einem größeren Ort zum anderen."

Maggie kam mit den Karten zurück. Gerade steckte sie ihr Handy wieder weg. „Renie hat sich gemeldet. Sie braucht mindestens noch eine Stunde", seufzte sie. „Wir sollen vorausgehen und sie findet uns dann schon, meint sie."

Während sie den Eingang durchschritten, murmelte Tommy John neidvoll zu, „Ich wette, Renie chillt in Wirklichkeit bei dem super Wetter an irgendeinem Strand, die Glückliche – hey, was ist das da drüben?", unterbrach er sich gleich darauf selbst. Er zeigte auf ein duster wirkendes Gebäude ein paar hundert Meter weiter rechts auf der Steilküste. „Das schaut eher aus wie eine Burg."

Pauline folgte seinem Blick und schüttelte den Kopf. „Das ist das größte Hotel hier. Es stammt vom Ende des 19. Jahrhunderts und wurde ursprünglich als Bahnhofshotel gebaut, aber die Bahnlinie kam nie. Wenn ich das richtig erkennen kann, flattert ein Banner über dem Eingang. Sieht aus wie die im Dorf, also findet dort vielleicht diese Gralsritterkonferenz statt.“ Sie wandte sich ab und deutete auf ein paar vereinzelte Mauerreste.

„Die Vorburg, also die äußere Befestigung, liegt hier auf dem Festland. Die eigentliche Burg sitzt da vorn auf dem Burgfelsen, der nach allen Seiten hin senkrecht ins Meer abfällt. Er ist einzig und allein über eine ganz schmale Landbrücke zu erreichen. Damit war Richards Burg selbst mit einer Handvoll Männern zur Not gegen eine ganze Armee zu verteidigen.“ Sie deutete in die Tiefe. „Durch Wind und Wasser ist diese Landbrücke so stark abgeschmirgelt, dass sie jetzt viel tiefer liegt als das Festland und der eigentliche Burgfelsen. Also müssen wir jetzt erst hinunter und danach drüben wieder hinauf.“

„Puh, sind das viele Treppen“, stöhnte David. „Gut, dass wir Mum und Dad nicht dabeihaben, das wäre wohl zu viel für sie. Eigentlich ist das sogar für mich zu viel.“

„Weichei“, neckte John seinen Bruder, kam aber dann selbst angesichts der hohen und recht schmalen Stufen gewaltig ins Schnaufen. Oben angekommen ließ Christopher sich geschafft ins Gras fallen und weigerte sich, auch nur einen Schritt weiter zu gehen. David tat es ihm gleich. Pauline zog ihr Handy heraus und filmte die Szenerie aus verschiedenen Blickwinkeln. Dann kam sie wieder zurück und verbeugte sich spielerisch vor Christopher.

„Baron Christopher von Cambridge, willkommen in Tintagel.“

Der Kleine nickte huldvoll mit dem Kopf.

„Wir befinden uns jetzt in der großen Halle der Burg, wo Earl Richard ein Festbankett zu Ehren seiner Gäste veranstaltet.“ Sie deutete nach vorn, wo eine halbhohe Steinmauer aufragte. „Dort, an der Stirnseite der Halle, steht erhöht wie auf einer kleinen Bühne die Tafel des Hausherrn. Die niederen Ränge sitzen dagegen in einfachen Bänken, die durch die ganze Halle nach hinten reichen.“

„Wie in Hogwarts. Da sitzen die Lehrer auch vorn an einem Tisch und die Schüler an den langen Bänken“, bemerkte Bella.

„Genau. Und die hochwohlgeborenen Gäste dürfen natürlich an der Tafel des Earls speisen. Was meint ihr, was er Leckeres auftischen wird?“

„Pommes mit Ketchup?“, fragte Christopher hoffnungsvoll.

Pauline schüttelte den Kopf. „Tut mir leid, die stehen nicht auf der Speisekarte. Kartoffeln gab es damals hier nicht, genau so wenig wie Tomaten. Die stammen von einem Kontinent, über den die Engländer im dreizehnten Jahrhundert noch gar nichts wussten."

„Amerika", fiel es Bella ein.

Christopher zog eine Schnute. „Keine Pommes? Dann will ich Spaghetti mit Fleischbällchen."

„Nudeln sind ebenfalls noch nicht bekannt, aber Fleischbällchen kann ich dir bieten. Zumindest, weil heute Sonntag ist. Mittwochs, freitags und samstags verbietet die Kirche den Genuss von Fleisch, genauso wie in der Fastenzeit und den ganzen Advent. Und daran muss sich selbst der Hochadel halten."

„Dann gab es ja über die Hälfte des Jahres nur Fisch? Das wäre nichts für mich gewesen." Alan verzog das Gesicht.

„Für die Normalbevölkerung hat das Verbot keine große Rolle gespielt, weil Fleisch oder Fisch sowieso nur für die Reichen im Lande erschwinglich war", erläuterte Pauline. „Die meisten Menschen haben sich von Brot, Gemüse und den paar Früchten ernährt, die hier wuchsen, wie Äpfel oder auch mal Birnen. Außerdem war man schon damals erfindungsreich. Ein Tier, das hauptsächlich im Wasser lebte, wurde einfach zu den Fischen gezählt: Biber, Seehunde, Wale, Nonnengänse … So konnte man ein wenig mehr Abwechslung in das Menü bringen."

„Uäh", Bella schüttelte sich. „Einen putzigen Biber oder einen Seehund essen, das ist ja eklig."

Auch Christopher verzog das Gesicht. „Gibts dann zum Nachtisch wenigstens ein Schokoeis?", fragte er.

Pauline schüttelte wieder den Kopf. „Kakao kommt auch erst in ein paar hundert Jahren aus der Neuen Welt. Zur Wahl stehen vielleicht ein Früchtekompott oder ein Bratapfel. Aber immerhin gibt es nach dem Essen ein Unterhaltungsprogramm. Der Minnesänger des Hofs trägt die Legende vor, die überhaupt erst dazu geführt hat, dass Richard die Burg im frühen 13. Jahrhundert genau hier an diesem einsamen Fleckchen errichten ließ, wo seit Hunderten von Jahren so gut wie niemand gewesen war: die Geschichte der Geburt von König Artus." Sie machte eine Kunstpause.

„König Uther Pendragon traf auf einem Bankett die wunderschöne Lady Igraine und war sofort Feuer und Flamme. Diese Frau musste er haben! Nur leider war sie schon verheiratet, mit Herzog Gorlois von

Cornwall. Der Herzog roch den Braten und schaffte Igraine schnellstens weg, hierher auf seine Burg. Da die Festung uneinnehmbar war, wähnte er seine Frau in Sicherheit und zog mit seinen Mannen wieder aus. Uther erreichte bei Nacht und Nebel Tintagel und merkte gleich: Hier kam er mit Gewalt nicht herein. Also befragte er seinen Berater, Merlin den Zauberer, der mit seinen magischen Kräften schon Stonehenge für den König erbaut hatte. Und was meinst du, Christopher, wie der Zauberer es angestellt hat, Uther unbemerkt hier herein zu Igraine zu bringen?"

„Er hat ihn in einen Vogel verwandelt und über die Mauer fliegen lassen?", riet Christopher. Pauline schüttelte den Kopf.

„Er hat ihn unsichtbar gemacht?"

„Nein, auch nicht."

„Er hat ihn in ein leeres Fass gesteckt und so getan, als würde er Wein liefern", schlug Maggie vor. „Ihr wisst schon, wie bei Danny Kaye in ‚Der Hofnarr'".

„Der Wein mit der Pille ist im Becher mit dem Fächer, der Pokal mit dem Portal hat den Wein gut und rein …", kam es wie aus der Pistole geschossen von John.

„Die Pille mit dem Becher ist in dem Wein mit dem Portal", kam es von David.

Nahtlos übernahm Maggie, „Der Elch ist in der Pille und der Becher mit dem Fächer hat den Zecher."

Alle drei lachten lauthals los. Während Tommy seiner kleinen Schwester einen Blick zuwarf und sich vielsagend an die Stirn tippte, kicherte Pauline los. „Den Film liebe ich auch. Aber Merlin hatte einen anderen Trick auf Lager. Er gab Uther das Antlitz von Herzog Gorlois und so kam der König in die Burg und verbrachte auch die Nacht mit Igraine, die ihn für ihren Mann hielt. Das Resultat neun Monate später war Artus, der hier das Licht der Welt erblickt haben soll. Merlin brachte den Jungen nach seiner Geburt zu einem vertrauenswürdigen Ritter, Sir Hector, wo er aufwuchs. Und den Rest der Geschichte kennt ihr: Nachdem er das Schwert Excalibur aus dem Stein gezogen hatte, enthüllte Merlin die wahre Herkunft des Knaben und Artus wurde König von Britannien."

„Hah! Excalibur!" Christopher sprang auf und fuchtelte herum, als würde er fechten. „Ich will auch ein Schwert. Daddy, kaufst du mir eins?"

„Vielleicht später. Jetzt sehen wir uns erstmal weiter hier um“, gab David zurück und stemmte sich ächzend hoch. Nachdem sie die Reste der Festungsanlage eingehend erkundet und zu Bellas Ärger vergeblich nach der seltenen Alpenkrähe Ausschau gehalten hatten, steuerten sie schließlich den Kiesstrand an, der zu Füßen des Burgfelsens verlassen dalag.

„Das ist der richtige Ort für unser Picknick“, beschloss Maggie. „Hier machen wir Mittagspause, bevor wir dann noch ins Bodmin Moor fahren. Dahin ist es nicht mehr weit.“

Pauline stimmte ihr zu. „Hier ist es sehr hübsch und bevor wir aufbrechen, können wir noch Merlins Höhle erkunden.“

„Merlins Höhle?“ Christophers Augen wurden kugelrund. „Wohnt der da drin?“

Pauline lächelte. „In der Artussage heißt es, Merlin wohnt in einer Höhle am Fuß von Artus’ Festung. Im Volksmund wird die Höhle da vorn“, sie wies ans Ende des Strandes, wo die Felswände sich steil erhoben, „schon lange mit Merlin in Verbindung gebracht. Es gibt auch eine Geschichte, dass Artus als Baby hier hilflos in der Brandung trieb und Merlin ihn in dieser Höhle in Sicherheit brachte.“

„Gehen wir jetzt gleich hin?“, bat Christopher begierig.

„Nein, das geht nicht, da würden wir nasse Füße kriegen. Die Flut muss erst noch ein Stück weiter zurückgehen, dann liegt der Eingang frei“, erklärte Pauline.

„Außerdem können wir jetzt eine kleine Stärkung brauchen“, ließ David sich vernehmen. „Mir knurrt schon der Magen.“ Grinsend wandte er sich an Maggie. „Haben wir einen leckeren Biber dabei?“

„Biber war bei Tesco leider aus, aber du kannst gleich mal zusammen mit Alan die Vorräte aus dem Auto holen, Brüderchen“, gab sie zurück. „Und vergesst die Picknickdecken nicht.“

Als David und Alan zurückkamen, schwenkte David eine große Tüte mit der Aufschrift *‚English Heritage‘*.

„Da oben gibt es einen richtig schönen Shop“, berichtete er etwas atemlos und stellte den Picknickkorb auf einem flachen Felsen ab. „Dahin habe ich gleich mal einen Abstecher gemacht. Schau mal, Christopher, was ich hier habe.“

Er zog ein Holzschwert aus der Tüte, dazu einen Schild, auf dem ein feuerspeiender Drache aufgemalt war. Christopher stieß ein Freudengeheul aus. „Daddy, du bist der Beste!“ Gleich darauf sprang er mit seinem neuen Spielzeug wie ein Derwisch über den Strand. Tommy bewaffnete sich mit einem Stück Treibholz und focht einen Kampf mit seinem kleinen Cousin aus, während das Essen ausgepackt wurde. Nachdem sich alle über die Leckereien hergemacht hatten, breitete sich allgemeine Schläfrigkeit aus. Die Sonne schien, ein angenehmes Lüftchen wehte vom Meer her und die Wellen des Bristol Channel schwappten leise an den Strand. So, wie die ganze Familie ermattet am Strand lag, erinnerte sie John an eine Kolonie sattgefressener Robben.

„Was hältst du davon, wenn wir die Höhle schon mal erkunden?“, hauchte Pauline ihm ins Ohr. Schlagartig erwachten Johns Lebensgeister wieder. „Phantastische Idee“, flüsterte er zurück. Beide erhoben sich möglichst geräuschlos. Maggie öffnete als einzige ein Auge und lugte zu ihnen herüber.

„Wir sehen uns die Höhle schon mal an, bevor wir mit den Kindern reingehen“, raunte John. Maggie gab lediglich ein Grunzen als Antwort. Pauline ergriff Johns Hand und sie schlichen davon. Als sie außer Hörweite waren, entfuhr Pauline ein Kichern. „Ich fühle mich wie ein Teenager, der sich von einer Party davonstiehlt, um ein ruhiges Plätzchen für ein, äh, Stelldichein zu finden.“

John blieb stehen und setzte eine entgeisterte Miene auf. „Aber Ms. Murray, Sie wollten mich doch wohl nicht mit unlauteren Absichten fortlocken. Ich dachte, wir wollen dem Regionalmythos nachgehen und über die Geeignetheit der Höhle für eine Exkursion mit Kindern entscheiden –“

„Halt die Klappe“, beschied sie ihm liebevoll und zog ihn die letzten Schritte zu dem übermannshohen Höhleneingang. Hier war der Boden sandig und von der eben erst zurückgegangenen Flut schwer und nass. Nach der strahlenden Helligkeit draußen kam es John bei den ersten Schritten so vor, als tappe er in schwärzeste Dunkelheit. Gleich darauf jedoch blinzelte er überrascht in ein paar Lichtstrahlen, die von vorn zu kommen schienen.

„Die Höhle ist eigentlich ein gekrümmter Durchlass, der durch den ganzen Burgfelsen reicht, ungefähr hundert Meter lang“, erklärte Pauline und sah sich staunend um. Zu Johns Leidwesen schien ihr Forscherdrang die Oberhand gewonnen zu haben und hatte sie vergessen lassen, warum sie hierhergekommen waren. Schon hatte sie ihr Smartphone in der Hand und schoss ein paar Bilder. Dann aktivierte sie die Videofunktion.

„Würdest du bitte kurz zur Seite gehen?“, bat sie John. „Ich will das hier für meinen Unterrichtsfilm aufnehmen.“ Sie drehte sich einmal langsam im Kreis, dann strebte sie weiter und verschwand, das Handy immer noch im Anschlag, um eine Biegung, wo die dunklen Felswände sich von beiden Seiten heranschoben und der Spalt sich verengte. Gleich darauf hallte ein gellender Schrei durch die Höhle.

„Pauline!“ John stürzte um den Felsvorsprung, der sie seinen Blicken entzog. Grenzenlos erleichtert sah er sie vor sich stehen, stocksteif, das Smartphone immer noch in der Hand. Offensichtlich war sie unversehrt.

„Was ist los, mein Liebling?“ Da erblickte er über ihre Schulter hinweg eine Gestalt, die verkrümmt auf dem Boden zwischen zwei Felsen lag. Ein Mann in dunkler Kleidung, die sich mit Wasser vollgesogen hatte. Ein Auge starrte blind ins Nichts. Die zweite Augenhöhle war – leer. John schlug sich die Hand vor den Mund, als eine Welle der Übelkeit ihn erfasste.

„Huhu! John! Pauline! Ich hoffe, ich störe nicht?“, drang plötzlich eine fröhliche Stimme vom Höhleneingang zu ihnen.

Kapitel 5

John löste sich aus seiner Erstarrung. „Renie! Wir sind hier hinten!"

„Hey, ihr zwei!" Seine Nichte eilte beschwingt auf sie zu und fiel ihm um den Hals.

„Die anderen pennen alle, bis auf Mum", berichtete sie aufgekratzt. „Sie sagte, ich sollte euer Tete-a-tete lieber nicht stören, aber ich dachte mir – he, was ist los?", unterbrach sie sich selbst, als sie seinen Gesichtsausdruck bemerkte. Und schon hatte sie wie ein Bluthund Witterung aufgenommen und wollte sich an ihm vorbeidrängen. John stellte sich ihr in den Weg.

„Das willst du dir nicht ansehen, Renie. Komm mit uns nach draußen." Sanft nahm er Pauline bei den Schultern, die immer noch regungslos dastand, und drehte sie zu sich herum.

„Wir gehen jetzt hinaus und rufen die Polizei. Die kümmern sich darum", sagte er leise.

„Oh? Oh ja, das ist wohl das Beste", murmelte sie. „Der arme Mann." Sie realisierte, dass sie immer noch filmte, schaltete die Kamera aus und ließ sich von John in Richtung Höhleneingang schieben. Renie jedoch hatte sich beim Wort ‚Polizei' blitzartig an ihnen vorbeigedrückt und war in dem schmalen Felsdurchlass verschwunden. John geleitete Pauline zum Eingang der Höhle. Im hellen Sonnenlicht schien sie ihre Fassung wiederzugewinnen und sie wählte sogleich die Notrufnummer. Er drückte stumm ihre Hand und trat zurück ins Dunkel.

„Renie! Komm jetzt da heraus! Pauline alarmiert gerade die Polizei." Wie zu erwarten, reagierte seine Nichte nicht. Grummelnd ging John zu ihr. Als er sie erreichte, bemerkte er mit Entsetzen, dass Renie direkt neben dem Toten kniete und mit ihrem Handy ein Foto nach dem anderen schoss.

„Verdammt, Renie, was soll das?", empörte er sich. „Bist du jetzt endgültig zu so einem widerlichen Pressegeier mutiert, der für eine Schlagzeile buchstäblich über Leichen geht? Lass jetzt diesen armen ertrunkenen Mann zufrieden."

„Hah, von wegen ertrunken. Schau doch mal her!"

Widerwillig kam John einen Schritt näher und beugte sich nach vorn. Nun konnte er etwas rundes, metallisch Glänzendes sehen, das neben dem Körper des Toten lag, halb von seiner vollgesogenen Jacke verdeckt.

„Was ist das?"

Renie hielt ihm triumphierend ein Foto des Gegenstandes auf ihrem Smartphone entgegen. „Wenn das kein Kelch ist, fress ich nen Besen", sagte sie. „Mensch, stell dir vor, was das für eine Story gibt. Ein Mordfall mitten im Burgberg von Tintagel. Das Opfer umklammert mit seinen sterbenden Händen ein Gefäß, das verdammt dem sagenhaften Gral ähnelt – und das, kurz bevor Horden von selbsternannten Gralsrittern hier im Ort einfallen. Das wird ein Kracher! Und zwar einer von epischen Ausmaßen." Sie gab einen beglückten Seufzer von sich.

Jetzt reichte es John. Er packte Renie am Arm und zog sie in Richtung Ausgang.

„Du spinnst doch", knurrte er. „Weiß der Himmel, wie der Mann zu Tode gekommen ist. Auf jeden Fall hat er mehr Respekt verdient, als von dir locker-flockig für eine reißerische Reportage verwurstet zu werden."

Renie schluckte und sah plötzlich ganz kleinlaut drein. „Aber so habe ich das doch gar nicht gemeint. Ich … ich dachte nur …"

Sie hatten den Höhlenausgang erreicht, wo Pauline mit Maggie und Alan stand.

„Das mit der Polizei ist hier gar nicht so einfach", berichtete sie. „Die nächste Dienststelle ist in Bodmin. In Tintagel selbst gibt es nur einen Mini-Außenposten mit einem einzigen Beamten. Die Zentrale hat mich zu ihm durchgestellt. Aber ob er uns eine große Hilfe sein wird, wage ich zu bezweifeln."

„Wie meinst du das?", fragte John.

„Naja, sagen wir mal, seine Begeisterung über meine Meldung hat sich in Grenzen gehalten. Nach dem Lärm zu schließen, den ich im Hintergrund gehört habe, glaube ich, er verbringt seinen Sonntag im Pub."

Maggie runzelte die Stirn. „Oje. Wird er sich denn hierher bequemen? Oder kommt eine Streife aus Bodmin?"

„Das ist mindestens eine halbe Stunde weg", warf Alan ein.

Pauline schüttelte den Kopf. „Der Polizist – er heißt PC Elliott, glaube ich – knurrte, er müsste sich die Leiche erstmal selbst anschauen. Nicht, dass die Kripo umsonst ausrückt."

„Okay, das kann ja nicht so lange dauern, bis er hier ist. Der einzige Pub, den ich im Ort gesehen habe, ist höchstens zehn Minuten zu Fuß entfernt.“ Alan sah über den Strand. Annie hatte sich aufgesetzt und sah zu ihnen herüber. Der Rest der Familie schien immer noch in Morpheus’ Armen zu liegen.

„Ich gehe zu den anderen“, entschied er. „Maggie, du bleibst am besten hier. Wenn dieser Polizist sich als bockig erweist, kannst du ja –“

„Mein ganzes Gewicht als Staatsanwältin in die Waagschale werfen. Wieder mal“, ergänzte sie etwas verdrießlich. „Hoffen wir, dass das nicht nötig wird. Ich habe absolut keine Lust, mich in unserem Familienurlaub mit so etwas Unerfreulichem zu beschäftigen.“

Alan gab ihr einen Kuss und entfernte sich.

„Renie, willst du nicht auch gehen und den anderen Hallo sagen?“, fragte Maggie.

„Lassen wir sie doch lieber weiterrüsseln“, gab Renie zurück, die mit einem Stirnrunzeln die Aufnahmen auf ihrem Handy begutachtete. „Ich wette, Christopher macht sonst einen mordsmäßigen Terz, dass er in die Höhle will.“

Maggie musste ihr recht geben.

„Außerdem sind meine Bilder nicht so gut geworden. Ich muss da nochmal rein“, fuhr Renie fort und machte schon Anstalten, wieder in die Höhle zu verschwinden.

„Halt, halt, Fräulein“, stoppte Maggie sie energisch. „Bevor nicht klar ist, ob es sich hier um einen Tatort handelt, bleibst du da gefälligst weg.“

„Aber, Mum“, protestierte Renie und stemmte die Hände in die Hüften. „Da drin hat die Flut sowieso alle Spuren weggespült, falls es welche gab. Ich fasse auch nichts an. Ich will nur noch ein paar Fotos schießen – hey, da fällt mir ein, Tommy hat doch sicher seine Superkamera dabei? Die könnte er mir leihen –“

„Nichts da“, schnitt Maggie ihr das Wort ab. „Du weißt genau, wie ich zu sensationslüsternen Schreiberlingen stehe –“

„Ich *bin* kein sensationslüsterner Schreiberling!“, fauchte Renie.

Pauline trat angesichts des Mutter-Tochter-Gezänks unwillkürlich einen Schritt zurück und zuckte erschrocken zusammen, als sie gegen jemanden prallte.

„Oh, Verzeihung.“ Sie wandte sich um. Gleich darauf entfuhr ihr ein undefinierbarer Laut, woraufhin auch John sich umsah. Als er den Neuankömmling erkannte, weiteten sich seine Augen: Merlin!

„*Tha mi duilich*“, äußerte der selbsternannte Zauberer. Sein Ton war höflich, aber die Augen, die aus dem zerfurchten Gesicht herausblickten, waren kalt. „Lass mich vorbei, *Boireannach*.“

Nun wurden auch Maggie und Renie aufmerksam. Fasziniert starrte Johns Nichte den zotteligen Alten an.

„Verzeihung, Sir, sind Sie …“

„Merlin.“ Er neigte leicht das Haupt.

„Das ist ja spannend. Dürfte ich Sie interviewen? Ich arbeite für den *Guardian*.“ Schon hatte Renie ihren Presseausweis hervorgeholt und präsentierte ihn stolz.

Dafür hatte der Mann jedoch nur einen verächtlichen Blick übrig. Er setzte sich in Bewegung, auf die Höhle zu. Maggie stellte sich ihm hurtig in den Weg.

„Tut mir leid, die Höhle darf jetzt nicht betreten werden.“

„*Dè?* Dies ist Merlins Höhle.“ Als sei damit alles gesagt, klopfte der Alte mit seinem langen Stock einmal auf den Boden und machte einen weiteren Schritt vorwärts. John kam seiner Schwester zu Hilfe.

„Wir können Ihnen leider keinen Zugang gewähren, Sir. Die Polizei ist auf dem Weg hierher und bis die Untersuchungen abgeschlossen sind, darf niemand hinein.“

„Polizei?“ Merlin verharrte einen Moment, drehte sich dann um und schritt wortlos von dannen.

„Was war das denn für ein Vogel?“, fragte Renie.

„Das war doch derselbe Mann, den wir gestern in Stonehenge gesehen haben, oder?“, fragte Maggie John.

Bevor er etwas sagen konnte, bemerkten sie einen beleibten Uniformierten mit imposantem Walrossschnauzbart, der auf sie zugeschnauft kam. Er winkte schon von Ferne und rief, „Ist hier die Dame, die eine Leiche gemeldet hat?“

Pauline hob die Hand. „Das war ich.“

„Aha.“ Als er sie erreicht hatte, legte er grüßend zwei Finger an seine Mütze. „Police Constable Duncan Elliott. Und Sie sind?“

Er notierte ihre Namen und Heimatadressen auf einem kleinen Block, den er aus der Jacke zog. Da er sich dabei alle Angaben umständlich buchstabieren ließ, dauerte diese Prozedur eine ganze

Weile. Schließlich platzte Renie heraus, „Wollen Sie sich nicht endlich die Leiche anschauen?“

Der Polizist fixierte sie verdrossen mit seinen wässrigen kleinen Äuglein. „Miss, ich weiß, dass ihr Leute aus der Hauptstadt meint, dass wir im Rest des Landes alle Hinterwäldler sind. Aber glauben Sie mir, ich weiß nach sechsunddreißig Jahren im Polizeidienst, wie man eine Untersuchung zu führen hat.“

Er wandte sich an Pauline. „So, Ms. äh, wie war doch noch mal der Name, ah ja, Murray. Jetzt schildern Sie mir doch mal genau, warum Sie meinen, dass der Mann, den Sie in der Höhle gesehen haben, tot sein soll und nicht einfach ein Schläfchen hält.“

Pauline warf ihm einen ungläubigen Blick zu. „Officer, wenn Sie sich die Leiche ansehen, werden Sie auf den ersten Blick sehen, dass sie, naja, eben tot ist.“

„Soso. Und was macht Sie da zur Expertin, wenn ich fragen darf? Haben Sie schon des Öfteren eine Leiche gesehen?“

„Nein“, musste Pauline eingestehen.

„Aha. Sagen Sie mal, was sind Sie eigentlich von Beruf?“

Kaum hatte Pauline geantwortet, „Lehrerin“, stieß Elliott ein abfälliges Grunzen aus. „Du liebe Güte. Lehrer. Die meinen ja immer, sie haben die Weisheit mit dem Löffel gefressen. Nichts für ungut“, setzte er hinzu.

John, der ein unheilverkündendes Blitzen in Paulines Augen sah, trat schnell vor sie und sagte, „Der Mann da drin ist definitiv tot, Officer. Nach dem ersten Eindruck würde ich sagen, er hat die ganze Nacht im Wasser gelegen. Irgendein Tier hat eines seiner Augen … gefressen.“

„Soso. Na, dann wird es wahrscheinlich irgend so ein armer Teufel sein, der von der Flut überrascht worden und ersoffen ist. Bestimmt wieder mal so ein leichtsinniger Tourist.“ Elliott strich sich über seinen mächtigen Schnauzbart und brummte, „Humpf. Das wäre schlecht für unseren Fremdenverkehr. Wir müssen schauen, dass wir das unter der Decke halten. Wenn das Gesocks von der Presse Wind davon kriegt, dann Gute Nacht.“

Renie zog scharf die Luft ein und öffnete den Mund. Nach einem warnenden Blick ihrer Mutter klappte sie ihn jedoch wieder zu.

Unvermittelt zeigte der Constable auf John und wies ihn an, „Sie zeigen mir jetzt die Leiche. Die Damen bleiben hier draußen.“ Er deutete eine kleine Verbeugung an. „Wir wollen die zarten Gemüter nicht unnötig belasten.“

Während John voraus ins Dunkel schritt, konnte er sich lebhaft vorstellen, was die drei „zarten Gemüter“ über die hiesige Ordnungsmacht zu sagen haben würden.

Er spürte, dass Elliott ihm dicht auf den Fersen blieb, auch als sie den von einzelnen Lichtstrahlen erhellten Teil der Höhle erreichten. Die Ausdünstungen des Constables – eine Mischung aus Bierfahne, Schweiß und einer zu lange ungewaschenen Uniform – umwaberten John. Er beeilte sich, zu der Stelle zu kommen, wo sie den Toten gefunden hatten. An dem Felsdurchlass blieb er stehen und trat zur Seite.

„Dahinter liegt er“, sagte er.

„Aha.“ Mit sichtbarem Widerwillen näherte sich Elliott dem Spalt. „Das ist ja eine verflucht ungünstige Stelle.“ Er nahm die Mütze ab und wischte sich über die verschwitzte Stirn. „Gott, ich hasse es, wenn alles so eng ist.“ Ein unwillkürlicher Schauer überlief ihn. „Das Schlimmste ist, wenn sie einen in die Röhre stecken, finden Sie nicht? Ich hatte es mal am Rücken und da musste ich in so ein Ding rein. Ich sage Ihnen, das ist die Hölle.“

Es bedurfte einigen guten Zuredens von John, bis der Polizist sich überwinden konnte, zu der Leiche vorzudringen. Da sich der Durchlass im Berg dahinter wieder weitete und die Öffnung zur anderen Seite nicht mehr weit entfernt war, atmete Elliott wieder ruhiger.

„Na gut, dann sehen wir uns das mal an“, murmelte er und beugte sich über den Toten.

„Herrjemine, das ist ja Harvey!“, rief er aus. „Ach du grüne Neune.“ Er richtete sich hastig wieder auf und geriet leicht ins Schwanken. John sprang herbei, um ihn zu stützen.

Elliott klammerte sich an seinen Arm. „Danke. Das … war ein Schock. Und die alte Pumpe macht auch nicht mehr so richtig mit.“ Er klopfte sich an die Brust.

John überlegte einen Moment, ob er den Constable auf den unzweifelhaften Zusammenhang von hohem Alkoholkonsum und Herz-Kreislaufschäden hinweisen sollte, unterließ es jedoch. Stattdessen fragte er, „Sie kennen den Toten?“

Elliott nickte. „Das will ich meinen. In einem Dörfchen wie Tintagel kennt jeder jeden. Das ist Harvey Reynolds. Der größte Artus-Spinner von ganz Cornwall. Hat immer behauptet, König Artus persönlich wäre ihm erschienen. Total durchgeknallt, wenn Sie mich fragen."

Er tippte sich vielsagend an die Stirn. „Aber immerhin hat er auch etwas für den Ort getan. Alle zwei Jahre hat er diese Gralsrittertreffen auf die Beine gestellt und damit Übernachtungsgäste hergelockt. Die können wir dringend brauchen." Plötzlich stöhnte er auf. „Du liebes bisschen, er wird sich doch nicht wegen Guinevere ertränkt haben."

„Guinevere??" König Artus' Frau, die ihn der Sage nach mit Lancelot betrogen und dem König damit das Herz gebrochen hatte? Wenn Reynolds sich aus Verzweiflung darüber umgebracht hatte, musste sein Wahn wirklich sagenhafte Ausmaße angenommen haben, dachte John bei sich.

„Ja, Guinevere. Seine Hündin. Sie war sein Ein und Alles. Er war gestern bei mir auf dem Revier und hat sie als vermisst gemeldet. Völlig fertig war er deswegen, der arme Kerl."

Er raufte sich den grauen Schopf. „Er wollte unbedingt, dass ich ein Spurensicherungsteam zu ihm schicken soll, weil das Vieh entführt worden wäre. Hah! Ich hab ihm gesagt, dass ich auf meinem Rundgang Ausschau nach der Töle halten würde, mehr wär nicht drin. Ich bitte Sie, ein Spurensicherungsteam! Da wäre mir der Commissioner sauber aufs Dach gestiegen, wenn ich wegen sowas mitten in der Urlaubszeit Leute anfordere."

John, der das unaufhörliche Lamento seines Cousins, Superintendent Whittington von Scotland Yard, über die Sparzwänge bei der britischen Polizei nur allzu gut im Ohr hatte, nickte verständnisvoll.

„Hatte Reynolds denn irgendwelche handfesten Hinweise auf eine Entführung?"

Elliott schüttelte den Kopf. „Von einer Lösegeldforderung oder so hat er nichts gesagt. Er hat nur gemeint, dass es doch verdächtig wäre, dass Guinevere so kurz vor der Hundeausstellung in Newquay verschwindet. Da wollte er unbedingt noch einen Pokal holen."

John spitzte die Ohren. Ob Tante Isabel mit ihrer Unzahl an Bekannten in der Hundewelt den Toten wohl kannte? Sie hatte jahrzehntelang nicht nur Hunde ausgestellt, sondern war auch Richterin bei Zuchtwettbewerben gewesen.

„Was für eine Art Hund ist Guinevere?", fragte er.

„Ach, so eine veredelte Ratte mit langen Haaren. Für mich ist sowas gar kein richtiger Hund“, meinte der Constable abfällig. „Mit Schleifchen auf dem Kopf und so Zeug. Zu nichts nutze. Bah.“

Er machte eine wegwerfende Handbewegung. „Aber es gibt jede Menge Leute, die für so kleines Kroppzeug einen Haufen Geld zahlen. Und Guinevere war nicht bloß Harveys Liebling, sondern auch sein wertvollstes Tier.“

„Also hatte er noch mehr Hunde?“

„Ja, ja. Er ist – oder war – ein richtiger Züchter. Dreimal dürfen Sie raten, wie sein Zwinger heißt.“ Elliott gluckste. „Camelot! Können Sie sich das vorstellen? Camelot. Harvey war schon eine Type. Der kannte nur zwei Leidenschaften: Artus mitsamt dem Heiligen Gral und seine kleinen Kläffer.“ Er schüttelte den Kopf. „Ach je, es muss jemand nach den Biestern sehen, jetzt wo Harvey nicht mehr da ist“, fiel es ihm ein. „Und dann müssen wir schauen, was aus diesem Gralsritterdings wird. Das soll ja am Dienstag Abend losgehen.“ Anklagend deutete er auf den Toten.

„Harvey, du alter Schwachkopf. Musstest du mir das antun? So ein Haufen Arbeit, und noch dazu am Sonntag.“ Er stülpte sich die Mütze wieder auf den Kopf und wandte sich ab. „Kommen Sie, Mr. Mac.. äh, dings, wir gehen. Ich brauche jetzt erstmal eine Stärkung und dann muss ich überlegen, wie ich das alles auf die Reihe kriege. Und dann muss ich auch noch einen Bericht schreiben.“ Es folgte ein abgrundtiefer Seufzer.

Entgeistert blickte John den Beamten an. „Sie wollen jetzt einfach gehen? Aber …“ Er verstummte. Unwillkürlich sah er nach oben. War er bei einer Episode der *Versteckten Kamera* gelandet? Was für eine Art von Ermittlungsarbeit sollte das sein? War Duncan Elliott überhaupt ein echter Polizist? Er musterte sein Gegenüber einen Moment und kam resigniert zum Schluss, dass er offenbar dem Paradebeispiel eines vertrottelten Dorfbobbys gegenüberstand, der ansonsten wohl nur noch in Romanen á la Agatha Christie zu finden war. Es war kein Wunder, dass Elliott selbst nach Jahrzehnten im Polizeidienst nicht über den Rang eines Constables hinausgekommen war.

„Werden Sie die Kriminalpolizei anfordern?“, fragte er hoffnungsvoll.

„Humpf. Das muss der Inspektor aus Bodmin entscheiden, ob er an einem Sonntag ausrücken will. Ich werde ihm melden, was ich gesehen habe und er wird dann schon wissen, was zu tun ist. Ah, da fällt mir doch was ein.“ Triumphierend zog Elliott ein Smartphone aus der Uniformjacke. „Ich mache ein paar Fotos und die schicke ich ihm. Ja, auch wir sind auf dem neuesten Stand der Technik. Da staunen Sie, was?“ Beifall heischend sah er John an.

„Äh … ja. Sehr beeindruckend.“

Halb amüsiert, halb mitleidig beobachtete John, wie der Constable mit seinen dicken, verschwitzten Fingern unbeholfen über den Bildschirm wischte und ärgerlich etwas vor sich hinmurmelte, das sich verdächtig nach „Neumodisches Dreckszeug“ anhörte. Schließlich hatte er es geschafft, die Kamerafunktion zu aktivieren. Er drückte ein paarmal auf den Auslöser. John konnte sich beim besten Willen nicht vorstellen, dass die durch die zittrigen Hände des Constables verwackelten Aufnahmen im Halbdunkel der Höhle etwas Verwertbares zeigten. Er überlegte, ob er taktvoll anbieten sollte, das Fotografieren zu übernehmen, als Elliott das Telefon wegsteckte. „Das muss reichen.“ Er schickte sich an, zu gehen.

„Ähm, Constable … haben Sie dieses Gefäß gesehen, das unter dem Toten liegt?“, fragte John schnell.

Elliott knurrte, „Gefäß? Was für ein Gefäß?“ Nur mit äußerstem Widerwillen ließ er sich herbei, sich dem Toten noch einmal zu nähern.

„Na, da brat mir doch einer nen Storch“, rief er dann unvermittelt aus. „Das wird doch nicht … das kann doch nicht … nein, das gibts nicht.“ Er schüttelte den Kopf.

„Was kann nicht sein?“, erkundigte sich John.

„Na, Harvey hat ja dauernd vom Gral geredet. Er ist schon auf der ganzen Welt rumgereist, sogar auf dem Kontinent, und hat ihn gesucht. Er hatte irgendwie eine fixe Idee, dass es das Ding wirklich gibt. Und jetzt liegt er da ausgerechnet mit einem Kelch in Merlins Höhle. Das ist ja …“ Dem Constable schienen die Worte zu fehlen.

„Sollten Sie vielleicht noch ein Foto von dem Kelch machen?“, regte John an.

„Hm. Ja. Wahrscheinlich“, brummte Elliott und zog das Smartphone wieder hervor. Beim Versuch, es in Gang zu setzen, rutschte es ihm aus den Fingern und landete mit der Kante mitten auf der Nase des Toten.

„Oha“, kommentierte der Constable und bückte sich ächzend. Und schon nahm das Unglück seinen Lauf. Nach vorn gezogen von seiner beträchtlichen Wampe verlor Elliott das Gleichgewicht und geriet ins Taumeln. Hilflos ruderten seine Arme in der Luft, ohne Halt zu finden.

John, der ein paar Schritte entfernt stand, konnte nicht rechtzeitig reagieren. So musste er zusehen, wie der Polizist, einem Sack Mehl gleich, auf die Leiche von Harvey Reynolds plumpste.

Während Elliott mit einem gutturalen „Uuuuf" niederging, vernahm John plötzlich ein Wispern, „Oh … mein … Gott." Er fuhr herum. Hinter ihm stand Renie, die sich unbemerkt herangeschlichen hatte. Sie hielt ihr Handy hoch und filmte die skurrile Szene mit einem Ausdruck ungläubigen Entzückens.

Ausnahmsweise war John froh, dass seine Nichte ihren Reporterinstinkten gefolgt war und das Geschehen festgehalten hatte. Ansonsten hätte ihm sicher niemand geglaubt, wie die Ermittlungsmethoden der britischen Polizei im 21. Jahrhundert aussehen konnten.

Kapitel 6

„Was die Todesursache betrifft, kann ich beim Zustand der Leiche erst nach der Autopsie eine Aussage machen. Was ich auf jeden Fall feststellen konnte, sind Rippenfrakturen. Die wurden dem Toten allerdings erst postmortal beigebracht“, vermeldete der Gerichtsmediziner lakonisch.

Detective Inspektor Brown warf einen ungehaltenen Blick auf den unglückseligen Constable und seufzte vernehmlich. Dass er den Beamten nicht an Ort und Stelle teeren und federn ließ, war wohl nur dem Umstand zu verdanken, dass John, Renie und Pauline anwesend waren.

Das winzige Revier in Tintagel platzte aus allen Nähten. Die gesamte Dienststelle, bestehend aus einem Büro, einer Nass- und einer Arrestzelle, war kleiner als die Küche des Ferienhauses in Newquay. Der Inspektor hatte einen Mann in den Pub nebenan schicken müssen, um ein paar Stühle auszuborgen.

Nun drängten sie sich zu siebt im Büroraum und selbst das offene Fenster konnte nicht verhindern, dass die Luft zum Schneiden dick war. Letzteres mochte auch daran liegen, dass die Kriminalbeamten aus Bodmin ihren Zorn auf Constable Elliott nur mühsam im Zaum halten konnten. Elliott wiederum fixierte Renie mit mordlüsternen Blicken, nachdem sie dem Inspektor das Video seines demütigenden Niederfalls gezeigt hatte. Dabei konnte der Polizist noch froh sein, dass er bei seinem Sturz dank seines umfangreichen Polsters unbeschadet davongekommen war – anders als die Leiche Harvey Reynolds’.

John griff nach Paulines Hand. In ihren Augen las er den sehnsüchtigen Wunsch, wegzukommen von diesem übervölkerten und wenig ansprechend riechenden Ort, an dem sie nun schon fast zwei Stunden festsaßen.

„Fahrt weiter ins Moor“, hatte John Maggie und den Rest der Familie gedrängt. „Wir kommen hier sicher so schnell nicht weg, aber es macht keinen Sinn, dass ihr den schönen Tag auch vergeudet. Wir können mit Renie zurück nach Newquay fahren.“

Seine Schwester hatte sich zuerst gesträubt. Aber Bella war ganz versessen darauf, sich die Ponys anzusehen, die angeblich frei im Moor herumliefen und auch Christopher war immer quengeliger geworden. Dass er die versprochene Höhle nun doch nicht erkunden durfte, gefiel ihm gar nicht. Noch dazu hatte David ihm verraten, dass es im Bodmin Moor einen Ort namens Minions gab. Dort hatten die Universal Studios als Werbung für den nächsten Kinofilm ein neues Ortsschild aufgestellt, das die kleinen gelben Gesellen zeigte. Nun konnte Christopher es logischerweise gar nicht mehr abwarten, dorthin zu fahren. Schließlich hatte Maggie eingesehen, dass es für alle Seiten stressfreier war, wenn sie sich auf den Weg machten.

Während Renie mit Argusaugen verfolgte, was vor sich ging und im Kopf wahrscheinlich schon einen Artikel formulierte, wünschte John sich verdrossen, sie hätten die vermaledeite Höhle niemals betreten.

D.I. Browns Telefon klingelte. Er sah auf das Display und verzog das Gesicht. „Vivian-Schatz“, meldete er sich dann. „Ich weiß, dass ich versprochen habe, zum Spiel zu kommen. … Nein, ich werde es auch nicht zur zweiten Halbzeit schaffen. Ich habe hier einen sehr merkwürdigen Todesfall am Hals. Sag Danny toi, toi, toi von mir und dass es mir leid tut.“

Er legte auf und sah mit leidender Miene in die Runde. „Wir spielen heute gegen Wadebridge. Mein Sohn steht im Tor. Und ich bin nicht dabei.“

Der Pathologe schnaubte. „Bei mir zuhause tobt mein Enkel, weil ich ihm versprochen hatte, dass wir heute Nachmittag zusammen an seinem Baumhaus arbeiten.“

„Bei mir schaut es auch nicht besser aus“, meldete sich Browns Sergeant zu Wort. „Meine Freundin jammert mir sowieso ständig die Ohren voll, weil wir keine Zeit zusammen haben. Und jetzt ist auch noch der Sonntag im Arsch. Aber ab morgen trete ich meinen versprochenen Urlaub an, das sage ich euch. Komme, was wolle.“

„Ist ja gut, Sergeant“, brummte der Inspektor.

„Und nach mir kräht natürlich wieder kein Hahn“, kam es plötzlich erbittert von Constable Elliott, der bisher die meiste Zeit schweigend vor sich hin geschmollt hatte. „Ja, klar, die Freizeit der gnädigen Herren von der Kripo ist natürlich wertvoller als die von einem armen Dorfpolizisten, der sich tagein, tagaus um die Belange der Bevölkerung kümmert –“ Er verstummte, als Inspektor Brown jäh aufsprang und sich bedrohlich vor ihm aufbaute.

„Sie!“, zischte er. „Sie halten jetzt aber ganz schnell den Rand. Sie sind doch schuld daran, dass die Kacke hier erst so richtig am Dampfen ist, Sie …“

Nun hatte John genug. Er stand auf. „Meine Herren, Sie brauchen uns nicht mehr, nehme ich an. Wenn wir Ihnen noch irgendwie weiterhelfen können – Sie haben ja unsere Kontaktdaten.“

„Halt, halt, halt“, bremste der Inspektor ihn. „Setzen Sie sich wieder.“

Zähneknirschend leistete John der Anweisung Folge. „Was wollen Sie noch von uns? Wir haben Ihnen das Wenige gesagt, was wir wissen.“

„Nun, da wäre noch eine Sache …“ Inspektor Brown rutschte unbehaglich auf dem Stuhl herum, der prompt unheilvoll zu knarzen begann. Er nahm Renie ins Visier.

„Ms. Hughes, wir brauchen die Videodatei, die Sie aufgenommen haben. Zur Beweissicherung.“

„Kein Problem. Geben Sie mir Ihre Mailadresse, dann schicke ich sie Ihnen als Anhang.“

„Ähm, nein. Sehen Sie, es wäre besser, wenn niemand außer den Ermittlungsbehörden über diese Datei verfügen würde. Sie können sich vorstellen, dass mögliches Täterwissen nicht nach draußen dringen darf, um den Ermittlungserfolg nicht zu gefährden. Als verantwortungsvolle Bürgerin möchten Sie doch sicher auch, dass wir diesen Todesfall so schnell wie möglich aufklären.“ Er schenkte ihr ein bemühtes Lächeln.

Sie lachte ihm kess ins Gesicht. „Sparen Sie sich Ihre hanebüchenen Ausreden. Sie möchten nur die himmelschreiende Inkompetenz eines Ihrer Beamten vertuschen, geben Sie es doch zu.“

Brown und Constable Elliott schnappten unisono nach Luft, während John gequält die Augen schloss. Seine Nichte war wirklich unverbesserlich. Musste sie sich jetzt unbedingt mit den Beamten anlegen?

„Das ist eine infame Unterstellung, Miss“, polterte der Inspektor los. „Ich fordere Sie auf, Ihr Handy auf der Stelle meinem Sergeant auszuhändigen. Zwingen Sie mich nicht, es zu konfiszieren. Dann müsste es nämlich auf absehbare Zeit in unserer Asservatenkammer verbleiben.“ Die Drohung war unmissverständlich.

Renie jedoch, abgehärtet durch zahlreiche Sträuße, die sie mit Superintendent Whittington ausgefochten hatte, blieb unbeeindruckt. Sie zog ihr Ass aus dem Ärmel.

„Hier, bitte, mein Presseausweis. Ich arbeite für den *Guardian*. Und wenn Sie mir jetzt mein Arbeitsgerät aus fadenscheinigen Gründen mit Gewalt wegnehmen, können Sie Gift darauf nehmen, dass das skandalöse Vorgehen der hiesigen Polizei morgen genau da gebührende Erwähnung finden wird. Und zwar in der Print- *und* in der Onlineausgabe.“

Die Gesichtsfarbe des Beamten wechselte von dunkelrot zu aschfahl. „Elliott!“, stieß er aus. „Wieso haben Sie mir nicht gesagt, dass die … Dame von der Presse ist?“

„Aber … aber … das wusste ich doch gar nicht“, stotterte der Constable. „Ich habe nur Namen und Adressen der Zeugen aufgenommen. Schließlich war es vordringlich, die Leiche in Augenschein zu nehmen“, suchte er sich zu rechtfertigen.

Inspektor Brown ließ den Kopf in die Hände sinken. Er murmelte, „Womit habe ich das verdient?“

Darauf wusste niemand etwas zu sagen.

Schließlich ergriff Renie das Wort. „Inspektor, glauben Sie mir, ich habe kein Interesse, das Image der britischen Polizei zu ruinieren. Wenn Sie mir also entgegenkommen, können wir sicher eine Lösung finden.“

Brown sah auf, Hoffnung im Blick.

„Was stellen Sie sich da genau vor, äh, Ms. Hughes?“

Eine halbe Stunde später trommelte Renie begeistert auf das Lenkrad ihres roten Flitzers.

„Yeah! Yeah! Yeah! Investigativreporterin Renie Hughes ist nicht zu stoppen. Chaka!“

„Fahr lieber los“, brummte John vom Rücksitz.

„Ach, komm schon, du musst zugeben, ich war herausragend. Los, sag es“, forderte sie fidel.

„Du bist ein durchtriebenes … Stück“, gestand John seufzend zu.

Das fasste Renie offenbar als Kompliment auf. „Und was sagst du, Pauline?“

„Wie du den Inspektor in die Knie gezwungen hast, war schon bemerkenswert. Sofortige Unterrichtung über alle neuen

Ermittlungsergebnisse vor allen anderen Medienvertretern, Bildmaterial und uneingeschränkter Zugang zu den Akten – mehr hättest du ihm nicht abtrotzen können“, meinte Pauline. „Du hast die Situation geistesgegenwärtig genutzt, bist hartnäckig geblieben und hast dich nicht einschüchtern lassen. Ich würde sagen, du hast im Journalismus wirklich deine Berufung gefunden.“

Renie strahlte sie im Rückspiegel an. „Du hast ja so recht, Pauline. Das ist genau mein Ding. Es hat zwar ein paar Umwege gebraucht, bis ich das erkannt habe, aber jetzt weiß ich, dass ich nichts anderes machen möchte.“ Sie ließ den Wagen an und fuhr aus dem Parkplatz.

„Jetzt muss ich nur noch schauen, dass ich aus dem Natur und Technik-Ressort rauskomme. Der Chef da macht mich wahnsinnig.“

„Dieser Mathers?“, fragte John nach. „Das kann ich mir vorstellen, dass das ein unerfreulicher Zeitgenosse ist.“

„Hah, das kannst du laut sagen. Ein aufgeblasener Leuteschinder ist das. Meint immer, er weiß alles besser. Und so was wie Anerkennung gibts überhaupt nicht.“

„Aber mit der Südamerika-Geschichte hast du doch ein paar ganz gut platzierte Artikel geschafft“, warf John ein.

„Wie war es überhaupt dort unten? Erzähl doch mal“, bat Pauline.

„Es war schon ziemlich spannend. Und heiß“, antwortete Renie knapp und wechselte gleich wieder das Thema. „Also, auf jeden Fall würde ich am liebsten in die Investigativabteilung wechseln. Aber das sind natürlich die Stars der Zeitung und für einen Anfänger wie mich ist es eigentlich unmöglich, da reinzukommen. Vielleicht ist die Geschichte hier ja mein Türöffner.“ Sie bog schwungvoll um die Kurve.

„Ach, und wisst ihr, was das Schärfste ist? Das Ganze überschneidet sich vielleicht mit den Recherchen, die ich sowieso diese Woche führen sollte.“

„Was für Recherchen?“, fragte John erstaunt. „Ich dachte, du hast Urlaub.“

„Pff, Urlaub, so ein Konzept existiert für einen Journalisten quasi gar nicht. Egal wo auf der Welt, es gibt überall etwas, woraus sich eine Reportage machen lässt. Wenn ich nicht etwas gefunden hätte, worüber es sich lohnt zu schreiben, hätte Mathers mir nie diese paar Tage frei gegeben.“

„Dann willst du einen Reisebericht schreiben? Etwas über die Sehenswürdigkeiten hier?“, erkundigte sich Pauline.

„Nein. Es geht um die Hundeschau. Ihr habt doch sicher von dem Vergiftungsskandal bei Crufts, der weltgrößten Hundeausstellung, gehört?“

„Natürlich, dieser wunderschöne Hund, der nach der Ausstellung gestorben ist. Was war das noch, ein Setter oder so? Sein Bild war in allen Zeitungen.“ Pauline schüttelte den Kopf. „Wie kann man nur sowas tun, so ein armes Tier kaltblütig umbringen?“

„Und leider ist der Täter nie gefunden worden. Nachdem die Polizei schon nach kurzer Zeit die Ermittlungen eingestellt hat, gibt es nichts als Gerüchte. In der Hundeszene brodelt es gerade so richtig. Und dazu kommen noch die Vorwürfe von Tierschutzorganisationen gegen die Hundeschauen als solches und gegen quälerische Auswüchse in der Zucht. Also ein einigermaßen heißes Eisen, das Ganze. In Newquay ist die erste große Ausstellung seit Crufts und noch dazu habe ich eine unschätzbare – wenn auch bestimmt nicht direkt unvoreingenommene – Informationsquelle in Tante Isabel. Deswegen konnte ich meinem Chef die Idee mit einem Artikel darüber schmackhaft machen.“

„Clever gedacht“, räumte John ein.

„Ja, nicht wahr? Und als Sahnehäubchen gibt es jetzt noch die Querverbindung zu Harvey Reynolds. Er selbst tot, sein wertvollstes Hündchen, das just an dieser Ausstellung in Newquay teilnehmen sollte, verschwunden … Das erhöht die Brisanz des ganzen Themas doch gleich noch“, frohlockte Renie. Gleich darauf stülpte sie sich ein Headset über den Kopf.

„Ich muss gleich mal den Chef vom Dienst in der Redaktion anrufen, wie wir die ganze Geschichte am besten ausschlachten können.“

„Solltest du dich nicht besser aufs Fahren konzentrieren?“, protestierte John. „Wir sind in einer Dreiviertelstunde zuhause, dann kannst du doch telefonieren.“

„*Time is money*, Onkel. Gerade in unserer Branche“, belehrte sie ihn und hatte schon ihren Gesprächspartner in der Leitung.

„Hey, Charlie, ich habe hier eine Story für dich, die wird durch die Decke gehen, das verspreche ich dir. Da ist alles drin: ein moderner Gralsritter und erfolgreicher Hundezüchter, der unter sehr mysteriösen Umständen stirbt, dazu noch ein Drama um einen verschwundenen Hund. *Und* ich habe Connections zur Kripo und kriege die neuesten Infos vor allen anderen. Na, was sagst du?“

Obwohl John seine älteste Nichte von Herzen liebte, ging ihm ihre zunehmende Kaltschnäuzigkeit gegen den Strich. Er seufzte leise. Pauline warf ihm einen verständnisinnigen Blick zu und rutschte näher, soweit der Sicherheitsgurt dies zuließ.

Eine Weile später drang Renies helle Stimme zu ihnen durch, die amüsiert ausrief, „He da, keine Knutschereien auf der Rückbank! Die Scheiben beschlagen ja schon!"

„Nur keinen Neid, Fräulein", gab John zurück und gab Pauline einen letzten Kuss. Er bereute seine flapsige Antwort aber sofort, als er einen undefinierbaren Blick seiner Nichte im Rückspiegel auffing.

Mit schlechtem Gewissen dachte er daran zurück, dass Renie in den letzten Monaten mehr als eine Beziehungskrise durchlebt hatte. Erst im April war ihr Geoff Tomlinson, ihr Exfreund, über den Weg gelaufen, eine hinreißende Lateinamerikanerin am Arm. Burschikos, wie sie war, hatte Renie versucht, den Anschein zu erwecken, als würde sie dies wenig berühren. Aber wie mochte es wirklich in ihr aussehen? Er bekam keine Gelegenheit nachzuhaken, denn Renie plapperte schon wieder über die aufregenden Geschehnisse des Nachmittags.

„Es gibt so viele Rätsel bei diesem Fall: Was es wohl mit diesem Kelch auf sich hat? Wieso starb Harvey Reynolds ausgerechnet in Merlins Höhle? Und wo der Hund stecken mag? Ist er wirklich entführt worden?" Sie hatten St. Teath passiert und bogen in die A39 ein.

„Das Einzige, was mich wirklich hart ankommt, ist, dass ich das Video zumindest vorerst unter Verschluss halten muss", bedauerte Renie. „Dabei hätten wir sicher irre Klickzahlen, wenn wir das online stellen."

„Ich verstehe gar nicht, dass dieser Constable Elliott immer noch im Polizeidienst ist", meinte Pauline. „Der Mann ist doch offensichtlich total unfähig. Und noch dazu unverschämt."

„Und ein Alkoholiker", setzte John hinzu. „Ich schätze, sie haben ihn nach Tintagel abgeschoben, weil sie dachten, da kann er am wenigsten Schaden anrichten. Außer mal einer Schlägerei im Pub oder einem Taschendiebstahl ist da wahrscheinlich die meiste Zeit kaum etwas los."

„Kann schon sein", sagte Renie. „Man kann gegen die Metropolitan Police sagen, was man will, aber so ein Typ wäre da schon lang weg vom Fenster. Ach, ich würde zu gern Simons Gesicht sehen, wenn er das Video von unserem tollen Ordnungshüter sieht. Ich wette, den trifft der Schlag. Irgendwann muss ich es ihm echt zeigen." Sie kicherte.

Wie sich wenig später zeigen sollte, bekam sie schneller als erwartet die Gelegenheit dazu.

Als sie am Ferienhaus anlangten, war der Kleinbus nirgends zu sehen. Stattdessen parkte in der Einfahrt ein silberfarbener Jaguar. John fiel die Kinnlade herunter.

„Das … aber … wie …"

„Na, jetzt bin ich aber baff", rief Renie aus. „Was macht Simon denn hier?"

Schon öffnete sich die Tür von ‚Fisherman's Pride' und heraus trat Superintendent Whittington. Wie immer stilvoll elegant, gewandet in ein offensichtlich maßgeschneidertes Hemd, eine helle Leinenhose und handgenähte Lederslipper. Was jedoch ungewöhnlich war, war sein Gesichtsausdruck. John fühlte sich unwillkürlich an das Märchen von Rotkäppchen und dem bösen Wolf erinnert. Genauer gesagt, an die Szene, in der sich der Wolf als Großmutter verkleidet und seine Zähne zu einem Lächeln fletscht, um das Rotkäppchen in die Falle zu locken. Renie schien es genauso zu gehen.

„Was grinst der denn so komisch? Will er etwa so tun, als würde er sich freuen, dass er uns sieht? Echt jetzt? Das glaubt ihm doch kein Schwein." Misstrauisch beäugte sie Simon, der mit weit geöffneten Armen näherkam. „Was wird'n das?", murmelte sie beunruhigt.

Simon öffnete die Fahrertür. „Meine liebe Renie! Wie schön, dich zu sehen. Darf ich dir behilflich sein?"

„Häh? Ich bin zweiundzwanzig, Simon. Noch schaffe ich es allein aus dem Auto", gab sie rüde zurück und stieg schnell aus.

Simons Lächeln geriet nur für einen Augenblick ins Wanken. Dann umrundete er den Wagen und öffnete auf Paulines Seite die Tür zum Fond.

„Pauline! Du siehst wie immer hervorragend aus. John ist wirklich ein Glückspilz." Er half ihr nach draußen und drückte ihr geziert einen Kuss auf die Wange. Dann klopfte er John, der selbst unter einigen Mühen von der engen Sitzbank gekrabbelt war, herzhaft auf die Schulter. „Na, mein Alter? Da sind wir endlich mal wieder vereint. Großartig."

Mein Alter? John hatte gedacht, die Ereignisse des Tages wären an Skurrilität nicht mehr zu toppen, aber nun sah er sich eines Besseren belehrt.

„Bestimmt könnt ihr nach eurem Ausflug eine Tasse Tee vertragen. Ich habe auf dem Weg hierher in einem Tea Room gehalten und Scones sowie ein paar andere Kleinigkeiten mitgebracht“, sagte Simon und ging voraus in die Küche. Dort saßen Emmeline, James und Tante Isabel um den Tisch, der sich schier bog vor Leckereien: Ein Berg von Scones mit und ohne Rosinen, Töpfchen mit fetter Devonshire Cream, verschiedene Feinschmeckermarmeladen, Petit Fours, zwei Pasteten und ein gewaltiger Schokoladenkuchen warteten auf hungrige Esser.

Renie umarmte ihre Großeltern und Tante Isabel stürmisch und machte sich dann sogleich über ein großes Stück Kuchen her.

„Möchtest du Tee?“, erkundigte sich Simon.

„Nein, lieber Kaffee.“

Schon sprang Simon auf.

Emmeline bedeutete ihm, sich wieder zu setzen. „Ich kümmere mich schon darum. David hat auch gern eine Tasse Kaffee. Die anderen kommen doch sicher gleich, oder?“

„Das wissen wir nicht, Mum“, antwortete John und nahm sich ein Scone. „Sie sind ins Bodmin Moor weitergefahren und wir sind in Tintagel geblieben.“

„Warum das denn?“, fragte Emmeline verblüfft.

„Das erklären wir euch gleich. Aber erstmal wüssten wir gern, was *er* hier macht“, platzte Renie heraus und deutete mit ihrer Gabel auf Simon.

Emmeline sah sie stirnrunzelnd an. „Wo bleiben deine Manieren, Kind? Ich muss mich doch sehr wundern –“

„Renie hat schon recht, Emmeline“, unterbrach Simon sie. „Ich verstehe, dass sie erstaunt ist, mich hier zu sehen.“

Er wandte sich Renie, John und Pauline zu. „Seht ihr, es war in der Tat eine sehr spontane Idee, hierher zu euch zu kommen. Ich bekam unerwartet ein paar Tage frei und weil Patricia zu ihrer Schwester gefahren ist, war ich zuhause sozusagen Strohwitwer. Von der lieben Emmeline wusste ich, dass ihr die Ferien alle zusammen verbringt und da dachte ich, wie herrlich es wäre, hier bei euch zu sein. Heute Vormittag rief ich auf gut Glück bei Tante Isabel an. Und dankenswerter Weise war sie so kurzfristig bereit, mir hier im Haus ein Obdach zu geben.“ Er strahlte Isabel an, die ihm mit einem gnädigen Lächeln zunickte und fuhr fort. „Ich sprang also ins Auto und kam her. Und ich hoffe, ihr findet es genauso wunderbar wie ich, dass wir jetzt alle unter einem Dach sind und die Zeit gemeinsam genießen können."

Renie fielen ein paar Kuchenkrümel aus dem offenstehenden Mund. Unhörbar formten ihre Lippen „Bin ich jetzt im falschen Film?"

John ging es ähnlich. Ihm war, als umwehten ihn die ersten Töne der Serienmelodie von „Die Waltons". Als er sich vorstellte, wie abends liebevolle Rufe durchs Haus drangen, „Gute Nacht, Maggie!", „Gute Nacht, Mum!" und schließlich „Gute Nacht, John-Boy!", stieg ein unwiderstehliches Lachen in ihm empor. Er verschluckte sich an seinem Scone und bekam einen Hustenanfall.

Kapitel 7

Das Mondlicht tanzte auf der Brandung, als John und Pauline etliche Stunden später die steilen Treppen zum Strand hinunterkletterten. Das kleine Strandlokal hatte längst geschlossen. Nur vereinzelt drang noch Licht aus den Reihen der winzigen Sommerhäuschen, die an den unteren Rand der Steilküste gebaut waren. Außer dem auf- und abebbenden Meeresrauschen war kein Laut zu hören. Die salzige Luft war für englische Verhältnisse geradezu mediterran lau. Beide zogen die Schuhe aus und wanderten Hand in Hand über den weichen Sand dorthin, wo die Wellen sich brachen.

„Hmm, ist das romantisch. Nur wir beide im Mondenschein …“, murmelte Pauline. Sie blieb stehen und schlang die Arme um John. Gleich darauf sprang sie jedoch mit einem unterdrückten Aufschrei zur Seite. „Scheiße, ist das kalt!“ Eine einlaufende Welle hatte ihr fünfzehn Grad kaltes Atlantikwasser über die Füße gespült und jegliche amouröse Stimmung gleich mit fortgeschwemmt.

Sie zog John zu einem flachen Felsen in sicherer Entfernung vom Brandungssaum und sie setzten sich. Pauline vergrub die Füße im Sand, der noch etwas von der Hitze des Tages gespeichert hatte.

„Irgendwie habe ich das Gefühl, dass unsere Zweisamkeit heute unter keinem guten Stern steht“, sagte sie mit einem leisen Lachen. „Immer, wenn wir mal unter uns sind, kommt etwas dazwischen. Arktisches Wasser, eine Leiche …“ Ihr Ton wurde ernst.

„Was für ein scheußliches Ende der arme Mann genommen hat. Ganz allein in so einer dusteren Höhle sterben und dann noch von irgendwelchem Getier angefressen werden …“ Sie schüttelte sich. „Er hat nicht mal mehr die Chance gekriegt, bei diesem Gralsrittertreffen dabei zu sein, das ihm ja offenbar so am Herzen lag. Und er hat nicht mehr erfahren, was aus seinem geliebten Hund geworden ist. Wirklich traurig, nicht wahr?“

John nickte und legte den Arm um ihre Schultern. „Renie hatte wohl recht mit ihrem Gefühl, dass es hier um Mord geht. Nachdem Harvey Reynolds ein Einheimischer war, der die Höhle sicher seit seiner Kindheit kannte, halte ich es für unwahrscheinlich, dass er sich von der Flut hätte überraschen lassen. Unfall scheidet also aus. Und Suizid auch: Dass er sich umgebracht hätte, gerade vor zwei so wichtigen Ereignissen und ohne etwas über das Schicksal seiner Guinevere – was für ein Name für einen Hund! – zu wissen, kann ich mir genauso wenig vorstellen."

Pauline nickte. „Irgendwie schafft Renie und du es immer wieder, in eine Mordermittlung verwickelt zu werden", merkte sie an. „Das ging schon los, als wir uns kennenlernten. Weißt du noch? Als ich damals mit meiner Klasse zur Besichtigungstour kam, beherrschte der Mord im Tower alle Schlagzeilen."

Wie hätte John das vergessen können? Bis heute sah er klar und deutlich Paulines Lächeln vor sich, das sie ihm bei der Abfahrt des Busses geschenkt hatte. Schon damals hatte er sie anziehend gefunden, hätte es jedoch nicht für möglich gehalten, dass er sie je wiedersehen würde. Er fühlte sich wieder überwältigt von der Tatsache, dass er heute, zweieinhalb Jahre später, mit ihr gemeinsam hier saß. Während er seinen sentimentalen Gedanken nachhing, ging Pauline offensichtlich etwas anderes im Kopf herum.

„Was denkst du, ist mit Simon los? Er ist plötzlich ein ganz anderer Mensch, man erkennt ihn gar nicht wieder", sagte sie nachdenklich.

John schnaubte. „Du hast recht, es ist direkt unheimlich. Ich weiß zwar, dass sich seine Frau und der Commissioner nach Simons Krise im Frühjahr verbündet und ihn dazu gezwungen haben, zur Polizeipsychologin zu gehen. Aber wenn die es geschafft hat, in so kurzer Zeit so eine drastische Veränderung anzustoßen, muss sie eine Zauberin sein."

„Er ist ja nicht nur verdächtig freundlich, er hat auch null Interesse daran gezeigt, sich in die polizeiliche Untersuchung einzumischen", sprach Pauline weiter. „Ich hätte erwartet, dass er sofort zum Telefon greift und Inspektor Brown anruft. Und vor allem, dass er Zeter und Mordio schreit, wenn er das Video von diesem unerträglichen Elliott sieht. Aber selbst da hat er nur kurz geschluckt und gesagt, dass Fehler menschlich sind und man den Mann doch auf eine Entzugstherapie schicken sollte, um ihm zu helfen."

„Renies Gesichtsausdruck war wirklich unbezahlbar", gluckste John. „Da wartet sie auf einen Sturm der Entrüstung und nichts passiert. Dafür war Tante Isabel ziemlich aus dem Häuschen."

„Das ist ja unvorstellbar!", hatte Isabel gewettert. „Solchen Hanswursten kann man doch nicht eine Mordermittlung anvertrauen! Geschweige denn die Suche nach dem armen Hund. Ich muss gleich mal mit Ken telefonieren. Er soll mit der Polizei reden und sicherstellen, dass die Hunde des Opfers versorgt sind. Und er soll eine Freiwilligentruppe nach Tintagel schicken, die das Gebiet nach dem verloren gegangenen Hund durchkämmen soll."

Alans Einwand, „Meinst du nicht, dass die Polizei sich darum kümmern wird?", hatte sie mit einem verächtlichen Schnauben beiseite gefegt. „Pah. Diese Taugenichtse sollen sich auf die Suche nach dem Mörder konzentrieren. Wahrscheinlich sind sie jetzt in der Urlaubszeit sowieso unterbesetzt und froh, wenn man ihnen ein wenig unter die Arme greift."

Das Gespräch mit Kenwyn Deveril hatte sehr lange gedauert. Bei der Rückkehr in die Küche hatte sie besorgt ausgesehen.

„Oje. Ken befürchtet – und ich glaube, zu Recht – dass diese Geschichte einen Schatten über die Hundeschau werfen wird. Es ist wirklich ein unglückliches zeitliches Zusammentreffen: der Mord, das Verschwinden des Hundes – und Guinevere wäre in der Tat eine mögliche Anwärterin auf den Titel bei den Yorkshire Terriern gewesen, sagt Ken – und der Beginn der Wettbewerbe morgen. Gerade jetzt, wo Hundeschauen sowieso schon im Kreuzfeuer stehen, nach den Geschehnissen bei Crufts."

„Reynolds hat auch Terrier gezüchtet?", fragte John. „Dann bist du ihm doch sicher schon begegnet?"

Isabel rollte mit den Augen. „John, mein Lieber, man merkt gleich, dass du nichts von Hunden verstehst –"

„Bei uns in der Familie bevorzugen wir Katzen als Haustiere", warf Emmeline spitz ein. „King Olaf und King Edward sind wundervolle Tiere. Die einem auch nicht ständig am Rockzipfel hängen." Letzteres mit einem Blick auf Sir Walter Scott, der zu Isabels Füßen saß. „So kann man auch mal verreisen, solange gute Nachbarn sich zuhause kümmern. Katzen sind einfach unabhängige und freie Geister. So wie ihr Schotten auch gern wärt", schoss sie eine letzte Salve ab.

Isabel knirschte mit den Zähnen, beschloss dann aber, Emmeline mit Nichtachtung zu strafen.

„Also, zu deiner Information, John. Die Gruppeneinteilung der Zuchtrassen ist bei uns im – leider immer noch Vereinigten – Königreich etwas anders als auf dem Kontinent. Yorkshire Terrier werden nicht in der Gruppe der Terrier gewertet, sondern gehören wie der Mops, der Pekinese und der Chihuahua zu den „Toys", den Begleithunden. Ich persönlich habe für diese verzärtelten Schoßhündchen ehrlich gesagt wenig übrig, deswegen habe ich auch selten Kontakt mit deren Züchtern gehabt. Aber von Ken habe ich jetzt erfahren, dass Reynolds mit seinem Camelot-Zwinger recht erfolgreich gewesen ist. Deswegen werden jetzt sicher Gerüchte laut, ein konkurrierender Züchter hätte ihn aus dem Weg geräumt. Natürlich hanebüchener Unsinn, so was. Aber diesen Tunichtguten von der Presse ist das ja egal – Hauptsache, sie kriegen eine spektakuläre Schlagzeile. Und bringen damit wieder die ganze Hundezucht in Verruf.“ Sie blickte streng auf Renie.

„Ich hoffe sehr, Kind, dass du dich um eine ausgewogene Berichterstattung bemühen wirst. Das eine sage ich dir: Wenn du uns – und damit meine ich meine Züchterkollegen und mich – pauschal an den Pranger stellst, nur weil es grade in Mode ist, und irgendwelche Skandalgeschichten fabrizierst, dann ist es vorbei mit der Freundschaft. Hast du mich verstanden?“

Bei jedem anderen hätte Renie aufbegehrt, aber ihr Respekt vor der Patriarchin des Mackenzie-Clans war so groß, dass sie lammfromm nickte.

„Isabel scheinen der verschwundene Hund und die möglichen Auswirkungen auf die Hundeschau mehr zu bewegen als der Tod von Harvey Reynolds“, stellte Pauline fest und bohrte ihre Zehen geistesabwesend tiefer in den Sand.

„Tja, so ist sie“, gab John zurück. „Wenn Artus, der Gral und seine Yorkshire Terrier die Leidenschaften von Harvey Reynolds waren, sind es bei Isabel Schottland, Schafe und Scotch Terrier. Sie war weit mehr als ein halbes Jahrhundert auf Hundeschauen unterwegs, dafür schlägt einfach ihr Herz. Es ist ja auch typisch für sie, dass sie sich über die Ehrung des Zuchtverbands mehr gefreut hat als über die Ordensverleihung bei der Queen.“

„Die Veranstaltung für Isabel ist am Donnerstag, nicht? Dann hoffen wir, dass sich schnell alles aufklärt, damit sie den Tag richtig genießen kann“, meinte Pauline.

John nickte. „Das wäre schön. Von mir aus kann Renie herumschnüffeln so viel sie will und der Polizei die Hölle heißmachen. Ich für meinen Teil möchte meinen Urlaub in Ruhe auskosten. Mit der Familie und vor allem mit dir.“

Pauline hob die Hand und strich ihm zärtlich über das Gesicht.

„Das möchte ich auch. Die Zeit verfliegt so schnell … Lass uns nach oben gehen“, wisperte sie.

Am nächsten Morgen hackte Simon unter Maggies Aufsicht mit Eifer und Tränen in den Augen einen Berg Zwiebeln, danach noch Paprika, Champignons und Tomaten. Alan zauberte daraus frische Omeletts. Als Simon hinausgegangen war, um sich die Hände zu waschen, kam Alan zum Tisch. Er servierte zwei Teller Omelett – einmal mit extra Käse für John und einmal mit einer zusätzlichen Portion Schinken für Pauline – und meinte mit einem breiten Grinsen, „Meine Frau hatte noch nie so viel Spaß am Zubereiten des Frühstücks."

„Ja, man sieht es ihr direkt an, dass sie es weidlich genießt, einen Knecht zu haben. Ein richtig emsiges Bienchen ist er plötzlich, unser Cousin", spöttelte David.

Renie, die eine Schale Müsli in sich hineinschaufelte und den Superintendenten mit einer Art fasziniertem Grauen beäugt hatte, meinte, „Ich glaube, ein Alien hat sich in seinem Kopf eingenistet und kontrolliert sein Verhalten. Ihr wisst schon, so wie dieser Pilz, der Ameisen befällt und ferngesteuerte Zombies aus ihnen macht, bevor er sie umbringt und ihre Organe verdaut."

„Oder das ist gar nicht Simon! Vielleicht jagt Simon in Wirklichkeit undercover ein Verbrechersyndikat und hat einen Klon hergeschickt, um seine Spuren zu verwischen", mutmaßte Tommy.

„Dann hätten sie das Ding aber besser programmieren müssen. So, wie der sich benimmt, glaubt doch keiner, dass das echt Simon ist", widersprach Bella.

James schmunzelte, „Kinder, was habt ihr für eine blühende Phantasie."

„Ich finde, ihr solltet nicht so gehässig sein", zischte Emmeline. „Vielleicht ist Simon einfach klargeworden, wie wichtig die Familie ist. Ich finde, er bemüht sich redlich. Außerdem hat er auch in der Vergangenheit schon viel für uns getan. Ich darf dich daran erinnern, Renie, dass er dich mehr als einmal gerettet hat, wenn du dich wieder in ein Abenteuer gestürzt hattest."

Renie, die sich vor dem Frühstück beim nächsten Kiosk den *Guardian* besorgt hatte und nun ein wenig eingeschnappt war, weil der verantwortliche Redakteur ihren vermeintlichen Coup nur einer Notiz im Regionalteil für wert befunden hatte (*„Moderner Gralsritter kommt unter ungeklärten Umständen in Tintagel zu Tode"*), verdrehte die Augen.

„Das sind doch olle Kamellen, Grandma. Und wenn unser Superintendent plötzlich von inniger Zuneigung zu seiner Familie ergriffen worden ist, fress ich nen Besen. Der führt was im Schilde, darauf wette ich."

Davids Augen leuchteten auf. „Wir könnten einen Jackpot aufmachen. Jeder gibt einen Tipp ab, was hinter Simons merkwürdigem Verhalten steckt und wer richtig lag, kriegt die Summe ausbezahlt. Ich stelle mich als Buchmacher zur Verfügung."

„Fragt sich bloß, wie wir herauskriegen sollen, was tatsächlich mit ihm los ist", warf John ein.

„Ich könnte Patricia anrufen", schlug Maggie vor. „Vielleicht verrät sie mir ja etwas."

„Er kommt zurück", warnte Tante Isabel, die dem Geplänkel stillvergnügt gelauscht hatte. Als Simon durch die Tür trat, erkundigte sie sich, „Kommst du mit zur Hundeschau, Simon? Wir gehen heute alle zusammen zur Eröffnung und sehen uns ein paar Wettbewerbe an."

„Sehr gern", erwiderte Simon. „Kommt der gute alte Robert Burns auch mit?"

Sie sah ihn verständnislos an. „Wer?"

„Na, dein Hund."

Bella prustete los. „Er heißt doch Walter. Sir Walter Scott."

„Oh, ach ja", sagte Simon sichtlich betreten. „Aber es war ein schottischer Dichter, immerhin so weit konnte ich mich erinnern. Ähm, Maggie, soll ich den Geschirrspüler einräumen?"

Als er sich abwandte, gingen am Tisch beredte Blicke hin und her. John hielt Renies Theorie von dem hirnkapernden Alien allmählich doch nicht mehr für so weit hergeholt.

Die stattlichen Messehallen am Rande der Stadt waren von eingezäunten Pferchen und Koppeln umgeben. Der angrenzende Großparkplatz war bereits gut gefüllt.

„Hier findet die jährliche Landwirtschaftsausstellung der Region statt", erklärte Tante Isabel. „Es ist erstaunlich, dass nicht früher jemand auf die Idee gekommen ist, hier eine Hundeschau zu veranstalten, denn das Gelände eignet sich hervorragend dafür." Sie dirigierte Alan zu einer Reihe Parkplätze ganz in der Nähe des Eingangs, über dem ein Banner flatterte, „Der Nationale Hundezuchtverband heißt alle Hundefreunde herzlich willkommen!"

Einem Parkwächter, der sich mit gestrengem Blick näherte, hielt Alan auf Isabels Geheiß einen Parkausweis für Ehrengäste entgegen und schon wurde der Kleinbus freundlich in eine Lücke eingewiesen. Beim Aussteigen blickte Isabel kritisch umher und murmelte dann, „Keiner von diesen militanten Tierschützern hier, Gott sei Dank."

„Hattest du Proteste erwartet?", fragte James.

„Ja. Es gibt immer mehr Organisationen, die Front gegen uns machen. Fehlgeleitete Tierliebhaber genauso wie Leute, die einfach aus Prinzip gern Randale machen."

Kenwyn Deveril kam herbeigeeilt. Isabel stellte ihm Simon und Renie vor, die er bis jetzt nicht getroffen hatte. Er begrüßte alle höflich, hatte aber erkennbar nur Augen für Isabel.

„Komm herein, meine Teuerste, komm herein. Wie schön, dass wir dich schon bei der Eröffnungsfeier als Gast begrüßen dürfen." Am liebsten hätte er wohl einen roten Teppich für Isabel ausgerollt. John fühlte sich, als gehörte er zum Tross eines Staatsoberhaupts.

Kaum waren sie am Einlass angelangt, kamen schon zwei adrett gekleidete junge Frauen auf ein Zeichen von Deveril angelaufen.

„Dame Isabel, Ihnen und Ihrer Familie ein herzliches Willkommen." Es fehlte nur noch, dass die beiden einen Knicks gemacht hätten. Isabel nahm dies mit einem freundlichen Lächeln zur Kenntnis und nahm Ehrenkarten für den gesamten Mackenzie-Trupp in Empfang.

Beinahe verlegen bat eine der Empfangsdamen, „Dürfte ich Sie um den Impfpass für Ihren Hund bitten? Sie wissen ja, es ist Vorschrift für jedes Tier …"

„Selbstverständlich." Isabel zog ein Dokument aus ihrer praktischen Handtasche und überreichte es der Frau, die es nach einer flüchtigen Musterung unter wiederholten Dankesworten zurückgab.

„Nun, dann geleite ich euch jetzt zum Ehrenring, wo wir in einer Viertelstunde mit der Eröffnungszeremonie starten werden." Ken Deveril reichte Isabel feierlich den Arm und bedeutete den jungen Damen, die Flügeltüren in die Halle zu öffnen.

„Wow", hauchte Bella verzückt. „So viele Hunde auf einmal hab ich noch nie gesehen."

Tatsächlich wuselte es unter dem hohen Dach nur so vor Vierbeinern, in allen erdenklichen Farben, Formen und Größen. Die zugehörigen Zweibeiner führten sie an der Leine oder karrten sie in großen Transportboxen auf Wägelchen herum.

„Schaut euch den an! Ein Hund mit Dreadlocks. Der ist ja cool.“ Tommy zückte die Kamera.

„Das ist ein Puli, ein ungarischer Hütehund“, erklärte Tante Isabel. „Dass sein Fell in dicken Schnüren herunterhängt, ist typisch für die Rasse.“

„Och und der da! Meine Güte, ist der süß!“ Annie wies auf einen kleinen hellgrauen Hund mit flauschigem Fell und schwarzen Knopfaugen, der mit kleinen Tippelschritten neben seinem Besitzer herwieselte.

„Havaneser. Bellen so gut wie nicht, auch gut in der Wohnung zu halten“, kommentierte Ken Deveril.

Simon hatte für das plüschige Hündchen erkennbar nichts übrig, bemühte sich aber um einen neutralen Gesichtsausdruck. Der elegante Trab eines vorbeikommenden Dobermanns sprach ihn offensichtlich mehr an. „*Das* ist ein schönes Tier. Kraftstrotzend, aber kontrolliert. Stilvoll, mit klaren Linien. Gepaart mit einer wachen Intelligenz.“

„Genauso, wie dein lieber Cousin sich selber sieht“, murmelte Pauline John hinter vorgehaltener Hand zu und kicherte. „Auch wenn er sich momentan als knuffiges Schmusehündchen gibt.“

„Du hast recht“, schmunzelte John. „Ein Dobermann im Havaneser-Pelz, das ist er, unser Simon.“

„Schau, Daddy! Ein Bär!“, rief Christopher beim Anblick eines gewaltigen braunen Fellknäuels, das ihnen entgegenkam. Der Mann, der den Hund an der Leine führte, bemerkte sein Interesse und blieb stehen. „Sitz, Joey.“ Wohlerzogen folgte das Tier seinem Kommando.

„Du kannst ihn gerne streicheln, Junge.“ Der Besitzer, angetan mit einem dunkelbraunen Wolljackett exakt in der Fellfarbe des Hundes, lächelte freundlich.

„Beißt er auch nicht?“, fragte Annie ängstlich. Immerhin überragte das Tier selbst im Sitzen Christopher noch um eine Handbreite.

„Keine Sorge. Neufundländer sind grundsätzlich sehr friedlich und Joey hier ist besonders kinderlieb“, beruhigte der Mann sie und wandte sich dann an Christopher. „Wenn du einen Hund begrüßt, streckst du ihm am besten erstmal die Hand entgegen, so dass er dich beschnüffeln kann.“

Christopher tat ohne zu zögern, wie ihm geheißen. Während Hund und Kind Freundschaft schlossen, plauderten Isabel und Ken Deveril ein wenig mit dem Besitzer.

„Wenn man die ganzen Hunde hier sieht, denkt man sich eigentlich, es müsste viel lauter sein“, sagte Pauline. „Wenn ich in York spazieren gehe, laufen mir oft Hunde über den Weg, die sich gegenseitig ankläffen oder anknurren. Aber hier geht jeder ganz ruhig seiner Wege.“

„Wahrscheinlich sind sie es gewöhnt, auf diesen Ausstellungen unzähligen anderen Hunden zu begegnen“, mutmaßte Maggie und sah einem Golden Retriever nach, der vorbeiging.

„Ach, so einen hätte ich immer gern gehabt“, sagte sie verträumt.

„Du denkst hoffentlich nicht daran, mitten in London einen Hund zu halten?“, fragte Alan alarmiert.

„Nein“, meinte Maggie seufzend. „Mir ist klar, dass man für so ein Tier viel Zeit braucht. Vielleicht, wenn wir im Ruhestand sind.“

Ken Deveril räusperte sich und sah auf die Uhr.

„Die Eröffnung beginnt bald. Wir sollten gehen.“

Christopher war kaum von seinem neuen Freund wegzubekommen. Er hatte die Hände tief in dessen dickem Fell vergraben. Nur mit dem Versprechen, dass er sich später Joeys Auftritt im Wettbewerb der Neufundländer würde ansehen dürfen, war er dazu zu bewegen, weiterzugehen.

„Toi, toi, toi, Joey. Ich drücke dir die Daumen. Du wirst bestimmt Erster“, verabschiedete er sich von dem Hund. Kaum waren sie ein paar Schritte gegangen, platzte er schon mit der Frage heraus, „Mummy, Daddy, kriege ich auch so einen Hund?“

David sah entsetzt drein. „Um Himmels Willen. Hast du gesehen, wie riesig dieses Tier ist? Der würde uns ja die Haare vom Kopf fressen.“

„Ich könnte das Futter von meinem Taschengeld kaufen“, bot Christopher an.

„Mit 50 Pence pro Woche werden wir da nicht weit kommen“, konterte David.

„Dann musst du mein Taschengeld eben erhöhen“, sagte Christopher mit größter Selbstverständlichkeit.

„Und was meinst du, was der für gewaltige Haufen hinterlässt?“, stimmte Annie ein. „Wer würde die wegmachen?“

„Ich. Echt, ich versprechs“, verkündete der Kleine und warf seinen Eltern einen schmelzenden Blick zu. „Oh, bitte, bitte.“

„Isabel, was hast du uns da eingebrockt“, knirschte David.

„Ein Haustier ist etwas Wunderbares für jedes Kind. Es gibt kaum etwas Besseres, um Verantwortung zu lernen“, gab sie ungerührt zurück.

Maggie klopfte kichernd auf den immer weniger zu übersehenden Bauchansatz ihres Bruders. „Mit einem Hund hättest du bestimmt viel mehr Bewegung, David. Insofern könntest du den Aufwand für die Haltung eines Hundes auch als Investition in deine Gesundheit sehen.“

Er funkelte sie an. „Fall du mir auch noch in den Rücken –“

„Wir verschieben diese Diskussion auf später“, schlug Annie energisch vor und beugte sich zu ihrem Sohn hinab.

„Christopher, so eine Entscheidung fällt man nicht einfach so hopplahopp. Ich sage nicht, dass wir niemals einen Hund haben werden, aber so etwas muss gründlich durchdacht werden. Und mehr gibt es heute zu diesem Thema nicht zu sagen. Okay?“

Christopher nickte friedfertig, aber am Glitzern in seinen Augen war zu erkennen, dass seine Eltern sich auf einen harten Kampf einstellen konnten.

Der Ehrenring war ein rund zwanzig auf zwanzig Meter großer Bereich, wo der Hallenboden mit einer grauen Teppichware abgedeckt war. An drei Seiten standen in mehreren Reihen hintereinander Stühle. An der vierten Seite wurde ein langer Tisch von großen Werbeaufstellern einer Tierfuttermarke flankiert. Ken Deveril geleitete sie in die erste Reihe der Zuschauerränge, wo ein gutes Dutzend Stühle mit Aufklebern als „Für Ehrengäste reserviert“ ausgewiesen war. Eine Messehostess nahm sie dort in Empfang.

„Das ist Trisha, meine Assistentin“, stellte Deveril sie vor. „Wenn es etwas gibt, irgendetwas, egal was, sie wird sich darum kümmern. Isabel, möchtest du vielleicht eine Tasse Tee?“

„Nein, danke, Ken. Aber vielleicht könnte ich etwas Wasser für Walters Napf bekommen?“ James trug eine Tasche, in der Isabel allerlei Utensilien verstaut hatte.

„Selbstverständlich, kommt auf der Stelle, meine Teuerste.“ Schon eilte Trisha davon.

„Ach, und wenn du in den nächsten Tagen etwas Zeit für Renie erübrigen könntest, wäre es schön. Sie arbeitet für den *Guardian* und möchte einen Artikel über die Ausstellung schreiben.“

„Oh, für den *Guardian*! Sehr schön, sehr schön. Selbstverständlich stehe ich zu Ihrer Verfügung, junge Dame.“ Er strahlte Renie an. „Isabel weiß, wie sie mich erreichen kann. Melden Sie sich jederzeit.“

„Vielen Dank, Mr. Deveril. Ich werde mir erst einmal einen allgemeinen Eindruck verschaffen und mich dann an Sie wenden“, dankte sie ihm höflich.

„Und nun geh, Ken. Ich danke dir sehr für den freundlichen Empfang, aber nun musst du dich sicher auf deine Eröffnungsrede vorbereiten.“ Mit einer huldvollen Handbewegung scheuchte Isabel ihn davon.

Die Stühle ringsherum füllten sich schnell. Das Team eines Regionalsenders baute seine Kamera auf. Punkt zehn Uhr betrat Kenwyn Deveril den Ring, ein Mikrofon in der Hand.

„Herzlich willkommen zur Nationalen Hundeschau in Newquay!“, rief er aus. „Als örtlichem Vorsitzendem des Zuchtverbandes erfüllt es mich mit besonderer Freude, dass es zum ersten Mal gelungen ist, eine so große Ausstellung hierher zu uns in die südwestliche Ecke des Vereinigten Königreichs zu holen. Mit über 7000 gemeldeten Hunden sind wir die drittgrößte Veranstaltung in diesem Jahr nach Crufts und Windsor.“

Applaus brandete auf.

„Hunde aus 183 Rassen werden in den Zuchtwettbewerben antreten und um Punkte und Anwartschaften für den Titel des Show-Champions kämpfen, genauso wie für die Chance, nächstes Jahr an Crufts teilzunehmen, der wichtigsten Hundeschau der Welt.“

Wieder Applaus.

„Da wir in diesen großzügigen Messehallen so viel Platz wie selten haben, können wir parallel zu den Zuchtschauen noch eine Vielzahl von weiteren Wettbewerben und Vorführungen anbieten, vom Junior Handling über Dog Dancing und Agility bis hin zu den Rettungshunden. Es wird also für jeden Geschmack etwas dabei sein. Für jeden etwas zu entdecken gibt es mit Sicherheit auch bei unserer großen Verkaufsausstellung, dem Shoppingerlebnis für die ganze Familie. Eine komplette Halle konnten wir für unsere Händler reservieren. Dort gibt es auch eine Verkaufsfläche unseres großzügigen Sponsors.“ Er wies auf das Werbeplakat des Futtermittelherstellers.

„Und nicht zu vergessen werden wir am Donnerstag, dem letzten Tag unserer Schau, noch ein ganz besonderes Highlight haben. Eine herausragende Ehrung wird zu vergeben sein, eine, die seit Jahren nicht ausgesprochen worden ist. Für ihr Lebenswerk und ihre unschätzbaren Verdienste um die Hundezucht werden wir *Dame*

Commander of the British Empire Isabel Mackenzie mit der Ehrenplakette in Gold des Nationalen Zuchtverbandes auszeichnen. Und bereits heute ist sie unser Gast. Meine Damen und Herren, bitte Applaus für eine echte Grande Dame der Hundezucht!“

Deveril kam herüber und küsste unter lautem Beifall Isabels Hand. Sie nickte königlich in alle Richtungen. Emmeline schaute drein, als hätte sie eine besonders widerwärtige Kröte verschluckt.

„Bevor wir nun mit den Wettbewerben starten, habe ich jedoch noch eine traurige Pflicht“, fuhr Deveril fort. „Ein überaus geschätztes Mitglied unseres Verbandes, das sich über Jahrzehnte verdient gemacht hat, ist gestern unter tragischen Umständen verstorben. Er wäre so gern hier bei uns gewesen. Meine Damen und Herren, bitte legen Sie gemeinsam mit mir eine Schweigeminute für Harvey Reynolds, Yorkshire Terrier-Züchter aus Tintagel, ein.“

Mitten in die respektvolle Stille hinein platzte ein lautstarker Ruf. „Nieder mit der Qualzucht! Nieder mit der Qualzucht!“

Plötzlich tauchte hinter einem der Werbeplakate ein junger Mann auf, der nach vorn sprang, Ken Deveril das Mikrofon entriss und skandierte, „Stoppt diese Freak Show! Boykottiert Inzucht! Stoppt diese Freak Show!“

Kapitel 8

Nach einem Augenblick bestürzten Schweigens ertönten Pfiffe und Buhrufe und schon sprangen die ersten erbosten Hundezüchter auf. Der junge Mann warf das Mikro weg und entkam hakenschlagend wie ein Hase seinen Verfolgern, unter ihnen auch einige Sicherheitsleute und der Reporter des Regionalfernsehens. Und nicht zu vergessen Renie, die wie ein geölter Blitz hinterhersauste.

Isabel seufzte. „Dasselbe wie bei Crufts dieses Jahr. Allmählich wird es wirklich lästig. Diese Leute sollten sich um die wirklichen Tierschutzprobleme in unserem Land kümmern, anstatt hier ihre Proteste zu inszenieren."

Ken Deveril hatte sein Mikrofon wieder gefunden.

„Meine Damen und Herren, nachdem uns unser ungebetener und offensichtlich wenig kenntnisreicher Gast wieder verlassen hat, möchte ich das Wort an den Bürgermeister der schönen Stadt Newquay übergeben, der Sie ebenfalls herzlich willkommen heißen möchte. Danach hören wir noch einen kurzen Impulsvortrag des Ersten Vorsitzenden unseres Nationalen Hundezuchtverbandes zu neuen EU-Richtlinien, gegen deren Umsetzung wir uns mit der gesamten Kraft unserer Organisation stemmen sollten. Und nun bitte ich um Applaus für den Bürgermeister unserer Gastgeberstadt."

Während der folgenden Ansprachen driftete Johns Aufmerksamkeit ab. Ihm fiel ein, dass er George Campbell anrufen wollte, um zu hören, wie es den Raben ging. Zudem musste er ein Souvenir für Bonnie Sedgwick besorgen, die sich in seiner Abwesenheit wie so oft um seine Pflanzen kümmerte. Dann überlegte er, was er und Pauline am Dienstag für die ganze Familie kochen sollten, wenn sie mit dem Küchendienst dran waren.

„Und nun möchte ich keine Zeit mehr verlieren und die erste Nationale Hundeschau im schönen Newquay für eröffnet erklären!"

Mit einem Ruck kehrte John wieder aus seinen Tagträumen zurück, als Beifall aufbrandete und die meisten Zuschauer sich erhoben. Deveril kam zu ihnen herüber und entschuldigte sich wortreich für den unliebsamen Vorfall vorhin. Isabel winkte ab.

„Unsinn, Ken. Wir wissen doch alle, dass sich solche Leute durch keine Sicherheitsmaßnahmen der Welt fernhalten lassen. Die wollen auf Teufel komm raus ihre Botschaften loswerden. Aber du hast die

Sache mit wenigen Worten gut in den Griff gekriegt, muss ich sagen. Und wir lassen uns durch so einen lächerlichen Auftritt die Freude an der Schau nicht verderben. Nicht wahr?“ Sie sah auffordernd in die Runde.

„Natürlich nicht“, kam es folgsam von allen Seiten. Dennoch sah John leise Zweifel in den Blicken seiner Verwandten.

„Was ist Qualzucht, Mummy?“, fragte Bella im Flüsterton.

„Darüber reden wir später, Schatz“, gab Maggie genauso leise zurück. Bella nickte.

„Sag mal, Ken, konntest du schon eine Mannschaft auf die Beine stellen, die nach Harvey Reynolds’ verschwundenem Yorkie sucht?“, fragte Isabel.

„Gestern Abend waren schon einige Leute unterwegs. Solange es noch einigermaßen hell war, haben sie sich in Tintagel und Umgebung umgesehen, aber keine Spur von dem Tier gefunden“, erwiderte Deveril. „Heute sind natürlich alle meine Ehrenamtlichen und die örtlichen Verbandsmitglieder hier auf der Messe. Ich weiß nicht, ob ich noch mal ein paar Leute zusammentrommeln kann, um die Suche fortzusetzen.“

„Das verstehe ich vollkommen. Ich danke dir für deine Mühe, Ken.“

Deveril erhob sich mit sichtlichem Bedauern. „Ich muss mich um tausend Dinge kümmern. Ehrlich gesagt habe ich den Aufwand unterschätzt, eine so große Ausstellung zu leiten. Und nebenher muss ich ja noch meinen Aufgaben als Richter nachkommen. Aber ich darf nicht jammern, schließlich war es mein Traum, diese Veranstaltung nach Newquay zu holen.“

Er griff nach Isabels Hand und blickte ihr tief in die Augen. „Aber koste es, was es wolle, ich werde auf jeden Fall Zeit für dich finden, meine Teuerste. Wir treffen uns später wieder.“

„Ich freue mich schon darauf, Ken“, gab sie mit einem kecken Augenaufschlag zurück.

Kaum hatte er sich entfernt, ätzte Emmeline, „Was für ein Westentaschen-Romeo. Flirtet hier ganz ungeniert und daheim hat er wahrscheinlich eine brave Ehefrau sitzen, die ihm die Pantoffeln nachträgt und den ganzen Tag hinter dem Herd steht, um seine Heerscharen von bellenden Monstern mit Gourmet-Menüs zu versorgen. Und die wahrscheinlich in der Rangfolge noch hinter seinem Lieblingshund steht.“

Isabel lachte hell auf. „Was du für sonderbare Vorstellungen hast! Zu deiner Information, Emmeline: Ken ist alleinstehend. Seine Frau Fiona, die übrigens eine gute Freundin von mir war, ist vor ungefähr zehn Jahren verstorben. Und seine Hundezucht – Kerry Blue Terrier, mit die besten des Königreichs – führt seit Langem seine Tochter. Er selbst hat sich in den letzten Jahren auf seine Tätigkeit als Richter konzentriert und genießt da auch einen hervorragenden Ruf. Ein durch und durch ehrbarer Mann, glaub mir."

„Alleinstehend, soso." Emmeline stieß James mit dem Ellbogen in die Seite. „Pass nur auf, mein Lieber. Am Ende heiratet dieser Windhund deine Tante noch, macht sich auf eurem Familienanwesen breit und schnappt euch schließlich das Erbe weg."

Während James offenbar nicht wusste, was er zu den haarsträubenden Gedanken seiner Angetrauten sagen sollte, funkelten Isabels Augen.

„Emmeline, das ist zur Abwechslung gar keine üble Idee von dir. Heiraten wäre doch mal eine ganz neue Erfahrung für mich. Und Ken gäbe einen sehr guten Ehemann ab, da bin ich sicher. Ich werde darüber nachdenken."

Johns Mutter blieb der Mund offen stehen, während der Rest der Familie sich das Lachen verbeißen musste.

„Aber jetzt Schluss damit", sagte Isabel. „Wir sind hier ja nicht auf einem Heiratsbasar, sondern auf einer Hundeausstellung. Was möchtet ihr euch als Erstes ansehen?", fragte sie und blätterte in dem dicken Ausstellungskatalog, den Deveril ihr überreicht hatte. „Ich will auf jeden Fall die Scotties sehen, aber deren Wettbewerbe beginnen erst in zwei Stunden. In Halle 3 startet jetzt eine Dog Dancing-Runde. Das ist immer sehr amüsant."

„Das hab ich mal im Fernsehen gesehen", sagte Bella. „Da machen doch die Hunde mit ihren Besitzern zusammen Kunststücke zur Musik, oder nicht?"

Isabel nickte.

„Dann will ich da hin", beschloss Bella.

„Gut, lasst uns gehen. Oder sollen wir warten, bis Renie zurückkommt?"

Maggie schüttelte den Kopf. „Nein. Weiß der Himmel, wann sie wieder auftaucht. Sie braucht ja nur anzurufen, dann können wir ihr sagen, wo wir sind."

„In Ordnung.“ Isabel erhob sich leise ächzend. Simon sprang herbei und bot ihr seinen Arm. Auf ihrem Weg durchquerten sie die Halle, in der unzählige Händler ihre Waren feilboten. Hundebetten in sämtlichen Größen, Leinen in allen Regenbogenfarben, Haarspangen (bei denen unklar war, ob sie für den Hund oder sein Frauchen gedacht waren), Hundespielzeuge, Futternäpfe in jeglichen Variationen …

An einem Stand mit einem farbenprächtigen Banner ‚Der ultimative Kauspaß für Ihren Hund – 100% Natur‘ blieb Bella mit einem Ruck stehen.

„Urgs, was ist das denn?“ Angewidert deutete sie auf einen Berg von durchsichtigen Plastiktüten mit rätselhaftem Inhalt, die aufgehäuft in Körben lagen und einen undefinierbaren, aber wenig angenehmen Geruch verbreiteten. John hob eine davon hoch. Drinnen war etwas Behaartes zu sehen. Sofort kam ein Verkäufer herbei.

„Mein Herr, das ist Eins-A-Ware. Echt britisches Rind, nach neuesten Verfahren getrocknet. Ein fettarmer und artgerechter Snack für jeden Hund.“ Nun erkannte John, dass der Beutel ein abgeschnittenes Kuh-Ohr enthielt. Hastig legte er ihn wieder zurück.

„Wir haben aber auch Pferdeohren mit und ohne Fell, Rinderhufe, Rinderschlundstangen, Schweinenasen …“ Der Mann hielt eine Tüte mit den unverkennbar steckdosenartigen Schnauzen hoch. „Oder natürlich der Klassiker: Ochsenziemer! Für aromatischen Kaugenuss, auch für die Zahnpflege hervorragend geeignet.“

Annie, bereits leicht grün um die Nase, musterte die einen halben Meter lange dünne Stange, die der Verkäufer ihr vor die Nase hielt.

„Woraus wird das denn gemacht?“

„Das willst du nicht wissen.“ Tante Isabel musste sich sichtlich das Lachen verbeißen. „Kommt, gehen wir weiter.“

„Aber ich hätte auch noch Schweineohrmuscheln, Rinderlefzen und Rinderpansen im Angebot, die Großpackung für nur zwölf Pfund“, rief der enttäuschte Händler ihnen nach.

Bella gab ein würgendes Geräusch von sich und trottete eilig zu dem Durchgang, der in Halle 3 führte. Dort war ein großes Rechteck abgesteckt, an dessen Stirnseite drei kleine Tische aufgebaut waren. Dort saßen zwei Frauen und ein Mann, die sich Notizen machten.

Eine Moderatorin stand am Rand des Rings und verkündete, „Während wir auf die Bewertung für unser erstes Paar, Janet Ingleby und ihren Australischen Schäferhund Dexter warten, nutze ich die Gelegenheit, die Zusammensetzung der Wertnoten zu erklären.

Vielleicht gibt es ja im Publikum Zuschauer, für die ein solcher Wettbewerb noch Neuland ist. Wir haben zum einen die technische Note, bestehend aus Inhalt und Ausführung. Dabei geht es um den Schwierigkeitsgrad und die Variation der einzelnen Elemente, um die fließenden Übergänge dazwischen und die Genauigkeit der Ausführung. Dann gibt es die artistische Note, sozusagen die B-Note wie beim Eiskunstlauf. Hier wird das Teamwork bewertet, der tänzerische Ausdruck, die Choreographie und das Gesamtkonzept. Insgesamt sind dreißig Punkte möglich. Ah, da sehe ich, unsere drei Richter haben ihre Noten abgegeben, die nun vom Wettbewerbsleiter verrechnet werden. … Und nun liegt das Ergebnis vor: Janet und Dexter kommen auf eine Gesamtzahl von 24.75 Punkten. Wir begrüßen als Nächstes im Ring Jenny Masterson mit ihrem Border Collie Frodo, fünf Jahre alt. Die Musikauswahl stammt aus dem Film ‚Flashdance'."

In den kommenden Minuten blieb nicht nur John der Mund offen stehen ob des tänzerischen Spektakels, das die anmutige junge Frau und ihr Hund darboten. Frodo sprang, drehte sich, lief auf den Hinterbeinen, wand sich gelenkig durch die Beine seiner Besitzerin, rollte über den Boden.

„Jetzt macht er eine Traversale. Oh, und Passage kann er auch", quiekte Bella begeistert, als der Hund in sehr gesetztem Tempo trabte und dabei die Vorderpfoten hoch in die Luft warf. „Wow, wie ein Dressurpferd."

Gleich darauf galoppierte das Tier wie entfesselt zu ‚What a feeling' rund um den Ring, um auf ein winziges Zeichen der jungen Frau abrupt zum Stehen zu kommen, ein paar Schritte rückwärts zu gehen und wieder loszustürmen. Zum Abschluss sprang er in ihre Arme und winkte mit den Vorderpfoten.

„Was für eine Performance", rief die Moderatorin unter tosendem Applaus. „Nun sind wir gespannt auf die Noten."

„Das war der tollste Hund überhaupt", sprudelte Bella heraus. „Was der für Tricks kann. Oh, so einen hätte ich auch gern." Sie schielte zu ihren Eltern, die synchron den Kopf schüttelten.

„Ein Border Collie ist wirklich ein großartiger Hund, Bella, aber nur etwas für erfahrene Halter, die viel Zeit haben und am besten auf dem Land leben sollten", schlug Tante Isabel sich auf Alans und Maggies Seite. „Bella, du kannst dich doch bestimmt an den Film mit dem Schweinchen Babe erinnern?"

Bella nickte eifrig.

„Damals waren alle hingerissen von der schlauen Hündin Fly und Tausende Kinder beknieten ihre Eltern, so einen Hund anzuschaffen. Die meisten, die sich dann tatsächlich einen Border Collie kauften, wurden aber nicht glücklich damit. Diese Rasse ist hochintelligent und braucht viel Bewegung und Abwechslung. Wenn das nicht gegeben ist, werden die Möbel angeknabbert oder Aggressionen kommen auf. Die traurige Folge war leider, dass viele, viele dieser tollen Hunde in Tierheimen gelandet sind."

„Oh, wie schrecklich!" Bella sah geknickt drein.

„Und hier die Wertung für Jenny und ihren Frodo: 27.17 Punkte. Eine großartige Leistung", kam die Stimme der Moderatorin über die Lautsprecher. „Als nächstes kommen in den Ring Stuart Fielding und Bruno. Der Berner Sennenhund ist sechs Jahre alt. Die Musik werden Sie aus den Rocky-Filmen wiedererkennen."

Es kam ein fülliger vollbärtiger Mann in die Arena, gefolgt von einem schwarz-braunen Hund, der auch nicht gerade als grazil zu bezeichnen war. Der Mann trug eine schlabberige Jogginghose und ein weites Hemd, an den Füßen nur Socken. Während ein Helfer einen Korb mit Utensilien am Rand des Rings abstellte, legte der Mann sich auf den Boden. Bruno legte sich daneben. Als die Musik einsetzte, sprang der Hund auf und stupste sein Herrchen an. Als dieses nicht reagierte, zerrte er an dessen Hemd, bis er sich regte. Dann trottete er zu dem Korb und brachte ein Paar Turnschuhe herbei.

Während der Mann sie anzog, holte der Hund noch ein pinkfarbenes Muscle Shirt, in das der Mann sich zum Gaudium der Zuschauer zwängte. Als nächstes legte Bruno ihm ein Paar kleine Hanteln zu Füßen. Nach einigen gemeinsamen Lockerungs- und Turnübungen – unter anderem setzte der Hund sich auf die Füße seines Herrchens, damit dieser Sit-ups machen konnte – legte dieser mit einer dramatischen Geste die Hand aufs Herz und tat so, als erlitte er einen Zusammenbruch. Kaum lag er auf dem Boden, sprang der Hund mit seinen großen Vorderpfoten auf seine Brust, leckte sein Gesicht und sprang wieder.

„Er macht eine Herzdruckmassage", rief Tommy begeistert.

Als der Mann sich erfolgreich wiederbelebt aufsetzte, johlte das Publikum.

„Das war eine außerordentlich charmante Darbietung, mit der Bruno und Stuart die Herzen der Zuschauer erobert haben“, kommentierte die Moderatorin.

Letztendlich erreichten Bruno und sein Herrchen Platz 3 in der Gesamtwertung. Bella klatschte sich schier die Hände wund.

„War das toll“, seufzte sie mit verklärtem Gesichtsausdruck.

Auch Pauline war schwer beeindruckt. „Ich hätte es nie für möglich gehalten, dass man Hunden solche Tricks beibringen kann. Wie soll ich es ausdrücken – ich habe fast das Gefühl, dass sie mit ihren Herrchen und Frauchen auf irgendeiner verborgenen Kommunikationsebene verbunden sind.“

Maggie stimmte ihr zu. „So geht es mir auch. Es hat mich wirklich berührt, das zu sehen.“

Isabel lächelte. „Die Teams, die wir gesehen haben, waren wirklich perfekt aufeinander eingespielt. Um dieses Level zu erreichen, braucht es aber jahrelange intensive Arbeit“, erklärte sie. „Viele Hundebesitzer sind schon froh, wenn ihre Tiere die Kommandos ‚Sitz‘ und ‚Platz‘ beherrschen.“

„Das kannst du laut sagen“, brummte David. „Kürzlich war ich mit dem Rad auf dem Weg ins Büro, da verfolgt mich so ein Köter mit einer ganz fiesen Visage. Der Besitzer hat mir fröhlich nachgerufen „Der tut nix“. Mann, das hasse ich. Das weiß man ja, was von solchen Sprüchen zu halten ist. Ich habe es echt mit der Angst zu tun gekriegt, sage ich euch. Das Biest hatte ein Gebiss wie ein Säbelzahntiger. Ich habe schon direkt gespürt, wie es mir die Wade ausreißt und in einem Stück verschlingt.“ Er schüttelte sich theatralisch. „So schnell bin ich noch nie geradelt. Aber das Vieh ist mir bis kurz vor dem Büro auf den Fersen geblieben. Eine ganz schöne Ausdauer hatte das.“

Tante Isabel lachte auf. „David, merk dir für nächstes Mal: Am besten bleibst du gleich stehen. Wenn du flüchtest, weckst du nur erst recht den Jagdinstinkt.“

„Ha, stehen bleiben. Keinesfalls. Der hätte mich zerfleischt“, entgegnete David im Brustton der Überzeugung.

„Wenn wir so einen großen Bärenhund wie Joey hätten, würde sich kein anderer Hund mehr trauen, dich anzugreifen, Daddy“, sagte Christopher listig.

Zu Davids Glück meldete sich in diesem Moment Walter zu Wort, indem er leise jaulte. Isabel strich ihm liebevoll über den Kopf. „Wir müssen einen schnellen Abstecher zum Löseplatz machen.“

„Löseplatz?“, fragte James verdutzt.
„Ein Bereich, wo die Hunde ihr Geschäft verrichten können.“
„Ich kann das für dich machen, Tante Isabel“, erbot sich Bella.
„In Ordnung, Kleines. Siehst du den Hinweispfeil da vorn? Durch diese Tür gehst du hinaus. Es gibt dort Beutelspender. Du nimmst dir bei Bedarf einen und beseitigst den Haufen in der vorgesehenen Tonne.“ Isabel reichte Bella die Leine.
„Äh … Mummy, kommst du mit?“ Die Aussicht, Walters Hinterlassenschaften eigenhändig entsorgen zu müssen, schien Bella nicht zu behagen.
„Ich muss unbedingt mal Renie anrufen und schauen, wo sie bleibt. Sie ist ja schon eine Ewigkeit weg“, wehrte Maggie ab. „Frag doch mal Simon“, setzte sie mit einem teuflischen Lächeln hinzu.
Wenig enthusiastisch drehte Bella sich zu dem Superintendenten um, dessen Gesichtszüge nur für einen winzigen Moment entgleisten, bevor er sich zu einem „Natürlich begleite ich dich, Bella“, zwang.
Ungläubig sahen sie den beiden und dem schwarzen Scottie nach.
„Allmählich mache ich mir doch Sorgen“, äußerte Maggie. „Irgendwas ist da oberfaul.“
Emmeline, die in ihrer Handtasche kramte, erstarrte. „Liebe Güte, der gute Junge wird doch nicht krank sein?“
„Jetzt weiß ich, was mit ihm los ist“, platzte David heraus. Alle wandten sich ihm gespannt zu.
„Die drei Geister der Weihnacht sind ihm erschienen, wie bei Ebenezer Scrooge“, verkündete David triumphierend. „Und jetzt will Simon alles wieder gut machen, was er uns je angetan hat, damit er nicht einsam und verhasst ins Grab sinken muss.“
„Das ist nicht zum Lachen, David“, schalt Emmeline ihren Jüngsten. „Vielleicht ist der arme Simon schon auf des Todes Schwelle und ihr macht euch hier über ihn lustig.“
„Papperlapapp“, ließ sich Isabel vernehmen. „Für mich sieht er kerngesund aus.“
„Ach, ich wusste gar nicht, dass du zu deinen zahlreichen Ehrentiteln nun auch noch den Doktortitel hast“, gab Emmeline giftig zurück.
„Wo gehen wir als Nächstes hin?“, fragte John hastig.
Isabel sah auf die Uhr. „Der Wettbewerb der Scotch Terrier beginnt bald. Dazu müssen wir wieder zurück in Halle 1. Wir warten noch auf

die Gassigeher und wandern dann allmählich dorthin, würde ich vorschlagen."

Einige Minuten später trabte Walter schwanzwedelnd auf sie zu, mit Bella im Schlepptau.

„Er wollte nur ein kleines Geschäft machen", berichtete sie.

„Und wo ist Simon abgeblieben?", fragte James.

„Er hat draußen einen Bekannten getroffen. Mit dem will er sich noch unterhalten. Er stößt später wieder zu uns, soll ich ausrichten."

„Ha! Da nutze ich doch gleich die Gelegenheit und klingle bei Patricia durch. Mal sehen, ob sie uns verrät, was mit ihrem Göttergatten los ist. Geht ruhig vor, ich hole euch dann schon ein." Maggie steuerte den Ausgang an und ging nach draußen.

Der Rest der Familie sicherte sich Plätze in der ersten Reihe des noch verlassenen Showrings 7 und machte sich über die mitgebrachten Vorräte an Sandwiches her. Walter schlabberte etwas Wasser aus seinem Napf und nahm geziert ein paar Leckerli aus Isabels Hand, bevor er mit gespitzten Ohren verfolgte, wie der Richter des Wettbewerbs mit einem Lächeln zu Isabel herüberwinkte und dann seinen Platz am Richtertisch einnahm.

Bella kauerte sich zu dem Hund auf den Boden und strich ihm über den Kopf. „Bestimmt meint er, er hat heute auch einen Auftritt."

Isabel schüttelte den Kopf. „Nein, er weiß haargenau, dass er heute nur Zuschauer ist."

Bella sah erstaunt zu ihrer Urgroßtante hinauf. „Woher weiß er das?"

„In der Vorbereitung auf einen Wettbewerb haben wir viel Zeit darauf verwendet, sein Fell in Topform zu bringen. Kurz vor der Ausstellung bekam er immer eine besondere Schur, sozusagen seine Show-Frisur –"

„Show-Frisur!" Bella wollte sich vor Lachen ausschütten. „Für was brauchte er denn eine Extrafrisur? Er sieht doch so süß aus."

„Der spezielle Schnitt betont den Körperbau des Hundes und lässt die gewünschten Merkmale hervortreten", erklärte Isabel. „Manche Züchter beauftragen damit extra Profis, sogenannte ‚Master Groomer'. Aber ich habe das immer selber gemacht. Walter wusste genau: Wenn es auf den Frisiertisch ging, stand eine Hundeschau an. Jetzt trägt er einen pflegeleichten Alltagsschnitt und deswegen weiß er, dass er nicht in den Ring geht. So einfach ist das."

„Kluger Hund", flüsterte Bella Walter ins Ohr.

„Sieh mal.“ Isabel wies hinter den Ring, wo mit einigem Abstand über die ganze Länge der Halle eine halbhohe Balustrade, bedruckt mit dem Namen des allgegenwärtigen Futtermittelherstellers, aufgestellt war. Dahinter waren Menschen zu erkennen, die halb gebückt mit etwas hantierten. Hie und da sah man ein Hundeohr herüberspitzen.

„Dort laufen gerade die letzten Vorbereitungen“, erklärte Isabel. „Früher hat jeder Züchter seinen Tisch einfach irgendwie neben dem Ring aufgebaut und jeder konnte sich nähern. Aber seit dem Vergiftungsskandal bei Crufts geht die Angst bei den Besitzern um und die Hunde werden meistens vom Laufpublikum ferngehalten und mit Argusaugen bewacht. Vor allem natürlich, wenn es um wertvolle Tiere geht. Der Setter, der bei oder nach Crufts – man weiß ja nicht genau, wann es wirklich passiert ist – vergiftet wurde, war immerhin um die 60 000 Pfund wert.“

David horchte auf. „Oha. Das ist ja beachtlich.“

„Und das ist bei weitem noch nicht das Ende der Fahnenstange. Ein Hund, der bei einer der großen Shows gewonnen hat oder zumindest auf den vorderen Plätzen gelandet ist, kann für seinen Besitzer Gold wert sein. Das Preisgeld selbst ist zwar lächerlich – bei Crufts sind es 150 Pfund und ein Sack Hundefutter – aber ein solches Tier ist als Vererber in der Zucht ein Goldesel. Und seit es möglich ist, den Samen der männlichen Tiere einzufrieren, bleibt der Hund selbst über den Tod hinaus eine Einkommensquelle. In Amerika hat sich vor einiger Zeit der Besitzer eines preisgekrönten Pudels eine Summe von 200 000 Dollar erfochten. Und das war wohlgemerkt nur der Wert des eingefrorenen Samens des Rüden, der unglücklicherweise in der Tierklinik aus Versehen aufgetaut und damit unbrauchbar gemacht worden war. Hätte der Besitzer auf den Wert der Nachzucht geklagt, die durch diesen Vorfall nicht entstehen konnte, hätte er wohl über eine Million bekommen.“

David blieb der Mund offen stehen. „Eine Million! Annie, wir sollten wirklich überlegen, ob wir unseren Mandanten nicht Rassehunde als Geldanlage ans Herz legen sollen.“ Er wandte sich an Isabel.

„Tante Isabel, was hältst du von einem Beratervertrag? Du könntest unsere Expertin sein.“ Er erwärmte sich zusehends für seine Idee. „Ich sehe es schon direkt vor mir auf unserer Homepage: ‚*Sie suchen nach einer innovativen und sicheren Geldanlage? Investieren Sie in den besten Freund des Menschen! Und profitieren Sie vom exklusiven*

Knowhow von Dame Commander of the British Empire Isabel Mackenzie, Ehrenmedaillenträgerin des Nationalen Hundezuchtverbandes"'.

Isabel schüttelte den Kopf. „Du hast ja Ideen, Junge. Tut mir leid, ich stehe nicht zur Verfügung. Für mich ist ein Hund keine Geldanlage. Auch wenn es das durchaus schon gibt. Tatsächlich gehören mehrere Gewinner von großen amerikanischen Hundeshows wie Westminster nicht Einzelpersonen, sondern ganzen internationalen Konsortien, die sich Anteile gekauft haben. In den USA gibt es auch große Auktionen, wo man wie bei einer Kunstversteigerung einen Hund, dem man noch nie begegnet ist, per Gebot kaufen kann. Wie eine Ware. Einfach, weil man sich von seiner Abstammung her erwartet, dass er ein Champion wird und sich die Nachzuchten wieder teuer verkaufen lassen. Eine richtige Industrie ist das. Nein, also meine Welt ist das nicht", sagte sie verachtungsvoll.

David dagegen bekam einen träumerischen Ausdruck im Gesicht und murmelte, „Ah, die Amis. Die verstehen einfach was vom Geschäft."

In diesem Moment stieß Maggie wieder zu ihnen.

„Und? Hast du etwas von Patricia erfahren?", fragte Annie gespannt.

„Rein gar nichts", schnaubte Maggie. „Ich habe an ihrem Ton gehört, dass sie haargenau weiß, was mit Simon los ist, aber ich konnte ihr nichts entlocken. Sie hat mir genau die Story serviert, die Simon uns auch erzählt hat. Dass sie zu einem schon länger geplanten Besuch bei ihrer Schwester ist und Simon dann die spontane Idee hatte, zu uns zu kommen. Fertig. Dann hat sie mir noch ein paar Geschichten über irgendwelche Mitglieder des Königshauses angedeihen lassen, so dass ich gar nicht mehr zu Wort gekommen bin. Und schließlich hat sie mir von irgendeiner Wohltätigkeitsaktion für ihren Krankenhausförderverein erzählt. Bevor ich mich versehen habe, hatte sie mich schon am Wickel. Ich weiß nicht wie, aber irgendwie habe ich ihr versprochen, ihr dabei zu helfen. Und dann war unser Gespräch beendet." Konsterniert schüttelte Maggie den Kopf.

Alan lachte. „Frau Staatsanwältin, Ihre Verhörmethoden bräuchten mal wieder einen Auffrischungskurs."

Tommy stimmte ein, „Ey, Mum, da hast du dich ganz schön zutexten lassen, was?"

„Das kenne ich ja gar nicht von dir, dass du dich so über den Tisch ziehen lässt, Schwesterchen“, frotzelte David.

„Humpf“, grummelte Maggie. „Die Frau könnte in die Politik gehen. Alle Fragen an sich abprallen lassen, keine Informationen geben und Leute für ihre Zwecke gewinnen, das hat sie alles drauf.“

„Und wir haben immer noch keine Ahnung, was mit unserem lieben Cousin los ist“, stellte John mit Bedauern fest.

Kapitel 9

„Hast du Renie erreichen können?“, erkundigte sich Alan, während die erste Abteilung Scotch Terrier aus dem abgetrennten Bereich heraus und in den Ring geführt wurde.

„Ja, aber sie war recht kurz angebunden“, antwortete Maggie. „Offenbar interviewt sie gerade diesen Tierschutzaktivisten. Sie sagte, sie weiß nicht, wie lange das dauern wird. Sie meldet sich dann.“

„Sie wird sich hoffentlich nicht von diesem verblendeten jungen Mann indoktrinieren lassen“, kam es von Tante Isabel.

„Das nennt man verantwortungsbewussten Journalismus: Ein Thema aus verschiedenen Perspektiven beleuchten“, verteidigte Maggie ihre Tochter.

„Hm. Das werden wir ja sehen“, knurrte Isabel. „Aber jetzt wollen wir uns den Wettbewerb anschauen.“

John blätterte im Messekatalog und stellte fest, dass dies die Konkurrenz „Junioren weiblich“ war. Ein Blick auf die Mensch-und-Hund-Paare zeigte ihm, dass die Kategorisierung sich auf die Vierbeiner beziehen musste.

„Die sehen ja ganz anders aus als Walter“, meinte Bella erstaunt.

„Das macht die Show-Frisur, von der wir vorhin gesprochen haben“, belehrte Isabel sie. „Wie du siehst, ist das Haarkleid am Bauch viel länger als bei Walter. Es reicht bis zum Boden. Weil das im Alltag eher hinderlich ist, trägt er es kürzer. Und dann ist bei diesen Hunden auch der Kopf in der charakteristischen Form geschoren, mit der sehr langen Haarpartie am Kinn. Du kannst dir vorstellen, wie so eine Barttracht nach dem Fressen aussieht. Seit Walters Showkarriere vorbei ist, bleiben wir bei seinem pflegeleichteren Schnitt.“

Sie verfolgten, wie die fünf Hündinnen in den Ring kamen, vier davon schwarz und eine weizenfarben. Am Rand der Bande gab es einen Stopp und die Halter knieten sich neben ihre Tiere.

„Jetzt sieht sich der Richter die Hunde erstmal aus der Entfernung an“, erklärte Isabel.

„Wieso zupfen die Leute andauernd an den Hunden rum? Das ist ja affig“, bemerkte Tommy. Tatsächlich mutete es nicht nur ihn seltsam an, wie jeder einzelne der Vorführer beständig an den Pfoten seines Tieres herumschob, dessen kurzen Schwanz nach oben bog und mit

Leckerli vor dessen Nase herumwedelte, so dass der Hund den Kopf hob.

„Das ist ganz normal. Man tut eben alles dafür, damit sich der Hund im besten Licht präsentiert“, sagte Isabel schulterzuckend.

Nach ein paar Minuten erhoben sich alle auf ein Zeichen des Richters und liefen in einer Reihe außenherum.

„Ihr seht, der Halter befindet sich immer auf der rechten, also der Außenseite des Tieres, damit der Richter einen ungehinderten Blick hat“, erläuterte Isabel, die die Hunde eingehend musterte.

„Die schauen für mich alle gleich aus“, kommentierte Alan. „Wie entscheidet man denn da, wer gewinnt?“

Ohne den Blick vom Geschehen im Ring zu nehmen, erläuterte Isabel den Show-Novizen, worum es ging.

„Für jede Hunderasse gibt es einen sogenannten Rassestandard. Das Tier, das dem am nächsten kommt, also den Idealtypus am besten repräsentiert, wird Sieger. Bei den Scotch Terriern wird auf einen langen Kopf mit flachem Schädel geachtet, der auf einem gut bemuskelten Hals sitzt. Der Rücken soll gerade, relativ kurz und sehr muskulös sein, die Schulter lang, die Hinterhand kräftig, die Vorderpfoten etwas größer als die Hinterpfoten –“

„Oh“, quiekte Bella. „Die Frau hat ihren Hund einfach am Schwanz hochgehoben. Das tut ihm bestimmt weh!“

Isabel sah stirnrunzelnd zum Richtertisch, auf den die erste der Teilnehmerinnen ihre Hündin soeben gehoben hatte.

„Bella, mach dir keine Sorgen. Die Rute des Scotch Terriers ist extra kräftig, weil er für die Bauarbeit gezüchtet wurde –“

Isabel hielt erstaunt inne, als um sie herum Gelächter ausbrach.

„Ein Bauarbeiter? Was tut er denn, mauern? Oder Fliesen legen?“, gluckste Annie.

„Seid nicht albern“, wies Isabel sie zurecht. „Für die Arbeit *im* Bau, nicht *auf* dem Bau. Für die Jagd nach Hasen, Füchsen oder Dachsen wurde er früher verwendet, wie andere kurzläufige Hunde auch, zum Beispiel der Dackel, der ja auch Dachshund heißt. Zur Not konnte man ihn an der Rute wieder aus dem Bau herausziehen. Deswegen macht es einem Scottie auch nichts aus, wenn man ihn vorne an der Brust und an der Rute hochnimmt.“

„Echt?“ Bella sah skeptisch drein. Auch Pauline meinte, „Es sieht schon irgendwie grausam aus.“

„So empfindet der Laie das und deswegen hätte die Halterin das auch nicht tun sollen“, stimmte Isabel ihr zu. „Vor allem, nachdem die diesjährige Gewinnerin von Crufts für einen großen Aufschrei in der Öffentlichkeit gesorgt hat, weil sie ihren Scotch Terrier bei der Siegerehrung für ‚Best in Show‘ genauso hochgehoben hat, statt ihn von unten am Bauch zu nehmen. Es gab sogar eine Petition, dass man ihr den Titel wieder aberkennen soll. Zehntausende haben da unterschrieben. Das ist zwar auch wieder so ein Fall von fehlgeleiteter Tierliebe, aber trotzdem sollte man den Show-Gegnern nicht durch so ein Verhalten neues Futter geben.“

Die nächste Teilnehmerin vermied wohlweislich den Fehler ihrer Vorgängerin.

Bella fragte, „Wie wird man ‚Best in Show‘?“

„Erstmal konkurrieren Rüden und Hündinnen einer Rasse getrennt in den verschiedenen Altersklassen, dann treten alle Gewinner gegeneinander an. Der Sieger aus diesem Wettbewerb ist dann BOB: ‚Best of Breed‘, der beste Hund seiner Rasse. Dieser läuft dann gegen die anderen BOBs der Rassen, die zur selben Zuchtgruppe gehören. Bei uns sind das die Terrier, also zum Beispiel der Airedale Terrier, der West Highland, der Bedlington Terrier und so weiter. Wer da gewinnt, bekommt den Titel BIG: ‚Best in Group‘. Und alle Gruppensieger treten am Ende um die Krone der ganzen Veranstaltung an, den BIS: ‚Best in Show‘. Und wer schließlich auf mehrere dieser Erfolge zurückschauen kann, darf sich ‚Show-Champion‘ nennen. So wie Walter.“ Liebevoll zauste Isabel dem alten Hund die Ohren.

Nach dem Ende des Wettbewerbs stand Emmeline auf und streckte sich.

„Ehrlich gesagt habe ich für heute genug von Hunden. Und diese Herumsitzerei macht mich ganz träge. Ich würde gern gehen.“

„Da komme ich mit.“ Tommy sprang auf. „Dann gehe ich eine Runde Surfen. Du auch, Dad?“

Alan zögerte und sah Maggie an. Bella verschränkte die Arme und lehnte sich in ihrem Stuhl zurück. „Ich bleibe hier“, erklärte sie entschlossen. „Es gibt noch so viel zu sehen.“

„Die Messe läuft ja noch die nächsten Tage, Kleines. Wir können morgen wiederkommen“, sagte Maggie.

„Aber morgen gehe ich doch zum Reiten, Mum, hast du das vergessen? Nein, ich bleibe jetzt hier“, sagte Bella störrisch.

„Wir wollten doch noch Joey bei seinem Wettbewerb anfeuern", brachte Christopher vor.

„Was meinst du, Pauline?", fragte John.

„Ich würde auch gern noch bleiben. Das hier ist eine ganz fremde Welt für mich und die würde ich mir gern noch genauer anschauen."

Schließlich einigten sie sich darauf, dass die Kinder mit John und Pauline bei Isabel blieben, während der Rest der Familie zurückfuhr. Auch Simon, der gerade wieder aufgetaucht war, schloss sich den Heimkehrern an.

„Meldet euch, wenn ihr bereit seid. Einer von uns wird euch dann abholen", versicherte Maggie ihnen zum Abschied.

Während der fünf weiteren Scotch Terrier-Wettbewerbsrunden in den verschiedenen Altersklassen bis hin zu den Veteranen, bombardierte Bella Tante Isabel ohne Unterlass mit Fragen. Isabel, angetan vom Interesse ihrer Urgroßnichte, erklärte alles bereitwillig und wies auf hervorstechende Merkmale der einzelnen Tiere hin, die für John jedoch nicht ansatzweise zu erkennen waren. Er fühlte eine unwiderstehliche Müdigkeit in sich aufsteigen. Nur noch einzelne Gesprächsfetzen drangen in sein Bewusstsein. Großer Nasenschwamm … breite Keulen … gut gewinkeltes Knie … tiefer Fang. Fang? Das war doch Hagrids Hund bei Harry Potter? …

Er erwachte mit einem Ruck, als ihm der Kopf auf die Brust fiel. Christopher lag total erschlafft halb auf seinem Schoss. Auch Paulines Augen waren glasig.

„Ich glaube, ich brauche eine Tasse Kaffee", murmelte sie ihm zu. Er machte Anstalten, aufzustehen, aber sie bedeutete ihm mit einem Blick auf Christopher, sitzenzubleiben. Gleich darauf war sie mit einem Becher Kaffee wieder da. John, der das braune Gebräu eigentlich nicht mochte, nahm ein paar Schlucke davon in der Hoffnung, es würde seine Lebensgeister wieder anregen. Jedoch hatte Isabels Hunde-Fachvortrag dieselbe Wirkung auf ihn wie die Dinosaurierabhandlungen, die sein Vater früher immer als Gute-Nacht-Geschichten vorgelesen hatte. So kämpfte er weiter gegen das überwältigende Bedürfnis, die Augenlider einfach zufallen zu lassen.

Als der Richter schlussendlich auf den Hund mit der Startnummer 527 zeigte und diesen zum BOB, dem besten Hund seiner Rasse erklärte, rief Bella, „Wow! Genau den hast du vorhergesagt, Tante Isabel!"

„Kein Wunder“, lächelte die. „Jolly Urquhart, der Richter, hat sein Handwerk schließlich zum Großteil von mir gelernt.“

Nach der Siegerehrung, die erfreulich schnell vonstattenging, kam der Richter sogleich herüber und mit ihm einige Züchter. Isabel stellte alle einander vor.

„Sie müssen sehr stolz auf Ihre Tante sein“, sagte die Besitzerin des Siegerhundes zu John. „Sie ist als Züchterin wie als Richterin eine absolute Koryphäe. Man durfte auch immer bei ihr anklopfen, wenn man eine Frage hatte. Und damit ist sie ganz anders als etliche Kollegen, kann ich Ihnen sagen.“

Jolly Urquhart pflichtete ihr bei. „Eine großartige Frau mit einem unbestechlichen Auge. Bei ihr ging es stets um das Tier. Persönliche Eitelkeiten hatten bei ihr nie einen Platz. Ich habe unendlich viel von ihr gelernt.“ Ein wenig sentimental blickte er in der Halle herum. „Wissen Sie, ich bin froh, dass ich die gute alte Zeit des Hundeshow-Wesens noch mitmachen konnte. Heute wird alles immer mehr kommerzialisiert. Crufts wird überschwemmt von Hunden aus allen Ecken der Welt. Über 21 000 waren dieses Jahr da, stellen Sie sich das einmal vor!“ Er schüttelte den Kopf. „Und wie überall, wo es um Geld geht, leidet das Miteinander. Der Konkurrenzkampf unter den Züchtern wird mit immer härteren Bandagen geführt. Jeder will ein Stück vom Kuchen abhaben. Was schätzen Sie, in wie vielen Haushalten in unserem Land es einen Hund gibt?“, fragte er John.

„Vielleicht … in jedem vierten?“, riet der.

„Richtig getippt. Und was denken Sie, wieviel allein in unserem Land in einem Jahr mit allen Waren und Dienstleistungen, die unsere Haustiere betreffen, umgesetzt wird?“, fragte Urquhart weiter.

John schaute ratlos drein. „Keine Ahnung. Vielleicht … hundert Millionen Pfund?“

Der Richter wieherte förmlich vor Vergnügen. „Hundert Millionen, hah, das sind ja Peanuts. Tatsächlich sind es sieben Milliarden! Futter, Spielsachen, Designerklamotten – für das Tier wohlgemerkt, nicht für das Frauchen, das geht nochmal extra – Therapiesitzungen, Tierarztbesuche … Weltweit geht man sogar von hundert Milliarden Pfund aus, die dieses Jahr für Haustiere ausgegeben werden. Ein ganzer Industriezweig ist das. Und so gibt es leider immer mehr Züchter, für die der Hund nicht ein geschätztes Familienmitglied ist, sondern schlicht ein Weg, an Geld zu kommen. Können Sie sich an die Puggle-Welle erinnern?“, wollte er unvermittelt wissen.

John, der noch damit beschäftigt war, sich diese schwindelerregenden Zahlen vorzustellen – hundert Milliarden Pfund pro Jahr allein für Haustierbedarf! Er konnte es kaum fassen – wiederholte etwas dümmlich, „Puggle-Welle?“

Urquhart musste erkennen, dass er einen kynologisch Unbedarften vor sich hatte. „Ein Puggle ist eine Kreuzung aus Mops und Beagle. Anfang der Zweitausender kamen – wie immer ausgehend von Amerika – die sogenannten Designerhunde in Mode. Der bei uns bekannteste ist der Labradoodle –“

„So einen habe ich schon mal gesehen, die schauen ja süß aus.“ Pauline, die sich von der stolzen Besitzerin des Gewinnerhundes in erschöpfender Breite über die Vorzüge des Scotties hatte aufklären lassen, gesellte sich zu ihnen.

Urquhart rümpfte ein wenig die Nase. „Naja. Die Geschmäcker sind verschieden. Letzten Endes sind diese Tiere nichts anderes als Mischlinge. Bei den Zuchtverbänden sind sie nicht anerkannt. Aber bitte – wenn ein Markt dafür da ist, finden sich auch Menschen, die ihn beliefern. So wie eben jener Puggle-Züchter, von dem ich erzählen wollte. Der fing mit drei Hündinnen an und erwischte genau den Beginn der Modewelle mit diesen Kreuzungen. Jetzt hat er eine richtige Welpenfabrik aufgebaut und gehört zu den größten Lieferanten der Haustiergeschäfte in den USA.“

„Eine Welpenfabrik, das klingt ja abstoßend“, sagte Pauline.

„Das ist es auch. Die Hündinnen werden da schlicht als Gebärmaschinen missbraucht. Sie vegetieren in Käfigen vor sich hin und werden oft genug sogar automatisch gefüttert, so dass sie kaum Kontakt zu Menschen haben. Wenn ein Wurf da ist, wird er ihnen nach wenigen Wochen schon weggenommen und sie bekommen eine Hormonbehandlung, damit sie sofort wieder trächtig werden. Älter als drei, vier Jahre wird da kaum eine Hündin.“

Bei dem Bild, das Urquhart zeichnete, stiegen Pauline die Tränen in die Augen. Auch John schluckte mühsam. Er war froh, dass die Kinder nichts von dem Gespräch mitbekommen hatten. Christopher lag quer über zwei Stühlen und schnorchelte sanft vor sich hin, während Bella sichtlich interessiert lauschte, wie Tante Isabel und eine der Hundehalterinnen sich über Zuchtlinien unterhielten.

„Bei solchen Aufzuchtbedingungen ist die Chance für den Käufer eines Welpen groß, ein krankes und verhaltensgestörtes Tier zu bekommen“, sprach der Richter weiter. „Hierzulande haben wir solche

Zustände in der Zucht Gott sei Dank kaum, aber natürlich blüht der Schwarzhandel mit Welpen aus anderen Ländern, wo die Regeln nicht so streng sind. Irland als erstes und dann die ganzen osteuropäischen Länder. Ich sage Ihnen, das ist wirklich ein erschütternder Anblick, wenn der Zoll mal wieder eine Ladung solcher Tiere abfängt, die dann in einer unserer Auffangstationen landen. Einige kann man noch aufpäppeln, aber etliche sind nicht mehr zu retten."
Er schüttelte erregt den Kopf und fuhr fort, „Und das Schlimme ist, dass Sie die Hintermänner nur in den seltensten Fällen drankriegen können. Dabei sind das wirklich gewissenlose Geschäftemacher, denen die Kreatur überhaupt nichts wert ist." Er atmete tief durch. „Aber ich wollte Ihnen nicht den Tag verderben mit diesen traurigen Geschichten. Es regt mich einfach jedes Mal furchtbar auf, wenn ich an das Schicksal der armen Hunde denke."

„Kann man denn gar nichts gegen solche Machenschaften tun?", fragte John bedrückt.

„Nun ja, wenn Sie einer Tierschutzorganisation wie der *RSPCA* eine Spende zukommen lassen, erleichtern Sie immerhin die Arbeit der vielen Ehrenamtlichen, die sich um die Tiere kümmern. Dafür ist eine Spendenbox am Ausgang aufgestellt."

John nahm sich auf der Stelle vor, dort etwas einzuwerfen.

„Und dann müssen wir uns bemühen, die Leute immer wieder darauf hinzuweisen, dass sie sich nicht im Internet oder über sonstige undurchsichtige Quellen ein Tier bestellen", fuhr der Richter fort. „Lieber soll man zu einem ortsansässigen Züchter gehen und sich dort einen Eindruck verschaffen, wie mit den Hunden umgegangen wird. Natürlich wird ein Tier aus einer Qualitätszucht einen wesentlich höheren Preis kosten, aber dafür hat man dann auch die Garantie, viele Jahre Freude an seinem Hund zu haben." Er blickte sie forschend an.

„Haben Sie noch nie daran gedacht, sich einen Hund zuzulegen?"

John verneinte. „Ich war über zwanzig Jahre beim Militär, die meiste Zeit im Ausland. Da hat sich die Frage nie gestellt."

„Eine Kollegin von mir hat einen Mischlingshund, den sie immer mit in die Schule nimmt. Ein ganz liebes und ruhiges Tier. Mit dem gehe ich manchmal Gassi", erzählte Pauline. „Mehr Umgang mit Hunden hatte ich bis jetzt nicht. Bei uns zuhause ging es eigentlich immer um Vögel. Meine Familie besteht aus lauter passionierten Ornithologen."

„Vögel … aha. Nun ja, sicher auch faszinierende Tiere“, meinte Urquhart höflich. „Nun, falls Sie je daran denken, sich einen Hund als Gefährten ins Haus zu holen, kann ich einen Scottie nur empfehlen. Er ist treu, unerschrocken und hochintelligent. Und er ist ein sehr würdevolles Tier. Aber was erzähle ich Ihnen. Sie haben ja eine der besten Züchterinnen in der Familie. Die Qualität ihrer Hunde war über all die Jahrzehnte immer herausragend.“ Er bückte sich und tätschelte Sir Walter Scott. „Und jetzt muss ich mich verabschieden. Für mich geht es mit den Airedale Terriern weiter.“

Bella sah auf die Uhr. „Wenn wir Joey nicht verpassen wollen, müssen wir allmählich los. Die Neufundländer sind in Halle 3.“

Sofort wurde Christopher munter und sprang auf.

„Geht nur, Kinder. Ich bleibe hier und unterhalte mich gemütlich. Also lasst euch ruhig Zeit“, sagte Isabel. Als sie sich zum Gehen wandten, jaulte Walter leise.

„Ah, er braucht nochmal eine Gassirunde. Könnt ihr ihn mitnehmen?“, bat Isabel.

„Ich muss auch aufs Klo“, meldete Christopher. „Aber hoffentlich verpassen wir Joey dann nicht.“

John nahm Walters Leine. „Pauline, geh du schon mal vor mit den Kindern. Ich gehe mit Walter und komme dann nach.“

Der alte Scottie zockelte zielsicher auf die Tür mit der Aufschrift „Zum Löseplatz“ zu. Draußen lag ein langer Grünstreifen mit mehreren Bäumen, wo sicher an die zwei Dutzend Hunde zugange waren.

John bewaffnete sich mit einem der roten Kotbeutel aus dem Spender und ließ sich von Walter zu dem schon etwas in Mitleidenschaft gezogenen Grün ziehen. Dort konnte der Scottie sich nicht recht entscheiden, wo er sich niederlassen sollte. Er strolchte langsam hin und her, ohne den anderen Hunden groß Beachtung zu schenken. John trottete hinterher.

Einige Hundebesitzer nutzten den kurzen Spaziergang für eine Zigarettenpause. Die meisten schienen auf ihren jeweiligen Liebling fixiert zu sein, nur vereinzelt standen kleinere Gruppen beisammen. John wurde auf zwei Frauen aufmerksam, die sorgfältig gekämmte und mit Haarspangen bekränzte Yorkshire Terrier auf dem Arm hatten. Zu seinem Amüsement bemerkte John, dass die Besitzerinnen Spangen in der jeweils gleichen Farbe wie ihre Hunde im Haar hatten. Die Tiere hatten ihr Geschäft anscheinend schon erledigt. Beide Besitzerinnen sogen gierig an ihren Glimmstängeln.

„Ich bin sicher, dass mein Schnuffelchen heute die Rüdenkonkurrenz in der Jugendklasse gewinnen wird", äußerte die eine, die eine dunkelblaue Spange trug. „Und du hast mit Fluffi bestimmt Chancen bei den Hündinnen, jetzt wo Guinevere nicht mehr da ist."

Guinevere? John spitzte die Ohren. Glücklicherweise beschloss Walter, dass eine unscheinbare Stelle nur ein paar Schritte von den beiden Frauen entfernt geeignet für seine Zwecke war. John wandte sich diskret ab und lauschte dem Gespräch.

„Pah", stieß die zweite (rote Spange) aus. „Guinevere hätte Fluffi sowieso nicht das Wasser reichen können. Mein Baby hat eine ganz andere Ausstrahlung, nicht wahr, mein Pupsipu?" Sie strich dem Hündchen sanft über das lange Fell. „Es weiß doch jeder, dass Guineveres Hinterläufe ihre Schwäche sind. Die sind nie und nimmer gerade, ganz anders als bei Fluffi. Wir haben auch ein viel schwungvolleres Gangwerk, nicht wahr, mein Hasenfurz?" Während John sich im Stillen über die Kosenamen amüsierte, hauchte sie einen Kuss auf die Schnauze des Hundes, der ihr daraufhin über die Nase schleckte. John verzog unwillkürlich das Gesicht.

„Meinst du, dass Guinevere entführt worden ist, wie alle sagen?", fragte Blaue Spange.

„Kann schon sein. Ich habe erst neulich von einem Fall in Essex gehört, wo sechs wertvolle Welpen auf einmal verschwunden sind und die Entführer ein paar tausend Pfund Lösegeld forderten, ansonsten sollten die armen Tiere gequält werden. Die Hunde sind bis jetzt nicht wieder aufgetaucht."

„Das müssen Monster sein, die sowas machen", empörte sich Schnuffelchens Besitzerin. „Keine Angst, mein Liebling, dir passiert nichts. Mummy passt auf dich auf", gurrte sie dem Hund beruhigend ins Ohr. Dann richtete sie sich wieder auf.

„Ganz schön scheinheilig war er vorhin, der gute Deveril. Von wegen ‚geschätztes Verbandsmitglied'! Harvey war ein alter Grantler und mit seinem Artus-Wahn auch irgendwie ganz schön irre. Also ich weine dem keine Träne nach."

„Ich auch nicht. Er war ein schlechter Verlierer. Als Guinevere vor ein paar Wochen in Bath nur Dritte wurde, hat er sich aufgeführt wie Rumpelstilzchen. Der war echt überzeugt, dass die Kleine das Zeug zur Weltsiegerin hätte. Total verblendet, der Mann“, lautete das vernichtende Urteil von Blaue Spange.

Walter stieß ein einzelnes leises Bellen aus. Als John sich umdrehte, wedelte der Hund mit dem Schwanz und schien ihn auffordernd anzublicken. John fragte sich, ob eine anerkennende Äußerung angezeigt war.

„Ähm. Gut gemacht. Denke ich“, sagte er und musterte das Ergebnis von Walters Bemühungen. Dann ging er in die Hocke und folgte der Anleitung auf dem Beutelspender. Er steckte eine Hand in die kleine Plastiktüte und war eben im Begriff, den Haufen zu ergreifen, als er mitten in der Bewegung erstarrte. Im Gespräch der beiden Spangen-Frauen war ein Name gefallen, der ihm wohlbekannt war.

„Was meinst du, wer vielleicht persönlich herkommt, um ihren Hund in der Jüngstenklasse laufen zu sehen?“, raunte Rote Spange in verschwörerischem Ton. „Ich habe es gestern zufällig im Hotel mitgekriegt. Aber du musst versprechen, es niemandem zu sagen. Wir sollen es unter der Decke halten, weil es sonst einen Reporterauflauf gibt.“

Blaue Spange beugte sich näher zu ihrer Freundin. „Nun sag schon. Wer ist es?“

„Kyla Macpherson!“

John sträubten sich die Nackenhaare.

Kapitel 10

Eilends entsorgte John den Hundehaufen, nahm Walter auf den Arm und huschte wie ein gehetztes Reh zurück in die Halle zu Tante Isabel.

„Darf ich dich kurz etwas fragen?“, unterbrach er ganz ohne die ihm sonst eigene höfliche Zurückhaltung ihr Gespräch. Isabel erkannte die Dringlichkeit der Situation mit einem Blick und wandte sich ihm nach einer kurzen Entschuldigung an ihre Gesprächspartnerin zu.

„Was ist los, John? Du siehst ja aus, als wären tausend Furien hinter dir her.“

Das traf es recht genau.

„Ich habe draußen gerade das Gerücht gehört, dass Kyla Macpherson vielleicht herkommt“, presste er heraus.

Isabels Blick wandelte sich von Besorgnis zu einem nur leicht mitleidigen Grinsen.

„Ach, mein Junge, du wirst dich doch nicht vor dieser Person fürchten? Die meisten Männer würden sich glücklich schätzen, einem veritablen Star begegnen zu dürfen.“

John knirschte mit den Zähnen. „Tante Isabel! Du hast sie doch beim Clanfestival erlebt. Du weißt genau, wie sie sein kann. Ich will ihr auf keinen Fall über den Weg laufen.“

Nun keckerte sie ganz un-damenhaft. „John, ich bitte dich, sei nicht albern –“

„Sag mir bitte einfach, zu welcher Rasse ihr Hund gehört, damit ich weiß, welchem Showring ich weiträumig ausweichen muss“, unterbrach er sie. „Ich habe das Tier nie zu Gesicht gekriegt. Ich kann mich nur noch erinnern, dass sie ihn Bobbsiebärchen genannt hat.“ Ihm fiel etwas ein. „Obwohl – dieser Hund kann es wohl nicht sein. Die Frauen draußen sprachen davon, dass das Tier in der Jüngstenklasse antritt.“

„Es könnte eine Nachzucht von ihm sein“, mutmaßte Isabel und griff nach dem Messekatalog. Sie blätterte kurz darin und nickte dann. „Genau so ist es. Sieh her.“ Sie tippte auf einen Eintrag in der Rubrik ‚Chihuahuas‘.

„Highland Beauty of Lomond, Vater: Highland Star of Lomond“, las John. „Tatsächlich, Züchterin: Kyla Macpherson, da steht es.“

Er stieß einen erleichterten Seufzer aus, als er sah, dass die Wettbewerbe der Chihuahuas erst morgen auf dem Programm standen.

Damit stand fest, dass er morgen die Messehalle unter keinen Umständen betreten würde.

Als er kurz darauf Pauline berichtete, was er draußen gehört hatte, fiel ihre Reaktion komplett anders aus als bei Tante Isabel.

„Dieses nymphomane Biest! Die ist ja wie ein falscher Fünfziger, taucht immer wieder auf. Wehe ihr, wenn sie nochmal ihre gierigen Klauen nach dir ausstreckt. Dann …“ In ihren Augen blitzte es unheilverkündend.

John liebte das Feuer in ihrem Blick.

Sie mussten eine Unzahl von Wertungsrunden bei den Neufundländern absitzen. Joey hatte in seiner Klasse gewonnen und Christopher war nicht vom Showring loszueisen, bevor er nicht die abschließende Konkurrenz um den Besten Hund der Rasse gesehen hatte. Schließlich war John selbst kurz davor, ein herzzerreißendes Gejaule anzustimmen. Nachdem Joey im Kampf um die begehrte Trophäe nur den vierten Platz belegt hatte, ließ Christopher seinem Missfallen freien Lauf. Worte wie ‚Tomaten auf den Augen‘ und ‚Vollpfosten‘ fielen. Der Junge bestand darauf, den Hund noch einmal aufzusuchen, um ihn zu trösten.

„Christopher, ich glaube, Joey muss nicht getröstet werden. Es ist ihm bestimmt vollkommen gleich, ob er hier gewinnt oder nicht“, versuchte John seinen Neffen zu bremsen, aber Christopher war nicht von seinem Vorhaben abzubringen. Er marschierte zu der Barrikade, hinter der die Besitzer mit ihren Hunden verschwunden waren und verlangte lautstark, Joey möge herauskommen. Glücklicherweise zeigte sich der Besitzer erfreut über Christophers Ansinnen und brachte den Hund noch einmal in den öffentlichen Bereich, wo er sofort von dem Jungen in Beschlag genommen wurde.

„Du bist der Schönste, Joey, lass dir nichts anderes erzählen“, sagte er ernsthaft zu dem Tier, das ihm zum Dank mit seiner waschlappengroßen Zunge über das Gesicht fuhr. Christopher quietschte vergnügt auf. Pauline zog ein Taschentuch heraus, um ihm den Sabber abzuwischen.

„Gratulation zum Sieg in Ihrer Wertungsrunde. Schade, dass es am Ende nicht eine bessere Platzierung geworden ist“, äußerte John zu dem Besitzer.

„Ach, das ist schon in Ordnung“, meinte der gleichmütig. „Es ist bekannt, dass Ms. Carradine oft den Hunden der professionellen

Vorführer den Vorzug gibt. Die sind eben doch zu einer geschliffeneren Präsentation in der Lage und letzten Endes sind das auch die Leute, hinter denen in aller Regel Besitzer mit Vermögen, Einfluss und Ehrgeiz stehen. Natürlich würde niemals ein Richter zugeben, dass er sich von sowas beeindrucken lässt, aber in der Realität schaut es eben doch manchmal anders aus." Er zuckte mit den Schultern.

„Joey und ich, wir kommen nicht her, um Punkte und Anwartschaften abzustauben – nicht, dass wir sie nicht dankend annehmen, aber das ist es nicht, was mich auf Hundeschauen treibt. Ich liebe einfach die Atmosphäre, die Begegnungen mit alten Bekannten und mit Menschen wie Ihnen und Ihrem Kleinen hier." Er nickte zu Christopher hinab, der völlig ins innige Zwiegespräch mit dem Vierbeiner vertieft war und zog eine Visitenkarte aus der Tasche seines Jacketts.

„Wenn der Junge dauerhaft Interesse an einem Hund hat, kann ich Sie mit ein paar seriösen Züchtern in Verbindung bringen."

John dankte ihm. Pauline schoss noch ein paar Fotos von Kind und Hund, bevor sie Abschied nahmen. Sie gingen zurück zum Showring der Scotch Terrier, um Tante Isabel aufzusammeln. Sie saß mit Ken Deveril und einer älteren Frau beisammen, die einen langhaarigen halbhohen Hund bei sich hatte. Das Tier erinnerte John vage an eine Fernsehserie. Als Tante Isabel sie vorstellte, fiel ihm ein, an welche.

„Das sind Sally Wilcox und Boomer."

„Aber natürlich", lächelte Pauline. „Ihr Hund sieht wirklich so ähnlich aus wie Boomer aus dem Fernsehen."

Seine Besitzerin nickte. „Allerdings war das ein Mischling und mein Boomer ist ein echter Bearded Collie."

„Diese Hunde stammen wie die Border Collies aus den Highlands. Sally lebt in Kilmorack, das ist nicht weit von mir", erklärte Isabel.

„Gib mir Fünf", forderte Ms. Wilcox ihren Hund auf. Gehorsam hob er eine Vorderpfote nach oben und drückte sie gegen ihre Handfläche.

Bella lachte entzückt. „Das ist ja ein toller Trick."

„Ich mache seit einiger Zeit Klickertraining mit ihm. Damit hat er schon eine Menge gelernt. Aber jetzt müssen wir los. Wir sehen uns in den nächsten Tagen bestimmt noch, Isabel."

Auch Ken Deveril stand auf. „Heute Abend habe ich leider andere Verpflichtungen. Aber, meine Liebe, du musst mir versprechen, morgen mit mir zu Abend zu essen."

„Sehr gern, Ken", willigte sie sichtlich erfreut ein.

Es schien ihr zu gefallen, dass er sie auf die Wange küsste, als er sich verabschiedete.

„Der baggert dich ja ganz schön an, was?“, kicherte Bella, als sie aus der Halle gingen. Als Antwort lächelte Isabel nur undurchdringlich.

Christopher interessierte sich nicht für einen etwaigen Flirt seiner Urgroßtante. Unaufhörlich plapperte er über den seiner Ansicht nach besten Hund der Welt. Er gab keine Ruhe, bis Pauline ihm die Bilder auf ihrem Handy gezeigt hatte.

„Die schickst du Daddy und der druckt sie mir aus. Dann häng ich sie in meinem Zimmer auf“, verkündete er.

„Das nenne ich Liebe auf den ersten Blick“, murmelte Pauline John zu.

„Immer noch besser, er hängt sich Joey übers Bett als Miley Cyrus“, meinte er.

„*Du* kennst Miley Cyrus?“, fragte Bella erstaunt, die seine Antwort gehört hatte.

„Dein Onkel ist alt, aber noch nicht soooo alt“, gab er zurück. Sie blickte ihn leicht zweifelnd an.

Als Maggie sie endlich abholte, ließ John sich geschafft in den Sitz plumpsen. Vor seinem geistigen Auge tauchten verlockende Bilder der heimeligen Dachkammer in ‚Fisherman’s Pride‘ auf, in die er sich bis zum Abendessen mit Pauline zurückzuziehen gedachte. Dieser schöne Traum wurde rüde zunichte gemacht, als Maggie fragte, „Ich hoffe, ihr habt euch Gedanken gemacht, was ihr morgen auftischen wollt? Am besten wäre es, ihr kommt jetzt gleich mit mir zum Einkaufen. Wir setzen die Kinder und Tante Isabel ab und fahren gleich weiter.“

Gequält schloss John für einen Moment die Augen. Auch Pauline stieß einen unterdrückten Seufzer aus.

Maggie warf ihnen im Rückspiegel einen erheiterten Blick zu.

„Gebt zu, ihr habt vergessen, dass ihr morgen fürs Essen zuständig seid.“

„Ich gestehe, Frau Staatsanwalt“, brummte John. „Hast du einen Vorschlag?“

„Wie wäre es mit einem deiner hervorragenden Currys, John?“, meinte sie.

„Curry für, warte mal, ein Dutzend Leute? Da bräuchten wir ja einen Wok so groß wie eine Gulaschkanone“, wandte er ein.

„Die Küche in unserem Haus ist mit allem ausgestattet, was man sich nur vorstellen kann. Zwei überdimensionale Wokpfannen sind auch dabei. Also könntet ihr sogar zwei verschiedene Gerichte machen. Ich würde mir das Huhn mit Cashewkernen wünschen. Und vielleicht noch dieses leckere Curry mit Banane und Kokos."

„Das klingt vorzüglich", mischte Tante Isabel sich ein. „Macht das doch, Kinder."

John wechselte einen Blick mit Pauline und nickte dann. „In Ordnung."

„Und ich mache für die Nachspeise Cookies. Im Kollegium hatten wir kürzlich sensationelle selbstgebackene mit weißer Schokolade und Macadamianüssen und solche mit einer Nougatfüllung. Die Rezepte habe ich im Handy gespeichert", sagte Pauline.

Und so verbrachten John, Maggie und Pauline die nächste Stunde in einem riesigen Supermarkt am Rande Newquays, aus dem sie schließlich zwei randvolle Einkaufswägen hinausschoben. Als sie im Ferienhaus ankamen, hatte Alan den ausladenden Grill bereits angeheizt und die lange Tafel im Garten war gedeckt.

„Ah, da seid ihr ja endlich", begrüßte David sie. „Mir knurrt schon der Magen. Her mit dem Fleisch."

Es wurde ein heiterer Abend unter dem Sternenzelt, an dem alle wie üblich zu viel aßen und schließlich unter großem Gestöhn die Treppen hinaufwankten. Zu seinem Bedauern wurde John genauso wie Pauline augenblicklich vom Schlaf übermannt, kaum dass das Licht gelöscht war.

Renie war nicht aufgetaucht. Sehr zu Maggies Verdruss hatten sie bis auf eine kurze Nachricht, dass sie mit Recherchen beschäftigt sei, nichts von ihr gehört. Wie sich am nächsten Tag zeigte, war ihre Abwesenheit der Familienharmonie jedoch eher zuträglich gewesen.

„Du willst WAS?!!", donnerte ihnen Maggies Stimme entgegen, als John und Pauline im Morgengrauen des nächsten Tages die Küchentür öffneten. Ein Blick auf seine Schwester sagte John, dass sie fuchsteufelswild war. Ihr Zorn richtete sich offensichtlich auf Renie, die mit verschränkten Armen am Küchentisch saß, den geöffneten Laptop neben sich, und ihre Mutter kampfeslustig anblitzte. Hastig schloss John die Tür hinter sich, damit die zu erwartenden Temperamentsausbrüche nicht das ganze Haus aufweckten.

Tante Isabel saß ebenfalls am Küchentisch und hatte den Kopf in die Hände gestützt.

„Ich habe es gewusst“, sagte sie leise. „Ich habe es gewusst, dass du dich von so einem vermeintlichen Tierschützer aufhetzen lässt.“

„Jake ist kein *vermeintlicher* Tierschützer. Ihm liegen die Hunde viel mehr am Herzen als deinen ganzen Kumpanen von diesem abscheulichen Zuchtverband. Das sind nichts anderes als gewissenlose Geschäftemacher. Denen ist das Schicksal der Hunde total egal!“ Renie atmete tief durch. „Und deswegen sage ich es noch einmal: Ich wünsche mir, dass du diese Ehrung ablehnst, Tante Isabel.“

Maggie stieß einen Laut aus, der John an das Knurren eines Tigers erinnerte. Als sie mit dem Pfannenwender im Anschlag einen Schritt auf ihre Tochter zumachte, schwante ihm Übles. Schnell stellte er sich seiner Schwester in den Weg. Pauline zog einstweilen das zusammengebackene Rührei vom Herd, das Maggie gerade zubereitet und offensichtlich in der Hitze des Gefechts vergessen hatte.

„Ich würde vorschlagen, wir setzen uns jetzt alle.“ Johns Ton war ruhig, aber bestimmt. Er entwand Maggie das Küchenutensil und zog ihr einen Stuhl heraus, auf dem sie sich wortlos niederließ.

John setzte sich neben sie und schenkte sich Tee in eine der bereitstehenden Tassen ein. Pauline, die offenbar einen Sicherheitsabstand halten wollte, begann mit den Vorbereitungen für die Cookies. Diese waren der eigentliche Grund, warum sie so früh aufgestanden waren. Wären wir nur liegengeblieben, dachte John ungnädig.

„So. Und jetzt würde ich gern erfahren, was der Grund für diesen Zwist ist“, warf John in die Runde. Ein Fehler, wie er gleich darauf merkte, als drei Frauen gleichzeitig anfingen, auf ihn einzureden. Er hob die Hände.

„Stopp. So geht das nicht. Eine nach der anderen und jede darf ausreden. Sonst wird hier nichts herauskommen.“ Er sah Isabel als die Patriarchin des Clans auffordernd an.

„Renie verlangt von mir, dass ich mich weigere, die Ehrenmedaille des Hundezuchtverbandes anzunehmen“, grollte sie. „Weil sie sich von diesem Störer von gestern hat einwickeln lassen und jetzt plötzlich alles verdammt, was mit der Hundezucht in Verbindung steht. Selbstverständlich lehne ich so einen aberwitzigen Schritt ab“, fügte sie hinzu.

„Okay. Renie, wie kommst du zu dieser Einschätzung?", wandte er sich an seine Nichte. Als Antwort drehte sie ihren Laptop zu ihm herum und tippte auf eine Taste. Auf dem Bildschirm war ein Hund zu sehen, der herzzerreißend jaulte, unvermittelt zu Boden fiel und Zuckungen bekam.

„Das sieht aus, als hätte das Tier einen epileptischen Anfall." Pauline kam von der Anrichte herüber, wo sie damit begonnen hatte, einen Berg Macadamianüsse in Stücke zu hacken.

Renie ließ das Video anhalten. „Genau so ist es. Und was meint ihr, warum das so ist? Weil diese Rasse, der Cavalier King Charles Spaniel, seit ewigen Zeiten so gezüchtet wird, dass er einen möglichst flachen Schädel hat. Irgendwann wurde der Schädel zu klein für das Gehirn. Die Folge: Andauernde quälende Schmerzen für das Tier und dazu diese Krampfanfälle. Das alles nur wegen der irrwitzigen Vorstellungen des Menschen, was „Schönheit" ist." Der Film lief weiter und zeigte einen Mops im Operationssaal. Ein Tierarzt erklärte die Prozedur, die er vor sich hatte.

„Mittlerweile verbringen mein Team und ich Dreiviertel unserer Zeit damit, die Defekte zu behandeln, an denen Hunde mit einer Brachycephalie leiden. Das sind all die Rassen, die einen rundlichen Kopf mit ganz kurzer Schnauze haben, also vor allem der beliebte Mops und die Bulldogge, aber auch Pekinesen und ein paar andere. Wohlgemerkt hat der Mensch diese Tiere durch bewusste Selektion so gezüchtet, weil uns diese Kopfform wegen des Kindchenschemas besonders anspricht. Dafür nehmen wir in Kauf, dass zum Beispiel dieser Mops sein Leben lang unter Atemnot leidet, röchelt, schnarcht und schnauft. Bei diesem Tier hier ist die Lage so akut, dass uns nichts anderes übrigbleibt, als chirurgisch das überschüssige Gewebe zu entfernen, das die Atemwege einengt. Eine andere Folge der extrem kurzen Schnauze ist, dass der Hund nicht selten mit seinem Auge an Gegenständen anstößt, was zu Hornhautverletzungen führt. Manchmal muss ein Auge sogar amputiert werden –"

Pauline schlug sich die Hände vors Gesicht. „Tu das weg. Das ist ja schrecklich."

„Eine Sache möchte ich euch noch zeigen", entgegnete Renie grimmig.

Das Video sprang zu einer Szene aus einer Hundeschau. Zu sehen war ein Schäferhund, der kaum laufen konnte, weil seine Hinterbeine so sehr wackelten.

„Das ist der Sieger von Windsor letztes Jahr“, kommentierte Renie. „Armselig, nicht wahr? Nur, weil der Zuchtverband als Hüter des Rassestandards definiert hat, dass der Widerrist des Schäferhunds der höchste Punkt des Rückens sein soll, hat sich das Skelett der Hunde über die Jahrzehnte so verkrümmt, dass sie sich gar nicht mehr natürlich bewegen können.“ Sie klappte den Computer zu. „Ich will euch die anderen grauenhaften Geschichten ersparen, über Dackel mit Bandscheibenvorfällen, nur weil wir Menschen meinen, die Wirbelsäule muss besonders lang sein. Oder über Boxer mit Hirntumoren. Oder über Welpen, die nicht über die erforderlichen Schönheitsattribute verfügen, aber gesund sind und trotzdem nach der Geburt getötet werden, nur, weil ihr Fell vielleicht ‚falsch‘ gefleckt ist.“ Einen Moment herrschte betroffenes Schweigen. Dann räusperte Isabel sich.

„Das … sind Extrembeispiele. Wir haben über zweihundert Hunderassen in Großbritannien und ein Großteil davon ist kerngesund. Dass es Auswüchse gibt, will ich gar nicht bestreiten. Das mit den Spaniels ist sicher einer davon. Aber hier hat der Zuchtverband jetzt ein großes Forschungsprogramm initiiert, wie man diese Erbkrankheit bekämpfen kann. Auch sonst hat sich in den letzten Jahren schon viel zum Positiven verändert –“

Renie lachte höhnisch. „Ja, klar, aber nur weil die BBC mit ihrer Enthüllungsdokumentation 2009 so viel Druck aufgebaut hat, dass die Herrschaften im Zuchtverband nicht mehr auskonnten. Teilweise sind aber auch Leute, die genau diese Praktiken damals ans Licht gebracht haben, quasi als Verräter gebrandmarkt und aus dem Verband ausgeschlossen worden.“

„Ist das wahr?“ John war entsetzt.

Isabel nickte widerstrebend. „Das hat es wohl in Einzelfällen gegeben. Aber nicht in meiner Sektion.“

Renie lächelte triumphierend und sprach weiter. „Und das Problem der Inzucht mit ihren ganzen Folgen ist noch genauso da wie damals. Stellt euch vor, sämtliche zig Tausende von Möpsen in unserem Land gehen auf genau fünfzig Tiere zurück. Bis heute wird oft genug die Tochter mit dem Vater verpaart, die Enkelin mit dem Opa oder der Bruder mit der Schwester, nur um erwünschte Merkmale in die nächste Generation weiterzuführen.“

„Das ist ja abstoßend“, rief Maggie aus.

„Jeder verantwortungsvolle Züchter, den ich kenne, macht das nicht. Ich selbst habe so etwas immer abgelehnt“, verteidigte sich Isabel.

„Aber grundsätzlich ist das erlaubt?“, fragte Pauline.

„Nun … ja“, gab Isabel zu.

Renie spürte, dass sie Oberwasser bekam. „Ausdrückliches Ziel des Zuchtverbandes ist es, in der Bevölkerung eine Nachfrage nach Rassehunden zu erzeugen. Das führt zum einen dazu, dass massenweise Hunde eingeschmuggelt werden, die unter furchtbaren Bedingungen in Welpenfabriken im Ausland aufgezogen werden.“

Das bestätigte, was Jolly Urquhart ihnen gesagt hatte.

„Zum anderen stellt sich der Zuchtverband immer wieder gegen Verschärfungen im Tierschutzrecht, die auch eine genauere Kontrolle der hiesigen Züchter erlauben würden. Klar, denn es sollen möglichst viele Welpen erzeugt werden: Diese werden beim Verband gegen Gebühr registriert und so generiert er seine Einkünfte. Und zwar nicht zu knapp, wenn man sich das noble Hauptquartier in London anschaut. Für mich ist das nichts anderes als Geschäftemacherei auf dem Rücken der Tiere.“

„Du kannst nicht alle über einen Kamm scheren“, widersprach Isabel hitzig. „Schwarze Schafe gibt es überall. Nur weil es in der katholischen – und auch in eurer anglikanischen – Kirche Priester gibt, die sich an ihren Schutzbefohlenen vergehen, ist ja auch nicht die ganze Institution Kirche zu verdammen. Die Menschen, mit denen ich über die Jahrzehnte enger zu tun hatte und von denen ich etliche als Freunde ansehe, sind definitiv nicht vom Geld angetrieben. Sie sehen ihre Hunde als Familienmitglieder und würden alles für deren Wohl tun –“

Renie stieß ein hohles Lachen aus. „Ach. Da habe ich aber *ganz* andere Sachen gehört.“

„Was soll das heißen?“, wollte Isabel wissen.

„Fräulein, wenn du hier solche Anschuldigungen absonderst, solltest du sie auch beweisen können“, mahnte Maggie.

„Nun, die Sache ist die …“, sagte Renie gedehnt. Ganz offensichtlich kostete sie es weidlich aus, dass die gesamte Aufmerksamkeit auf sie gerichtet war. Paulines Cookiezutaten standen vergessen auf der Arbeitsplatte. Johns Tee war kalt geworden.

„Ich habe mich gestern ausführlich mit Jake Foster unterhalten“, ließ sie sich schließlich zu einer Erklärung herbei. „Das ist der junge Mann, der auf der Hundeschau protestiert hat. Es war übrigens skandalös, wie er von einem regelrechten Mob von Hundezüchtern verfolgt worden ist. Wenn nicht das Regionalfernsehen mit seiner Kamera da gewesen wäre, hätte er bestimmt einige Schläge abgekriegt. Da waren einige außer Rand und Band, sage ich euch. Naja, Gott sei Dank konnte er sich in Sicherheit bringen und er war auch einverstanden, mit mir zu reden."

„Was sollte der anderes erzählen als ideologisch eingefärbte Propaganda", meinte Isabel abfällig. „PETA und wie sie alle heißen, die machen sich doch einen Sport daraus, gegen uns zu hetzen. Dabei gäbe es wahrlich wichtigere Tierschutzthemen. Massentierhaltung, Tiertransporte unter übelsten Bedingungen oder Tierversuche in der kosmetischen Industrie, darum sollten die sich kümmern."

„Da hast du sicher recht", gestand Renie zu. „Aber worum es hier geht, sind nicht allgemeine Vorwürfe, sondern sehr konkrete. Jake stand in Verbindung mit Harvey Reynolds –"

„Mit dem Toten aus der Höhle?" Pauline hätte sich fast an einer Nuss verschluckt, die sie sich geistesabwesend in den Mund geschoben hatte.

„Genau mit dem. Der alte Harvey, wohlgemerkt ein absoluter Hundeshow-Insider, hatte von sich aus mit Jakes Verein Kontakt aufgenommen und angekündigt, dass er einige Skandale enthüllen wolle. Deswegen kam Jake her und die beiden haben sich am Freitag getroffen."

„Genau an dem Tag, bevor Harvey Reynolds starb?", vergewisserte sich John.

„Exakt. Deswegen hat natürlich alles, was Harvey Jake noch sagen konnte, besondere Brisanz. Er hat zwar erstmal nur Andeutungen gemacht und Jake gesagt, er liefert die Beweise für seine Aussagen nach der Hundemesse, aber auch in seinen ersten Aussagen steckt schon ganz schön Zündstoff drin. Da geht es um schmutzige Tricks der Hundevorführer, bestechliche Richter, unerlaubte Manipulationen und so weiter. Et voilá", sie breitete die Arme aus wie ein Showmoderator, „Damit habe ich – Maureen Hughes, baldiges Mitglied der Investigativjournalismus-Abteilung beim *Guardian* – wohl das Mordmotiv aufgedeckt: Da wollte jemand aus dem ganzen Hundezirkus Harvey Reynolds zum Schweigen bringen, bevor er Fakten präsentieren und damit die Karriere des Betroffenen ruinieren konnte."

Wenn sie auf Applaus gewartet hatte, sah sie sich enttäuscht.

„Das ist doch Bockmist“, murmelte Isabel.

John sah seine Nichte nachdenklich an. „Ausgeschlossen ist das nicht. Wenn für den Betreffenden viel auf dem Spiel stand …“

„Bockmist“, wiederholte Isabel lauter.

„Es sieht aus, als hättest du dich in einigen deiner Hundekumpels gründlich getäuscht, Tante Isabel“, fuhr Renie unbarmherzig fort. „Soll ich dir sagen, wer einer von denen ist, die Reynolds auf seiner schwarzen Liste hatte? Dein Freund Kenwyn Deveril.“

Kapitel 11

Nachdem sie diese Bombe hatte platzen lassen, lehnte sich Renie sichtlich selbstzufrieden in ihrem Stuhl zurück.

„Jetzt reicht es. Diesen abstrusen Mist höre ich mir nicht länger an." Isabel erhob sich würdevoll, ergriff ihre Krücke und schritt hinaus, gefolgt von dem treuen Walter. Kurze Zeit darauf hörten sie ihre Zimmertür zuschlagen.

Maggie fuhr sich müde über die Stirn. „Na großartig. Da geht er hin, unser schöner harmonischer Familienurlaub."

Der Blick, mit dem sie ihre Älteste fixierte, war eher enttäuscht als wütend. „Du benimmst dich wie ein Elefant im Porzellanladen."

Sie hob warnend die Hand, als Renie aufbegehren wollte. „Vollkommen egal, ob an diesen Vorwürfen etwas dran ist oder nicht – du kannst nicht auf diese Weise agieren. Herrje, ich muss dich ja wohl nicht daran erinnern, dass Isabel auf die Hundert zugeht. Auch wenn man es ihr nicht ansieht, ist sie doch eine sehr alte Dame. *Und* das Clanoberhaupt der Mackenzies. *Und* wir sind auf ihre Einladung hier. *Und* du weißt haargenau, wieviel die Hundezucht Tante Isabel immer bedeutet hat. Alles, was damit zu tun hat, ist ein wichtiger Teil ihres Lebens. Und nun kommst du daher und verunglimpfst mir nichts, dir nichts nicht nur das gesamte Hundeshow-Wesen, sondern auch noch einen ihrer ältesten Freunde. Basierend auf Geschichten aus zweiter Hand, noch dazu von einem radikalen Tierschützer, der hier womöglich ganz eigene Interessen verfolgt."

Sie schüttelte traurig den Kopf. „Ich weiß nicht, was mit dir los ist. Bist du wirklich so karrieresüchtig, dass dir allmählich jeder Sinn für Familie, für Respekt und Anstand verloren geht? Wir wollten hier alle gemeinsam eine schöne Zeit verbringen, aber in deinem Kopf scheint es immer nur darum zu gehen, wie du es schaffst, deinen Namen möglichst weit vorn in der Zeitung zu sehen. Das beschämt mich zutiefst." Maggie stand auf. „Ich gehe spazieren. Ich brauche frische Luft."

Renie starrte ihrer Mutter nach. Dann sprang sie unvermittelt auf und stürmte zur Hintertür hinaus, in den Garten. Selbst durch die geschlossene Tür konnten sie ihr Schluchzen hören.

„Geh zu ihr. Ich kümmere mich um die Cookies und das Frühstück für die anderen", sagte Pauline und umarmte John.

„Es tut mir leid, dass du das alles mit anhören musstest", murmelte er in ihr Haar.

„Red nicht so dummes Zeug", schalt sie ihn liebevoll. „Wir sind doch alle Familie, oder nicht? Gemeinsam durch dick und dünn, das ist meine Devise."

John wurde es warm ums Herz. Nur mit Bedauern löste er sich von ihr, schnaufte noch einmal tief durch und ging hinaus.

Renie saß auf einer der Stufen, die in den Garten hinunterführten, den Kopf auf die Knie gesunken. Ihre Schultern bebten, während ihr unentwegt harte Schluchzer entfuhren.

John ließ sich neben ihr nieder, legte den Arm um seine Nichte und gab ein teilnahmsvolles Brummen von sich. Nach einer Weile ebbte das Schluchzen ab. Renie hob den Kopf und kuschelte sich haltsuchend an seine Schulter.

„Wenigstens du bist noch für mich da. Ansonsten mag mich eh keiner mehr", schniefte sie.

„Was redest du denn da für einen Käse, Kind?" Er zauste ihr den roten Schopf.

„Kein Käse", schmollte sie. „Mum hat selbst gesagt, dass sie sich für mich schämt. Dad sieht das bestimmt genauso, wenn sie ihm alles erzählt. Mit Tante Isabel hab ichs mir total verscherzt. Und Geoff … Geo-hoff …" Wieder stürzten Tränen hervor.

Geoff?? Johns Nase zuckte wie bei einem Hund, der einen Braten wittert (Man merkte allmählich, dass sich seit Tagen alles um die Vierbeiner drehte – am Ende der Woche würden sie sich wahrscheinlich knurrend und bellend verständigen, dachte er flüchtig).

Er kramte in seinem Gedächtnis. Wie lange war es her, dass Renie und der Biologe Dr. Geoffrey Tomlinson sich getrennt hatten? Oder vielmehr, seit Renie sehr zum Leidwesen ihrer gesamten Familie den jungen Mann verlassen hatte. Sie hatte sich damals in einen älteren Starjournalisten verguckt, der die ungleiche Beziehung jedoch seinerseits nach kurzer Zeit beendet hatte.

Hmmm … das war im letzten Herbst gewesen, fiel ihm ein. Geoff hatte danach einen Forschungsauftrag in Costa Rica angenommen und dort nach allem, was man hörte, sein Eldorado gefunden. Bei einem großen Naturschutzkongress in London waren sie ihm kürzlich begegnet und er hatte ganz den Eindruck erweckt, als ginge es ihm blendend. Dazu hatte natürlich die äußerst attraktive Mitarbeiterin beigetragen, die er mitgebracht hatte und die ihn offensichtlich umgarnte.

„Was ist mit Geoff?“, fragte er behutsam.

Als Antwort zog Renie ihr Handy aus der Hosentasche und tippte in einer affenartigen Geschwindigkeit darauf herum, bis ein Foto erschien, das die Homepage der Universität von San José zierte. Zu sehen war Geoff beim Händeschütteln mit einem älteren Mann. Neben ihm stand die schöne Dunkelhaarige, die mit ihm in London gewesen war.

‚Dekan Ortíz mit dem englischen Wissenschaftler Dr. Geoffrey Tomlinson und Dr. Lucía Hidalgo-Ferrer vom Lehrstuhl für Entomologie‘

Renie vergrößerte das Bild und John erkannte einen großen Ring am Finger der Südamerikanerin.

„Was meinst du, warum sie so einen fetten Klunker trägt?“, klagte Renie. „Bestimmt sind die beiden mittlerweile verlobt. Und außerdem hat Geoff offensichtlich Chancen, den Lehrstuhl zu erhalten. Sein Chef ist offenbar schwer erkrankt und sie suchen einen Nachfolger.“ Sie verstummte und steckte das Telefon weg.

„Das klingt, als hätten wir allen Grund, uns für ihn zu freuen“, meinte John.

„Mhm“, kam es von Renie.

John, dem allmählich der Hintern abfror – Teufel, war es um diese frühe Stunde noch kühl! – entschloss sich zu einer Frontalattacke.

„Wenn du ihn noch liebst, solltest du dich in den nächsten Flieger setzen und es ihm sagen.“

Mit einem Ruck setzte seine Nichte sich auf. „Ich weiß aber gar nicht, ob das wirklich Liebe ist. Oder ob ich nur einfach eifersüchtig bin, dass diese Schnepfe ihn sich unter den Nagel gerissen hat. Außerdem – dort unten hat er ein tolles Leben mit allem, was er sich erträumt hat. Wie kann ich da plötzlich daherkommen und ihn bitten, wieder zurückzukommen? Ich für meinen Teil kann mir nämlich nicht vorstellen, da zu leben. Mir haben die zwei Wochen im Regenwald bei meinen Recherchen gereicht. Das ist absolut nicht meine Welt.“ Sie sprang auf und tigerte im Garten hin und her.

„Sagen wir mal rein hypothetisch, Geoff hätte auch noch Gefühle für mich. Dann würde er vielleicht alles aufgeben – und für was? Um mit mir hier in einer kleinen Wohnung zu sitzen, mit total unsicheren Zukunftsaussichten – ob die ihn im Museum wieder zurücknehmen würden, kann man nicht wissen – und dann kommt vielleicht der nächste Traumtyp daher, dem ich verfalle und Geoff ist wieder abgemeldet. Wir wissen doch alle, wie wankelmütig ich bin. Mum hat es vorhin ja gesagt – mit Familiensinn und Anstand kann man bei mir nicht mehr rechnen", sagte sie bitter.

„Das würde ich nicht so sehen", sagte John sachlich. „Aber ich will ehrlich zu dir sein, Renie: Ich habe auch das Gefühl, dass deine Arbeit dein ganzes Leben dominiert. Du bist so fokussiert darauf, da Erfolg zu haben, dass alles andere davon an den Rand gedrängt wird. Einschließlich der Menschen, die dich lieben."

Renie schluckte und schien keine Worte zu finden. Eine Weile war nur das morgendliche Pfeifen der Vögel zu hören.

Schließlich seufzte sie tief auf. „Du hast recht. Ich will auf Teufel komm raus etwas erreichen. Endlich in irgendwas richtig gut sein. Zeigen, dass ich diesen Job durchziehen kann. Nicht wie früher, wo ich tausend Dinge angefangen und neunhundertneunundneunzig wieder aufgehört habe. Und Mum und Dad haben mich immer dabei unterstützt und mir nie Druck gemacht. Ich muss jetzt endlich mal beweisen, dass es die ganzen Umwege wert war und ich etwas Großes leisten kann. Weißt du noch, wie du vor Jahren mal gesagt hast, du siehst mich in der Zukunft als Entwicklungshilfeministerin oder Präsidentin der Welthungerhilfe?"

John nickte lächelnd.

„Und was habe ich bis jetzt vorzuweisen? Ein abgebrochenes Anthropologiestudium, ein paar Monate Schauspielstunden, Gelegenheitsjobs und jetzt bin ich grade mal Trainee in der Zeitungsredaktion. Toll."

„Du hast aber auch Tante Isabel großartig bei der Organisation des Clanfestivals in Edinburgh unterstützt, hervorragende Arbeit in der Presseabteilung des Naturhistorischen Museums geleistet und so gute Beiträge geschrieben, dass einer der bekanntesten Journalisten unseres Landes auf dich aufmerksam geworden ist und dich zu einer der renommiertesten Zeitungen überhaupt geholt hat", zählte John an den Fingern auf. „Für dein zartes Alter hast du aus meiner Sicht wirklich schon vieles geschafft."

„Meinst du wirklich?", fragte sie zaghaft.

„Absolut", bekräftigte er. „Und abgesehen davon hast du auch noch tatkräftig an der Aufklärung von mehreren Morden mitgewirkt."

Renies Miene heiterte sich beträchtlich auf. „Stimmt eigentlich. Danke dir, John. Du bist und bleibst mein Lieblingsonkel.“ Sie hauchte ihm einen Kuss auf die Wange und streckte dann die Hand aus, um ihn von der Treppenstufe hochzuziehen. „Lass uns reingehen. Ich will euch erzählen, was ich gestern von Inspektor Brown erfahren habe. Da ist echt heißes Zeug dabei.“

John war heilfroh, dass es bei Renies quecksilbrigem Temperament wie so oft nur eines kleinen Anstoßes bedurfte, um sie aus einem Gefühlsloch herauszuholen.

„In Ordnung. Aber vorher sprichst du erstmal mit Tante Isabel. Und am besten auch mit deiner Mutter. Sieh zu, dass du den Unfrieden in der Familie wieder aus der Welt schaffst.“

„Hmm. Okay“, sagte sie ergeben. Sie hakte sich bei John unter und gemeinsam gingen sie ins Haus zurück.

Als John die Küche betrat, saßen dort einige andere Familienmitglieder, die in der Zwischenzeit munter geworden waren. Pauline buk ihre phänomenalen Pancakes, die reißenden Absatz fanden. Zwischendurch schob sie ein Backblech nach dem anderen mit hellen Keksen in den Ofen. Die erste Ladung ruhte bereits auf der Anrichte zum Abkühlen. Es duftete herrlich und John war in Versuchung einen zu stibitzen, überlegte es sich aber nach einem scharfen Blick von Pauline schnell anders. Er übernahm die Eierstation und wurde sogleich mit Bestellungen überhäuft.

„Zwei Spiegeleier mit Speck für mich.“

„Rührei mit Lachsstreifen bitte.“

„Könnte ich ein Omelett mit viel Käse und Chili haben?“

Während er brutzelte, was das Zeug hielt, beobachtete er, wie Simon auf Paulines Instruktionen hin kleine Batzen von einem dunklen Teig nahm, ihn in der Hand zur Kugel rollte, plattdrückte, etwas Nougat hineindrückte und flink mit dem Teig umschloss. Anschließend drückte er die nun etwas voluminösere Kugel wieder platt und platzierte sie liebevoll auf dem Backblech. Verblüfft bemerkte John, dass sein Cousin es schaffte, dass alle Cookies exakt gleich groß wurden.

„Simon beim Kekse backen – wenn mir das vor kurzem einer prophezeit hätte, hätte ich gesagt, der hat einen Vollschatten“, kommentierte Tommy im Flüsterton, als er seine Spiegeleier abholte. „Ich hab mich schon gefragt, ob wir vielleicht in einer Parallelwelt gelandet sind. Du weißt schon, wenn das Raum-Zeit-Kontinuum gestört wird, dann entwickelt sich plötzlich die ganze Geschichte anders. Wie bei ‚Zurück in die Zukunft'."

In diesem Moment bemerkte Emmeline spitz, „Ihre königliche Hoheit mitsamt ihrer zotteligen Töle habe ich heute noch gar nicht gesehen. Wahrscheinlich geruhen die Herrschaften im Bett zu frühstücken?"

Bella hüpfte herein und fragte in die Runde, „Hat jemand meinen Reithelm gesehen?"

David war zu hören, wie er Alan eine neue Abschreibungsmöglichkeit schmackhaft machen wollte, während er gleichzeitig in rasendem Tempo Pancake Nummer drei vernichtete.

John grinste seinen Neffen an. „Die Theorie mit dem gestörten Raum-Zeit-Kontinuum – ich weiß nicht recht. Wenn das eine parallele Welt sein soll, erinnert sie mich aber verdammt an unsere alte."

Eine gute Stunde später stellte John den letzten Teller in den Geschirrspüler und wischte den Tisch ab. Die restlichen Familienmitglieder waren bereits ausgeflogen. Simon hatte sich mit dem Bekannten, den er gestern bei der Hundeschau getroffen hatte, zu einer Partie Golf verabredet. David und Annie hatten sich ihm angeschlossen. Maggie war mit Bella zu einem Reiterhof gefahren. James und Emmeline waren mit Christopher in die Innenstadt spaziert, um Andenken zu kaufen. Alan und Tommy waren mit ihren Surfboards in Richtung Fistral Beach verschwunden, *dem* Hotspot der Wellenreiter in England. Und Renie war mit Tante Isabel zur Hundeschau aufgebrochen.

Als Versöhnungsangebot hatte sie hoch und heilig versprochen, sich die Sichtweise der Hundezüchter unvoreingenommen darstellen zu lassen und sie erst dann dem gegenüberzustellen, was Jake Foster ihr an Informationen gegeben hatte. Daraufhin hatte Isabel ihrer Urgroßnichte gnädig erlaubt, sie zu begleiten. Sie waren in Renies Flitzer so schnell in Richtung Messehallen abgedampft, dass Renie gar keine Gelegenheit mehr gehabt hatte, John vom Stand der Polizeiermittlungen zu erzählen. Dies konnte er verschmerzen. Nach den sinnlosen Stunden, die sie auf dem Revier in Tintagel verbracht hatten, hatte er kaum Interesse, noch mehr seiner wertvollen Urlaubszeit mit dem Thema Mord zu verbringen. Schon gar nicht angesichts der köstlichen Aussicht, das Ferienhaus eine Weile ganz für sich zu haben.

Pauline drückte den Deckel auf die letzte von vier Frischhalteboxen, in denen sie die Cookies verstaut hatte. Dann sah sie sich um. „Wo deponiere ich die einstweilen? Ich musste die Kekse schon mit Klauen und Zähnen verteidigen, damit sie auch bis zum Abendessen überleben. Ich befürchte, wenn wir sie einfach hier stehen lassen, werden die Schachteln schon vorher ausgeräubert.“

John lachte. „Wenn David sie entdeckt, bleibt für uns nichts mehr. Wir sollten sie verstecken. Wie wäre es unter unserem Bett?“

Ihre Augen funkelten. „Das klingt vielversprechend. Hilfst du mir, die Boxen raufzutragen?“

„Nichts lieber als das.“

Auch wenn John durchaus den ganzen Tag in der Dachkammer hätte verbringen können, folgte er doch Pauline um einiges später die Treppe über die Steilküste hinab. Gegen Mittag wollten sie den Rest der Familie am Fistral Beach treffen, um gemeinsam die legendären Fish und Chips zu essen, die ein bekannter Sternekoch dort in einem an sein Restaurant angegliederten Straßenverkauf anbot. Danach war geplant, in einem der zahllosen Surfshops Anzüge und Bretter für alle auszuleihen und sich in die Wellen zu stürzen. Tommy hatte sich großzügig erboten, eine Lektion ‚Surfen für Anfänger’ zu erteilen. John vermutete, dass sein Neffe in Wirklichkeit nur erpicht darauf war, mit seiner Actionkamera ein ‚Pleiten, Pech und Pannen‘-Video für den Medienkurs in der Schule zu drehen.

Das Meer hatte sich mit der Ebbe weit zurückgezogen und so war es möglich, aus der U-förmigen Bucht hinaus und auf dem Sand entlang der zerklüfteten Steilküste zu wandern. Auf diese Weise liefen sie an etlichen anderen Buchten vorbei bis zum kleinen Hafen von Newquay.

„Das muss der längste Sommer seit Jahrzehnten sein“, lachte Pauline und blinzelte in die Sonne. „Er dauert jetzt schon vier Tage.“

„Wir haben echt Glück“, stimmte John zu. „Eine Woche Dauerregen und der Urlaub mit der ganzen Bagage, äh, mit meiner überaus geschätzten Familie, wäre wahrscheinlich doch etwas anstrengend geworden.“

„Naja, heute früh stand die Stimmung ja schon ganz schön auf der Kippe“, bemerkte Pauline und setzte sich auf einen Stein, um ihre Schuhe wieder anzuziehen. „Aber vorerst scheint der Familienfrieden Gott sei Dank wieder gerettet.“

„Warten wir mal ab, ob es nicht nur ein zeitlich begrenzter Waffenstillstand ist“, meinte er zweifelnd. In diesem Moment klingelte sein Handy.

„Tante Isabel“, sagte er mit einem Blick auf das Telefon. Bevor er sich melden konnte, tönte Isabel schon donnergrollend heraus.

„Dieser dreimal vermaledeite Holzkopf!! Hirnverbrannter Einfaltspinsel! Dumm wie ein Stück Schafscheiße!“

Holla, das war starker Tobak, selbst für jemanden wie Isabel, die ihre Meinung in aller Regel ohne Umschweife kundtat. John fragte sich, wer ihren Zorn so auf sich gezogen hatte, dass sie ihn mit diesen farbigen Ausdrücken bedachte.

„Äh … Tante Isabel, worum gehts?“, erkundigte er sich, als sie eine Atempause einlegen musste.

„Um diesen Volkstrottel, der sich allen Ernstes für einen Kriminalermittler hält! Wie dieser Mensch sein Examen bestanden haben will, ist mir ein Rätsel. Gegen diesen sogenannten Inspektor und seinen noch beschränkteren Constable sind selbst Dick und Doof Intelligenzbestien –“

„Da hast du sicher recht“, unterbrach er sie. „Aber wodurch genau haben die Polizisten dich nun so in Rage versetzt?“

„Sie haben Ken verhaftet! Als wäre er ein gemeiner Verbrecher! Hier, mitten auf der Messe, vor aller Augen! Ein himmelschreiender Skandal ist das!“

„Sie haben deinen Freund Ken Deveril festgenommen? Wegen des Mordes an Harvey Reynolds?“ John traute seinen Ohren nicht. Pauline riss entsetzt die Augen auf.

„Das sagte ich doch gerade eben“, bellte Isabel. „Sei nicht so begriffsstutzig! Noch mehr Schwachköpfe ertrage ich heute nicht!“ Gleich darauf entschuldigte sie sich. „Es tut mir leid, John. Ich wollte dich nicht beleidigen. Tatsächlich brauche ich deine Hilfe.“

„Was kann ich tun?“

„Du musst mit Simon reden. Ich habe gerade eben mit ihm gesprochen. Er war zwar für seine Verhältnisse sehr höflich und freundlich, aber er hat meine Bitte, mit den Verantwortlichen hier Kontakt aufzunehmen, so von Polizist zu Polizist, rundheraus abgelehnt. Nicht sein Zuständigkeitsbereich, sagt er. Scotland Yard könne nur eingreifen, wenn die örtlichen Behörden Unterstützung anfordern, blablabla. Pah, als ob ihn das schon jemals abgehalten hätte, sich einzumischen! Und jetzt, wenn man ihn einmal braucht, fängt er plötzlich an auf Vorschriften zu pochen. Ich glaube allmählich auch, er ist meschugge geworden."

„Ich kann versuchen mit ihm zu reden, aber ich glaube nicht, dass es etwas bringt", sagte John zweifelnd.

„Bitte versuch es", beschwor sie ihn. „Du findest noch am ehesten bei ihm Gehör."

John lachte hohl. „Das halte ich für ein Gerücht. Ich glaube, dass Mum ihm noch am ehesten einen Gefallen abtrotzen kann. Oder wie wäre es mit Maggie? Sie nimmt er schon berufsbedingt ernst."

„Deine Mutter möchte ich wenn irgend möglich nicht damit behelligen", sagte Isabel steif. „Und Maggie war diejenige, die vorgeschlagen hat, ich soll *dich* auf Simon ansetzen. Natürlich habe ich als erstes an ihre Verbindungen bei der Justiz gedacht, aber sie hat mir glaubhaft versichert, dass ein Mord in diesem entlegenen Teil des Königreichs außerhalb der Jurisdiktion der Londoner Staatsanwaltschaft liegt. Gewiss könnte sie sich zumindest hinter den Kulissen umhören und schauen, ob es nicht Einflussmöglichkeiten von oben gibt. Aber nur wenn alle Stricke reißen. Diesen Weg möchte ich vorerst nicht gehen. Nein, du und Simon – ihr seid die beste Wahl in dieser Misere, glaub mir."

John seufzte. „Also gut. Wir treffen ihn und den Rest der Familie ohnehin gleich zum Mittagessen. Wir sind nur noch ein paar Fußminuten entfernt. Ich sehe zu, dass ich mit ihm reden kann. Sag mal, hat der Inspektor gesagt, warum er Deveril im Verdacht hat?"

„Kein Pieps war aus dem rauszukriegen, der hat nur geschaut wie ein ausgestopfter Marabu. Dieser Constable hat Ken seine Rechte von einem Merkzettel vorgelesen – nicht einmal die fundamentalsten Dinge hat dieser Dämlack im Kopf. Und eine Fahne hatte er, dieser Schluckspecht. Im Dienst! Eine einzige Schande ist das alles."

Im Hintergrund war Renie zu hören. Gleich darauf war sie am Apparat.

„Hi, John. Hier ist voll die Kacke am Dampfen, kann ich dir sagen. Ich werde versuchen, nachher beim Revier in Bodmin vorbeizufahren. Vielleicht kann ich etwas herausfinden. Dieser Brown hat mir einen sehr selbstzufriedenen Eindruck gemacht, also fürchte ich, er hat irgendwelche schlagenden Beweise aufgetan."

John konnte hören, wie Isabel keifte, „Hör doch auf, so ein Unsinn! Das ist doch hanebüchen."

„Ich will wirklich helfen, damit sich die Sache schnell aufklärt, Tante Isabel, bitte glaub mir –"

„*Du!* Du hast doch nur im Kopf, wie du möglichst schnell Karriere machen kannst. Da ist dir doch egal, wen du dafür ans Messer lieferst", hörte er Isabel grollen. „Dir traue ich überhaupt nicht mehr über den Weg, genau so wenig wie diesen Kanaillen von der Polizei hier."

John vernahm mehrfaches tiefes Ein- und Ausatmen.

„Nach Lage der Dinge bin ich momentan die Einzige, die eine Chance hat, Näheres über die Ermittlungen zu erfahren, Tante Isabel", knirschte Renie dann zwischen zusammengebissenen Zähnen hervor. „Wie ich schon gesagt habe, werde ich mich auf der Stelle ins Auto werfen und nach Bodmin fahren. Aber zuvor lass mich jetzt bitte John über den aktuellen Stand informieren, soweit ich ihn weiß. Damit er Simon schon ein paar Fakten liefern kann." Nach einem weiteren Wortwechsel hörte John eine Tür klappern. Dann sprach Renie wieder.

„Uff. Ich bin jetzt draußen vor der Halle. Mein Gott, ist das ein Tollhaus hier. Ohne ihren Veranstaltungsleiter laufen die hier alle rum wie kopflose Hühner. Und Tante Isabel ist – naja, du hast sie ja gerade gehört. Komplett auf Krawall gebürstet. Ich sag dir was, wenn ich rauchen würde, würde ich mir jetzt eine Zigarette anstecken. Die ganze Sache hier wird selbst mir allmählich zu nervenaufreibend. Und das heißt schon was."

Kapitel 12

Während John und Pauline die Uferstraße entlang gingen, berichtete Renie ihm, was sie am Vortag bei der Polizei erfahren hatte.

„Erstmal die Ergebnisse der Obduktion: Zum Todeszeitpunkt hat sich der hiesige Pathologe nicht sehr genau auslassen wollen oder können. Es gäbe zu viele Variablen, sagt er, welche die Prognose verfälschen könnten. Also weiß man nicht mehr, als dass Harvey Reynolds in einem Zeitraum zwischen zwei Stunden vor und zwei Stunden nach Mitternacht gestorben ist. Was er aber zweifelsfrei sagen kann: Es war eine Kombination aus zwei Pestiziden, die Harvey umgebracht hat. Ich muss nochmal genauer recherchieren, aber ich meine, es sind die gleichen Substanzen, mit denen der Setter getötet wurde, der durch alle Medien gegangen ist."

„Der Crufts-Vergiftungsfall?", fragte John überrascht.

„Genau. Wenn es wirklich die gleichen Stoffe sind, legt das natürlich eine Verbindung in die Hunde-Szene nah."

„Oder der Mörder möchte genau diesen Eindruck erwecken", gab John zu bedenken.

„Auch möglich. In der Dosis, in der Harvey das Zeug intus hatte, bringt einen das offenbar ziemlich schnell um. Deswegen und weil seine letzte Mahlzeit schon etliche Stunden her war, geht die Polizei momentan davon aus, dass Harvey das Gift direkt in der Höhle zu sich genommen hat. Das lässt vermuten, dass es in ein Getränk in diesem Kelch hineingemischt war. Allerdings waren da keine Rückstände mehr drin zu finden, weil das Meerwasser ihn die ganze Nacht durchspült hat. Es gab keine Spuren eines Kampfes, also hat Harvey den Becher wohl freiwillig ausgetrunken."

„Dann wäre es theoretisch möglich, dass er sich selbst umgebracht hat?"

„Laut Inspektor Brown ist das nicht ganz auszuschließen. Was dafür spräche, ist ein weiterer Befund aus der Autopsie: Der alte Harvey – nun, eigentlich war er noch gar nicht so alt, erst 63 – hätte nicht mehr lange zu leben gehabt. Höchstens ein halbes Jahr, sagte der Pathologe. Ein Karzinom, das schon gestreut hatte."

„Wusste Reynolds darüber Bescheid?"

„Das ist noch unklar. Eine medizinische Behandlung hatte er offenbar nicht erhalten. Der Inspektor wollte Rücksprache mit dem

Hausarzt halten und ihn dazu befragen. Klar, falls Harvey wusste, was ihm bevorstand, könnte es schon sein, dass er beschlossen hat, dem Ganzen ein schnelles Ende zu setzen. Und dass er sich dazu in die Merlinhöhle zurückgezogen hätte, würde auch passen“, meinte Renie nachdenklich.

„Das ist vorstellbar. Aber sich dann mit einem Pestizid umzubringen? Da gibt es doch weit schmerzlosere Methoden“, meinte John. „Gibt es denn schon Erkenntnisse über diesen ominösen Kelch?“

„Nur, dass er nicht ein Billigblechteil ‚Made in China' ist. Aber ob das Ding jetzt zwanzig Jahre alt ist oder zweihundert oder zweitausend, muss erst von Fachleuten festgestellt werden. Das dürfte dauern. Offenbar haben sich schon eine ganze Handvoll Leute der Polizei angedient, die jeder für sich der Meinung sind, sie wären die besten Sachverständigen auf dem Gebiet. Die sind alle ganz gierig darauf, den Kelch in die Finger zu kriegen, um ihn untersuchen zu können. Soweit ich das mitbekommen habe, ist noch gar nicht entschieden, wer genau jetzt seinen Senf abgeben darf.“

„Hm. Unabhängig davon, ob dieses Gefäß nun einen historischen Wert hat oder nicht, stellt es auf jeden Fall eine Verbindung zu diesen modernen Gralsrittern dar, zu denen Reynolds sich gezählt hat“, überlegte John. Er stoppte gerade noch rechtzeitig, um nicht einen kleinen Jungen über den Haufen zu rennen, der mit einer riesigen Eistüte in der Hand quer über den Bürgersteig lief.

„Was weiß die Polizei sonst noch?“, fragte er dann.

Renie schnaubte. „So gut wie nichts. Harvey lebte allein, war schon ewig geschieden. Es gibt einen erwachsenen Sohn, der als junger Kerl ausgezogen ist und als Koch überall auf der Welt gearbeitet hat. Seit einiger Zeit lebt er wieder in der Gegend, hatte aber wohl kaum Kontakt mit seinem Vater. Der Inspektor hat mit ihm geredet, aber irgendwelche brauchbaren Hinweise konnte er da nicht kriegen. Sonstige nähere Verwandte gibt es nicht. Enge Freunde auch nicht. Seine liebste Gesellschaft waren offenbar seine Hunde. Mit denen lebte er am Rand von Tintagel und blieb überwiegend für sich. Am meisten hatte er noch mit einem jungen Mann zu tun, warte mal, wie heißt er noch, irgendwas Irisches … Ach ja, Tim O'Flanagan. Dem gehört der größte Andenkenladen in Tintagel und er hat mitgeholfen, das Gralsrittertreffen zu organisieren. Mit dem sollte man sich unterhalten. Ansonsten war er wie gesagt wenig sozial, kam auch nur selten auf einen Pint im Dorfpub vorbei. Der Wirt beschreibt Harvey als, warte mal, ‚bärbeißig'. Unser aller Lieblings-Constable, Elliott das Grummelmonster, wie ich ihn getauft habe, sagt, Harvey wäre ein ‚abgedrehter Querkopf' gewesen. Aber für das Dorf hat er trotzdem Positives bewirkt, weil er mit seinen Veranstaltungen für die Gralsfreaks Übernachtungsgäste in den Ort gebracht hat. Das haben die hier bitter nötig. Tagesausflügler kommen zwar jede Menge, aber länger bleiben nur die wenigsten –"

„Das ist ja alles sehr interessant, Renie", unterbrach John, „aber wenn das alles ist, was die Polizei bisher ermitteln konnte – was deutet dann auf Ken Deveril als Täter hin? Ich sehe da beim besten Willen keinen Bezug."

„Ich fürchte, daran bin ich tatsächlich zum Teil schuld", gestand Renie zerknirscht. „Ich habe Jake Foster zur Polizei geschleift, damit er eine Aussage macht. Natürlich hat er die Anschuldigungen, die Harvey ihm gegenüber geäußert hat, zu Protokoll gegeben. Und darunter war leider auch die gegen Mr. Deveril." Sie seufzte. „Du hast ja mitgekriegt, dass Tante Isabel nicht nur auf die Polizei, sondern auch auf mich eine richtig fette Mords-Wut hat –"

„Das war nicht zu überhören", sagte er. „Aber was hat Reynolds denn nun konkret gegen Deveril ins Feld geführt?"

„Dass er sich von anderen Züchtern bestechen hätte lassen, um deren Hunde bei Wettbewerben besser zu platzieren", antwortete Renie nüchtern.

„Oh. Wenn das stimmen würde und es sich auch beweisen ließe, dann wäre es wohl das Aus für Deverils Laufbahn als Richter. Außerdem wäre sein Ruf ruiniert", überlegte John. „Hm. Falls er Wind davon bekommen hätte, dass Reynolds mit seinen Vorwürfen an die Medien gehen würde, könnte das ein Mordmotiv sein."

„Wenn du das in Anwesenheit von Tante Isabel sagst, zieht sie dir ihre Krücke über die Rübe, das garantiere ich dir", kam es leidvoll von Renie. „Wenn du mich fragst, hat sie eine Schwäche für den Kerl."

„Das ist durchaus möglich", gab ihr John recht. „Halten wir fest: Objektiv betrachtet ist Deveril durchaus zum Kreis der Verdächtigen zu zählen. Aber wenn ich dich heute früh richtig verstanden habe, hat Reynolds doch noch gegen andere Leute aus der Hundeszene Anschuldigungen erhoben?"

„Harvey hat eine ganze Reihe von verschiedenen Vorwürfen geäußert. Aber nicht zu jedem Vorwurf gibt es einen konkreten Namen. Damit wollte er erst nach der Hundeausstellung rausrücken –

oje, ich sehe Tante Isabel rauskommen“, unterbrach sie sich. „Pass auf, ich schicke dir das, was ich habe, aufs Handy – ach nein, das geht ja bei deinem alten Knochen nicht. Gott, John, du musst dir wirklich mal ein zeitgemäßes Telefon zulegen. Egal, dann schicke ich es Simon, zusammen mit dem Obduktionsbericht. So hat er gleich ein paar handfeste Informationen. Ich drücke die Daumen, dass du ihn dazu bringen kannst, irgendwas zu unternehmen. Und jetzt muss ich weg, John. Bis später.“ Die Verbindung war beendet.

John ließ das so gescholtene Mobiltelefon – das er sich keinesfalls wegnehmen und durch so ein blödes Wischdings ersetzen lassen würde – in die Jackentasche gleiten. Er stieß einen Seufzer aus und blickte Pauline an.

„Das eine weiß ich: Egal, was meine Familie in Zukunft für Reisepläne haben mag – wir werden uns nicht mehr hineinziehen lassen. Wenn wir wieder mal ein paar gemeinsame freie Tage haben, erinnere mich bitte daran, dass wir sie *allein* verbringen, am besten irgendwo weit ab vom Schuss, wo es nicht mal ein Telefonnetz gibt.“

Pauline lachte und gab ihm einen schnellen Kuss.

„Das klingt verlockend. Ich hätte da schon ein paar Ideen ... aber nun sieh erst mal, was du bei Simon erreichen kannst. Vielleicht gelingt es dir, ihn zu überzeugen, dass er sich in die Ermittlungen einschalten muss. Sein Knowhow und Renies Spürnase gemeinsam müssten doch ausreichen, um der Sache auf den Grund zu gehen. Und wir hätten wieder Zeit für uns.“

Johns Gesicht heiterte sich auf. „Du hast recht. Man kann Simon ja viel vorwerfen, aber in seinem Job ist er nicht ohne Grund so erfolgreich. Im Verein mit unserer familieneigenen Reporterkanone würde er sicher aufdecken können, was hinter Harvey Reynolds’ Tod steckt. Ich *muss* ihn einfach dazu bringen, dass er Nachforschungen anstellt.“

„Vergiss es, John“, wiederholte Simon Whittington wenig später zum dritten Mal und schob sich ein Stück frittierten Fisch in den Mund. John dagegen war eher danach, seinen Cousin mit einem der knusprigen Pommes zu bombardieren, die seinen Seehecht garnierten. Sie hatten sich an einen vergleichsweise ruhigen Abschnitt des Strandes zurückgezogen, während der Rest der Familie es sich auf einigen rustikalen Holzbänken vor dem Lokal bequem gemacht hatte und sich lärmend an Fish und Chips gütlich tat.

„Aber du musst doch verstehen, dass es für Tante Isabel – und nicht nur für sie – sehr wichtig ist, dass der Täter im Mordfall Harvey Reynolds zweifelsfrei identifiziert wird. Sie ist nun mal von der Unschuld Ken Deverils überzeugt. Und nachdem ich die Ermittlungsarbeit der hiesigen Polizei live erlebt habe, traue ich denen durchaus zu, dass sie den Falschen verhaftet haben. Komm schon, du hast so viele verzwickte Fälle aufgeklärt, Simon. Kannst du nicht dein Expertenwissen hier zur Verfügung stellen?“, beschwor John seinen Cousin.

„Es tut mir leid. Das geht wirklich nicht“, kam es gebetsmühlenartig von Simon.

„Du klingst wie eine Schallplatte mit Sprung“, rief John aus. „Was ist bloß los mit dir?“ Als keine Antwort kam, warf er verzweifelt die Arme in die Luft. Ein Fehler. Blitzartig tauchte ein mächtiger weißgrauer Schatten über ihm auf. Er spürte einen heftigen Schmerz am Finger und schrie auf. Eine riesige Möwe – Bella hätte sicher gewusst, um welche Art es sich handelte, aber das war John in diesem Moment herzlich gleich – hatte ihm ein Stück Fisch aus der Hand gerissen. Die Fingerkuppe seines Zeigefingers hatte dabei einen Kollateralschaden davongetragen.

„Mistvieh!“, rief er zu dem Vogel hinauf, der sein Beutestück schon verschlungen hatte und nun abwartend über ihnen kreiste. Dann wickelte er den blutenden Finger in eine Serviette ein.

„Bei meinem Glück hat das Vieh auch noch die Vogelgrippe“, brummte er.

Simon musterte ihn von der Seite. „John, ich erkenne bei dir gewisse schädliche Denkmuster. Gegen Unveränderliches anzukämpfen, anstatt es zu akzeptieren und das Beste daraus zu machen, dazu negative Erwartungen und Frustrationsgefühle. Lass dir gesagt sein, das können alles erste Anzeichen einer depressiven Entwicklung sein.“

John blieb der Mund offen stehen. Sprachlos glotzte er seinen Cousin an. Er hätte es eher für möglich gehalten, dass aus Simons Ohren plötzlich eine Sonnenblume gesprossen käme, als dass er jemals solchen Therapeuten-Wortschatz über die Lippen bringen würde.

Es dauerte ein paar Minuten, bis er diesen Schock verdaut hatte. Geistesabwesend stellte er die Styroporbox mit seinem Mittagessen zur Seite. Er registrierte nicht einmal, dass zwei Möwen, die sich von hinten herangepirscht hatten, den Inhalt in Windeseile verschlangen. Selbst die Pommes frites verschmähten sie nicht.

„Du arbeitest mit der Polizeipsychologin“, meinte er schließlich halb fragend. Der Superintendent nickte.

John brannte förmlich darauf, mehr zu erfahren. Dennoch beschränkte er sich auf ein unverbindliches „Ah.“

Prompt sprach Simon weiter.

„Dr. Amelia Woodley. Sie ist … sehr fordernd. Und äußerst scharfsichtig. Sie hat einen untrüglichen Blick dafür, ob einer die Wahrheit sagt oder nicht.“

John hörte widerwillige Bewunderung aus Simons Worten. „Du hast versucht, sie anzulügen“, riet er ins Blaue hinein.

Der Superintendent wand sich ein wenig. „Naja, was heißt anlügen …“ Er hob den Kopf und sah John an. „Was ich dir jetzt sage, bleibt unter uns. Ich möchte nicht, dass die anderen etwas davon erfahren, nicht einmal deine … na, also Pauline.“

John seufzte innerlich. „Na gut. Wenn du darauf bestehst.“

Simon wandte den Blick wieder nach vorn, zum Meer.

„Es ging darum, dass ich mir Feedback aus meinem Umfeld einholen sollte. Du kennst so was ja, zu meinen persönlichen Stärken und Schwächen und so weiter.“

John nickte. Er ahnte schon, was kommen würde.

„Ich bin – oder war – der Meinung, dass ich mich selbst doch wohl am besten kenne. Wozu da jemanden fragen? Also schrieb ich meine paar Dutzend Stärken auf. Bei den Schwächen: Fehlanzeige. Ich zermarterte mir das Hirn, aber mir fiel beim besten Willen nichts ein.“

John musste sich auf die Lippen beißen, um nicht in Gelächter auszubrechen.

Simon warf ihm einen schnellen Seitenblick zu. „Mittlerweile habe ich erkannt, dass sogar ich ein paar Kratzer im Lack habe.“

Was für ein unerhörtes Maß an Selbsterkenntnis! Johns Respekt vor dieser Frau Dr. Woodley wuchs minütlich.

„Wie dem auch sei, ich kam also mit meiner Aufstellung zur nächsten Sitzung“, sprach Simon weiter. „Dr. Woodley warf einen einzigen Blick auf die volle Stärken-Liste und das leere Schwächen-Blatt und schon legte sich ihre Stirn in Falten, bis sie aussah wie ein trauriger Bassett.“

Offenbar war auch Simon nicht immun gegen das allgegenwärtige Hunde-Thema.

„Und dann hat sie mir die Daumenschrauben angesetzt. Es gäbe nur zwei Möglichkeiten, wie so etwas zustande käme, meinte sie. Entweder ich lüge mich selbst an oder ich lüge sie an. Im ersten Fall läge der Verdacht einer narzisstischen Persönlichkeitsstörung nahe. Damit wäre ich in einer Führungsfunktion bei der Polizei nicht tragbar. Wenn die zweite Variante stimmen würde, müsste sie meine Vorgesetzten informieren, dass ich nicht kooperiere und die Gespräche damit sinnlos wären. Das hätte natürlich gravierende Konsequenzen für mich: Der Commissioner hatte mir ja in aller Deutlichkeit mitgeteilt, dass meine aktive Mitwirkung bei diesen Sitzungen eine Grundvoraussetzung für meine weitere Karriere bei der Metropolitan Police ist." Der Superintendent blickte wieder zu John herüber, bemerkte, dass dessen Portion Fish und Chips verschwunden war und hielt ihm in einer uncharakteristischen Geste seine eigene Mitnahmebox hin. John bedankte sich überrascht und nahm sich ein Stück Fisch.

„Du hast ja mitbekommen, was in den letzten Monaten im Yard los war", sagte Simon. John nickte.

„Der Bevölkerung muss ein Gefühl der Sicherheit vermittelt werden, heißt es ständig. Dafür brauchen wir Leute auf der Straße, Streifenpolizisten überall. Der Bürger muss sich überall geschützt fühlen. Also fließen Unsummen in die Ausbildung neuer Kräfte. Dagegen ist ja nichts zu sagen, aber dafür wird woanders gekürzt, was das Zeug hält. Die Sparkommissare, die seine Exzellenz, der Schatzkanzler, in seiner unendlichen Weisheit auserkoren hat, jede Abteilung unter die Lupe zu nehmen, schnüffeln wie die Bluthunde überall herum. Man fühlt sich schon wie bei der Inquisition."

John hörte geduldig zu, obwohl ihm das alles nicht neu war. Dieses Lamento hatte er schon zigmal zu hören bekommen.

„Nicht genug damit, dass sie unser Gebäude, unsere Heimstatt seit bald einem halben Jahrhundert, an irgendwelche Scheichs verscherbeln mussten, nein, unser neues Domizil wird auch noch viel weniger Platz bieten als das alte. Nur ganz wenige Top-Leute werden noch in den Genuss eines vernünftigen Büros kommen, der Rest wird in Großraumbüros gepfercht werden wie Hühner in eine Legebatterie. John, ich ertrage den Gedanken nicht, mein Dasein so zu fristen", brach es aus Simon heraus.

Der Glanz, in dem Superintendent Simon Whittington, über Jahre der erfolgsverwöhnte Star der Metropolitan Police, sich stets gesonnt hatte, war in der letzten Zeit verblasst. Mittlerweile erinnerte der ehemals schillernde Pfau eher an ein gerupftes Huhn.

John gab ein teilnahmsvolles Grunzen von sich.

„Ich muss es irgendwie schaffen, wieder dahin zu kommen wo ich früher war. Koste es, was es wolle.“ Unwillkürlich ballte Simon die Faust.

„Die Psychologin hat mich echt an den … du weißt schon. Und sie ist knallhart. Sie stellte mich vor die Entscheidung. Entweder ich würde fortan mit äußerster Motivation und Offenheit mit ihr daran arbeiten, die Therapieziele zu erreichen. Oder sie würde die Gespräche abbrechen. Fertig. Was blieb mir da schon übrig? Ich stimmte also zu.“ Simon klang, als könnte er es selbst immer noch nicht glauben, dass er sich darauf eingelassen hatte.

„Welche Ziele habt ihr euch gesetzt?“, fragte John.

„Oh, eine ganze Reihe“, antwortete Simon ausweichend. Dann schien er sich ein Herz zu fassen und gestand, „Es gab anonyme Mitarbeiterbefragungen. Die Ergebnisse waren … irritierend. Defizite bei wertschätzender Kommunikation, Selbstkritik, Teamfähigkeit, Respekt für Grenzen und noch so einiges. Auch wenn ich manches immer noch nicht nachvollziehen kann, ist das die Basis für unsere Arbeit.“

Simons Situation erinnerte John an die Lage eines Abhängigen, den sein Arbeitgeber oder die Ehefrau vor die Wahl stellten, eine Entzugstherapie anzugehen oder Job und Familie zu verlieren. Obwohl sie ursprünglich von außen dazu gezwungen worden waren, erkannten viele Patienten im Lauf der Zeit, dass dieser Weg der einzig richtige war und gingen ihn aus eigenem Antrieb mit. Blieb zu hoffen, dass es bei Simon auch so sein würde.

Er klopfte seinem Cousin auf die Schulter. „Es ist eine harte Zeit für dich, aber ich bin überzeugt, sie wird dich weiterbringen. Wir haben auf jeden Fall in den letzten Tagen alle bemerkt, dass du …“ Was sollte er sagen? Nicht mehr so ein selbstverliebtes Rabenaas bist? Kein so egomanischer, herablassender, zynischer Widerling wie zuvor? Er beschränkte sich auf „… verändert bist.“

Simon sah so glücklich drein wie ein Erstklässler, den man für ein sauber gemaltes A gelobt hatte. „Ist das wahr? Das freut mich.“

„War es Dr. Woodleys Idee, dass du hierher kommst?“, fragte John.

„Hm, ja, so war es“, gestand Simon etwas beschämt. „Sie hält es für wichtig, dass ich mehr Nähe zu meiner Familie aufbaue. Kannst du dich an meinen Vater erinnern?“, fragte er unvermittelt.

Dr. Charles Richard Whittington, umschwärmter Chefarzt am King’s College Hospital, der leider nur für seine Arbeit gelebt und für sein einziges Kind kaum je Interesse aufgebracht hatte. Offenbar hatte er seine väterlichen Verpflichtungen als erfüllt betrachtet, nachdem er dafür gesorgt hatte, dass sein Sprössling die besten Schulen besuchen und stets über ein üppiges Taschengeld verfügen konnte.

„Er war nach allem, was man hört, ein brillanter Mediziner“, sprach Simon weiter, ohne auf eine Antwort zu warten. „Aber privat extrem distanziert. Unnahbar. Meine Mutter …“ Er schluckte mühsam und verstummte.

John wusste, dass sich Emmelines seit jeher kränkliche Schwester Vivian bei einem ihrer zahlreichen Klinikaufenthalte in den aufstrebenden jungen Arzt verliebt hatte. Nach der Heirat hatte sie jedoch feststellen müssen, dass sie im Leben ihres ebenso arbeits- wie geltungssüchtigen Mannes nur eine Randnotiz darstellte. Sie hatte über diesem Kummer zunehmend ihren Lebensmut verloren und konnte immer weniger die Kraft aufbringen, sich um ihren Sohn zu kümmern. Johns Mutter, die den jungen Simon bedingungslos ins Herz geschlossen hatte, hatte ihm deshalb schon seit früher Kindheit eine zweite Heimat in ihrem Haus in Kew gegeben.

Nicht dass Simon Whittington jemals Anzeichen dafür gezeigt hatte, dass er dies zu schätzen wusste. Stattdessen hatte er die drei Mackenzie-Kinder bei jeder sich bietenden Gelegenheit drangsaliert und mit teuflischer Intelligenz zur Weißglut getrieben. Für Maggie, John und David war er „die Pestbeule“. Daran hatte sich über die Jahrzehnte auch nicht sehr viel geändert.

John war sich bewusst, dass das Gespräch über Simons nun schon lange verstorbene Eltern für seinen Cousin ein emotionales Minenfeld darstellte. Er musste seine Äußerungen mit Bedacht wählen. Gerade öffnete er den Mund, um etwas zu sagen, als ihn Beschuss ganz anderer Art traf. Eine Möwe hatte den Inhalt ihres Verdauungstraktes genau über ihm abgelassen und ihn mitten auf den Kopf getroffen. John spürte, wie die halbfeste Masse durch sein Haar und über sein Ohr lief. Einige für ihn unübliche Schimpfwörter entfuhren ihm. Knurrend suchte er in seinen Hosentaschen nach einem Taschentuch, als er gewahr wurde, dass sein Cousin neben ihm Tränen in den Augen hatte. Zu seiner Erleichterung merkte er gleich darauf, dass es Lachtränen waren. Simon japste, „Blattschuss" und prustete los. John konnte nicht anders, als einzustimmen.

Als sie sich schließlich halbwegs beruhigt hatten, bemühte Simon sich mit wenig Erfolg, den Vogelkot aus Johns Haar zu entfernen. John wartete ab, ob sein Cousin wieder zu dem Thema von vorhin zurückkehren würde, aber dazu machte Simon keine Anstalten.

„Das Zeug ist wirklich grässlich. Am besten ist es wohl, du wirfst dich in die Badehose und springst ins Meer", sagte der Superintendent schließlich.

„Das würde ich gern, aber ich fürchte, Tante Isabel erwartet von mir, dass ich irgendwas wegen der Verhaftung Ken Deverils unternehme, und zwar auf der Stelle. Ich habe nur keine Ahnung, was."

Simon seufzte. „Ich würde wirklich gern helfen. Zum einen, weil ich Tante Isabel sehr schätze. Und zum anderen … sage ich dir hiermit in aller Offenheit, dass ich mir am Ende unseres Urlaubs auf Dr. Woodleys Geheiß von allen Familienmitgliedern ein Feedback einholen muss. Sie wird mich strecken und vierteilen, wenn ich es nicht schaffe, darum zu bitten, dass alle – die Kinder vielleicht ausgenommen – mir eine Liste mit Stärken und Schwächen schreiben. Bis jetzt schiebe ich das noch vor mir her, aber wir haben ja noch ein paar Tage."

Schlagartig war John klar, warum Simon sich auf einmal so auffällig darum bemühte, sich bei allen lieb Kind zu machen. Das Schlitzohr legte es auf eine gute Bewertung an!

„Und ich dachte schon, durch deine Adern fließt plötzlich die Milch der menschlichen Güte", bemerkte er mit leisem Spott.

„Erstens ist das definitiv so und zweitens ist das Shakespeare-Jahr vorbei, John", gab Simon grinsend zurück. „Aber wenn du schon mit literarischen Zitaten um dich werfen willst: Ich sitze zwischen Scylla und Charybdis. Ich würde nur zu gern in diesem Fall ermitteln – die Inkompetenz dieser Bauerntölpel stinkt ja wirklich zum Himmel – und Isabels Wunsch damit nachkommen. Aber ich habe strengste Order, mich in meinem Urlaub aus jeder Polizeiarbeit herauszuhalten. Erstens würde das Budget des Yards strapaziert, wenn ich offiziell involviert wäre. Das ist ein absolutes No-Go. Und selbst wenn ich inoffiziell an die Kollegen hier herantreten und ihnen meine Hilfe anbieten würde, würde davon bestimmt etwas nach London durchsickern. Nachdem niemand von hier um Unterstützung nachgesucht hat, könnte meine Einmischung so empfunden werden, als würde ich mich aufdrängen. Das wiederum wäre ein erneuter Beweis für den Commissioner, dass ich es einfach nicht lerne, Grenzen zu akzeptieren. Damit schaufle ich mir endgültig mein eigenes Grab."

John musste sich eingestehen, dass er Simons Sicht der Lage verstehen konnte. „Das ist wirklich eine verzwickte Situation."

Sie schwiegen eine Weile und sahen den dicht gedrängten Surfern zu, die mehr oder weniger geglückte Versuche unternahmen, auf den beeindruckenden Wellen zu reiten.

„Vielleicht könnten wir –"

„Wie wäre es, wenn wir –", hoben dann beide gleichzeitig an.

John bedeutete seinem Cousin, fortzufahren.

„Es wäre möglich, dass ich mir ganz im Geheimen alle Informationen ansehe, die vorliegen. Vielleicht ist es mir ja möglich, andere Ermittlungsansätze zu erkennen, welche die hiesige Polizei außer Acht gelassen hat. Irgendjemand müsste aber die Laufarbeit erledigen. Du und Renie, ihr hättet ja durchaus schon Erfahrung …"

John brummte zustimmend. „Daran dachte ich auch gerade. Ich fürchte, es bleibt uns nichts anderes übrig. Pauline ist sicher auch dabei. Es entspricht zwar nicht dem, was wir uns für diese Woche vorgestellt haben. Aber wenn wir alle zusammenhelfen, finden wir hoffentlich zügig etwas heraus und können uns wieder angenehmeren Dingen widmen."

Er stand auf, klopfte sich den Sand ab und streckte Simon die Hand hin, um ihm aufzuhelfen. In dem Moment klingelte sein Handy.

„Was ist nun? Warst du erfolgreich?", drang Isabels Stimme, offensichtlich vor Ungeduld berstend aus dem Hörer.

„Unter Einsatz von Leib und Leben habe ich für Eure Sache gekämpft, *Dame Commander*", gab John in heroischem Ton zurück. „Mit Blut, Schweiß und Tränen. Ich wurde beraubt, tätlich angegriffen und mit Kot bombardiert –"

„Jetzt bitte keine Heldenlegenden", fiel Isabel ihm ins Wort. „Nun antworte schon."

„Simon hat eingewilligt, uns zur Seite zu stehen, aber strikt undercover –"

„Gut gemacht! Braver Junge", rief Isabel hörbar erleichtert aus.

John fühlte sich wie ein Welpe, der eben sein erstes Stöckchen apportiert hatte.

„Dann kommt in die Hufe, Jungs. Holt mich hier ab, damit wir eine Lagebesprechung machen können.“

„Aye aye, Commander.“

Kapitel 13

„Die erste Sitzung der SOKO ‚Gral' ist hiermit eröffnet", erklärte Isabel wenig später. Sie blickte wohlwollend über den Küchentisch. „Ich danke euch, dass ihr eure wertvolle Urlaubszeit opfert, um Licht ins Dunkel von Harvey Reynolds' Tod zu bringen und meinen guten Freund Ken Deveril so schnell wie möglich aus den Klauen der Polizei zu befreien." Sie schenkte Simon ein warmes Lächeln.

„Du hast das Wort, mein Lieber."

Der Superintendent lächelte zurück. „Danke, Isabel. Ich werde mein Möglichstes tun, zu den Nachforschungen beizutragen. Aber ich will von vornherein noch einmal klarstellen: Es darf kein Wort nach draußen dringen, dass ich involviert bin. Im jetzigen Klima bei Scotland Yard wäre das verheerend für meine Karriere. Ist das bei allen angekommen?"

Isabel, John und Pauline nickten.

„Renie werde ich noch mal extra darauf einschwören, wenn sie nachher kommt. Ich hoffe, dass man sich auf Miss Nachwuchsreporterin verlassen kann", fuhr Simon fort.

„Mit Sicherheit. Wenn sie etwas verspricht, hält sie es auch", sagte John, frisch geduscht und mit einem Pflaster am Finger.

Er nahm sich einen der Cookies, die Pauline als Verpflegung für die Sonderkommission auf den Tisch gestellt hatte. Nach einem Bissen verklärte sich sein Gesicht. „Die sind umwerfend, Pauline. Diese Kombination aus Macadamianüssen und weißer Schokolade … hmm."

Pauline grinste. „Danke. Aber mindestens die Hälfte der Ehre gebührt Simon. Und die mit Nougat gefüllten hat er sogar fast allein gemacht."

Isabel nahm sich einen der dunklen Cookies. „Dann muss ich mal einen probieren aus eurer Gemeinschaftsproduktion. Eigentlich mag ich diesen Süßkram ja nicht besonders …" Sie verstummte und kaute andächtig.

„Oh! Wirklich sehr schmackhaft", kommentierte sie dann und nahm sich gleich noch einen Keks. „Gut gemacht, ihr beiden."

„Ach was", wehrte Simon ab und setzte ein bescheidenes Gesicht auf – oder zumindest das, was er dafür hielt. „Ich habe ja nur als Hilfskraft fungiert. Die fabelhafte Chef-Konditorin ist Pauline."

Nun übertreibt er es aber mit dem Schleimen, dachte John ungnädig. Mit einem unschuldigen Lächeln sagte er, „Pauline gibt dir bestimmt das Rezept. Du könntest es zuhause für Patricia nachbacken. Stell dir vor, du empfängst sie mit diesen Kreationen. Da entdeckt sie doch glatt ganz neue Stärken an dir."

„Eine hervorragende Idee, John", gab Simon zurück. „Man kann selbst an Nahestehenden immer noch neue Facetten kennenlernen, nicht wahr? Und nun zur Sache –"

Walter ließ ein Winseln vernehmen. Er saß neben Isabels Stuhl und verfolgte mit begehrlichen Blicken, wie sein Frauchen sich an den köstlichen Cookies labte.

„Nein, für dich ist das nichts, Walter", beschied sie ihm. „Schokolade ist nichts für Hunde, das weißt du ja. Aber ein Leckerli kannst du haben. John, gibst du mir bitte mal die Keramikdose von der Anrichte?"

Schließlich waren alle mit Nahrhaftem versorgt.

„In Ordnung. Dann lasst uns endlich *in medias res* gehen. Wer führt Protokoll?" Simon sah auffordernd in die Runde.

„Das kann ich machen", erbot Pauline sich. „Ich hole schnell meinen Laptop." Sie lief nach oben.

„Gut. Welche Möglichkeiten der Visualisierung haben wir? Es gibt im Haus nicht zufällig einen Beamer, ein Whiteboard, irgendwas?"

„Dies ist ein Ferienhaus, kein Konferenzzentrum, Simon. Im Kinder-Spielzimmer habe ich aber eine Tafel gesehen", sagte Isabel.

John ging nachsehen und kam mit einer fahrbaren Schultafel zurück, auf der in krakeliger Schrift ‚14+3=17' stand.

Isabel lächelte. „Ich habe gehört, wie Bella und Christopher ‚Schule' gespielt haben. Sie wollte ihm beibringen, ein paar Wörter zu schreiben, aber er war nur aufs Rechnen scharf."

„Er kommt wahrscheinlich ganz nach seinem Vater", kommentierte John und wischte das Gekritzel weg, während Pauline ihren Computer aufklappte. Dann überreichte er Simon mit großer Geste eine Kreidebox. „Bitte sehr, Superintendent."

„Nicht gerade ein vollwertiger Ersatz für unser Crime Board im Yard, aber gut." Simon suchte sich eine rote Kreide heraus und schrieb ‚Opfer', ‚Tatumstände', ‚Mögliche Motive' und ‚Verdächtige' in die vier Ecken der Tafel.

„Lasst uns systematisch alle vorliegenden Fakten zusammentragen. Beginnen wir mit dem Opfer. Was wissen wir über ihn?"

„63 Jahre, geschieden, wohnhaft in Tintagel, ein erwachsener Sohn, krebskrank mit schlechter Prognose, Hundezüchter und Gralssucher“, ratterte John herunter. „Ach ja, und laut Constable Elliott ein abgedrehter Querkopf, dessen liebste Gesellschaft seine Hunde waren.“

„Wusste Reynolds von der Diagnose?“, fragte Simon sofort.

John zuckte mit den Schultern. „Das habe ich Renie auch schon gefragt. Inspektor Brown wollte darüber mit dem Hausarzt sprechen. Vielleicht weiß sie mehr, wenn sie aus Bodmin zurückkommt.“

„Pauline – wir brauchen eine Liste zu klärender Fragen. Bitte notier das dort als Unterpunkt“, wies Simon sie an. „Weiter. Was ist über seine Familie bekannt? Gibt es Krieg mit der Ex-Frau? Lebt sie in der Nähe? Was ist mit dem Sohn? Hatte er Kontakt zum Vater? Wie war ihr Verhältnis? Gibt es eine Freundin oder Geliebte? Wer sind seine Erben?“

„Über die Ex-Frau weiß ich nichts und von einer aktuellen Beziehung war nicht die Rede. Der Sohn ist Koch und lebt wohl in der Gegend, wenn ich mich richtig erinnere. Die Verbindung zu seinem Vater war aber nicht eng, sagte Renie. Und über eine mögliche Erbschaft habe ich bisher nichts gehört“, kam es von John.

„Das sind ja nicht gerade viele Informationen. Hier müssen wir dringend mehr herausfinden. Nächste Frage: Womit hat er sein Geld verdient? Oder hat er seinen Lebensunterhalt mit der Hundezucht finanziert?“ Simon sah Tante Isabel fragend an.

„Das kann ich mir nicht vorstellen. In der Größenordnung, in der er seine Zucht betrieben hat und bei den Erfolgen, die er auf Ausstellungen hatte, konnte er sich zwar ein Zubrot verdienen, aber mehr auch nicht“, sagte sie entschieden. „Bei dem Aufwand, den eine verantwortungsvolle Hundezucht mit sich bringt, kann man in vielen Fällen froh sein, wenn überhaupt ein Plus übrigbleibt.“

Pauline, deren Finger über die Tasten flitzten, blickte verwundert auf. „Aber wir haben auf der Messe doch immer wieder gehört, dass das Hunde-Business ein richtiger lukrativer Geschäftszweig ist. Du selbst hast erzählt, dass es Investoren gibt, die sich als Geldanlage Anteile an einem Zuchthund kaufen und auf Rendite hoffen.“

„Das betrifft doch nur einen kleinen Teil aller Züchter“, wehrte Isabel ab. „Natürlich gibt es eine Elite, die das absolut professionell betreibt und dort werden auch große Summen umgesetzt. Und daneben gibt es die ganz schlimmen Menschen, die schwarzen Schafe, die richtige Welpenfabriken betreiben und ohne Rücksicht auf Verluste Tiere erzeugen und verhökern. In diesen beiden Bereichen werden die großen Profite gemacht. Aber für die meisten Züchter hierzulande und erst recht für die in meinem Bekanntenkreis sind Hunde zuallererst eine Passion und kein Geschäft."

„Dann können wir davon ausgehen, dass er seinen Lebensunterhalt auf andere Weise bestritten hat", sagte Simon. „Wenn ich das richtig verstehe, weißt du aber nicht, wie."

Sie schüttelte den Kopf. „Erstens kannte ich den Mann allenfalls vom Sehen, mehr nicht. Und zweitens drehen sich die Gespräche auf Hundeausstellungen logischerweise um Hunde und alles, was mit ihnen im Zusammenhang steht. Das ist schließlich das, was uns verbindet. Wen interessiert da schon, welcher Arbeit einer nachgeht?"

Simon seufzte. „Das erinnert mich an fanatische Golfer, die sich den ganzen Abend den Kopf über die Frage heißreden können, welches Eisen das geeignete für das dritte Loch in St. Andrews ist, ohne über ihr Gegenüber mehr als den Namen zu wissen. Wenn überhaupt. Na gut. Pauline, bitte notiere als weitere offene Fragen: Wovon hat Harvey Reynolds gelebt? Was ist mit seinem beruflichen Umfeld? Hier haben wir sicher eine wichtige Informationsquelle. Okay soweit. Wissen wir noch etwas über unser Opfer?"

John überlegte angestrengt. „Sein Lieblingshund ist verschwunden, einen Tag bevor Reynolds starb. Es ist ein Yorkshire Terrier mit dem schönen Namen Guinevere von Camelot."

„Ken hatte einen Suchtrupp aufgestellt, um nach dem Tier Ausschau zu halten. Bis jetzt ist aber keine Spur von ihm aufgetaucht", warf Isabel ein.

„Reynolds ging offenbar davon aus, dass der Hund entführt worden ist, um ihn am Antreten bei der Hundeausstellung zu hindern. Zumindest hat er darüber mit Constable Elliott geredet, der ihn aber offenbar nicht recht ernst genommen hat", erinnerte sich Pauline.

Bei der Erwähnung des unglückseligen Constables verzog sich Simons Gesicht schmerzlich, aber er enthielt sich jeden Kommentars.

„Notieren wir also: Der Verbleib des Hundes ist ungeklärt."

„Ach, jetzt fällt mir noch etwas ein", sagte John. „Ich habe ein Gespräch zwischen zwei Hundebesitzerinnen mitgehört, die ebenfalls Yorkshire Terrier haben. Sie erzählten sich, dass Harvey Reynolds ein schlechter Verlierer gewesen wäre, der sich vor Kurzem auch mit einem Richter angelegt hätte, der Guinevere in seinen Augen zu schlecht bewertet hatte."

„Vielleicht hat ihn das ja bewogen, mit dem Tierrechtsaktivisten Jake Foster in Kontakt zu treten", spann Pauline den Faden weiter. „Er wollte es dem Zuchtverband heimzahlen, dass man ihn schlecht behandelt hatte."

Ein kriegerischer Ausdruck trat in Isabels Augen. „Jetzt geht das schon wieder mit diesen haltlosen Beschuldigungen los –"

Simon hob die Hand. „Moment. Zum jetzigen Zeitpunkt wissen wir überhaupt nichts über den Wahrheitsgehalt dieser Aussagen." Er nahm sein Mobiltelefon zur Hand. „Renie hat mir ihre Aufzeichnungen über das Gespräch mit diesem Foster geschickt." Er überflog den Text.

„Das ist ja eine ganze Menge an Vorwürfen, die Reynolds da laut Foster erhebt. Konkrete Namen werden nur zwei genannt. Kenwyn Deveril hätte sich bestechen lassen, um bestimmte Hunde ganz vorn zu platzieren." Simon überhörte geflissentlich Isabels Knurren und fuhr fort, „Diane Douglas, Züchterin, hätte sich Vorteile in den Wettbewerben verschafft, indem sie – ich zitiere – ‚mit den Richtern in die Kiste gesprungen' wäre." Er sah auf. „Isabel, kennst du die Dame?"

„Den Namen habe ich schon mal gehört, aber ich kann ihn gerade nicht zuordnen", erwiderte sie. „John, kannst du mir aus meinem Zimmer schnell den Messekatalog holen? Er liegt auf dem Tisch."

Wenig später tippte sie triumphierend auf einen Eintrag. „Da haben wir sie ja. Diane Douglas, Chihuahuas. Loch Ness-Zwinger. Eine recht erfolgreiche Frau, wie es aussieht. Sie hat vier Hunde in verschiedenen Klassen angemeldet, zwei davon in der Championats-Klasse. Das heißt, diese Tiere haben schon eine lange Liste von Show-Erfolgen verbuchen können." Sie klappte den Katalog zu. „Der Gedanke, dass sie allein mit sexuellen Gefälligkeiten so weit gekommen wäre, ist lächerlich. Mir kommt es tatsächlich immer mehr so vor, als hätte Reynolds einfach aus gekränkter Eitelkeit mit völlig aus der Luft gegriffenen Anschuldigungen um sich geworfen. Alles Humbug."

„Auf jeden Fall ist es eine große Herausforderung, zu beurteilen, ob es sich hier um Gerüchte oder um substanzielle Fakten handelt", stellte Simon fest. „Ich bezweifle, dass sich stichhaltige Beweise finden lassen, um diese Bestechungsvorwürfe zu untermauern. Selbst wenn es Zeugenaussagen gäbe, dass diese Ms. Douglas beispielsweise im Hotelzimmer eines Richters verschwunden wäre – einen unwiderlegbaren kausalen Zusammenhang zwischen einem derartigen Treffen und der Wertung eines Hundes festzustellen, dürfte vor Gericht so gut wie unmöglich sein."

„Schon deshalb, weil Ken sich niemals bestechen lassen würde", fuhr Isabel dazwischen.

„Wir kennen deine Meinung inzwischen, Isabel, danke", bemerkte Simon mit bewundernswerter Beherrschung. „Sehen wir mal, was unser Mr. Reynolds noch zu Protokoll gegeben hat. Mutmaßlich zu Protokoll gegeben hat, muss ich sagen, denn wir haben ja außer der Aussage dieses Mr. Foster keinen Beleg dafür –"

„Genau!", kam es wieder von Isabel. „Was, wenn dieser verblendete Mensch sich das alles ausgedacht hat, um Zwietracht im Zuchtverband zu säen? Der will doch nur in die Medien mit seinen Geschichten und möglichst viel Öffentlichkeit für seine ‚Sache' kriegen. Und Harvey kann sich nicht mehr dagegen wehren, weil er ja tot ist."

Simon fuhr sich über die Stirn. „Dass er tot ist, wissen wir, Isabel. Dennoch – dein Einwurf ist berechtigt. Wir müssen feststellen, ob Reynolds wirklich mit Jake Foster in Kontakt stand und ob es so etwas wie Tonaufzeichnungen seiner Anschuldigungen gibt."

Isabel nickte zufrieden.

„Weiter im Text. Reynolds sprach – angeblich – auch von Manipulationen bei den Wettbewerben. Donnerwetter, das ist eine lange Liste. Da geht es um Hunde, denen Schlaf- oder Abführmittel ins Futter geschmuggelt wurde, damit sie im Ring nicht in Bestform sind. Oder sie bekamen vor ihrem Auftritt Schokolade, wodurch sie dann einen unappetitlichen Schmierfilm um die Schnauze hatten. Anderen wären mutwillig Verletzungen an den Pfoten beigebracht worden, damit sie nicht richtig laufen konnten. Dann soll es Leute geben, die Kaugummi ins Fell des Hundes schmieren oder gleich ganze Haarbüschel herausschneiden … Der kriminellen Phantasie sind da offenbar keine Grenzen gesetzt."

Entsetzt fragte Pauline, „Isabel, gibt es so etwas wirklich?"

Ihre betretene Miene war Antwort genug. „So leid es mir tut, solche Dinge habe ich selbst schon gesehen. Natürlich nur ganz selten", beeilte sie sich hinzuzufügen. „Aber, ja, ich kann es nicht in Abrede stellen: Das gibt es."

„Wie kann ein Züchter dem Tier eines anderen wehtun oder ihm Schaden zufügen, nur damit der eigene Hund vielleicht eine bessere Platzierung bekommt? Das ist ja …" Pauline fehlten die Worte.

„Abscheulich. Du hast recht. Mit Sportsgeist, Fairness und Tierliebe hat das nichts zu tun“, stimmte Isabel ihr zu. „Deswegen sind die Strafen für so ein Verhalten natürlich auch drastisch. Wer erwischt wird, wird zu keiner Hundeschau mehr zugelassen. Das ist für solche Leute das Schlimmste.“

„Ich bin noch nicht fertig mit meiner Liste“, ergriff Simon wieder das Wort. „Hier gibt es noch eine schwerwiegende Geschichte: Angeblich hatte der Siegerhund von einer der letzten Schauen eine Operation, die ihn von der Teilnahme disqualifiziert hätte, wäre sie bekannt gewesen.“

Isabel stöhnte auf. „Nicht noch einmal so etwas. Den Fall hatten wir Anfang der Zweitausender. Damals wurde ein Pekinese ‚Best in Show‘ bei Crufts und hinterher gab es Anschuldigungen, an ihm wäre eine kosmetische Operation durchgeführt worden. Es gab aber keine Beweise und so konnte er seinen Titel letztendlich behalten. Später stellte sich heraus, dass er sehr wohl operiert worden war. Das Tier hatte Atemprobleme und man hatte ihm Gewebe aus dem Rachenraum entfernen müssen.“

„So ähnlich, wie wir es in dem Video gesehen haben, das Renie uns heute früh gezeigt hat?“, fragte Pauline.

Isabel nickte knapp. „Für den betreffenden Hund und seine Gesundheit war es natürlich richtig, ihn operieren zu lassen. Dennoch hätte er nicht zu Wettbewerben zugelassen werden dürfen. Das Problem ist, dass es bei einem so erfolgreichen Hund wie diesem natürlich eine hohe Nachfrage nach Nachzuchten gibt. Bei einem derart hochdekorierten Hund geht man natürlich davon aus, dass er beste Anlagen für die Zucht mitbringt, also ein sogenannter Spitzenvererber ist. Die Crux ist nur, dass er seine Defekte wahrscheinlich an seine Nachkommen weitergibt, die dann wiederum an denselben Problemen leiden. Und so geht das über Generationen weiter. Absolut unverantwortlich, so etwas“, sagte sie grimmig.

„Dann gibt es noch die weniger folgenreiche Variante. Das sind Züchter, die Schönheitsoperationen an ihren Hunden machen lassen, so dass sich zum Beispiel die Haltung der Rute oder der Ohren verändert. Natürlich auch streng verboten, so etwas. Aber wenn man nicht sehr genau hinsieht oder gute tiermedizinische Kenntnisse hat, bemerkt man als Richter diese Eingriffe nicht immer und dann kann auch mal ein operierter Hund auf dem Siegerpodest landen. Ausgeschlossen ist das nicht.“

John schüttelte entgeistert den Kopf. „Man bekommt das Gefühl, dass auf diesen Hundeschauen durchwegs Lug und Trug herrscht.“

Pauline pflichtete ihm bei. „Da tun sich Abgründe auf.“

„Jetzt bleibt aber mal auf dem Teppich“, herrschte Isabel sie sogleich an. „Ich behaupte, dass 95 Prozent aller Züchter sich an sämtliche Regeln halten und auf das Wohl ihrer Hunde achten. Ja, es gibt einige, die versuchen zu tricksen. Aber nur, weil es ein paar schwarze Schafe gibt, müsst ihr nicht gleich alles in Bausch und Bogen verdammen.“ Bevor sie sich noch mehr in Rage reden konnte, unterbrach Simon sie in entschiedenem Ton. „Wir haben dich verstanden, Isabel. Es geht hier auch nicht darum, irgendeine moralische Wertung dieser ganzen Hundewettbewerbe vorzunehmen, sondern den Tod von Harvey Reynolds aufzuklären. Darin sind wir uns doch einig?“ Alle nickten.

„Also, dann zurück zum Thema. Diese Anschuldigungen, die Reynolds mutmaßlich gegenüber dem Aktivisten Jake Foster geäußert hat: Wenn er diese untermauern und an die Öffentlichkeit hätte tragen können, hätte das für die Betroffenen mindestens die Konsequenz gehabt, von allen Schauen ausgeschlossen zu werden – wie du selbst sagst, die Höchststrafe für jemanden, der eine Passion für das alles hat.“

Isabel nickte widerstrebend.

„Dann ist die Arbeitshypothese, von der D.I. Brown und Konsorten offenbar ausgehen – nämlich dass das Motiv darin liegt, die drohenden Enthüllungen zu verhindern – nicht von der Hand zu weisen“, schloss Simon messerscharf. „Auch wenn dir das nicht gefällt, Isabel.“

„Zumindest gibt es dann aber noch etliche andere, die ein Interesse daran gehabt hätten, dass Reynolds mundtot gemacht wird“, grollte Isabel. „Diese Diane Douglas auf jeden Fall. Und wer der operierte Hund ist, von dem Harvey da – angeblich – geredet hat, das dürfte nicht allzu schwer herauszufinden sein. Dann muss man dem Besitzer gründlich auf den Zahn fühlen.“

„So ist es“, bestätigte Simon. „Wir müssen uns in der Hundeszene umhören, wer möglicherweise Angst haben musste, von Reynolds denunziert zu werden.“ Er tippte auf die Tafel. „Diejenigen gehören auf jeden Fall zum Kreis der Verdächtigen.“

Pauline tippte wie wild. „Als mögliches Mordmotiv halten wir also das Vertuschen einer, sagen wir, unerlaubten Handlung fest, die irgendetwas mit einer Hundeschau zu tun hat?“

„Korrekt", antwortete Simon in gewichtigem Ton.

„Ihr fixiert euch viel zu sehr auf die Hunde-Leute. Dabei hatte Reynolds doch noch seine zweite Leidenschaft, dieses ganze Grals-Gedöns", führte Isabel ins Feld. „Unter diesen neumodischen Möchtegern-Rittern sind bestimmt jede Menge Verrückte, denen alles zuzutrauen ist. *Da* sollte man sich doch mal umsehen."

„Diesen Ansatz dürfen wir nicht vernachlässigen", bestätigte Simon. „Die Tatumstände würden dazu passen. Merlins Höhle, ein mysteriöser Kelch … Der Kelch ist im Übrigen eine sehr wichtige Spur, der man unbedingt nachgehen muss. Ich sehe mir mal schnell den Obduktionsbericht an, den Renie geschickt hat. … Aha. Zustand der Leiche: Fraßspuren im Gesicht, ein Auge fehlend … den Rest spare ich mir jetzt … Leber deutlich vergrößert, beginnende Arteriosklerose und noch so einige Abnutzungserscheinungen. Die hätten Reynolds aber nicht umgebracht, da der Krebs ihn vorher erwischt hätte. Keine sechs Monate mehr, schätzt der Arzt … Keine Kampf- oder Abwehrspuren, zumindest soweit man das nach der posthumen Beschädigung der Leiche noch sagen kann. Also muss Reynolds den Becher wohl freiwillig ausgetrunken haben. Oder er wurde anderweitig dazu gezwungen, beispielsweise mit einer Schusswaffe. Exitus zwischen zweiundzwanzig Uhr und zwei Uhr morgens. … Letzte Mahlzeit Schäferpastete und Bier … Das verwendete Gift war hoch dosiert in einen Rotwein gemischt und schnell wirksam. Hmm … Aldicarb und Carbofuran, zwei Pestizide wurden nachgewiesen …" Simon sah auf, als Isabel unwillkürlich die Luft einsog. „Was ist?"

„Die … diese beiden Substanzen. Es sind die gleichen wie im Vergiftungsfall des Setters", sagte sie tonlos. „Ich habe jeden verfügbaren Bericht darüber gelesen und in einem wurden die Stoffe benannt."

„Wie dieses Faktum zu interpretieren ist, wissen wir noch nicht", meinte Simon nüchtern. „Es kann Zufall sein oder der Mörder hat vielleicht genau wie du in der Zeitung darüber gelesen und will die Aufmerksamkeit mit Absicht auf die Hundeszene lenken."

Isabel sah ein wenig getröstet drein. „Ja, das wird es sein."

Johns Handy klingelte. Er nahm ab. „Hallo Renie, was gibt es Neues?", fragte er gespannt.

„Bringt es Tante Isabel schonend bei. Ken Deveril bleibt in Haft. Man hat Guinevere gefunden. Ganz in der Nähe seines Anwesens in

St. Agnes. Spaziergänger haben sie aufgelesen. Nun geht der Inspektor davon aus, dass Deveril sie entführt und heute früh freigelassen hat, weil ihm die Sache zu heiß wurde. Und dann ist schließlich doch noch ein Erpresserbrief aufgetaucht, der mit der Post kam. Ich schicke Simon ein Foto, aber ich lese ihn dir schon mal vor. ‚Ihr Hund ist in sicheren Händen und gut versorgt. Nach dem Ende der Hundeschau werden Sie ihn wiedersehen, falls Sie meine Forderungen erfüllen. Warten Sie auf weitere Anweisungen. Verhalten Sie sich unauffällig und halten Sie den Mund.‘ Und als allerletztes hat die Telefongesellschaft gemeldet, dass es am Abend von Harveys Tod ein Telefonat zwischen den beiden gab, so gegen einundzwanzig Uhr. D.I. Brown sieht damit als bewiesen an, dass Deveril es war, der erst den Hund als Druckmittel entführt hat und Harvey dann aus Panik, dass der doch reden würde, zu einem Treffen in die Höhle gelockt und ihn dort umgebracht hat.“

Kapitel 14

„Dieser Pfuscher! Wie kann man nur so weich in der Birne sein! Hornochse!“ Isabel gingen die Schimpfwörter aus.

„Vollpfosten“, steuerte Pauline hilfreich bei.

„Dödel“, schlug John vor. Pauline warf ihm einen mitleidigen Blick zu. „Echt jetzt? Das ist das Krasseste, was dir einfällt?“, murmelte sie.

„Bah!“, knarzte Isabel. „Das ist alles noch viel zu freundlich für diese Nichtskönner hier. Bringen unbescholtene Bürger hinter Gitter und das aus derart hanebüchenen Gründen, dass es nur so raucht!“

Simon knetete mit beiden Zeigefingern seine Schläfen.

„Jetzt beruhigen wir uns alle mal. Dieser Erpresserbrief scheint für meine Begriffe durchaus darauf hinzuweisen, dass es eine Verbindung zwischen Entführung und Hundeausstellung gibt. Bei der vorliegenden Indizienlage –“

„So ein Stuss!“, fiel Isabel ihm ins Wort und klopfte nachdrücklich mit ihrer Krücke gegen den Boden. „Kein Züchter würde so unverantwortlich handeln, einen Hund einfach an der Straße auszusetzen. Das zeigt doch gerade, dass es niemand aus unseren Kreisen gewesen sein kann.“

„Da können wir nicht sicher sein“, widersprach Simon. „Die Manipulationen bei Wettbewerben, über die wir gerade eben geredet haben, zeigen doch ganz klar, dass für einige aus ‚deinen Kreisen‘ die Tierliebe jenseits des eigenen Hundes aufhört.“

„Hmpf“, stieß Isabel aus, musste aber anerkennen, dass Simon recht hatte.

„Außerdem hättest du mich ausreden lassen sollen, liebe Isabel. Dann kommen wir sicher schneller weiter. Also: Bei der vorliegenden Indizienlage einen Zusammenhang zwischen dem Dognapping und dem Mord zu konstruieren, halte ich vorsichtig ausgedrückt für gewagt. Die ganze Inszenierung in der Höhle sieht nach sorgfältiger Planung aus. Wenn Deveril aber vorhatte, Reynolds ohnehin umzubringen, warum dann noch kurz vorher den Hund entführen? Das ist doch widersinnig.“

„Ganz recht, mein Junge“, rief Isabel aus. „Aber wenn wir nicht schnell etwas unternehmen, verrottet der arme Ken im Gefängnis und – ach je, die Hundemesse! Ich habe Trisha versprochen, dass ich ihr Bescheid gebe, sobald ich etwas weiß. Ich rufe sie schnell an.“ Sie erhob sich ächzend. „Ihr überlegt euch einstweilen, was unsere ersten Schritte sind.“

John sah ihr nach. Als sich die Küchentür hinter ihr geschlossen hatte, meinte er, „Ich hoffe wirklich, dass Deveril unschuldig ist. Ich fürchte, es bricht ihr das Herz, wenn sich herausstellt, dass er tatsächlich ein Mörder ist.“

„Das kann ich mir nicht vorstellen. Das alte Mädchen hat in bald einem Jahrhundert auf der Welt so viel gesehen, dass sie sich durch so etwas wohl kaum umwerfen lassen wird“, entgegnete Simon.

„Ah, ich weiß nicht. Zwischen den beiden sind ganz schön die Funken geflogen“, gab Pauline zu bedenken.

Simon erschauerte unwillkürlich. „Oh Gott, das will man sich gar nicht ausmalen. Geriatrische Erotik … Nein, also konzentrieren wir uns lieber auf unseren Fall.“ Er trat hinter Pauline und beäugte den Bildschirm. „Lass mal sehen, was wir bis jetzt haben.“

„Vor allem haben wir eine unendlich lange Liste mit offenen Fragen“, bemerkte Pauline.

Simon las schweigend, was sie geschrieben hatte.

„Du hast alle Einzelheiten erfasst und sehr übersichtlich dargestellt“, lobte er dann.

Sie grinste. „Gelernt ist gelernt. Wenn du es mal geschafft hast, die Rosenkriege oder die Nordirische Frage so aufzubereiten, dass auch mittelmäßig motivierte Vierzehnjährige halbwegs durchsteigen, dann kriegst du Struktur auch in andere komplexe Sachverhalte.“

„Ein Hoch auf die Lehrerausbildung. Jetzt machen wir uns daran, eine To-do-Liste zu erstellen, mit Zeitplanung und personeller Zuständigkeit“, kündigte Simon an. „Wobei wir als erstes feststellen müssen, dass die Zeit unglaublich drängt. Nicht nur, dass unser Urlaub hier am Samstag zu Ende ist. Die Hundemesse geht nur bis Donnerstag und die Gralsritterversammlung auch. Also bleiben uns im Endeffekt gerade mal zwei Tage.“

„Zwei Tage, um die Hundeszene nach weiteren Verdächtigen abzuklappern, gleichzeitig diese Gralsritter unter die Lupe zu nehmen, nach der Herkunft des Kelchs zu forschen, mit dem Sohn zu reden, mit Jake Foster …“ John schüttelte den Kopf. „Das stemmen wir nicht. Vor allem deswegen nicht, weil du ja nicht aktiv dabei sein kannst, Simon.“

„Hm. Das ist wahr. Die Personaldecke ist tatsächlich noch dünner, als ich es im Yard gewöhnt bin.“ Nachdenklich knetete der Superintendent seine Unterlippe. „Wir bräuchten Unterstützung.“

Wie aufs Stichwort hörten sie die Haustür aufgehen. Bepackt mit feuchten Handtüchern und einer Unzahl Strandtaschen polterten Bella, Annie und Maggie herein, gefolgt von Emmeline und James.

„Hallo ihr Lieben“, begrüßte Maggie sie. „Die Jungs konnten sich noch nicht vom Strand losreißen, aber wir hatten genug von der Wellenreiterei.“

„Ich reite lieber auf dem Pferd als auf so einem blöden Board“, verkündete Bella.

„Ich habe so viel Meerwasser geschluckt, dass mir ganz übel ist. Und dann hat mich im Gedränge noch ein wildgewordenes Surfbrett attackiert. Da kriege ich sicher einen monstermäßigen blauen Fleck am Oberschenkel“, klagte Annie.

„Ich weiß auch nicht, was an dieser Surferei so toll sein soll. Spatz, würdest du die Badetücher draußen auf die Leine hängen?“, bat Maggie. Bella zog einen Flunsch, wankte aber mit ihrer Last in den Garten hinaus. Die Erwachsenen setzten sich an den Tisch.

„Wie läuft es?“, fragte Maggie. „Habt ihr schon Ideen, was ihr wegen der Verhaftung von Mr. Deveril tun könnt?“

„Es gibt eine Menge Ermittlungsansätze, denen nachzugehen wäre“, dozierte Simon. „Aber uns fehlt die Manpower, um das in der Kürze der Zeit alles zu leisten.“

„Kann ich irgendwie helfen?“, fragte James sofort. „Es tut mir in der Seele weh, dass sich unsere Reise hierher zu so einem Schlammassel entwickelt hat. Vor allem für Tante Isabel tut es mir leid.“

„Sie wird es verkraften“, ließ sich Emmeline prompt vernehmen.

„Emmchen, bitte. Hab doch ein wenig Verständnis“, beschwor James seine Angetraute.

„Dein ‚Emmchen‘ kannst du dir an den Hut stecken!“, zischte sie. „Mir geht es unglaublich auf die Nerven, dass immer alle springen, wenn Ihre Gnädige Hoheit mit den Fingern schnippt. Und du natürlich immer vornedran, James.“ Sie schob energisch ihren Stuhl zurück und stand auf. „Bitte, wenn ihr euren Urlaub für Detektivspielereien verschwenden wollt – ich für meinen Teil mache da nicht mit. Entschuldigt mich. Ich genieße noch ein wenig die Sonne im Garten und nehme dann ein schönes Bad.“ Damit verschwand sie nach draußen. Die Hintertür fiel krachend ins Schloss.

James Mackenzie raufte sich hilflos die Haare. John klopfte ihm teilnahmsvoll auf die Schulter. Pauline reichte ihm tröstend einen Keks.

„Ich bin auf jeden Fall dabei“, sagte Maggie entschlossen. „Wenn ihr eine Aufgabe für mich habt – immer nur her damit.“

„Ich weiß zwar nicht, was ich tun könnte, aber ich möchte auch helfen“, schloss sich Annie ihr an. „David und Christopher schadet es nicht, mal allein Zeit miteinander zu verbringen. Außerdem fände ich es spannend, auch mal bei einer Ermittlung mitzumachen.“ Ihre Augen funkelten.

„Sehr gut. Damit haben wir mehr Möglichkeiten, parallel verschiedenen Ansätzen nachzugehen. James, können wir endgültig auf dich zählen?“, fragte Simon.

Johns Vater blickte noch einmal zur Hintertür, die Emmeline für ihren effektvollen Abgang gewählt hatte. Dann straffte er sich und sagte mit fester Stimme, „Jawohl, Simon. Ich sehe mich Isabel gegenüber in der Pflicht. Wenn ich etwas beitragen kann, dann werde ich das tun.“

Die Tür zum Flur ging auf und Isabel trat ein.

„Kinder, gut, dass ihr da seid. Nun haben wir ein zusätzliches Problem“, sagte sie ohne Umschweife und setzte sich an ihren Platz am Kopfende des Tisches.

„Wenn Ken nicht zurückkommt, dann läuft auf der Messe alles aus dem Ruder. Seine Ehrenamtlichen wie diese Trisha sind ja alles liebe Menschen und sehr bemüht, das Salz der Erde, aber in einer Krise verlieren sie den Kopf. Jemand muss die Veranstaltungsleitung übernehmen und Ruhe in den Laden bringen.“

James sah seine Tante stirnrunzelnd an. „Du hast dich doch nicht erboten, das zu machen? Nicht, dass du nicht bestens dafür geeignet wärst, aber –“

„Doch, genau das habe ich gemacht“, unterbrach sie ihn. „Und nun schau mich nicht an, als wenn ich schon so hinfällig wäre, dass ich das nicht schaffen könnte. Herrje, ich habe noch vor wenigen Jahren ein Clanfestival geleitet mit Hunderttausenden von Besuchern. Im Vergleich dazu ist das hier ein Klacks.“

James sah nicht überzeugt aus.

„Ich kann mir gut vorstellen, dass Tante Isabel sozusagen als Galionsfigur dem Veranstaltungsteam die nötige Sicherheit geben kann“, sagte John bedächtig. „Aber ich meine, eine zusätzliche

Assistentin wäre hilfreich. Sie könnte dich nicht nur hin- und herfahren, sondern auch die Laufarbeit erledigen, während du im Büro der Veranstaltungsleitung residierst, Isabel."

„Mit Renie werde ich nicht arbeiten", erklärte Isabel sofort. „Gut, sie ist ein Ass im Improvisieren und hat auch Erfahrung mit solchen Großveranstaltungen. Aber ehrlich gesagt bin ich momentan nicht gut auf sie zu sprechen. Ich brauche jemanden, dem ich hundertprozentig vertrauen kann."

„An Renie hatte ich auch gar nicht gedacht", entgegnete John. „Wir brauchen ihre Polizeikontakte und ihre Schnüffelnase im Ermittlungsteam. Aber wie wäre es mit –" Er sprang auf und breitete die Arme aus wie ein Showmaster, der den Stargast präsentiert, „ – Maggie? Die unbestrittene Meisterin der Organisation. Sie behält den Überblick über das große Ganze, hat alle Details im Kopf, kann Aufgaben gezielt delegieren … Kurz, sie ist die Idealbesetzung für diese Stelle."

Maggie kicherte. „Ich fühle mich, als hätte ich ein Casting gewonnen."

„John hat recht", äußerte Simon wohlwollend. „Außerdem solltest du dich als Staatsanwältin ohnehin besser aus privaten Nachforschungen heraushalten."

„Gutes Argument. Also: Wenn Sie mich wollen, Chefin, fange ich sofort mit der Arbeit an." Maggie grinste Isabel an.

„Das ist eine großartige Lösung. Ich danke dir, mein Kind." Isabel sah auf die Uhr. „Der heutige Messetag ist bald herum. Aber es wäre vielleicht gut, wenn wir noch eine Einsatzbesprechung für morgen ansetzen würden."

„Lass uns doch einfach gleich hinfahren und nach dem Rechten sehen. Dann kannst du nach Torschluss für das Messeteam eine kleine Ansprache halten und ich kümmere mich um alles Weitere. Ich ziehe mich nur rasch um." Schon nach wenigen Minuten war sie wieder da. Das lockere Strandkleid hatte sie gegen ein konservativeres Outfit getauscht, ihr blondes Haar war makellos hochgesteckt. Sie hatte sich mit Block und Stift bewaffnet und schwang bereits die Autoschlüssel.

„Auf dem Rückweg fahren wir dann am Fistral Beach vorbei und holen Alan, David, Tommy und Christopher ab. John, du denkst daran, dass ihr fürs Abendessen zuständig seid? Mit deinem Pflaster am Finger solltest du übrigens Einweghandschuhe überziehen, wenn du kochst – sie sind in dem Fach unter der Spüle. Die Einkäufe für morgen erledige ich nach dem Essen, Tesco hat bis zehn Uhr geöffnet. Wenn es etwas Dringendes gibt, ruft einfach an."

Schon hatte sie Tante Isabel in den Kleinbus verfrachtet und fuhr davon.

Simon schaute beinahe ehrfürchtig drein.

„Der Commissioner sollte sie von der Staatsanwaltschaft abwerben. Mit jemandem wie Maggie in unseren Reihen hätten wir eine Effizienzsteigerung, dass den Höllenhunden des Schatzkanzlers Hören und Sehen vergehen würde."

Während John sich angetan mit den Einmalhandschuhen an die langwierige Aufgabe machte, sieben Pfund Hühnerfleisch klein zu schneiden, brachten Simon und Pauline ihre neuen Mitstreiter auf den aktuellen Stand.

„Wir haben also ganz verschiedene Richtungen, in die wir ermitteln müssen", fasste Simon schließlich zusammen. Er wischte die Tafel ab und beschriftete sie neu. „Hundezüchter, Gralsritterszene, Familie/Erben, Jake Foster. Darauf konzentrieren wir uns erstmal."

Er setzte sich an den Tisch. „Auch wenn Isabel das nicht hören will – ich halte es momentan für das Wahrscheinlichste, dass wir den oder die Täter im Umfeld der Hundeschau finden werden. Der gefundene Erpresserbrief und die Aussagen von Jake Foster scheinen mir eindeutig darauf hinzuweisen, dass es hier eine ganze Reihe von Leuten gibt, die ein starkes Interesse daran haben dürften, Reynolds zum Schweigen zu bringen. Isabel selbst ist natürlich in der besten Position, etwas über die Vorwürfe herauszufinden, die Reynolds erhoben hat. Mit ihren Kontakten dürfte es ihr nicht schwerfallen, zu klären, ob an seinen Anschuldigungen etwas dran ist oder nicht. Allerdings muss ich einschränkend feststellen, dass sie nicht gerade unvoreingenommen ist. Maggie kann in ihrer neuen Position als Assistentin sicher auch das eine oder andere aufschnappen. Ich selbst werde hier am Computer Hintergrundrecherchen durchführen. Dennoch hätte ich gern noch jemanden vor Ort, der sich möglichst unauffällig umhört."

„Wie wäre es, wenn David und ich morgen den Tag dort verbringen?", schlug Annie vor. „Wir können ja so tun, als ob wir Interesse hätten, einen Hund zu kaufen. Dabei kommt man ganz leicht mit den Züchtern ins Gespräch."

„Sehr gute Idee, Annie“, meinte Simon beifällig. „Aber lasst besser Christopher zu Hause, sonst kommt ihr wirklich mit einem neuen Familienmitglied heim.“

„Emmeline passt sicher gern auf den Buben auf“, sagte James.

„John und ich könnten auch zu der Hundeschau gehen“, kam es von Pauline.

„Nein. John würde ich gern die Aufgabe übertragen, so schnell wie möglich mit Jake Foster zu reden. Wir müssen wissen, wie glaubwürdig der Mann ist. Und wer wäre für diese Beurteilung besser geeignet als ein gelernter Seelenklempner?“

John deutete eine Verbeugung an. „Ich danke dir für den Vertrauensvorschuss.“

„Keine Ursache. Und Pauline, dich brauche ich für dieses Gralsritterdings“, fuhr Simon fort.

„Wieso mich?“, fragte Pauline überrascht.

„Du bist die Einzige, die Ahnung von der Materie hat. Artus und die Tafelritter und all das. Du kannst dich unter die Teilnehmer einer solchen Veranstaltung mischen und dich mit ihnen unterhalten, ohne aufzufallen.“

Das leuchtete ein. Pauline tippte auf ihrem Laptop herum und hatte gleich darauf gefunden, was sie suchte.

„Fünftes Internationales Gralsrittersymposium in Tintagel – es gibt sogar eine eigene Website dafür. Sieht ganz schön professionell aus“, bemerkte sie. „Ob Harvey Reynolds das wohl selber gemacht hat?“

Sie suchte in der Menüleiste und klickte schließlich auf das Feld ‚Veranstalter‘.

„So hat Harvey also zu Lebzeiten ausgesehen“, bemerkte sie gleich darauf. John legte sein Messer weg und kam zum Tisch. Er erblickte einen wohlgenährten Mann, der gewandet wie ein mittelalterlicher Fürst auf einem weißen Pferd saß und mit staatstragender Miene in die Ferne blickte. Unterschrieben war das Foto mit ‚Harvey Reynolds: Großmeister des Ritterbundes der Runden Tafel, Initiator und Gesamtleiter des Symposiums‘.

„Ritterbund der Runden Tafel? Was soll das denn sein? Ich kenne die Ritter des Hosenbandordens oder die Tempelritter, aber davon habe ich noch nie gehört“, warf James ein.

„Das ist sicher irgendein Phantasiename für einen Mittelalterverein“, tippte Pauline. „Seht mal, hier ist der ‚Großoffizier‘ des Bundes.“ Auf dem Foto war ein junger Mann mit schulterlangem blonden Haar zu sehen. Seine viereckige Brille nahm sich zu der nachgemachten Ritterrüstung, die er trug, etwas seltsam aus. Neben dem Foto befand sich eine Werbeanzeige für *‚Excalibur and more: Tintagels erste Adresse für mittelalterliche Accessoires'*.

„Das ist Tim O'Flanagan. Hier steht, dass er für den Internetauftritt verantwortlich ist. Dazu noch für Referenten- und Ausstellerkontakte, Räumlichkeiten, Musikdarbietungen und Anmeldungen." Pauline schnaubte leise. „Unser Harvey scheint mir ein Meister im Delegieren gewesen zu sein. Es klingt, als ob der Großoffizier Tim O'Flanagan für die ganze Arbeit zuständig war und Großmeister Harvey hauptsächlich für Repräsentationsaufgaben."

„Kann man sich nun noch kurzfristig anmelden oder nicht?", fragte Simon ungeduldig.

Sie scrollte nach unten. „Aha, da steht es: Die Übernachtungsmöglichkeiten im Tagungshotel und im Rest von Tintagel sind ausgebucht, genauso wie das Eröffnungsbankett heute Abend. Aber es stehen noch Restkarten für Tagesgäste am Mittwoch und Donnerstag zur Verfügung. Donnerwetter: Siebzig Pfund pro Person verlangen sie, inklusive einem alkoholfreien Getränk! Das ist ja nicht gerade wenig. Und das ist nur für Mittwoch. Am Donnerstag kostet es zwanzig Pfund weniger, weil die Tagung mittags schon zu Ende ist. Schauen wir mal, was man für sein Geld geboten kriegt." Sie klickte auf ‚Programm Mittwoch'.

„Na, immerhin gibt es eine ganz schöne Auswahl an Veranstaltungen", stellte sie fest. James sah ihr über die Schulter, während sie die Auflistung studierte.

„‚Die Tempelritter und die Spur des Grals', ‚Lady Di: Hat der Fluch des Heiligen Blutes ihr den Tod gebracht?', ‚Mythos und Wahrheit: Glastonbury', ‚Symbolik in Richard Wagners Parzival', ‚König Anfortas und die Gralsburg Munsalvaesche', ‚Artus und die zwölf Schlachten', ‚Neue archäologische Erkenntnisse aus Cadbury Castle', ‚Tarotkarten lesen mit Artus'. Meine Güte, was für ein kunterbuntes Sammelsurium an Themen!", rief Pauline aus. „Ach, und hier gibt es noch einen Vortrag von einer Frau, die behauptet, eine direkte Nachfahrin von Sir Galahad zu sein." Sie schüttelte staunend den Kopf. „Offenbar versammeln sich bei dieser Veranstaltung Wissenschaftler, Esoteriker, Verschwörungstheoretiker und totale Spinner."

„Klingt faszinierend“, meinte Johns Vater augenzwinkernd. „Ich weiß zwar nicht, in welche dieser Kategorien ich am besten hineinpassen würde, aber ich hätte nicht übel Lust, dich dahin zu begleiten.“

Simon sah ihn nachdenklich an. „Der Einfall ist nicht schlecht, James. Ja, so machen wir es. Du lässt dich vorher noch von unserer Expertin briefen, würde ich sagen. Pauline, bitte melde euch beide für morgen dort an –“ Er hielt inne, als die Hintertür sich einen Spalt weit öffnete. Renie linste herein.

„Oh, gut, Tante Isabel ist nicht hier“, sagte sie dann erleichtert. Sie kam in die Küche und ließ sich auf einen Stuhl fallen. Sofort erblickte sie die schon halbleere Schüssel mit den Cookies und zog sie zu sich heran. „Ah, Nervennahrung. Die brauche ich jetzt.“ Sie stopfte sich einen der hellen Kekse in den Mund und grunzte gleich darauf ekstatisch. „Boah, die sind ja mega-lecker.“ Schon hatte sie den nächsten in der Hand, diesmal einen der mit Nougat gefüllten.

„Dir auch einen guten Tag, Renie“, raunzte Simon irritiert. „Und es wäre schön, wenn du diese in mühevoller Handarbeit gefertigten kulinarischen Meisterwerke angemessen würdigen und nicht einfach mit einem Happs verschlingen würdest. Du ähnelst ja einem Schwein, das sich auf seinen Trog stürzt.“

„Hey, du klingst ja wieder wie früher. Ist mir fast lieber als das ewige Gesülze der letzten Tage“, gab sie ungerührt zurück und griff wieder in die Schüssel. „Mann, diese schokoladigen sind ja gleich noch krasser. Die geben dir einen richtigen Boost.“

Pauline, die sich das Lachen verkneifen musste, nahm ihr die Cookies weg und stellte sie auf den Küchenschrank. „Sonst sind abends keine mehr da, und der Rest der Familie möchte schließlich auch noch etwas“, mahnte sie.

„Ich kann dir ein Sandwich machen, wenn du Hunger hast“, bot John an.

„Ach nee, mach dir keine Mühe. Du hast genug zu tun. Ich mach mir selber eins“, sagte sie großmütig. Sie holte sich Käse und Tomaten aus dem Kühlschrank und wühlte in dem überdimensionalen Brotkasten. Dann beäugte sie kritisch den Fleischberg auf der Anrichte. „Ich will doch hoffen, dass das organisch erzeugtes Huhn ist?“

Als Antwort öffnete John den Abfalleimer, damit Renie die Verpackung der ‚Happy Hen'-Hühnerfarm aus Surrey sehen konnte. Sie nickte zufrieden.

„Könnten wir uns jetzt vielleicht auf unseren Fall konzentrieren?“, kam es leicht genervt von Simon. „Ich hoffe, du hast weitere Informationen für uns, Renie.“

„Na, das Wichtigste hatte ich euch ja schon gesagt. Das Telefonat zwischen Harvey und Ken Deveril, der Erpresserbrief und der in St. Agnes aufgetauchte Hund. Das alles zusammen mit den Informationen von Jake Foster hat unseren Inspektor Brown davon überzeugt, dass Deveril der Schuldige ist. Für ihn ist der Käse gegessen.“

„Nochmal der Reihe nach. Was ist zum Inhalt des Telefonats bekannt?“

„Deveril sagt, dass er mit Harvey wegen einer rein organisatorischen Sache gesprochen hätte. Der Platz, der ihm neben dem Vorführring zugeordnet worden wäre, hätte ihm nicht gepasst und er wollte tauschen. Deveril sagt, er hätte die Positionen der Aussteller daraufhin verändert und Harveys Wunsch damit entsprechen können. Das war es, was er ihm in dem Telefonat mitgeteilt hätte und fertig. Keine Ahnung, ob das stimmt.“

Simon runzelte die Stirn. „Wie lange hat das Telefonat gedauert und wann genau hat es stattgefunden? Und wer hat wen kontaktiert?“

„Von 21.12 Uhr bis 21.17 Uhr, der Anruf ging von Deveril aus“, antwortete Renie wie aus der Pistole geschossen.

Pauline protokollierte gewissenhaft mit.

„Weiter. Der Erpresserbrief. Details bitte“, forderte Simon.

„Mehrere verschiedene Fingerabdrücke auf dem Umschlag, keine aber auf dem Brief. Am PC geschrieben, wie du ja auf dem Foto gesehen hast, Schrifttyp Arial zwölf Punkt, um ganz genau zu sein. Ganz normales Druckerpapier. Abgestempelt in Newquay am Samstag, bei Harvey am Montag mit der Post eingetroffen, von der Polizei heute früh bei einer nochmaligen Hausdurchsuchung gefunden“, ratterte Renie herunter.

„Das hilft uns nicht weiter“, stellte Simon fest. „Was gibt es zu dem auf wundersame Weise wieder aufgetauchten Hund zu sagen?“

„Spaziergänger haben ihn neben der Straße gefunden. Deverils Anwesen in St. Agnes, einem Kaff ein bisschen westlich von Newquay, ist nur vielleicht zweihundert Meter weg. Das Tier machte einen gepflegten Eindruck, ist also mit Sicherheit nicht ein paar Tage allein durch die Gegend gestrolcht. So ein kleiner Yorkie wäre wahrscheinlich auch gar nicht allein überlebensfähig, schätze ich. Gesehen hat kein Mensch was. Was Brown nicht ganz ins Konzept passt, ist dass es in Deverils Haus keinerlei Spuren von Guinevere gibt, aber er erklärt das so, dass er sie woanders versteckt hatte."

„Um sie dann extra in die Nähe seines eigenen Hauses zu bringen, bevor er sie freiließ? Wo soll da die Logik dahinter sein?" John schüttelte den Kopf.

Simon fuhr sich über die Stirn. „Ja, man muss wirklich sagen, die Ermittlungsarbeit der hiesigen Polizei ist sehr … eigen."

Renie schnaubte. „Eigen, hah. Wenn du mich fragst, kriegt bei den Ordnungshütern hier der Spruch ‚Dümmer, als die Polizei erlaubt' eine ganz neue Bedeutung."

Kapitel 15

„Halten wir uns nicht damit auf, die Defizite der hiesigen Polizei zu beklagen. Wenn wir Isabel helfen wollen, die Unschuld von Ken Deveril zu beweisen, müssen wir tiefgründiger forschen als das bis jetzt offenbar getan worden ist“, meldete sich Johns Vater zu Wort.

„Du hast recht, James“, stimmte Pauline ihm zu. Sie rief ihre Liste offener Fragen auf. „Renie, was ist eigentlich über das Opfer bekannt? Familienverhältnisse, finanzielle Situation, Erben? Und wusste Harvey von seiner tödlichen Krankheit?“

„Er war geschieden, schon ziemlich lange. Ich glaube, siebzehn Jahre oder so. Die Exfrau lebt mit ihrem neuen Mann in Manchester. Soweit ich das verstanden habe, hatten sie seit der Scheidung keinen Kontakt. Der Sohn, Percy, ist Mitte dreißig. Er ist schon früh zuhause ausgezogen, weil er eine Koch-Ausbildung in, warte mal, Exeter gemacht hat. Danach ist er auf der ganzen Welt herumgetingelt und hat vor einiger Zeit hier in Newquay eine Stelle als Küchenchef im Yakito’s gekriegt –“

„Yakito’s? Da wollte ich ohnehin diese Woche einmal hingehen“, warf Simon ein. „Aaron, mein Bekannter vom Golfen, hat es mir empfohlen. Sehr gute Fusion-Küche, sagt er.“

„Aha. Wie auch immer. Dass der Sohn in der ganzen Zeit, in der er hier lebt, je im Dorf aufgetaucht wäre, um seinen Vater zu besuchen, glaubt Constable Elliott nicht. Und wie wir ja wissen, hat der sein Ohr am Puls der Zeit. Oder vielmehr parkt er seinen Hintern die meiste Zeit im Dorfpub, dem Hotspot der Informationen in Tintagel“, sagte Renie spöttisch.

„Ist Percy Reynolds der Erbe?“, wollte Simon wissen.

„Bis jetzt ist kein Testament aufgetaucht. Falls das so bleibt, dürfte Harveys Besitz an den Sohn fallen. Sonstige nähere Verwandte gibt es nicht und eine Freundin oder so etwas hatte Harvey auch nicht. Seine Hunde waren ihm offenbar seine liebsten Begleiter.“

Simons Augen leuchteten auf. „Aha. Dann hätten wir doch einen vielversprechenden Verdächtigen: den Sohn.“

Renie winkte ab. „Viel ist bei Harvey nicht zu holen. Er kam über die Runden, aber reich war er nicht. Er hat schon mit knapp über fünfzig aufgehört zu arbeiten, weil die *Great Western Railway* seinen Posten als Fahrdienstleiter wegrationalisiert hat. Klar hat er etwas Geld bekommen, als er gegangen ist, aber auf Dauer hätte es nicht zum Leben gereicht. Er konnte aber vom Erbe seines Vaters zehren, der ein wohlbestallter Schulleiter war. Wenn man Constable Elliott glauben darf, hätte Harvey bis ins hohe Alter komfortabel von dem Vermögen leben können, aber er hat Unsummen für seinen Spleen ausgegeben, die Suche nach dem Gral. Stand Jetzt hatte er gerade mal neuntausend Pfund auf seinem Konto und dazu ein altes Häuschen, das einiger Reparaturen bedurft hätte. Ob sich dafür ein Mord lohnt – keine Ahnung."

„Aber die Hundezucht? Er war doch offenbar recht erfolgreich? Diese Guinevere und die anderen Hunde müssen doch einiges wert sein?", wandte Simon ein.

Renie zuckte mit den Schultern. „Dazu müssten wir einen Experten fragen, vielleicht Tante Isabel. Ich kann mir aber nicht vorstellen, dass da bei einem Verkauf mehr als ein paar tausend Pfund herauskommen. Sicher hatte Harvey eine ganze Sammlung an Pokalen und Schleifen, aber soweit ich weiß, hat keiner seiner Hunde je bei einer der ganz großen Schauen wie Windsor oder Crufts gewonnen."

„Und diese Gralsrittertagungen? Könnte es sein, dass er damit etwas verdient hat?" Simon blieb hartnäckig.

„Pff, keine Ahnung. Aber ich wollte mich sowieso mit diesem Kompagnon unterhalten, mit dem er das Ganze organisiert hat. Dazu bin ich bis jetzt nicht gekommen."

„Tu das", nickte Simon. „Aber zurück zu dem Herrn Sohn: Hat die Polizei denn wenigstens mit ihm gesprochen? Sein Alibi geprüft?"

„Soweit ich mich erinnern kann, steht in den Berichten, dass Percy Samstagnacht bis zwei Uhr im Lokal war. Den Kelch kann er Harvey also nicht in die Höhle gestellt haben. Ob er was mit der Hundeentführung zu tun hat, wurde glaube ich nicht geprüft. Oder wartet mal …" Sie tippte auf ihrem Smartphone herum und rief eine Datei auf. „Ah ja, da haben wir es. Guinevere muss am Freitag Abend entführt worden sein, während Harvey bei einer Besprechung zur Vorbereitung des Gralsrittersymposiums im Tagungshotel war. Er hat bei Constable Elliott zu Protokoll gegeben, dass Guinevere nicht mehr da war, als er gegen zehn heimkam. Am Freitag Abend war Percy aber auch im Lokal – scheinbar ist der einzige Ruhetag in dem Lokal der Montag – und deswegen kann er auch nicht der Entführer sein."

„Ich will trotzdem, dass sich jemand von uns den Mann ansieht. Es ist wirklich ärgerlich, dass ich das nicht selbst in die Hand nehmen kann“, grollte Simon. „Renie, kannst du den Mann vielleicht für ein Interview gewinnen?“

Sie schüttelte den Kopf. „Ich habe heute schon kurz mit ihm telefoniert, aber er hat total abgeblockt. Mit sensationshungrigen Presseleuten will er nicht reden, sagt er.“ Sie stand auf und holte sich eine Flasche Wasser, die sie gleich zur Hälfte austrank.

„Irgendwie habe ich das Gefühl, dass ich mir den ganzen Tag lang den Mund fusselig rede. Erst auf der Messe, dann bei der Polizei und bei euch gehts munter weiter. Mann, Urlaub ist das hier echt nicht.“ Sie ließ sich wieder auf ihren Stuhl plumpsen und sah in die Runde.

„Was wolltet ihr noch wissen? Mir dreht sich irgendwie schon der Kopf.“

„Wusste Harvey Bescheid über seine Diagnose?“, wiederholte Pauline ihre Frage von vorhin.

„Ach so, ja. Ja, sein Hausarzt hatte es ihm vorige Woche gesagt. Im Dorf wusste aber kein Mensch davon, also hat Harvey sich wohl niemandem anvertraut.“

„Die Theorie, dass es gar kein Mord war, sondern der arme Mann sich aus Verzweiflung umgebracht hat, ist bisher nicht widerlegt, oder doch?“, erkundigte sich James.

Renie hielt einen Moment inne. „So wie ich das sehe, gibt es bis jetzt keinen Beweis dafür, dass Harvey nicht freiwillig abgetreten ist. Nach allem, was ich über ihn gehört habe, hätte das dramatische Flair – der Kelch, Merlins Höhle – auch zu ihm gepasst. Und natürlich war er in einer emotionalen Ausnahmesituation.“

In James’ Gesicht trat ein hoffnungsvoller Ausdruck, der jedoch schnell wieder verschwand.

„Erst beschwert er sich beim Messeleiter wegen der Platzierung am Ring und dann geht er wenig später los und bringt sich um? Nein, also das kann ich mir beim besten Willen nicht vorstellen“, meldete Annie sich zu Wort, die bis dahin schweigend gelauscht hatte.

„Vorausgesetzt, es stimmt, was Deveril über den Inhalt des Telefonats gesagt hat – Moment mal, stopp.“ Simon hob die Hand wie ein Schutzmann an einer Kreuzung. Dann sprang er auf und wischte mit schnellen Bewegungen die Tafel sauber.

„Dass ich das nicht vorher schon gecheckt habe“, murmelte er grimmig vor sich hin. „Es rächt sich eben immer, wenn man keine Zeitlinie festhält.“

Er malte einen langen horizontalen Strich in die Mitte der Tafel.

„Okay, halten wir uns nochmal den zeitlichen Ablauf vor Augen." Er beschriftete das linke Ende mit *‚Freitag Abend: R.'s Hund wird entführt'*. „Wissen wir etwas über Deverils Bewegungen am Freitag Abend?"

„Da waren wir noch gar nicht hier. Tante Isabel und Pauline waren in Schottland, Renie in London und der Rest der Familie war in Salisbury", sagte John. „Also, nein, wir wissen nicht, was Ken Deveril da gemacht hat."

„Dann müssen wir das herausfinden. Gut. Am Samstag geht Reynolds zu Constable Elliott und meldet das Verschwinden des Tiers. Er äußert auch den Verdacht, dass der Hund entführt worden wäre, findet aber bei der Polizei wenig Glauben. Von dem Erpresserbrief, der am selben Tag in Newquay eingeworfen wird, weiß zu diesem Zeitpunkt noch niemand. Wie Reynolds den Rest des Tages verbracht hat, darüber liegen uns keine Informationen vor. Irgendwann zwischen, sagen wir halb zehn und halb zwei in der Nacht, macht er sich aus derzeit unbekannten Gründen zu Merlins Höhle auf. Zuvor telefoniert er noch – womit überhaupt, Renie: Festnetz oder Handy?"

„Festnetz"

„Also ist er um kurz nach neun noch zu Hause, als Ken Deveril ihn anruft. Jetzt stellen wir uns die Situation vor: Reynolds sorgt sich um seinen seit rund vierundzwanzig Stunden verschwundenen Lieblingshund, den er auf der Messe vorführen will. Dann ruft der Ausstellungsleiter an. Reynolds würde ihm doch wohl sofort davon erzählen, oder nicht? Er würde sich nicht in aller Seelenruhe über einen Platzwechsel am Ring unterhalten."

„Wohl nicht", stimmte James ihm betreten zu. „Das heißt also, dass Deveril gelogen hat?"

„So sieht es aus. Jemand muss dringend mit ihm sprechen und versuchen, das aufzuklären. Wollte Tante Isabel Deveril nicht in der U-Haft besuchen?"

Renie nickte. „Das hat sie gesagt. Wo ist sie eigentlich? Wieder auf der Messe?"

Während Simon weiter an seiner Zeitleiste zeichnete, erklärte John seiner Nichte schnell, dass Isabel kommissarisch das Amt der Messeleitung übernommen hatte, mit Maggie als Assistentin.

Renie schnaubte. „Na, besser Mum als ich. Das Arbeitsklima wäre sonst ziemlich angespannt gewesen. Tante Isabel ist wirklich eine

Wahnsinnsfrau, aber wenn sie dich auf dem Kieker hat, dann gnade dir Gott." Sie nahm einen weiteren tiefen Zug aus der Wasserflasche.

„Ich glaube, wenn die Schotten sie als Erste Ministerin gehabt hätten, dann wären sie schon unabhängig. Und David Cameron hätte sich wahrscheinlich unter einem Sofa in Downing Street No. 10 versteckt, wenn sie ihren Besuch angekündigt hätte." Sie kicherte.

James lächelte versonnen. „Ja, sie ist auch in ihrem hohen Alter immer noch eine kraftvolle Persönlichkeit. Ich durfte es als Junge – wie alt werde ich gewesen sein, vielleicht elf oder zwölf – einmal erleben, wie sie eine Rede in Inverness hielt –"

Simon klopfte energisch auf die Tafel. „Ich bitte um etwas mehr Disziplin. Sentimentale Geschichten, politische Meinungsäußerungen und sonstige nicht zum Thema gehörige Gesprächsbeiträge halten uns nur auf." Er warf einen scharfen Blick in die Runde und wandte sich dann wieder zur Tafel.

„Zurück zum Samstag. Wissen wir über Deverils Tagesablauf etwas?"

„Er hat uns am Flughafen abgeholt, kurz nach Mittag", sagte Pauline. „Dann hat er ein paar Stunden mit uns verbracht und sich erst verabschiedet, als die anderen ankamen. Was er danach gemacht hat, weiß ich nicht. Am Sonntag hat er dann Tante Isabel um zehn hier abgeholt und war bis nachmittags mit ihr zu verschiedenen alten Bekannten unterwegs. Abends hat Isabel mit ihm telefoniert, um ihm das von Reynolds zu erzählen und ihn zu bitten, eine Suchmannschaft für Guinevere auf die Beine zu stellen."

„Da haben wir ja noch große Lücken im Ablauf. Was hat er der Polizei gesagt, wo er jeweils war, Renie?", fragte Simon.

„Freitag und Samstag Abend hatte er jeweils noch Besprechungen mit Leuten, die am Messeaufbau beteiligt waren. Aber nur bis acht oder neun Uhr, soweit ich mich erinnern kann. Danach wäre er zu Hause gewesen. Allein. Es gibt wohl niemanden, der das bestätigen kann. Oder zumindest hat die Polizei bisher keinen Zeugen aufgetrieben. Kann natürlich gut sein, dass sie auch nicht besonders intensiv danach gesucht haben."

„Hm. Einem möglichen Alibi sollten wir dringend nachgehen. Jemand sollte nach St. Agnes fahren. Wie wir das managen, überlegen wir uns später. Weiter mit den zeitlichen Meilensteinen: Am Sonntag Mittag, nach dem Ablaufen der Flut, findet ihr die Leiche und die Ermittlungen – wenn man sie so bezeichnen kann – beginnen. Am

Montag startet die Messe, wo auch Deveril als Hauptverantwortlicher den ganzen Tag verbringt. Der Tierschutzaktivist Jake Foster bringt Unruhe in die Ausstellungseröffnung und behauptet hinterher Renie gegenüber, dass er mit Reynolds in Kontakt gewesen sei und dieser gravierende Anschuldigungen gegen Richter und Züchterkollegen geäußert hätte. Wann, sagte Foster, hätte das Gespräch zwischen ihm und Reynolds stattgefunden?“

„Wenn ich es richtig im Kopf habe, am Freitag Nachmittag. Sie hatten zuvor schon telefoniert und dann haben sie sich getroffen.“

„Wie genau kam es zu dem Kontakt zwischen den beiden?“, fragte Simon.

„Harvey hatte Anfang letzter Woche bei der Tierschutzorganisation, bei der Jake Mitglied ist, angerufen. Er hätte brisante Informationen, sagte er. Da Jakes Schwester hier in der Nähe wohnt und er dort übernachten kann, haben sie ihn hergeschickt.“

„Gibt es Beweise für das Gespräch? Tonaufzeichnungen, irgendwas?“

Renie verschränkte die Arme und ihre Unterlippe schob sich kampfeslustig nach vorn. „Was soll das heißen? Willst du etwa behaupten, Jake hätte sich das alles nur ausgedacht? Das ist Bullshit. Der Junge ist ein ehrlicher Kerl mit einem ernstzunehmenden Anliegen. Ich bewundere ihn für seinen Mut, für die Rechte der Tiere einzustehen, selbst wenn er sich durch seine Aktionen Nachteile einhandelt.“

„Ist er etwa vorbestraft?“, kam es sofort von Simon.

„Was soll die Frage?“, erregte sich Renie. „Du willst ihn ja bloß in eine Schublade stecken. So von wegen: Einem Straftäter kann man sowieso nicht über den Weg trauen. Das ist es doch, was du sagen willst, oder etwa nicht? Oh, dieses kleinbürgerliche Weltbild finde ich so zum Kotzen!“

„Renie-Kind, bitte.“ James tätschelte ihr mit einem nachsichtigen Lächeln den Arm. „Du musst wirklich lernen, dein Temperament ein wenig zu zügeln.“

Sie biss sich auf die Lippe. „Tut mir leid, Grandpa.“ Nach einem Moment des Schweigens brach es aus ihr heraus, „Ja, also gut, er hat schon ein paar Anzeigen gekriegt. Waren aber alles Kleinigkeiten“, beeilte sie sich, hinzuzusetzen. „Sachbeschädigung, Beleidigung, so Zeug. Und alles im Dienst der guten Sache, das darf man nicht vergessen.“

„Ich werde mit dir jetzt keine Diskussion über die Frage führen: Heiligt der Zweck die Mittel?“, beschied Simon ihr. „Unsere Sichtweisen darüber dürften reichlich konträr sein, aber das bringt uns jetzt und hier nicht weiter. Gibt es nun handfeste Belege für Reynolds' Aussagen?“

„Nein, verflixt. Die gibt es nicht. Keine Tonaufzeichnung, keine schriftlichen Unterlagen. Harvey hat zu Jake gesagt, er will erst noch den Verlauf der Messe abwarten. Hinterher wollte er Beweise auf den Tisch legen, für alle seine Vorwürfe gegen den Zuchtverband und seine Mitglieder. Sagt zumindest Jake und warum sollte er sich das aus den Fingern saugen?“

„Über mögliche Gründe für so ein Verhalten möchte ich jetzt nicht spekulieren“, entgegnete Simon. „Ich wünsche, dass John sich den Knaben ansieht, am besten gleich morgen. Er ist hoffentlich noch in der Gegend?“

Renie nickte schmollend.

„Gut, dann wirst du den Kontakt herstellen und mit John da hingehen. Lasst uns nun noch schnell die Zeitleiste zu Ende führen. Am Dienstag taucht der Erpresserbrief auf, ebenso der verschwundene Hund. Deveril wird verhaftet. Weiß jemand noch etwas, was ergänzt werden müsste?“

„Ich habe heute früh, bevor die Polizei ihren großen Auftritt hatte, noch mit einigen Züchtern geredet“, meinte Renie und gähnte herzhaft. „Aber die mauern, was das Zeug hält. Von irgendwelchen Manipulationen will da kein Mensch je gehört haben und über Harvey Reynolds verliert auch keiner ein böses Wort. Die wissen alle, dass ich von der Presse bin. Ich kriege da nichts weiter heraus, das steht fest.“

„Auch, wenn sie sich untereinander spinnefeind ist – sobald sie einen Feind von außen wittern, werden die Schotten dichtgemacht. Das kenne ich zur Genüge“, sagte Simon mit leidgeprüfter Miene. „Auf der Messe haben wir morgen erstmal Isabel, Maggie, David und Annie im Einsatz. Je nachdem, was sie herausfinden, müssen wir weiterplanen. James und Pauline werden auf die Gralsritterversammlung gehen. Für John stehen Jake Foster und nach Möglichkeit Percy Reynolds auf dem Plan. Wie wir da ein Gespräch arrangieren, müssen wir uns noch überlegen.“

John stellte die Schüssel mit dem kleingeschnittenen Huhn in den Kühlschrank und spülte das Schneidbrett sorgfältig ab. „Wie wäre es, wenn Isabel ihm einen Kondolenzbesuch abstattet, im Namen des Hundezuchtverbandes? Ich könnte sie begleiten."

Simon überlegte kurz und nickte dann. „Das versuchen wir. Ich werde nachher gleich mal mit ihr darüber sprechen."

Pauline hatte ihre Aufzeichnungen studiert. „Was ist mit dem Kelch? Weiß die Polizei schon Näheres darüber?"

Renie schüttelte müde den Kopf. „Es gibt offensichtlich ein Kompetenzgerangel. Bis jetzt ist keine Entscheidung gefallen, welcher von den ‚Experten' das Ding in Augenschein nehmen darf. Die Qualifikation der meisten Leute, die der Polizei die Bude einrennen, ist ziemlich fraglich. Und das Honorar für einen richtigen Spezialisten von einem Museum oder so lässt sich der hiesige Commissioner offenbar nicht aus den Rippen leiern –"

Von Simon war ein Stöhnen zu hören. „Es ist doch überall das Gleiche! Ausgabendisziplin nennen sie das. Ohne Rücksicht auf Verluste. Es ist wirklich eine einzige Katastrophe –"

John, dem die Wehklagen seines Cousins sattsam zum Hals heraushingen, räusperte sich vernehmlich.

„Ich wüsste eine namhafte Expertin, die bestimmt auch ohne großes Honorar eine Einschätzung abgeben würde, wenn ich sie darum bitte. Dr. Claire Mohani vom London Museum –"

Zu spät bemerkte er, dass Paulines Gesichtsausdruck sich blitzartig in den eines Stieres verwandelt hatte, dem mit einem aufreizenden roten Tuch vor der Nase herumgewedelt wurde. Halb erwartete John, sie würde gleich mit den Hufen scharren. Er verstummte furchtsam.

„Ach was, die attraktive Ms. Mohani, Beauty-Queen unter den Archäologen?", bemerkte sie spitz. „Die, mit der du so gern im Themsebett herumwühlst? Die, von der du dich zu so kindischen Aktionen hinreißen hast lassen, wie mit deinem frisch operierten Knie lustig um die Wette zu laufen?"

John schluckte und wand sich unbehaglich unter den amüsierten Blicken der anderen.

Rettung nahte aus unerwarteter Richtung.

„Ja, es ist bemerkenswert, dass gerade Frauen, die ebenso klug wie schön sind, eine Schwäche für unseren John hier haben", äußerte Simon mit einem Lächeln. „Du selbst bist das beste Beispiel dafür, Pauline."

Sie blickte geschmeichelt drein und ließ das Thema Claire Mohani fallen. John atmete erleichtert auf.

„Ich selbst bin sicher keine Spezialistin, aber ich habe für mein Artus-Projekt ein ziemlich umfangreiches Dossier über den Heiligen Gral zusammengestellt“, sagte sie deutlich friedfertiger. „Vielleicht hilft uns das ein kleines Bisschen, das fragliche Objekt einzuordnen.“

„Das ist ja super“, meinte Renie und wurde wieder ein wenig lebendiger. „Ich habe auf dem Handy einen Haufen Aufnahmen von dem Ding. Vielleicht kann man damit mehr anfangen als mit dem Bild, das in der Zeitung war.“ Sie scrollte durch ihre Fotodateien. „Pass auf, ich schicke dir alles, was ich habe, dann können wir uns die Bilder auf dem Laptop anschauen.“

Gleich darauf scharten sich alle um den Bildschirm.

„Genau so habe ich mir den Gral immer vorgestellt“, kommentierte Annie als erste. „Wie ein Abendmahlskelch in der Kirche.“

„Das ist das Bild, das die meisten von uns damit verbinden“, bestätigte Pauline. „In den verschiedenen Überlieferungen der Sage wird mal von einem Stein gesprochen, mal von einer Schale, mal von einem Kelch. Und daneben gibt es natürlich noch die Interpretation, dass es in Wirklichkeit gar nicht um ein Gefäß geht, sondern um –“

„*Sang real*, das königliche Blut!“, rief Annie aus. „Der ‚Da Vinci-Code‘. Wo Tom Hanks am Schluss rausfindet, dass Audrey Tautou in Wirklichkeit der Gral ist, ein Abkömmling von Jesus. Toller Film.“

„Finde ich auch“, sagte Pauline. „Dan Brown greift da die Idee der *Prieuré de Sion* auf. Eine geheime Gesellschaft, welche die Hüterin der Stammlinie ist, die aus der Verbindung von Jesus und Maria Magdalena entsprungen ist. Die Geschichte finde ich ganz witzig, weil sich bis heute Verschwörungstheoretiker darauf beziehen. Wie heißt noch einer der Workshops auf dem Gralsrittertreffen morgen? ‚Lady Di: Hat der Fluch des Heiligen Blutes ihr den Tod gebracht?‘.“

„Ich habe mich schon gefragt, was das für ein abstruses Thema sein soll“, warf James ein.

„Es gibt tatsächlich Leute, die ernsthaft behaupten, das gallisch-germanische Königsgeschlecht der Merowinger könnte seinen Stammbaum bis zu Jesus und Maria Magdalena zurückverfolgen und Lady Diana wäre ein Abkömmling aus just dieser Dynastie gewesen“, erklärte Pauline. „Dazu passt natürlich wie die Faust aufs Auge, dass der Tunnel, in dem Diana in Paris gestorben ist, genau an einer alten Begräbnisstätte der Merowinger liegt. Und schon wittern manche ein düsteres Komplott hinter ihrem Tod. Aber jetzt kommt es: Die ganze *Prieuré de Sion*- Geschichte und die angebliche Abstammung der

Merowinger – alles von A bis Z frei erfunden. Ein Franzose, der sich wichtigmachen wollte, hat vor ungefähr fünfzig Jahren Dokumente gefälscht, die das Ganze belegen sollten. Und obwohl er später entlarvt worden ist, gibt es immer noch Menschen, die den ganzen Zinnober für bare Münze nehmen."

„Das ist die gleiche Sorte Spinner wie die, die Kondensstreifen am Himmel für außerirdische Botschaften halten oder für Gift, mit dem böse Mächte in unser Bewusstsein dringen und uns kontrollieren wollen", spottete Simon. „Das ist ja alles sehr interessant, Pauline, aber wir sollten doch zurück zu unserem ominösen Gefäß kommen."

„Natürlich. Er ähnelt vom Aufbau grob den beiden bekanntesten Artefakten, die als ‚Gral' bezeichnet werden. Beide stehen in Spanien. Hier haben wir den *Santo Cáliz*, den sogenannten Heiligen Kelch, der in der Kathedrale von Valencia aufbewahrt wird." Pauline zeigte auf ein Foto, das sie in ihr Dossier eingebaut hatte. „Unten sehen wir einen runden Fuß, auf dem eine Art Tragegestell aus Gold mit wertvollen Verzierungen sitzt. Darin eingelassen ist so etwas wie eine Müslischale aus einem farbigen Halbedelstein, genauer gesagt Achat."

„Das glaubt doch kein Mensch, dass unsere Vorfahren vor zweitausend Jahren so etwas Prunkvolles geschaffen haben sollen", meinte Renie skeptisch. „So ein protziges Teil passt vielleicht zu späteren Kirchenfürsten, aber doch nicht zu den Anfängen des Christentums. Hey, wie heißt es schon bei ‚Indiana Jones und der letzte Kreuzzug': Die einfache Schale eines Zimmermanns muss es sein."

Pauline grinste. „Nicht, dass Hollywood immer recht hätte, aber der Gedanke liegt tatsächlich nahe. Beim *Santo Cáliz* weiß man, dass das ganze Drumherum aus Gold und Edelsteinen aus dem Mittelalter stammt. Aber es gibt in dem Steinfuß eine Inschrift, von der man lange versucht hat, sie zu entziffern. Der neueste Stand der Forschung sagt nun, dass es sich um arabische Schriftzeichen handelt, die den Trinkbecher als *‚lapis exillis'* ausweisen, sozusagen der Stein, der vom Himmel oder von den Sternen gekommen ist. Und exakt so bezeichnet interessanterweise Wolfram von Eschenbach schon im zwölften Jahrhundert in seinem Epos ‚Parzival' den Gral. Das wird als erster Hinweis auf die Echtheit dieses Kelchs gewertet. Aber das wirklich Entscheidende ist die Steinschale oben: Sie stammt nachweislich aus der Zeit kurz vor Jesu Geburt. Ich erspare euch jetzt die Details, aber es existiert zumindest sehr viel Forschung, die den Weg dieser Schale von Jerusalem über Rom und die Pyrenäen nachverfolgt hat. Es gibt eine ganze Reihe von ernstzunehmenden Leuten, die sagen: Das ist das Behältnis, das beim letzten Abendmahl verwendet wurde.“

Renie musterte die rötlich-braun gemaserte Schale kritisch. „Oder es ist ein genialer Coup des Tourismusvereins in Valencia, um Pilger anzulocken.“

Pauline lachte. „Auch das ist möglich. Die katholische Kirche führt den Kelch zwar nicht im offiziellen Verzeichnis ihrer Reliquien, aber immerhin haben schon zwei Päpste mit ihm die Heilige Messe gefeiert. Er genießt also eine gewisse Wertschätzung in der Kirche. Aber natürlich gibt es außer diesem Gefäß noch eine Unzahl anderer, bei denen die jeweiligen Besitzer ebenso den Anspruch erheben, dass sie den wahren Gral darstellen.“

Auf dem Bildschirm erschien eine Fotogalerie verschiedenster Gefäße. „Hier haben wir zum Beispiel eine Achatschale, die in Wien ausgestellt wird. Zu ihr gibt es die Legende, dass sie verwendet wurde, um das Blut von Jesus am Kreuz aufzufangen. Dieselbe Geschichte gibt es zu einem Onyxschälchen, das vor ein paar Jahren auf einem Dachboden in Wales aufgetaucht ist. Dann gibt es auch noch dies hier.“ Sie zeigte auf ein Foto, auf dem der recht unansehnliche Rest einer zerbrochenen Holzschale zu sehen war.

Simon beugte sich nach vorn. „Das ist der Nanteos Cup.“

Pauline nickte.

„Darüber habe ich doch gelesen. Wurde der nicht gestohlen?“, überlegte Johns Vater.

„So ist es“, bestätigte Simon. „Letzten Sommer. Die Polizei in Herefordshire hat sich da nicht gerade mit Ruhm bekleckert. Kurz nach dem Diebstahl gab es einen anonymen Hinweis auf ein Pub in der Nähe. Eine ganze Einheit umzingelte das Gebäude, enterte unter großen Sicherheitsvorkehrungen und kehrte das Unterste zuoberst. Zutage kam: Eine hölzerne Salatschüssel.“

Gelächter brach aus.

„Was belegt, dass die Britische Polizei nicht nur in Cornwall ermittlungstechnischen Nachholbedarf hat“, kommentierte Renie.

„Sagen wir mal, bei der Qualitätssicherung der Arbeit ist mancherorts noch Luft nach oben“, stimmte Simon ihr zu. „Tatsache ist, dass der Nanteos Cup bis heute nicht wieder aufgetaucht ist. Ich habe gehört, dass man jetzt daran denkt, in der BBC auf ‚*Crime*

Watch' einen Aufruf an die Bevölkerung zu starten. Vielleicht kommen dann ja wieder ein paar Hinweise."

„Wie kommen die Besitzer eigentlich darauf, dass das der Heilige Gral sein soll?", fragte Annie neugierig. „Besonders beeindruckend sieht die Scherbe ja nicht aus."

„Es gibt da eine Familienlegende, die zurück auf Josef von Arimathäa geht", führte Pauline aus. „Er war derjenige Jünger, der sein Grab für die Beisetzung von Jesus zur Verfügung stellte. Und auch derjenige, der dann verhaftet wurde, als der Leichnam nach der Auferstehung aus dem Grab verschwunden war. Man sagt, dass er nach seiner Entlassung aus dem Gefängnis nach England gegangen wäre und zwar mitsamt dem Gral. Hier soll er die erste Kirche gegründet haben, und zwar genau in Glastonbury. Nachdem Henry VIII im 16. Jahrhundert alle Klöster zerstören ließ, sollen einige Mönche den Gral zur Sicherheit weggebracht haben. So soll er über einige Umwege zur heutigen Besitzersfamilie gelangt sein."

„Aha. Na, ich weiß nicht. Das klingt mir alles ein wenig weit hergeholt", meinte Annie.

„Das ist noch gar nichts", entgegnete Pauline. „Es gibt noch viel verrücktere Geschichten. Unter anderem einen italienischen Mathematiker, der davon überzeugt ist, der Gral wäre in Island versteckt. Dafür hätte er Beweise in Dantes ‚Göttlicher Komödie' gefunden, sagt er. Er hat ein mehrjähriges Projekt laufen und veranstaltet dort im Hochland eine systematische Suche."

Renie schlug sich an die Stirn. „Oh Mann. Es gäbe doch wirklich drängendere Probleme auf der Welt, auf die man seine Ressourcen verwenden sollte."

„Auf jeden Fall zeigt so eine Geschichte, dass die Suche nach dem Gral bis heute eine große Anziehungskraft und Faszination auf viele Leute ausübt. Harvey Reynolds war bei weitem nicht der Einzige, der Zeit und Geld in seine Mission gesteckt hat, dieses Ding zu finden", bemerkte John.

„Genau. Bis heute kann man sich sicher sein, dass man in die Medien kommt, wenn man einen neuen Gegenstand aufgetan hat, der der Gral sein könnte. Es gibt heute weit über hundert Töpfchen, Tiegel, Schalen, Steine und was weiß ich noch, von denen mit den kuriosesten Begründungen behauptet wird, sie wären der wahre Heilige Gral. Jetzt schauen wir mal, ob Harveys Kelch auch ein

Kandidat dafür sein könnte." Pauline studierte noch einmal Renies Fotos.

„Hm. Die steinerne Schale im oberen Teil könnte auf den ersten Blick durchaus aus Achat bestehen. Das wäre zumindest schon mal aus wissenschaftlicher Sicht das naheliegendste Material für das Trinkgefäß. Ob das Gestell, das die Schale fasst, und der Fuß aus echtem Gold sind, kann ich nicht beurteilen. Aber die Verarbeitung sieht hochwertig aus. Also: Wer auch immer Harvey das Ding hingestellt hat – wenn er es denn nicht selber war – hat sich auf jeden Fall erhebliche Mühe gemacht, den Gifttrank in etwas auf den ersten Blick Authentisches zu füllen."

Kapitel 16

„Dass du dich heute früh schon wieder so vollstopfen kannst, wundert mich.“ Annie verfolgte kopfschüttelnd, wie David sich in rasender Geschwindigkeit eine zweite Portion Rührei einverleibte. „Du hast gestern Abend pfundweise Curry in dich reingeschaufelt.“ Als Antwort kam lediglich ein Grunzen von David.

Sie wandte sich an John. „Es hat wirklich großartig geschmeckt. Du musst mir unbedingt die Rezepte geben. Vor allem das Huhn mit Banane und Kokos fand ich superlecker.“

„Mir hat das mit Cashewnüssen besser geschmeckt“, brachte David mit vollem Mund hervor.

Annie betrachtete ihn stirnrunzelnd. „Das war nicht zu übersehen. Du hast ja förmlich den Wok ausgeschleckt am Ende. Und trotzdem hast du hinterher noch ein Dutzend Cookies verdrückt.“ Sie klopfte auf Davids Bauch. „Ich glaube, zuhause muss ich dich auf Diät setzen.“

Christopher sah von seinem Pancake auf. „Wenn wir jetzt dann unseren Hund kriegen, hat Daddy viel mehr Bewegung. Nicht wahr, Daddy? Dann bist du gleich nicht mehr so mopsig.“

Im allgemeinen Gelächter meinte David empört, „Also erstens bin ich nicht mopsig – was soll das überhaupt für ein Wort sein? – und zweitens ist die Sache mit dem Hund überhaupt noch nicht spruchreif –“

Die Küchentür öffnete sich und Emmeline und James kamen herein. „Guten Morgen“, flötete Johns Mutter. „Oh, ihr seid ja noch alle da, wie schön. Es freut mich, wenn ich meine Familie wenigstens kurz begrüßen kann, bevor Frau General den Marschbefehl für die Aktion ‚Befreit meinen jungen Verehrer‘ gibt.“

Tante Isabel verdrehte die Augen und klopfte vernehmlich mit ihrer Krücke auf den Boden. „John, wir fahren jetzt. Wir müssen zu unserem Termin mit Percy Reynolds.“ Sie stand auf. „Maggie, wenn wir zurück sind, geht es gleich weiter zur Messe. Halte dich bereit. David und Annie, ihr auch.“

John würgte noch schnell den letzten Rest seines Bagels hinunter, gab Pauline einen Kuss und fand sich gleich darauf am Steuer von Renies Mini Cooper wieder. Während er vorsichtig ausparkte, stellte Isabel erstaunlich professionell das Navigationssystem ein, das sie am

Zentrum von Newquay vorbei zum entgegengesetzten Ortsrand lotsen sollte.

„Du fährst ja wie eine alte Oma“, nörgelte Isabel nach kaum hundert Metern.

„Aber es ist auch reichlich eng hier, wenn links und rechts alles zugeparkt ist“, protestierte er und bremste gleich darauf scharf, als ein Mann im Surfanzug, das Brett geschultert, zwischen zwei Autos heraussprang und Richtung Meer trabte.

„Pass gefälligst besser auf, du Blindgänger!“, rief Isabel ihm gereizt nach.

John war froh, dass die Autofenster geschlossen waren und fuhr noch langsamer weiter, in steter Furcht, einen Seitenspiegel einzubüßen. Isabel trommelte ungeduldig mit den Fingern auf die Mittelkonsole.

„Wir haben noch eine Menge Zeit“, meinte er in beruhigendem Ton. „Wir sind ja sehr zeitig losgefahren.“

„Das lag an deiner Mutter. Ich sage dir, ich kenne die Frau jetzt seit einem halben Jahrhundert, aber sie treibt mich immer noch zur Raserei.“ Sie verstummte und sah zum Seitenfenster hinaus, bis sie die Reihenhaussiedlung erreicht hatten, in der Percy Reynolds wohnte.

Nun war John froh, mit dem kompakten Mini unterwegs zu sein, da er den Bus nie und nimmer in eine der winzigen Parklücken hätte quetschen können. Um fünf vor acht standen sie vor einer hellgrün gestrichenen Tür. Auf ihr Klingeln öffnete ein adrett gekleideter, hochgewachsener Mann mit dunklem Haar. John wusste von Renie, dass Harvey Reynolds’ Sohn ungefähr Mitte Dreißig war, hätte ihn jedoch für älter gehalten. In sein Gesicht hatten sich schon etliche Falten eingegraben. Er schaute etwas verunsichert drein.

Isabel streckte die Hand aus. „Mr. Reynolds? Ich bin Isabel Mackenzie. Dies ist mein Großneffe John, der mich dankenswerterweise hierhergefahren hat. Ich möchte Ihnen im Namen der britischen Hundezüchter mein herzliches Beileid zum Tod Ihres Vaters aussprechen.“

„Das ist wirklich sehr nett, äh, Dame Isabel. Als Ihre Assistentin Ihren Besuch gestern angekündigt hat, habe ich ihr schon gesagt, dass ich bald ins Restaurant muss, aber kommen Sie doch auf einen Sprung herein.“

„Das tun wir gern, Mr. Reynolds. Und seien Sie nicht so förmlich. Kein Mensch nennt mich Dame Isabel. Ms. Mackenzie reicht vollauf.“

„Sehr gern. Hier ist das Wohnzimmer. Bitte nehmen Sie doch Platz. Kann ich Ihnen etwas anbieten, vielleicht einen Cappuccino oder einen Espresso? Ich habe eine italienische Maschine, die zaubert Ihnen den besten Kaffee, den Sie je getrunken haben.“

Eingedenk der Tatsache, dass er einen wirklich langen Tag vor sich hatte, bat John um einen doppelten Espresso. Isabel lehnte dankend ab. Percy bereitete auch für sich selbst einen zu und setzte sich dann zu ihnen.

„Es muss sehr schwer für Sie sein, Ihren Vater so plötzlich zu verlieren“, äußerte Isabel teilnahmsvoll.

Reynolds nickte. „Ja. Es war wirklich ein Schock. Sehen Sie, wir hatten über viele Jahre hinweg kaum Kontakt. Ich bin Koch und war überall auf der Welt unterwegs zum Arbeiten. Die letzten Jahre auf Kreuzfahrtschiffen.“ Er deutete auf einige Fotos an der Wand, auf denen beeindruckende Ozeanriesen zu sehen waren.

Isabel erschauerte unwillkürlich. „Ich verstehe nicht, wie jemand so seinen Urlaub verbringen möchte. Eingepfercht wie in eine Legebatterie mit Tausenden von Leuten auf so einem Stahl-Ungetüm. Ständig umgeben von Lärm und Trubel. Grässlich.“

Reynolds schüttelte lebhaft den Kopf. „Das ist ein Vorurteil über Schiffsreisen. In Wirklichkeit finden Sie immer ein ruhiges Plätzchen, wenn Sie das möchten. Es gibt natürlich viele Unterhaltungsangebote, aber auch genügend Raum, um sich zu entspannen und einfach die Weite und die Seeluft zu genießen. Gut, für die Angestellten sieht es natürlich anders aus.“ Er lächelte gedankenverloren. „Am Anfang waren wir zu viert in Stockbetten in einer engen Kabine untergebracht, ich und drei Filippinos. Gegen Ende hatte ich mich dann in der Küchenbrigade weit genug nach oben gearbeitet, um zumindest meine fünf Quadratmeter für mich allein zu haben. Wir haben zwölf bis sechzehn Stunden täglich gearbeitet, immer fünf Monate am Stück. Und ich möchte trotzdem keinen Tag davon missen.“

„Was hat Sie so sehr daran fasziniert?“, fragte John interessiert.

„Immer unterwegs zu sein, jeden Tag etwas Neues zu sehen und zu erleben“, antwortete Reynolds. „Sonnenuntergang über dem Vesuv beim Auslaufen aus dem Hafen. Picknick mit den Passagieren auf dem ewigen Eis in Spitzbergen, umgeben von Walrössern. In Bonaire nur einen Steinwurf vom Schiff entfernt mit Papageienfischen schnorcheln. In Muscat über den Markt gehen und frische Gewürze kaufen … Die Liste könnte ich noch endlos fortsetzen. Dazu die

Kameradschaft und das internationale Flair an Bord. Und natürlich das Meer. Ich liebe das Meer über alles."

„Wenn Ihnen dieser Lebensstil so sehr zugesagt hat – darf ich fragen, warum Sie dann wieder in Ihre Heimat zurückgekehrt sind?"

Reynolds nahm einen Schluck von seinem Kaffee. „Es war einfach an der Zeit. Ich bin nicht mehr so jung, wie ich mal war. Irgendwann ist die Kraft und Energie nicht mehr da, die man für so ein Leben braucht. Auf einmal hatte ich den Wunsch, sesshaft werden. Und Newquay ist für mich der perfekte Ort. Hervorragende Gastronomie und dazu die besten Strände und die coolste Brandung direkt vor der Haustür. Was kann man sich mehr wünschen."

„Sie sind wohl auch einer von diesen leidenschaftlichen Surfern?", erkundigte sich Isabel.

Reynolds nickte lebhaft. „Ich nutze jede freie Minute, um mich auf mein Board zu schwingen. Nicht, dass ich sehr viel Freizeit hätte", setzte er bedauernd hinzu. „Ich stehe sechs Tage die Woche mindestens bis ein Uhr morgens in der Küche, am Wochenende oft noch länger."

„Das ist ein echter Knochenjob", bemerkte John.

„Für die Gastronomie muss man geboren sein", sagte Reynolds. „Wer keine Passion dafür hat, hält das nicht lange durch. Bei den jungen Leuten finden Sie heute leider kaum noch welche, die das Durchhaltevermögen dafür haben. Zumindest nicht bei den Engländern." Er schnaubte abfällig. „Das muss man sich mal vorstellen. In Cornwall liegt das durchschnittliche Pro-Kopf-Einkommen ungefähr in der Größenordnung von Rumänien oder Bulgarien. Da sollten die Leute doch froh sein um einen Job. Aber nein, heutzutage will man möglichst wenig arbeiten und dabei einen Batzen Geld verdienen. Also bleibt uns nichts anderes übrig, als wie alle anderen in der Branche auch mit Ausländern zu arbeiten. Polen, Vietnamesen, was weiß ich. Die sind fleißig, aber man muss ihnen immer auf die Finger schauen, dass auch alles hundertprozentig erledigt wird. Deswegen bin ich meistens der letzte im Lokal." Er stand auf und räumte die leeren Tassen weg.

„Na, immerhin habe ich zwischen dem Mittags- und dem Abendgeschäft normalerweise ein paar Stunden frei. Da ist es natürlich praktisch, dass unser Restaurant nur ein paar Minuten vom Fistral Beach entfernt ist."

Er holte aus einer Schale auf der Anrichte eine Visitenkarte und überreichte sie Isabel mit sichtlichem Stolz. „Wenn Sie sich einmal ein kulinarisches Highlight gönnen möchten, besuchen Sie uns doch. Das Yakito's hat zwar noch keinen Stern, aber glauben Sie mir, das ist nur eine Frage der Zeit. In den ersten Monaten, seit ich hier bin, haben wir uns trotz der starken Konkurrenz vor Ort schon einen guten Namen erarbeitet."

Auf einmal schien ihm einzufallen, warum seine Gäste hier waren. Sein Gesicht wurde ernst und er setzte sich wieder.

„Jetzt, wo ich hier bin, wollte ich die Verbindung zu meinem Vater wieder aufbauen. Der alte Haudegen hat mir doch irgendwie gefehlt. Ich denke, er hat sich gefreut, dass ich wieder zurückgekommen bin. Erst letzte Woche, am Montag, hat er mich angerufen, um mir zu meinem fünfunddreißigsten Geburtstag zu gratulieren. Und zu meiner neuen Position als Küchenchef. Das war das letzte Mal, dass wir miteinander geredet haben."

„Hat er Ihnen von seiner Krankheit erzählt?", fragte John.

„Nein. Das war gleich noch ein Schlag in die Magengrube, dass ich erst von der Polizei davon erfahren habe. Aber so war er, mein Vater. Er war kein Mann, der andere nah an sich heranließ. Für ihn waren die Ritter der Tafelrunde realere Gefährten als die Menschen um ihn herum, so verrückt das klingt." Er lachte leise auf. „Ich hatte noch Glück, dass er für mich den Namen Percival aussuchte und nicht noch Schlimmeres, wie etwa Gawain, Galahad oder Lancelot."

„Persönlich kannte ich Ihren Vater nur vom Sehen, aber ich habe von vielen Seiten gehört, dass König Artus einerseits und seine Hundezucht andererseits seine großen Leidenschaften waren", ließ Isabel einfließen.

Reynolds nickte. „Ich würde sogar sagen, dass er von beidem richtiggehend besessen war. Es war sein Lebenstraum, den Heiligen Gral zu finden. Und er hatte den Ehrgeiz, es eines Tages mit einem seiner Yorkies zu Crufts zu schaffen. Vielleicht hätte es ja mit Guinevere geklappt."

„Das ist durchaus möglich", sagte Isabel freundlich.

„Ich wollte sogar hingehen und mir seinen Auftritt auf der Hundemesse ansehen. Aber dazu kam es ja dann nicht mehr." Der junge Mann ließ den Kopf hängen.

Alle drei schwiegen einen Moment.

„Werden Sie Guinevere und die anderen Hunde zu sich nehmen?", fragte Isabel schließlich.

„Das geht nicht. Erstens erlaubt mein Vermieter keine Hunde und zweitens hätte ich nicht genügend Zeit für sie. Also werde ich sie wohl verkaufen, sobald der Nachlass geregelt ist", erklärte Reynolds. „Da fällt mir ein, ich muss das noch regeln mit der Auffangstation. Wahrscheinlich muss ich ja für die Kosten der Unterbringung aufkommen, solange die Hunde dort sind."

„Machen Sie sich darum keine Gedanken", versicherte Isabel ihm. „Die Carters sind wundervolle Leute, die sich ehrenamtlich um verwaiste Tiere kümmern. Dort sind die Hunde hervorragend versorgt, solange es nötig ist. Und für das Futter hat Ken Deveril gesorgt, der Vorstand der hiesigen Sektion des Zuchtverbands. Sie müssten also höchstens für Tierarztkosten aufkommen, falls aktuell welche anfallen sollten."

Reynolds kniff die Augen zusammen. „Deveril? Das ist doch der Mann, der verhaftet worden ist. Die Polizei sagt, er hat meinen Vater umgebracht."

„Das ist kompletter Blödsinn. Ken Deveril ist kein Mörder", begehrte Isabel auf. Gleich darauf bedauerte sie ihren Ausbruch. „Es tut mir leid, Mr. Reynolds. Ich wollte nicht laut werden. Ich … habe allerdings Zweifel an der Ermittlungsarbeit von Detective Inspektor Brown."

Percy Reynolds blickte sie skeptisch an.

„Fällt Ihnen vielleicht jemand ein, der Ihrem Vater … Böses wollte?", forschte John nach.

„Da habe ich wirklich keinen blassen Schimmer. Das habe ich auch diesem Brown schon gesagt. Dadurch, dass wir seit fast zwanzig Jahren kaum Kontakt hatten, weiß ich zu wenig über sein Leben seither. Was ich Ihnen auf jeden Fall sagen kann, ist, dass er sehr eigen war und ein unglaublicher Sturkopf. Dadurch hat er sich natürlich mehr als einmal mit jemandem überworfen, schon damals. Aber ob er jetzt irgendeinen speziellen Intimfeind hatte – keine Ahnung."

Da die Polizei in ihrer offiziellen Verlautbarung noch keine Hinweise auf die angeblichen Vorwürfe gegen Mitglieder des Zuchtverbandes gegeben hatte und auch Renie den Wahrheitsgehalt der Anschuldigungen noch überprüfen wollte, bevor sie damit an die Öffentlichkeit ging, hatte bisher keine Zeitung darüber geschrieben.

„Halten Sie es für möglich, dass er sich selbst umgebracht hat?“, fragte John.

Reynolds zuckte mit den Schultern. „Kann ich Ihnen nicht sagen. Ich weiß nur – falls zu mir mal ein Arzt sagt, dass ich bloß noch ein paar Monate vor mir habe und am Ende ein wahrscheinlich qualvoller Tod steht: Ich würde die Sache beenden, solange ich noch in der Lage dazu bin.“ Er sah auf die Uhr und stand auf. „Ich bedaure, aber ich muss jetzt ins Lokal. Ich danke Ihnen sehr für Ihren Besuch. Ich weiß es zu schätzen, dass der Zuchtverband meinen Vater in Ehren hält.“

„Darf ich Sie vielleicht zur Abschlussveranstaltung unserer Messe morgen Nachmittag einladen?“, schlug Isabel spontan vor. „Es wird ein, wie ich meine, recht kurzweiliges Programm geben und hinterher noch ein Festessen für einen kleineren Kreis. Das Ganze wird von vierzehn Uhr bis ungefähr achtzehn Uhr dauern. Wenn Sie sich frei machen könnten, würde ich mich freuen, wenn Sie unser Gast wären.“

Er zögerte kurz, dann willigte er ein.

„Sehr schön.“ Isabel lächelte erfreut. „Meine Assistentin wird sich noch mit den Details bei Ihnen melden.“

Sie verabschiedeten sich und fuhren zurück zum Ferienhaus.

„Was hältst du von Percy Reynolds?“, erkundigte sich John, während er im Schneckentempo an einem ausladenden Jeep vorbeimanövrierte, der so ungeschickt geparkt war, dass er die Fahrbahn noch mehr verengte.

„Ich weiß nicht recht. Sympathisch ist er mir nicht. Scheinbar liegt ihm überhaupt nichts an den Hunden seines Vaters.“ Sie schnaubte. „Einfach verkaufen will er sie. Und offensichtlich hat er sie noch nicht einmal besucht, um zu schauen, ob es ihnen gut geht.“ Damit war Percy Reynolds für Isabel unten durch.

„Wenn ihr nach Tintagel fahrt, setzt aber jemand anderen ans Steuer“, empfahl Isabel süffisant, bevor sie am Ferienhaus in den bereitstehenden Kleinbus umstieg. „Wenn John fährt, kommt ihr erst morgen an.“

Renie lachte herzhaft. „Keine Sorge. Ich fahre.“

John stöhnte auf. „Dann möchte ich vorher noch mein Testament machen.“

David lehnte sich aus dem Bus. „Dann hätte ich gern deine gesammelten Asterix-Hefte. Und für Christopher den Micky Maus-Wecker.“

„Kann ich deine Vogel-Bücher haben?“, rief Bella. Auch sie saß im Bus. Vor die Wahl gestellt, einen Strandtag mit ihrer Großmutter, Christopher, Alan und Tommy zu verbringen oder mit zur Hundeschau zu kommen, hatte sie sich für die Hunde entschieden. Sie hatte sich bereits erboten, im Organisationsbüro mitzuhelfen und Botengänge zu übernehmen.

„Möchte sich sonst noch jemand etwas reservieren?“, fragte John sarkastisch.

„Lass mich mal überlegen“, kam es von Renie. „Du hast ein Steinzeithandy, einen klobigen alten Fernseher und einen vorsintflutlichen Computer. Also, nein danke, mich musst du nicht bedenken.“

„Könnt ihr euer sinnloses Geplänkel mal abkürzen?“, tönte Simon, der den Kopf aus der Haustür gesteckt hatte. „Wir haben Wichtigeres zu tun. John, Marsch, Lagebericht.“ Er winkte seinen Cousin gebieterisch zu sich.

„Nicht vergessen, Superintendent: Kooperativer Führungsstil ist angesagt“, raunte John ihm zu, als er an Simon vorbei ins Haus ging.

Am Küchentisch saßen Pauline und James. Letzterer zu Johns Erstaunen angetan mit einem offen über der Hose getragenen Leinenhemd und einem geblümten Schal, das weiße Haar leicht zerzaust.

„Äh, Dad, was soll das für ein … interessanter Aufzug sein?“

„Ich habe mir gedacht, für das Symposium gebe ich den künstlerisch angehauchten, leicht verschrobenen Bibliothekar mit einer Schwäche für alles Arthurianische.“ Er stand auf und drehte sich einmal um die eigene Achse. „Wie findest du das Outfit? Der Schal ist von Maggie, das Hemd von Alan. Emmeline hätte noch ein Tuch gehabt, das ich passender als den Schal gefunden hätte, aber sie wollte es mir partout nicht leihen.“

„Nun ja, als verschroben gehst du auf jeden Fall durch.“

James schien das als Kompliment aufzufassen. „Hervorragend. Pauline hat mir einen Crash-Kurs über die ganze literarische Entwicklung der Artus- und der Gralslegende seit Geoffrey of Monmouth und Chrétien de Troyes gegeben, so dass ich halbwegs glaubwürdig bin, wenn mich jemand anspricht. Sie ist wirklich eine wunderbare Lehrerin.“

„Wenn meine Schülerinnen nur ansatzweise so schnell lernen würden wie du, wäre ich überglücklich“, lobte Pauline ihn und zwinkerte John zu.

Simon, der seine Ungeduld mühsam zu beherrschen suchte, hüstelte betont. „Welche Erkenntnisse gibt es nun über Percy Reynolds, John?“

„Hm, lass mich überlegen.“ Er zählte an seinen Fingern auf. „Er ist offenbar mit Leib und Seele Koch. Er surft für sein Leben gern. Seine Wohnung ist präsentabel, aber nicht luxuriös. Er hat uns bestätigt, was wir schon wussten, nämlich dass Harvey zwei Obsessionen hatte: Hunde und den Gral.“

Pauline hatte schon wieder den Laptop geöffnet und notierte eifrig mit.

„Wie war die Beziehung zu seinem Vater?“, wollte Simon wissen. „Standen sie in Kontakt?“

„Percy sagte, dass Harvey ihn vergangene Woche am Montag angerufen hätte, um ihm zum Geburtstag zu gratulieren. Laut ihm war es beiden ein Anliegen, das Verhältnis wieder enger zu gestalten. Er wollte auch auf die Hundeausstellung kommen, um seinem Vater beim Wettbewerb zuzusehen.“

„Soso. Wirkte er wie ein aufrichtig trauernder Sohn auf dich?“

„Trauernd … Das Gefühl hatte ich nicht bei ihm. Aber es ist auch fraglich, ob man das erwarten kann. Die beiden haben offenbar zwanzig Jahre lang jeder sein eigenes Leben gelebt, ohne dass es große Berührungspunkte gab. Und ob es früher eine enge Bindung gegeben hat, das wage ich auch zu bezweifeln. Percy beschreibt seinen Vater als unnahbar. Er hat zwar nicht direkt darüber gesprochen, aber ich glaube nicht, dass Percy die Interessen seines Vaters je geteilt hat.“

James nickte mit leidvoller Miene. „Genau wie bei mir. Eine Schande, dass keines meiner Kinder meine Leidenschaft für Dinosaurier geerbt hat.“

„Mein Vater hat es auch immer beklagt, dass meine Geschwister und ich seine Begeisterung für Vögel nicht geteilt haben“, meinte Pauline tröstend. „Aber dafür hat das Ornithologen-Gen in der nächsten Generation voll durchgeschlagen. Meine Neffen sind mit Volleifer dabei, wenn es in die Vogelbeobachtungsstation geht.“

James winkte ab. „Bei meinen Enkeln gewinne ich leider auch keinen Blumentopf. Ich war so glücklich, als Renie sich für das Anthropologiestudium entschieden hatte. Damit hätte sie in meine Fußstapfen treten können. Aber nach kurzer Zeit war es damit ja wieder vorbei. Bella war noch die Interessierteste, aber sie habe ich jetzt wohl auch verloren."

John musste über die trübsinnige Miene seines Vaters lachen. „Komm, Dad. Stell dir vor, *du* hättest dich als junger Kerl entschieden, das zu machen, was die Mackenzies seit grauer Vorzeit gemacht haben. Dann wärst du jetzt ein Schafzüchter in den schottischen Highlands und hättest Mum nie kennengelernt."

„Da hast du auch wieder recht, mein Sohn."

Simon stand unvermittelt auf, stürmte zur Anrichte, schnappte sich ein Glas und trommelte heftig mit einem Löffel darauf.

„Könnten wir jetzt bitte beim Thema bleiben?! Ich werde hier noch wahnsinnig. Herrgott, wenn ich Mitarbeiter wie euch hätte, würde überhaupt nie ein Verbrechen aufgeklärt werden. Wie kann man nur so schwatzhaft sein –"

„Kommt ihr jetzt endlich, oder was?" Renie stand in der Tür und tippte bedeutungsvoll auf ihre Armbanduhr. „Die Tagung startet um zehn. Wenn wir rechtzeitig da sein wollen, müssen wir jetzt los."

Kapitel 17

Trotz Renies temperamentvoller Fahrweise kamen sie wider Erwarten nach einer Dreiviertelstunde unbeschadet in Tintagel an. Im gesamten Ort und an der Zufahrtsstraße zum Tagungshotel waren unzählige Stände aufgebaut, die von Trinkhörnern über mittelalterliche Gewänder und Waffen bis zu Met und Schmalzgebackenem einen kunterbunten Mix an Waren feilboten. Marktschreier, Minnesänger und Wahrsagerinnen wetteiferten um Kundschaft, die schon jetzt am Vormittag zuhauf unterwegs war. Ein Schmied führte seine Kunst mit Hammer und Amboss vor. In grobes Leinen gekleidete Frauen saßen an Webstühlen und Spinnrädern. Auf einem riesigen Grill drehte sich ein Schwein. Daneben stand ein golden glänzender Kessel, in dem eine knorrige alte Frau mit einem langen Holzlöffel herumrührte.

„Wow, was für ein Auftrieb“, staunte Renie. „So groß hätte ich mir das nicht vorgestellt.“

„Reynolds und sein Kompagnon haben da ganz schön was auf die Beine gestellt. Wahrscheinlich kommen heute und morgen mehr Leute nach Tintagel als sonst im ganzen Jahr zusammengerechnet“, bemerkte Pauline.

„Vielleicht kann ich auf diesem Markt etwas Hübsches für Emmeline kaufen. Damit sie nicht mehr so beleidigt ist, weil wir sie heute allein gelassen haben“, sagte James hoffnungsvoll.

„Später, Grandpa“, beschied ihm Renie. „Wir sind ja nicht zum Vergnügen hier. Erstmal wird gearbeitet.“

Sie setzten James und Pauline am Hotel ab und fuhren weiter zu Harvey Reynolds’ Haus am Ortsrand. Simon hatte sie beauftragt, sich als erstes dort umzusehen und mit den nächsten Nachbarn zu sprechen, ob irgendjemandem am Freitag oder Samstag Abend etwas aufgefallen war.

Ein Holzschild mit der Aufschrift ‚Camelot Zwinger‘ zierte das verwitterte Eingangstor. Eine halbhohe Steinmauer umgab das Grundstück. Renie sah nach links und rechts und seufzte.

„Puh, die nächsten Nachbarn sind wirklich ganz schön weit weg. Und eine Straßenbeleuchtung sehe ich hier auch nicht. Dass da jemand etwas beobachtet haben könnte, kann ich mir nicht vorstellen.“

Sie sollte recht behalten. Von den wenigen Anwohnern, die sie zuhause antrafen, hatten zwei gleich beim Anblick von Renies

Presseausweis und Tommys großer Kamera, mit der John ausstaffiert war, die Haustür wieder zugeschlagen. Die anderen gaben durch die Bank an, kaum etwas mit Harvey Reynolds zu tun gehabt zu haben. Etwas Auffälliges gesehen hatte in den fraglichen Zeiträumen niemand.

„Wenigstens sind die kleinen Kläffer jetzt weg“, brummte ein bulliger älterer Mann. „Eine von den Tölen hat mich mal in die Wade gezwickt. Zu nichts zu gebrauchen, so haariges kleines Kroppzeug. Aber als ich dem Biest nen gehörigen Tritt verpassen wollte, hätte Harvey mich fast ungespitzt in den Boden gerammt.“ Er machte eine wegwerfende Handbewegung. „Wenn Sie mich fragen, der hatte nicht alle Latten am Zaun. Klar, über die Toten soll man nix Böses sagen – aber dem alten Harvey wird hier kaum einer ne Träne nachweinen. Gut, außer vielleicht die paar im Ort, die sich grade mit den verrückten Rittern und Burgfräulein und was weiß ich noch ne goldene Nase verdienen“, schränkte er nach kurzem Überlegen ein.

„Aber selbst das wird Tim in Zukunft sicher ohne Harveys Hilfe hinkriegen. Die ganze Arbeit macht er sowieso schon seit Jahren allein. Harvey hat sich nur immer vorne hingestellt und einen auf dicke Hose gemacht. Stellen Sie sich vor, der hat sich für die Eröffnung von dem ganzen Zinnober immer Jenkins’ alten Gaul ausgeliehen und ist hoch zu Ross zum Hotel, die ganze Zeit am Winken wie die Queen persönlich. Als wär er ernsthaft so ’n König, der mit seinem Gefolge in seine Burg einzieht.“ Er lachte keckernd. „Er war schon ein komischer Kauz, der alte Harvey.“ Damit schloss er die Tür.

John und Renie gingen wieder zum Auto zurück.

„Das war schon gleich mal eine Pleite“, grummelte Renie. „Dass Harvey ein Freak war, wussten wir zuvor schon.“

„Mhm“, stimmte John ihr geistesabwesend zu. Dann blieb er plötzlich stehen. „Was, wenn die Veranstalter mit dieser Rittertagung und den Konzessionen für die vielen Verkaufsstände richtig Geld gemacht haben? Vielleicht war Tim O’Flanagan nicht länger damit zufrieden, Mädchen für alles zu sein, aber den Erlös mit Harvey teilen zu müssen?“

Renie riss die Augen auf. „He, das ist ein super Ansatz. Mit dem Knaben habe ich am Nachmittag ja sowieso ein kurzes Treffen für ein Interview vereinbart. Aber warte mal, ist auf der Webseite des Symposiums nicht als Veranstalter dieser komische Ritterbund genannt? Dann fließen doch wahrscheinlich alle Gewinne an diesen Verein?“

„Wir müssten herausfinden, welche Strukturen sich hinter diesem Ritterbund verbergen“, grübelte John. Dann hellte sich seine Miene auf. „Ich weiß, wer sowas am besten recherchieren kann. Wozu hat man zwei Steuerberater in der Familie.“ Er zog sein Handy aus der Jackentasche.

„Gute Idee. Während du telefonierst, schaue ich mich nochmal bei Harveys Haus um. Reich mir mal die Kamera. Wenn du dich ins Auto setzen willst – hier hast du die Schlüssel.“

John setzte sich auf den Beifahrersitz und wählte die Nummer seines Bruders. Es meldete sich Annie.

„Hi, John. Dein Bruder verfolgt gerade eine Spur. Dabei sollten wir ihn besser nicht stören. Aber ich behalte ihn aus der Ferne im Auge, darauf kannst du Gift nehmen.“ Sie kicherte.

„Eine Spur?“

„Diane Douglas. Wir haben sie am Stand der Chihuahua-Züchter aufgetrieben und David ist gleich mit ihr ins Gespräch gekommen. Er hat ihr Abschreibungsmöglichkeiten beim Bau eines neuen Zwingers aufgezeigt, was sie hochinteressant fand. Sie hat ihn gefragt, ob er sie nicht nach draußen begleiten möchte, wenn sie mit ihrem Hund Gassi geht. Für mich hatte sie keinen zweiten Blick übrig – oh, nun sieh sich einer das an!“, rief sie halblaut.

„Was ist los?“, fragte John alarmiert.

„Der Mini-Hund hat gerade einen riesigen Haufen hingesetzt. Diese Ms. Douglas hat David eine Tüte gegeben und mit der klaubt er doch tatsächlich den Haufen vom Boden auf. Dabei hat er ein derart idiotisches Grinsen im Gesicht, dass einem schlecht wird. Und zuhause hebt er seine Socken nur unter Androhung von körperlicher Gewalt auf!“, schäumte Annie.

„Offenbar geht er ganz in seiner Rolle als Undercover-Agent für Tante Isabel auf“, kommentierte John mit einem leisen Lächeln.

„Hm. Ich weiß nicht, ob dieser Einsatz nicht zu riskant für ihn ist. Ich glaube, das ist ein ganz schön schamloses Frauenzimmer, John. Dass die mit Richtern flirtet, um im Wettbewerb besser abzuschneiden, glaube ich sofort.“

„David wird sich schon zur Wehr setzen können –“

„Da bin ich mir nicht so sicher“, fiel sie ihm ins Wort. „Jetzt hängt sie sich bei ihm ein und die beiden gehen zu dem Bar-Wagen hier draußen. Warte mal. Er kauft ihr einen Kaffee –“

„Annie! Dein Mann kriegt das schon hin, glaub mir. In der Zwischenzeit wäre ich dir sehr dankbar, wenn du eine Recherche für mich erledigen könntest“, unterbrach John seine Schwägerin. Er erklärte ihr, was sie brauchten.

„Das herauszufinden, ist kein Problem“, versicherte sie ihm. „Ich kann zu Maggie gehen und einen der Computer der Organisationsleitung benutzen. Aber dazu müsste ich David und diese Sirene hier allein lassen.“

Es bedurfte noch einigen Minuten guten Zuredens, bis Annie ihren Mann aus den Augen ließ und sich tatsächlich auf den Weg ins Organisationsbüro machte. Aufatmend schob John das Handy wieder ein und schickte sich gerade an, aus dem Auto zu steigen, als er einen entrüsteten Ausruf hörte.

„He da! Was machen Sie da? Kommen Sie sofort von dem Grundstück runter!“

Constable Elliott. Er stand am Tor zu Harvey Reynolds’ Anwesen und fuchtelte wütend in der Luft herum. Ein Fahrrad stand an die Steinmauer gelehnt. Johns Herz sank, als er einen roten Haarschopf entdeckte, der über einem kugelig geschnittenen Buchsbaum neben dem Haus hervorblitzte. Renie verließ ihr mangelhaftes Versteck und kam nonchalant ans Tor geschlendert.

„D.C. Elliott“, begrüßte sie den Uniformierten mit einem strahlenden Lächeln. „Gut, dass Sie hier sind. Haben Sie einen Schlüssel für das Haus? Ich müsste noch ein paar Aufnahmen schießen für meinen nächsten Artikel. Sie wissen schon, für den *Guardian*.“

Einen Moment lang dachte John schon, Renies häufig erprobte Strategie ‚Frechheit siegt‘ würde auch hier funktionieren. Dann jedoch schüttelte der massige Polizist den Kopf. „Miss, Sie kommen jetzt sofort da heraus. Sie haben da nichts verloren.“

„Aber Constable Elliott.“ Renie verzog in aufgesetzter Verwunderung das Gesicht. „Wir wissen doch beide, dass D.I. Brown sich zu maximaler Kooperation mit mir bereiterklärt hat. Davon profitieren schließlich alle Seiten. Ich kann unsere geschätzte Leserschaft exklusiv über alle neuen Entwicklungen informieren und gleichzeitig dafür sorgen, dass nichts an die Öffentlichkeit dringt, was den guten Ruf der cornischen Polizei in Misskredit bringen würde.“

Sie warf ihm einen betonten Blick zu. Elliotts Gesicht verfärbte sich noch röter als es ohnehin schon war.

„Miss, Sie jagen mir keine Angst mehr ein. Erstens könnte ich Sie wegen unbefugten Betretens drankriegen. Zweitens ist der Fall gelöst. Der Chef sagt, mit Ihnen brauchen wir uns nicht mehr abzugeben."

„Ist das so?" Renie stemmte die Hände in die Hüften und setzte zu einer hitzigen Erwiderung an. John trat nach vorn.

„Guten Morgen, Constable. Es tut mir leid. Meine Nichte wollte ihrer journalistischen Sorgfaltspflicht nachkommen und hat dabei eine Grenze überschritten. Das wird nicht wieder vorkommen."

Renie funkelte ihn wütend an.

„Harumph", stieß der Beamte aus. „Nun gut. Halten Sie die junge Dame ab jetzt in Zaum, Mr. … äh. Sie verschwendet hier nur ihre Zeit. Und meine. Heute ist Großkampftag im Ort, da muss ich nach fragwürdigen Subjekten Ausschau halten. Sie wissen ja, die Sicherheitslage."

„Und Sie denken, die Sicherheitslage wird besser, wenn ein Mörder hier frei herumläuft? Dass Kenwyn Deveril nicht schuldig ist, sieht ja eigentlich ein Blinder mit Krückstock. Oder hat er etwa in der Zwischenzeit gestanden?", kam es gehässig von Renie.

Elliott plusterte sich auf wie ein Kugelfisch. „Miss, jetzt wird es mir aber zu bunt. Es steht Ihnen nicht zu, so zu reden. Ich glaube, ich werde Sie doch mit aufs Revier nehmen und Anzeige wegen Hausfriedensbruch erstatten."

In diesem Moment knackte ein Funkgerät, das er an der Uniform trug. „Elliott, bitte kommen, Elliott, bitte kommen", quäkte es.

„Was gibts, Beth?", bellte er.

„Wir haben einen Ladendiebstahl im *‚Fair Maiden'*. Ein Silber-Kettchen. Der Dieb ist flüchtig. Bitte begeben Sie sich umgehend hin."

„Wird erledigt."

Er musterte Renie streng, die inzwischen über die Mauer auf die Straße geklettert war. „Wenn ich nicht so viel zu tun hätte, wären Sie jetzt fällig, Miss. Ich will es momentan bei einer Ermahnung belassen. Aber wenn ich Sie nochmal hier erwische, dann stecke ich Sie in unsere Zelle."

„Herzlichen Dank für Ihr Entgegenkommen, Constable", sagte John. „Wir möchten Sie nicht länger von Ihrer eminent wichtigen Arbeit abhalten. Männer wie Sie braucht das Land, furchtlose Kämpfer für die Sicherheit unserer Bürger." John ergriff die Hand des Polizisten und schüttelte sie kräftig. Elliott warf ihm einen misstrauischen Blick zu und ließ sich auch durch Johns argloses Lächeln nicht davon überzeugen, dass er seine Worte ernst meinte.

„Verarschen kann ich mich selber, Mister. Und jetzt entfernen Sie sich, aber dalli."

Mit Argusaugen verfolgte er, wie sie in den Wagen stiegen und Renie den Motor anließ. Im Rückspiegel sah John, dass der beleibte Uniformierte sein Rad erst bestieg, als sie schon ein ganzes Stück weit gefahren waren.

„Männer wie Sie braucht das Land!", prustete Renie los. „Mann, John, du bist echt der schlechteste Schauspieler überhaupt. Nicht mal der tumbe Constable hat dir abgenommen, dass du das ernst meinst."

„Ich wollte die Situation entschärfen, in die du dich mit deiner bescheuerten Aktion gebracht hast", entgegnete er verstimmt. „Das hat uns gerade noch gefehlt, eine Anzeige wegen Hausfriedensbruch. Denkst du, das hätte deiner Mutter gefallen, geschweige denn deinem Redakteur?"

„Ich dachte, mich erwischt keiner. Wer denkt denn schon, dass das Grummelmonster ausgerechnet dann des Wegs kommt?", erwiderte sie unbekümmert.

John überkam das Bedürfnis, den Kopf gegen das Handschuhfach zu schlagen. „Guter Gott, denk doch in Zukunft erst nach, bevor du etwas tust", grollte er. Dass der Appell auf taube Ohren stieß, hätte ihm klar sein müssen.

„Jaja. Auf jeden Fall hab ich rausgefunden, dass man in Harveys Haus ziemlich leicht hineinkommt. Er hat alte Schiebefenster ohne jede Sicherung, die man einfach nach oben drücken kann, wenn der Riegel von innen nicht vorgelegt ist. Das könnte jedes Schulkind. Ich wollte es gerade probieren, aber da ist ja leider Elliott aufgetaucht." Sie hieb unvermittelt auf das Lenkrad.

„Hey, ich hätte eine Idee. Nachher bringe ich dich in den Ort und du suchst Elliott und beschattest ihn. Falls er sich Harveys Straße nähert, warnst du mich. Dann kann ich in Ruhe einbrechen und mich umschauen."

Dieses Mädchen war wirklich der Gipfel. John verschlug es die Sprache. Er schloss für einen Moment die Augen und stellte sich vor, er und Pauline wären weit weg von hier. Ganz allein. Nur sie beide. Ohne die Gesellschaft von Giftmördern, Mittelalterfreaks, fanatischen

Hundeliebhabern und vor allem Familienmitgliedern. Vor seinem geistigen Auge tauchte ein perlweißer, palmengesäumter Strand auf –

Das Klingeln seines Mobiltelefons riss ihn aus seinem Tagtraum. Seufzend öffnete er die Augen wieder. Das Display zeigte ‚David'.

„Hallo, David. Na, hast du etwas von Ms. Douglas erfahren?"

„Sie ist ein rattenscharfes Gerät. Nicht mehr ganz jung, aber bestens erhalten. Und mit einer Ausstrahlung, dass dir die Knie weich werden", schwärmte sein Bruder.

„Aha. Sehr interessant. Und weiter?"

„Sie hat echt Geschäftssinn. Und sie hat mir vorgeschlagen, einen Vortrag über Steuersparmöglichkeiten speziell in der Hundezucht auszuarbeiten. Sie denkt, der Zuchtverband würde mich sofort dafür buchen. Das wäre eine großartige Werbung für die Kanzlei, John", sprudelte David enthusiastisch heraus.

„Das solltest du vielleicht nochmal mit Annie besprechen", meinte John. Er konnte sich lebhaft vorstellen, was seine Schwägerin zu dem Thema zu sagen haben würde. „Konntest du denn irgendwas Nützliches für unseren Fall herausfinden?"

„Ich konnte sie ja nicht gut fragen, ob sie sich mit … Gefälligkeiten gute Wertungen erkauft. Vorstellen kann ich es mir aber ehrlich gesagt schon. Wie gesagt, die Frau weiß genau, was sie will und sie ist rattenscharf –"

„Das sagtest du bereits."

„Was bist du denn so miesepetrig, John? Na, also, es ist auch völlig egal, ob Harveys Vorwürfe stimmen oder nicht. Diane war am Samstag Abend bei einer Wohltätigkeitsveranstaltung in Glasgow, von wo sie herkommt. Davon gibt es Fotos im Netz. Die kannst du dir ansehen. Diane und der Bürgermeister, Diane und der größte Werftbesitzer der Stadt … Ich sage ja, die Frau ist äußerst zielstrebig. Kurz gesagt: Von da oben bis Tintagel hätte sie locker acht Stunden mit dem Auto gebraucht. Einen Flieger gabs um die Zeit nicht, das habe ich schon gecheckt. Also ist sie draußen."

„Gut gemacht, David", lobte John. „Gibst du das bitte an Simon weiter? Und falls du deine Frau suchst: Sie ist bei Maggie im Büro der Organisationsleitung." Damit legte er auf.

Gerade fuhr Renie auf einen gekiesten Parkplatz ein. Vor ihnen lag ein Friedhof und dahinter eine kleine Kirche, die sich vor den Winden duckte, die den Bristol Channel herauffegten.

„Das ist St. Materiana. Wir lassen das Auto hier. Im Dorf kriegen wir jetzt sowieso keinen Parkplatz mehr. Und wenn wir an den Klippen entlanglaufen, ist es nicht weit zu Merlins Höhle.“ Renie sprang aus dem Auto. „Ich will mich da nochmal umschauen und mit Tommys Kamera ein paar Fotos machen –“

„Ist die Höhle nicht mehr abgesperrt? Falls ja, gehst du da keinesfalls hinein“, unterbrach John.

„Jetzt mach dir mal nicht ins Hemd, Onkel. Inspektor Brown hat mir gestern gesagt, dass die Höhle wieder zugänglich ist. Danach gehen wir in den Ort und schauen, ob es im Pub Leute gibt, die etwas über Freitag und Samstag Abend wissen. Kurz nach Mittag habe ich das Meeting mit O’Flanagan und du kannst dich in der Zwischenzeit mit Pauline und Grandpa austauschen. Hinterher hältst du mir Elliott vom Hals, damit ich –“

„Vergiss es“, sagte John knapp. „Du bleibst Harveys Haus fern, hast du mich verstanden? Sonst hetze ich dir eigenhändig deine Mutter auf den Hals.“

„Puh, Spielverderber“, murrte Renie, ließ das Thema aber fallen. Mitten auf dem Friedhof blieb sie stehen. „Ich habe mich ein bisschen in die Regionalgeschichte eingelesen“, sagte sie. „Da vorn, gleich außerhalb der Friedhofsmauer wurden uralte Gräber entdeckt. Die ältesten stammen aus dem fünften Jahrhundert nach Christus. Also genau die Zeit, als der Burgfelsen von Tintagel zum ersten Mal besiedelt war *und* als das womöglich reale Vorbild für die Artussage gelebt hat, ein britannischer Heerführer. Nach dem Rückzug der Römer hat er die Truppen gegen die eindringenden Angelsachsen geführt.“ Sie packte John überschwänglich am Arm.

„Jetzt stell dir mal vor, da drüben liegt vielleicht jemand begraben, der Artus persönlich gekannt hat. Von mir aus seine Tante oder ein Spielkamerad oder der Mundschenk, egal. Ach, das wäre so spannend, sich mit so jemandem zu unterhalten.“

„Renie, du verfällst doch jetzt nicht etwa auch noch in diesen Artus-Wahn?“, meinte John besorgt.

„Lasst mich Ihnen versichern, Sir, es ist kein Wahn. Junge Lady, euer Wunsch kann euch erfüllt werden“, vernahmen sie plötzlich eine Stimme. Hinter einem der Grabsteine trat ein gut aussehender junger Mann hervor, dessen blaue Augen auf Renie gerichtet waren.

„Gestatten, Kay Finnegan. Verzeihen Sie, ich wollte Sie nicht erschrecken, aber ich konnte nicht umhin, Ihr Gespräch mit anzuhören.“ Er wandte sich an John. „Ich verstehe Ihre Skepsis, aber Artus ist real. Ich selbst bin mit ihm aufgewachsen. Später habe ich mit ihm in vielen Schlachten gekämpft und er hat mich zum Truchsess an seinem Hof ernannt.“

Renie blieb der Mund offen stehen. Kein Laut drang heraus.

„Sie … haben an der Seite von König Artus gekämpft?“ John legte einen freundlich-interessierten Ton in seine Stimme, während er zu überlegen begann, wie er seine Nichte möglichst schnell aus der Nähe dieses offensichtlich Geisteskranken bringen konnte.

Kay Finnegan lächelte ihn an. „Sie glauben mir nicht. Aber das macht nichts. Ich selbst habe es am Anfang nicht wahrhaben wollen.“

„Ah. Sie wussten es also nicht immer schon?“ John behielt sein Gegenüber scharf im Blick, obwohl der junge Mann in seinem kurzärmeligen Sommerhemd und den Segeltuchschuhen recht harmlos wirkte.

„Natürlich nicht. Erst im Rahmen einer Psycho-Expansion wurde es mir bewusst, dass ich in einem früheren Leben Kay, der Sohn von Sir Hector und Ziehbruder von Artus war.“

„Psycho-Expansion?“, kiekste Renie.

„Ein großartiger und wundersamer Prozess, der einen über mehr und mehr Regressionen immer weiter in die eigene Vergangenheit bringt. Sie lernen verborgene Teile Ihrer Persönlichkeit kennen und werden in Ihre früheren Existenzen versetzt.“

„Das klingt spannend.“ Renie hatte sich offenbar von ihrer ersten Überraschung erholt und schien nun begierig darauf, mehr zu erfahren. John dagegen fühlte sich in der Gegenwart des merkwürdigen Fremden unbehaglich, erst recht, da er bei einem verstohlenen Rundblick keine andere Menschenseele erblicken konnte. Obwohl sie vom geschäftigen Dorf nicht mehr als eine Meile weg waren, war hier oben auf den Klippen bis auf den Wind und ein leises Meeresrauschen kein Laut zu hören.

„Ich könnte mir vorstellen, dass die Teilnehmer des Gralsrittertreffens liebend gern von Ihren Erlebnissen mit König Artus hören würden“, bemerkte er.

Finnegan verzog das Gesicht. „Nein danke. Diesem Haufen setze ich mich nicht aus. Da sind mir zu viele Verrückte unterwegs.“ Er tippte sich vielsagend an die Stirn. „Außerdem gehe ich für gewöhnlich nicht mit meiner Vergangenheit hausieren. Es gibt ja genügend Kleingeister, die einen dann gleich in eine Schublade stecken, als wäre man nicht ganz dicht. Aber bei Ihnen und speziell bei dieser schönen jungen Dame hier habe ich gleich gespürt, dass Sie einen viel weiteren Horizont haben. Und Sie sind auf der Suche nach einer Wahrheit. Habe ich recht?"

„Äh … ja. Das könnte man so sagen." Um weiteren esoterischen Ergüssen vorzubeugen, fragte John, „Was führt Sie nach Tintagel, wenn es nicht die Gralsritterveranstaltung ist?"

„Ich komme oft her", erklärte Finnegan bereitwillig. „Aus Launceston, wo ich wohne, ist es nicht allzu weit. Eine gute halbe Stunde mit dem Auto. Ich spaziere über die Klippen und hinüber zum Burgfelsen. Da kann ich am besten Zwiesprache mit Artus halten."

„Artus selbst? Ist er auch hier?", fragte Renie atemlos und sah sich suchend um.

„Nicht in Menschengestalt", erwiderte er mit einem nachsichtigen Lächeln. „Doch ich kann eine Verbindung zu ihm in Gedanken aufbauen. Nicht jedes Mal, aber oft gelingt es mir."

Einerseits hätte John durchaus interessiert, was der legendäre König so zu sagen hatte – hatte er zum Beispiel eine Meinung zum Ausgang der jüngsten Parlamentswahl? Zu den Trends der letzten Londoner Modewoche? Oder zur Namensgebung des jüngsten Nachwuchses der Royals? Wobei John aus unerfindlichen Gründen einfiel, dass bis zum heutigen Tag alle männlichen Mitglieder der Königsfamilie den Namen Arthur irgendwo in der Reihe ihrer zahlreichen Vornamen trugen … – andererseits hatten sie heute noch ein dichtes Programm vor sich und das unsinnige Gerede dieses Fremden würde ihnen wohl kaum helfen, den Mordfall aufzuklären. Oder doch?

„Sagen Sie, kannten Sie Harvey Reynolds?", fragte er unvermittelt. Finnegan sah ihn erstaunt an und nickte dann. „Ja. Auch so ein Freak. Wir sind uns immer wieder mal über den Weg gelaufen. Er hat sich oft rund um die Burg rumgetrieben. Hat sich eingebildet, den Geist von Artus da herumwabern zu sehen. Bekloppt. Als ob Artus einem Kleingeist wie ihm erscheinen würde." Er schüttelte mitleidig den Kopf.

„Sie wissen, dass Reynolds tot ist?"

„Klar. Das Netz ist voll von wüsten Spekulationen darüber." Er zog seinen Geldbeutel aus der Gesäßtasche und entnahm ihm eine Karte, die er Renie reichte.

„Kay Finnegan. Maßgeschneiderte Lösungen für Ihre IT-Probleme", las sie vor. „Sie sind Programmierer?"

„Mhm. Wie Sie sehen, schließen sich Logik und Aufgeschlossenheit für Wahrheiten, die sich nicht in Null und Eins abbilden lassen, nicht gegenseitig aus.“ Ein amüsiertes Lächeln umspielte seine Lippen.

„Haben Sie eine Idee, was wirklich hinter Harvey Reynolds’ Tod stecken könnte?“, fragte Renie.

„Dass die Templer dahinterstecken, weil Reynolds den Heiligen Gral aus ihrer Obhut entwendet hat, wie manche spekulieren, auf jeden Fall nicht.“ Er schnaubte abfällig. „Der einzige, von dem ich weiß, dass er einen Hass auf ihn hatte, ist Dr. Stevens. Der Burgverwalter von *English Heritage*.“

Kapitel 18

„Nicht *noch* mehr Verdächtige“, stöhnte Simon, als John ihm wenig später pflichtschuldig telefonisch Bericht erstattete. „Gerade eben hat Annie mir Bescheid gegeben, dass dieser Ritterbund gar kein eingetragener Verein ist. Dahinter stecken genau zwei Leute, nämlich unser Opfer und dieser O'Flanagan. Damit müssen wir diesen Herrn ‚Großoffizier‘ der Runden Tafel definitiv unter die Lupe nehmen. Und jetzt kommt ihr noch mit einem Kerl daher, den wir bisher überhaupt noch nicht auf dem Schirm hatten. Liebe Güte, die Verdächtigen schießen wie Pilze aus dem Boden!“ Der Superintendent stieß einen abgrundtiefen Seufzer aus.

„Es tut mir herzlich leid, Simon“, sagte John bissig. „Aber für dich als erfahrenen Kriminaler dürfte es ja nichts Neues sein, dass im Lauf von Ermittlungen plötzlich neue Leute in den Fokus rücken.“

Simon brummte etwas Unverständliches.

„Was hast du gesagt?“, erkundigte John sich und beobachtete stirnrunzelnd, wie Kay Finnegan etwas für Renie auf einen Zettel schrieb, den sie sogleich in die Hosentasche schob. Der kokette Augenaufschlag, den sie dem merkwürdigen jungen Mann schenkte, gefiel John gar nicht.

„Ich sagte, du hast ja recht“, knarzte Simon. „Also gut, ich werde sehen, ob die öffentlich zugänglichen Informationen über Dr. Stevens etwas hergeben. Du sagtest, er und Harvey hätten über die Errichtung einer Statue gestritten?“

„So sagte es zumindest dieser Mr. Finnegan. Offenbar plant *English Heritage*, eine Artus-Statue auf dem Plateau des Burgfelsens zu errichten und hat dazu diverse Entwürfe von Künstlern eingeholt. Reynolds soll sich vehement dagegen ausgesprochen haben. Er hat Finnegan erzählt, dass Artus persönlich ihm als Geist erschienen wäre und ihm mitgeteilt hätte, diese Idee könnte er nicht gutheißen, aus welchen Gründen auch immer.“

„Reynolds hatte wirklich nicht alle Tassen im Schrank“, kommentierte Simon.

„Nun ja. Immerhin hat er sich nur eingebildet, König Artus wäre ihm erschienen. Kay Finnegan ist der Überzeugung, er selbst wäre in einem früheren Leben Artus' Weggefährte und Ritter der Tafelrunde gewesen.“

„Grundgütiger, was ist das mit dieser Ecke des Königreichs?“, rief Simon aus. „Cornwall scheint ein einziges Kuriositätenkabinett zu sein. Ist die Aussage dieses Mannes denn überhaupt ernst zu nehmen?“

„Das kann ich dir nicht sagen.“ Misstrauisch sah John Kay Finnegan nach, der sich endlich von Renie verabschiedet hatte und nun über den Friedhof davonging. „Mir gefällt der Kerl aber nicht, egal, wie charmant er sich gibt.“

„In Ordnung. Ich werde zusehen, was ich über ihn herausfinden kann. Und Maggie werde ich auf O’Flanagan ansetzen. Sie kennt eine Menge Leute bei den Finanzbehörden. Vielleicht finden wir jemanden, der ohne großes Aufhebens einen Blick in die Steuerdaten werfen kann. Mal sehen, ob das Gralsritterding einen Gewinn abwirft, der als Motiv ausreicht.“

Sie beendeten das Gespräch und John ging zu Renie hinüber, die von der Klippe aus Aufnahmen von Tintagel Castle machte.

„Was für einen Zettel hat Finnegan dir zugesteckt?“, fragte er ohne Umschweife.

„Ach, nichts Wichtiges. Komm, wir müssen jetzt los in die Höhle.“ Sie hängte sich die Kamera um und sprang wie ein übermütiges Fohlen vor ihm her den Klippenpfad hinunter. John folgte ihr etwas langsamer.

Am Strand zu Füßen des Burgberges sahen sie, dass die Flut noch nicht so weit zurückgegangen war, dass man trockenen Fußes in Merlins Höhle hineinkommen konnte.

John setzte sich auf einen flachen Stein. „Wenn du unbedingt da nochmal reinwillst, bitte. Ich habe keine Lust, nass zu werden.“

„Okay, dann wartest du eben hier auf mich und passt auf meine Sachen auf.“ Sie zog Schuhe und Socken aus, krempelte ihre Jeans nach oben und stapfte entschlossen auf den verlassen daliegenden Höhleneingang zu. John legte sich zurück, schloss die Augen und kehrte zu seinem Tagtraum von vorhin zurück. Pauline, der einsame Strand, badewannenwarmes Meer …

„Oh mein Gott, das musst du dir ansehen, John!“, hechelte Renie und rannte die letzten Meter ohne Rücksicht auf die herumliegenden Kieselsteine zu ihm. Als sie sich neben ihn auf die Felsplatte fallen ließ, sah John, dass sie einen blutigen Zeh davongetragen hatte, aber das schien seine Nichte gar nicht wahrzunehmen. Sie wedelte mit einem Stück Papier in der Hand herum, das ziemlich lädiert aussah.

Eine Ecke war abgerissen und es war gewellt, als ob es nass geworden und dann wieder halbwegs getrocknet wäre.

„Jetzt halt doch mal still, ich kann ja gar nichts sehen!“, befahl er.

„Das habe ich ziemlich weit oben in einer Felsspalte gefunden, in der Nähe von der Stelle, wo Harvey lag. Schau doch mal, da steht etwas. Total zerlaufen, aber ein bisschen kann man noch lesen. Hier, das heißt doch ‚et‘, oder? Ist das lateinisch? Was meinst du? Oder französisch? Englisch ist es auf jeden Fall nicht“, brabbelte sie aufgeregt.

John nahm das Pergamentpapier vorsichtig aus Renies Hand. Nachdem es tagelang in der Höhle gelegen und mindestens einmal vom Salzwasser überspült worden war, gab es darauf wohl ohnehin keine brauchbaren Spuren mehr. Er hielt es etwas weiter weg, dann studierte er es wieder aus der Nähe.

„Hm. Hundertprozentig sicher bin ich mir nicht, aber ich denke, es heißt ‚Bibe et vives‘. Das wäre tatsächlich Latein.“ Er durchstöberte sein Hirn nach den Vokabeln, die er in grauer Vorzeit hatte lernen müssen. „Trink und du wirst leben – ja, das ist es, glaube ich.“

„Trink und du wirst leben! Oh mein Gott! Das ist eine Botschaft, die der Mörder zu dem Kelch dazu gestellt hat. Und ich habe sie gefunden! Oh mein Gott!“ Renie sprang auf und hüpfte wie Rumpelstilzchen herum. Plötzlich schlug sie sich die Hände vor den Mund. In einem ihrer typischen Temperamentsumschwünge wurde ihr Gesicht tieftraurig. „Oh mein Gott“, wiederholte sie mit bebender Stimme. „Der arme Harvey. Er hat bestimmt gedacht, das Schicksal oder Artus persönlich hat ihm ein Lebenselixier bereitgestellt, irgendwas, das ihn vor seiner Krankheit rettet. Der Mörder hat Harveys Hoffnung eiskalt ausgenutzt, damit er freiwillig das Gift trank.“ Erschüttert sank sie wieder auf den Felsen.

„Ein wirklich perfider Plan“, stimmte John ihr zu. „Allerdings scheint Harvey niemandem seine Diagnose anvertraut zu haben.“ Er überlegte kurz. „Aber auch wenn der Mörder nicht wusste, dass Harvey schon an der Schwelle des Todes stand, konnte er doch davon ausgehen, dass er aus dem Kelch trinken würde. Wie sollte er einem Trank aus einem Gefäß widerstehen können, das der wahre Heilige Gral sein könnte und damit Unsterblichkeit versprach?“

„Damit ist auf jeden Fall endgültig klar, dass es kein Selbstmord, sondern ein sehr heimtückischer Mord war“, stellte Renie fest. „Und wir haben einen weiteren Beweis für die schlampige Arbeitsweise der

Polizei hier. Wenn die sich halbwegs Mühe gegeben hätten, hätten sie das gleich finden müssen.“ Ihre Augen blitzten auf. „Hah, ich freue mich, das auf der Stelle unserem guten Constable unter die Nase zu reiben. Komm, wir gehen sofort aufs Revier.“ Sie sah auf die Uhr. „Danach haben wir noch etwas Zeit, uns im Pub umzuhören, bevor wir zum Tagungshotel gehen.“

Während sie ins Dorf marschierten, meldete Renie ihren Fund an Simon und sandte gleich ein Foto des Papiers hinterher. Als sie ihr Smartphone wieder wegsteckte, bemerkte sie, „Simon hört sich fast wieder normal an, seit er quasi die Einsatzleitung übernommen hat. Ich wüsste echt zu gern, was die letzten Tage in ihn gefahren war.“ Sie sah John forschend an. „Du weißt, was los war, oder?“

„Kein Kommentar.“

Ruckartig blieb sie stehen. „Wenn du so ein unergründliches Gesicht machst, heißt das, du weißt etwas. Los, sag schon. Bitte, bitte, bitte. Ich sags auch niemandem weiter“, bettelte sie.

„Kein Kommentar.“

„Herrje, wie man nur so … verschwiegen sein kann! Wie schaffst du es nur, so viele Dinge für dich zu behalten. Also ich könnte das nicht.“

John lachte auf. „Das steht fest. Sag mal, worüber hast du dich vorhin so angeregt mit diesem psycho-expandierten Kerl unterhalten?“

Renie kicherte. „Er war doch ganz charmant, oder? Und er sieht auch ziemlich appetitlich aus, mit diesen blauen Augen und den dunklen Haaren. Und er ist ein sehr interessanter Typ.“

„So kann man das auch sehen“, brummte John. „Ich fand ihn ziemlich schräg. Truchsess am Hof von König Artus, du liebe Güte.“

„Nun sei mal nicht so engstirnig. Das könnte doch sein. Ich finde die Idee faszinierend, dass wir alle vielleicht in früheren Zeitaltern schon hier waren. Kuck mal.“ Sie zog nun doch den Zettel aus der Hosentasche, den Finnegan ihr gegeben hatte.

„Das ist die Frau, die mit Kay diese Regressionen durchgeführt hat. Sie ist eine Expertin auf dem Gebiet. Da würde ich auch gern mal hingehen. Wer weiß, vielleicht war ich mal Königin Kleopatra? Oder Boudicca, die Keltenkönigin? Oder Johanna von Orleans?“

„Was, wenn du entdeckst, dass du Attila der Hunne warst?“, konterte John grinsend. „Oder Jack the Ripper? Oder am Ende Edward I., der Schottenhammer? Dann macht dich Tante Isabel einen Kopf kürzer.“

„Das täte sie momentan sowieso gern, glaube ich“, seufzte Renie.

In dem winzigen Polizeirevier im Dorf fanden sie nur eine junge Streifenbeamtin vor, die offenbar extra für den ‚Großkampftag‘ aus einer anderen Ortschaft ausgeliehen worden war. Sie nahm gerade die Anzeige einer Bed and Breakfast-Besitzerin auf, die den Verlust von zwei Handtüchern, einem Aschenbecher und einer noch vollen Klopapierrolle beklagte.

„Die Gäste nehmen einfach alles mit, was nicht niet- und nagelfest ist“, empörte sie sich. „Gibt es denn gar keinen Anstand mehr?“

Während sie überlegte, mit welchem Wert die entwendeten Gegenstände zu beziffern waren, drängte Renie sich nach vorn, ihren Presseausweis gezückt, und fragte, wo Constable Elliott zu finden sei. Die Beamtin sah auf. „Er hat Mittagspause. Also schätze ich, er ist im Pub.“

„Das trifft sich ja gut. Danke“, meinte Renie und machte auf dem Absatz kehrt.

„Ich warne Sie aber. Er weiß es nicht zu schätzen, wenn er in seiner Pause gestört wird“, rief die Polizistin ihr noch nach.

„Glauben Sie mir, wenn er von *mir* gestört wird, weiß er es ohnehin nicht zu schätzen“, gab Renie zurück.

„Meinst du nicht, wir sollten besser warten, bis er wieder im Dienst ist?“, fragte John. „Selbst D.C. Elliott hat sich eine Auszeit verdient.“

„Quatsch. Wir haben ja nicht endlos Zeit.“ Sie schritt zielstrebig voraus, quer über die belebte Hauptstraße zum *‚King Arthur's Haven‘*. John knurrte der Magen, da sein Frühstück ein vorzeitiges Ende gefunden hatte. Er beschloss, die Zeit für ein schnelles Mittagessen zu nutzen, während Renie die Stammgäste interviewte und Constable Elliott auf die Nerven ging.

Sie fanden den Polizisten am Tresen sitzend, vor sich einen Krug Bier und eine halb aufgegessene Pastete. Kaum hatte er Renie erblickt, verzog sich sein Gesicht, als wäre ihm etwas Übelriechendes in die Nase gestiegen.

„Miss! Was wollen Sie hier?“

„Ihnen ein wertvolles Indiz übergeben, das ich höchstpersönlich gesichert habe. Und das Sie und Ihre Kollegen ganz offensichtlich bei der Spurensicherung übersehen haben.“ Voller Genugtuung präsentierte Renie ihm das Papier.

„Wo haben Sie das her? Und was soll das überhaupt sein?“, raunzte Elliott.

Während Renie es ihm erklärte, bestellte John sich hurtig den Mittelaltereintopf, der als schnelles Gericht auf der Tageskarte angepriesen war. Schon zwei Minuten später hatte er einen dampfenden Teller vor sich.

„Das ging ja wirklich flott“, bemerkte er. Der Barmann reichte ihm noch ein Besteck.

„Wie es sich für einen Eintopf gehört, schmurgelt der schon seit heute Morgen vor sich hin. Wir haben einen ganzen Bottich voll gemacht, damit wir die Meute den ganzen Tag durchfüttern können.“

„Was ist da alles drin?“, erkundigte sich John und nahm das Mineralwasser entgegen, das der Barkeeper ihm mit einer abfälligen Grimasse reichte.

„Och, alles Mögliche, Steckrüben und so Zeug, lauter beste Zutaten. Nach einem Originalrezept von 1420“, prahlte der Wirt.

Als John den ersten Bissen nahm, drang D.C. Elliotts dröhnender Bass an sein Ohr.

„Geben Sies doch zu! Den Zettel mit diesem angeblich ausländischen Geschreibsel haben Sie doch selbst da hingetan! Weil Sie uns wieder eins reinwürgen wollen. Sie wollen uns doch bloß diff … diff.. –“

„Ich schätze, diffamieren ist das Wort, das Sie suchen, Constable.“

Renies scheinheiliges Lächeln ließ Elliott vollends den Hut hochgehen. „Scheren Sie sich zum Teufel! Pfuschen Sie uns nicht ins Handwerk, Sie …“ Angesichts der Menschenmenge um ihn herum verkniff er sich gerade noch das Schimpfwort, mit dem er Renie gern bedacht hätte. Elliott wandte ihr rüde den Rücken zu und attackierte den Rest seiner Pastete.

Renie zuckte mit den Schultern. „Sie würden ein Beweisstück nicht mal erkennen, wenn es Ihnen ins Gesicht springt und Sie in die Nase beißt. Dann bringe ich es eben zu Ihren Vorgesetzten nach Bodmin.“

„Tun Sie, was Sie nicht lassen können“, knurrte Elliott nur. Renie schob sich zu John durch und schnappte sich sein Wasser.

„Das muss wirklich einer der dümmsten Menschen sein, die je auf Erden gewandelt sind“, urteilte sie und trank das halbe Glas aus. John nickte und schob sich geistesabwesend noch einen Löffel voll Eintopf in den Mund, obwohl er für seinen Geschmack reichlich seltsam schmeckte.

Dem unglückseligen Polizisten war es nicht vergönnt, sein Mahl in Ruhe zu Ende zu führen. Schon wieder tippte ihm von hinten ein Störenfried auf die Schulter. Er knallte seine Gabel auf den Tresen und fuhr herum, in der Erwartung, es wäre Renie. „Ich nehme Sie jetzt fest", brüllte er. „Wegen Behinderung der Justiz. Sie werden sich noch wundern –" Er brach jäh ab, als er registrierte, dass es gar nicht die lästige Pressevertreterin war, die vor ihm stand.

In der dicht gefüllten Schankstube wurde es still, als die anderen Gäste den hageren, weißgekleideten Mann in ihrer Mitte wahrnahmen. Eine merkwürdige Aura umgab ihn.

„Merlin!", hauchte Renie.

„Ich begehre den Kelch zu sehen", tat der selbsternannte Magier kund.

Der Constable beäugte ihn misstrauisch von oben bis unten. Sein Blick blieb an dem langen Stock hängen, der von knochigen Fingern gehalten wurde. Er schien zu überlegen, ob er sich einer möglichweise bedrohlichen Waffe gegenübersah.

„Wer sind Sie, Mister? Und was wollen Sie mit dem Kelch?"

„Ich bin Merlin. Und ich kenne den Heiligen Gral. Also zeigt mir das Gefäß und ich sage Euch, ob es echt ist."

„Merlin?" Elliotts Augenbrauen schossen in die Höhe. „Können Sie sich irgendwie ausweisen, Mr. Merlin?"

Merlin würdigte ihn keiner Antwort, durchbohrte den Polizisten lediglich mit einem glühenden Blick. Diesem wurde es sichtlich unbehaglich.

„Hören Sie, Mr. Merlin, der Kelch ist ein wichtiges Beweisstück in einem Mordfall. Er wird von Experten begutachtet. Wir können nicht einfach jedem, der sich dafür interessiert, mir nichts, dir nichts Zugang gewähren –"

„*Fear sam bith a loisgeas a mhàs, 's e fhèin a dh'fheumas suidhe air*", intonierte der Weißhaarige in einem Singsang, der durch Mark und Bein ging. Dutzende von Augenpaaren verfolgten, wie das feiste Gesicht des Polizeibeamten schlaff wurde und sein Blick auf Merlins Hand fixiert war, die geheimnisvolle Bewegungen ausführte. Renie war so gebannt, dass sie sogar vergaß, das Geschehen mit der Kamera aufzunehmen. Auch der Barkeeper hatte mitten im Polieren eines Glases innegehalten und stand wie eine Wachsstatue hinter dem Tresen.

„Der Kelch ist nicht in Tintagel“, kam es tonlos aus Elliotts Mund. „Er ist –“ Ein fulminanter Krach drang aus der Küche, gefolgt von einem wütenden Ausruf. Die Tür hinter dem Tresen schwang auf und ein sehr zorniger Mann mit Haarnetz stürmte in die Gaststube.

„Greg, dieser Vollpfosten von Lehrjunge treibt mich noch in den Wahn – he, was steht ihr alle da wie die Ölgötzen?“

Constable Elliott zuckte heftig zusammen und fiel fast von seinem Barhocker. Er schüttelte sich wie ein nass gewordener Hund, griff nach seinem Bierglas und stürzte einen mächtigen Schluck hinunter. John registrierte auf einmal, dass sein Löffel noch in der Luft stand. Auch alle anderen lösten sich aus ihrer Trance und schauten sich verdattert um.

Im einsetzenden Stimmengewirr war noch flüchtig das Aufblitzen von etwas Weißem wahrzunehmen. Dann drang Renies Stimme an sein Ohr, „Wo ist er? Wo ist Merlin hin?“

In der Schankstube war keine Spur von ihm zu sehen. Renie drängte sich flugs zum Ausgang durch und verschwand nach draußen. Als sie wieder zurückkam, schüttelte sie den Kopf. „Wie vom Erdboden verschluckt. Das war ganz schön abgefahren grade, oder?“

„Es muss wohl sowas wie Massenhypnose gewesen sein“, tippte John, immer noch etwas bedröppelt. Er schob den halb vollen Teller von sich. Von diesem Zeug mochte er nichts mehr essen. Er fühlte sich mit einem Mal ein wenig flau. Während Renie begann, einige der Umstehenden zu befragen, bezahlte er und ging zur Toilette.

Auf dem Rückweg von dem wenig anheimelnden Ort, an dem er zu seinem Leidwesen eine ganze Weile hatte verbringen müssen, klingelte sein Telefon und sein Vater vermeldete, dass beim Symposium gerade Mittagspause und daher Zeit für eine Lagebesprechung wäre.

„Ich denke, ich habe etwas Interessantes herausgefunden“, kündigte James erfreut an.

„Wir sind in zehn Minuten bei euch“, sagte John und gab Renie ein Zeichen, ihm aus der lärmigen Schankstube nach draußen zu folgen.

„Das ist ne ganz schöne Pleite hier“, brummte sie, als sie auf der Straße standen. „Kein Mensch konnte mir etwas sagen, was wir nicht schon längst wissen.“

„Dad hat eine Information aufgetan. Ich habe mit ihm vereinbart, dass wir uns gleich treffen.“ Sie schlängelten sich durch die immer dichter werdenden Menschenmassen, bis sie beim Hotel anlangten.

„Wo sind die beiden?“ Renie stellte sich auf die Zehenspitzen und hielt suchend Ausschau. „Mann, ist das ein Gewühl hier.“

Schließlich erspähte John Pauline und gleich darauf seinen Vater, die am Rand der Klippen standen, jeder einen Pappbecher und ein Sandwich in der Hand. Angesichts seines immer noch protestierend vor sich hin gurgelnden Bauchs wünschte John, er hätte sich ebenfalls an diese traditionelle Verpflegungsform gehalten.

„Was ist los, John? Du bist ja ganz blass um die Nase“, fragte Pauline besorgt, kaum dass er ihr einen Begrüßungskuss gegeben hatte.

„Ach, es ist nichts“, wehrte er ab. „Der Mittelaltereintopf im Pub ist mir, glaube ich, nicht so gut bekommen.“

„Ah“, Renie nickte wissend. „Sowas habe ich am Amazonas auch gehabt. Aber so richtig verschärft. Ein Riesenvergnügen, sage ich euch, wenn es nur Bananenblätter als Klopapier gibt und dazu eine Grube hinter der Wohnhütte –“

John erschauerte und hielt sich die Ohren zu. „Hör bloß auf. Horror-Geschichten von Montezumas Rache kann ich jetzt absolut nicht brauchen.“

„Wie würde man sowas in unseren Breiten eigentlich nennen?“, überlegte sein Vater. „Montezuma passt ja eigentlich nicht. Wir bräuchten einen hiesigen Bösewicht … Wie wäre es mit Mordred?“

„Der den tödlichen Angriff auf König Artus führte, bevor er selbst in der Schlacht von Camlann starb? Hervorragende Wahl, James“, meinte Pauline anerkennend.

„Mordreds Rache. Ja, das klingt super. Muss ich mal in einem Artikel verwenden“, grinste Renie und stupste John an. „Na, fühlst du dich jetzt besser, wo wir einen schicken Namen für deine Unpässlichkeit gefunden haben?“

John raffte sich zu einem schwachen Lächeln auf. Pauline hielt ihm ihren Becher hin. „Mein armer Hase. Vielleicht solltest du etwas Schwarztee trinken. Der beruhigt die Eingeweide.“

„Nachdem wir jetzt erschöpfend den Status meiner Verdauung diskutiert haben, sollten wir allmählich besprechen, was es sonst Neues gibt“, schlug er vor.

„Ich will anfangen“, meldete Renie sich sofort zu Wort und zog das Papier aus der Tasche, das sie in der Höhle entdeckt hatte. Während sie ihren Fund und Constable Elliotts Reaktion darauf in bunten

Farben schilderte, erwog John, ob er den Gästetoiletten des Hotels einen Besuch abstatten sollte.

„Bibe et vives … Wir suchen also einen Täter, der der lateinischen Sprache mächtig ist?“, fragte James nachdenklich.

„Das muss nicht sein, Grandpa“, meinte Renie. „Mit den ganzen Online-Programmen kann sich heute jedes Kind alles Beliebige in Sekunden und zum Nulltarif übersetzen lassen.“

„Schade“, seufzte James. „Denn das hätte wie die Faust aufs Auge zu dem Hinweis gepasst, den ich bekommen habe. Es geht um einen Historiker, der sicherlich perfekt Latein kann und der im Dauerclinch mit Harvey Reynolds lag. Das ging sogar so weit, dass er Reynolds bezichtigte, an dem Diebstahl beteiligt gewesen zu sein, über den wir gestern geredet haben: das Verschwinden des Nanteos Cups.“

„Was?“ Renie beugte sich begierig nach vorn. „Mensch, das wäre ja ein Knüller.“

James winkte ab. „Der Vorwurf war wohl total aus der Luft gegriffen. Aber er zeigt, dass es viel böses Blut zwischen den Männern gab.“

„Und um wen geht es?“ Renie scharrte förmlich mit den Hufen.

„Einen Dr. Stevens. Er verwaltet für *English Heritage* die Burganlage von Tintagel.“

Kapitel 19

„Gebongt.“ Zufrieden legte Renie auf und steckte ihr Telefon weg. „Dr. Stevens kann uns um halb drei in seinem Büro empfangen.“ Unternehmungslustig rieb sie sich die Hände. „Den Knaben müssen wir echt unter die Lupe nehmen. Schließlich haben wir jetzt schon von zwei Seiten Hinweise darauf, dass er in Konflikte mit Harvey verwickelt war: Von Kay Finnegan und von dem Typen, der mit Grandpa in dem Workshop war.“

„Der ‚Typ‘ ist immerhin ein Kollege von Dr. Stevens, der Chef von Okehampton Castle. Die beiden sind sich nicht recht grün, muss man sagen, aber ich halte ihn für glaubwürdig“, setzte James hinzu.

„Dr. Stevens hat als Burgverwalter beste Ortskenntnisse und er wäre sicherlich in der Lage, eine für Harvey überzeugende Inszenierung inklusive authentisch wirkendem Kelch hinzubekommen“, nahm Pauline den Faden auf. „Apropos Kelch: Es hat sich herausgestellt, dass Dr. Morefield, der Referent in dem Seminar über die Tempelritter, Bibliothekar an der Bodleian Library ist. Er hat mir einen sehr fachkundigen Eindruck gemacht und deswegen habe ich mich nach seinem Vortrag ein wenig mit ihm unterhalten. Ich habe ihm die Fotos gezeigt, die Renie von Harveys ‚Gral‘ geschossen hat und er meinte, das Ding wäre auf den ersten Blick wirklich gut gemacht. Einem Vergleich mit dem, was sonst manchmal als Sensationsfund durch die Medien geistert, hält unser Kelch locker stand. Dr. Morefield sagte, er hätte ein ähnliches Gefäß vor langer Zeit in Jerusalem gesehen. Das ist ja einer der Hotspots der Gralsjäger.“ Sie sah auf die Uhr. „Himmel, der Vortrag dieser angeblichen Nachfahrin von Sir Galahad startet in fünf Minuten und danach muss ich noch zum Workshop ‚Tarotkarten legen mit Artus‘. James, dein Lady Di-Verschwörungstheorienseminar geht auch gleich los. Wir müssen wieder hinein.“

James warf seinen Blümchenschal theatralisch nach hinten und bot Pauline seinen Arm. „Na, dann los, schöne Ko-Spionin. Die Aktion ‚Esoterischer Maulwurf‘ startet.“ Er blickte noch einmal zurück zu John und Renie. „Headquarter, wir melden uns ab. Halten Sie eine Leitung frei für Notfälle.“

Renie sah ihrem Großvater kopfschüttelnd nach. „Grandpa geht ja richtig in seiner Rolle auf. Wahrscheinlich fühlt er sich wie James Bond persönlich. Süß irgendwie."

„Die Bücher von Ian Fleming waren auch das Einzige, was er außer Saurierbüchern je gelesen hat." John verspürte ein neuerliches Ziehen im Bauch und schob Renie eilig in Richtung Hotelhalle. „Während du dich mit O'Flanagan triffst, werde ich mal die sanitären Anlagen des Hauses testen."

Am Eingang jedoch baute sich ein stilecht in das Gewand eines mittelalterlichen Stadtknechts gesteckter Security-Mitarbeiter vor ihnen auf.

„Moment, Sir. Ich muss Ihren Tagungspass sehen."

John trat eine Schweißperle auf die Stirn. Flugs zog Renie ihren Presseausweis heraus. „Maureen Hughes vom *Guardian*. John Mackenzie, mein Fotograf. Wir haben einen Gesprächstermin mit Mr. O'Flanagan."

John atmete auf, als der Mann sie sofort vorbeiließ. In der Lobby des Hotels, die ebenfalls mit Verkaufsständen vollgepackt war, hielt er hektisch Ausschau nach einem Toilettenzeichen. Endlich entdeckte er ein Schild ‚Ritter/Edeldamen' und setzte sich beschleunigt in Gang.

„Wir treffen uns dann wieder hier", rief Renie ihm noch nach, aber er schenkte ihr keine Beachtung.

Als er nach einiger Zeit wieder in die Hotelhalle zurückkehrte – die Örtlichkeiten hier waren immerhin deutlich angenehmer als im Pub – wartete Renie dort auf ihn. „Jetzt bist du ‚Der Spion, der von der Kloschüssel kam'", prustete sie heraus.

„Hast du die ganze Zeit hier gestanden, um mir diesen müden Gag ins Gesicht zu schleudern?", entgegnete John säuerlich. „Was ist mit deinem Interview mit O'Flanagan? Ist es schon vorbei?"

„Es hat noch nicht mal angefangen. Er ist irgendwo im Haus etwas am Organisieren. Ich soll warten, hieß es. In der Zwischenzeit habe ich hier mit einem netten Gentleman geplaudert, der mir erzählt hat, er hätte mit Alan Turing persönlich in Bletchley Park gearbeitet."

Sie zeigte John eine Visitenkarte. „Francis Fielder-Black, Kryptoanalytiker, Lehrbeauftragter am Naval College Dartmouth"

John machte große Augen. „Du hast einen der legendären Männer getroffen, die den Enigma-Code geknackt haben? Donnerwetter. Zeitzeugen von damals gibt es ja kaum noch. Den hätte ich auch gern kennengelernt. Was macht er hier auf dieser Veranstaltung?"

„Er behauptet, er hätte einen Code entschlüsselt, der sich auf irgendeinem Grabmal in Staffordshire findet. Daraus ließen sich Hinweise auf das Versteck des Grals ablesen. Er hat mir ein Interview angeboten. Aber dafür haben wir jetzt keine Zeit. Wir müssen uns auf unseren Fall konzentrieren."

Sie deutete auf die farbigen Stoffbanner, die über den hölzernen Marktständen angebracht waren. „Schwerter, Gewänder, Schmuck, sonstiger Krimskrams – alles hier drin kommt von einem einzigen Lieferanten: ‚Excalibur and more – Tintagels erste Adresse für mittelalterliche Accessoires'. Und wer ist der Inhaber dieses Ladens, wie wir wissen? Tim O'Flanagan."

John pfiff leise durch die Zähne. „Eine Warenauswahl, die zu hundert Prozent auf das Publikum abgestimmt ist und dazu eine 1a-Geschäftslage. Das ist sicherlich eine Goldgrube."

Renie sah auf die Uhr und runzelte die Stirn. „Wenn er jetzt nicht bald auftaucht, müssen wir uns was überlegen. Die Zeit läuft uns davon –"

„Ms. Hughes? Gestatten, dass ich mich vorstelle. Tim O'Flanagan. Sie wollten mit mir über den guten Harvey sprechen. Beatrice sagte, Sie hätten sogar einen Fotografen dabei?"

Wie aufs Stichwort war vor ihnen ein blonder, etwas dicklicher Mann aufgetaucht, den John auf Anfang dreißig schätzte. Anders als auf dem Foto, das die Webseite des Symposiums zierte, trug er keine Brille. Diese hätte auch kaum zu seinem glanzvollen Outfit gepasst. Ein karmesinrotes Wams mit Goldstickereien und weiten Ärmeln wurde von einem breiten Gürtel gehalten, dessen Schließe mit einem kunstvoll gestalteten Drachen verziert war. Die Füße steckten in rehbraunen Schnabelschuhen. Sein Haupt krönte eine Kappe aus nachtblauem Samt, in der eine Feder steckte. Ein Umhang in derselben Schattierung, am Kragen besetzt mit einem weißen Pelz, komplettierte das Ensemble.

O'Flanagan interpretierte ihre Blicke als Bewunderung. Er drehte sich mit einem glückseligen Lächeln einmal im Kreis.

„Nicht schlecht, oder? Habe ich mir extra für unser Symposium anfertigen lassen. Vielleicht möchten Sie gleich mal ein Bild machen?" Er postierte sich vor einem der Verkaufsstände und John schoss ein paar Fotos.

„Ich habe leider nur eine Viertelstunde Zeit für Sie. Sie sehen ja, was hier los ist. Wir haben die höchsten Besucherzahlen, die es je gab.

Und jetzt, wo Harvey nicht mehr da ist, hängt natürlich alles an mir.“ Er führte sie in den hinteren Bereich der Hotelhalle und öffnete eine Tür, an der ein Schild mit der Aufschrift ‚Veranstaltungsleitung‘ hing.

„Kommen Sie herein.“ Mit etwas Mühe manövrierte sich O’Flanagan hinter einen Schreibtisch, raffte sorgfältig seinen Umhang und ließ sich auf dem Stuhl nieder. Er nahm seine Kopfbedeckung ab und setzte sie behutsam auf den Tisch.

„Mr. O’Flanagan, ich danke Ihnen, dass Sie trotz Ihrer vielen Aufgaben Zeit für uns finden“, übernahm Renie das Gespräch. „Der *Guardian* fühlt sich dem Qualitätsjournalismus verpflichtet, wie Sie sicherlich wissen. Deswegen bleiben wir auch an interessanten Stories dran und recherchieren in die Tiefe.“

Sie zog ihr Handy heraus, aktivierte die Aufnahmefunktion und legte es auf den Tisch. „Es stört Sie doch nicht, wenn ich unser Gespräch aufzeichne? Ich möchte sichergehen, dass ich Ihre Aussagen in meinem Artikel auch korrekt wiedergebe.“

O’Flanagan beäugte das Gerät etwas misstrauisch, nickte aber.

„Gut. Ich bin dabei, mir ein Bild der Persönlichkeit Harvey Reynolds’ zu machen. Wie ich von verschiedenen Seiten gehört habe, waren Sie ein langjähriger Vertrauter von Mr. Reynolds und haben gemeinsam diese großartige Veranstaltung hier aufgebaut. Erzählen Sie bitte über Ihre Zusammenarbeit und darüber, wie Sie Mr. Reynolds als Mensch gesehen haben.“

„Harvey war großartig“, äußerte O’Flanagan wie aus der Pistole geschossen. „Er war wie ein väterlicher Mentor für mich. Ein Mann, der die höfischen Ideale verkörperte wie kein zweiter. Der sich mit seinem ganzen Herzblut für das einsetzte, was ihm wichtig war –“

„Und was war ihm wichtig?“, unterbrach Renie.

„Ja, äh“, stotterte O’Flanagan, offenbar aus dem Konzept gebracht. Er fing sich jedoch gleich wieder. „Natürlich die Suche nach dem wahren Gral. Aber auch die Werte, die er verkörpert. Treue, Ehre, Ritterlichkeit, Wagemut … Ich möchte sagen, dass diese Leitlinien auch für mein Leben prägend sind. Wie oft haben wir beide gesagt, dass wir ein paar hundert Jahre zu spät geboren sind.“ Er lächelte wehmütig. „Ich werde ihm immer dankbar sein, dass er mir die Möglichkeit gegeben hat, an seiner Seite an diesem Symposium zu arbeiten. Ich werde alles daran setzen, es in seinem Sinne weiterzuführen und in Zukunft sogar jährlich zu veranstalten. Das können Sie vielleicht auch in Ihrem Artikel schreiben. Unser Treffen ist so ein wichtiger Platz des Austausches Gleichgesinnter, eine Inspirationsquelle und ein Kraftort –“

„Absolut“, fuhr Renie ihm erneut in die Parade. „Es erscheint eigentlich unvorstellbar, wie so ein aufrechter Recke wie Harvey solch einen Hass auf sich ziehen kann, dass er mit einem Mord endet. Nicht wahr?“

O’Flanagan schaute einen Moment lang verdattert. Dann glättete er eine Falte seines voluminösen Gewands und entgegnete, „Aber gerade den Aufrechten, den Kämpfern für eine gute Sache, schlägt doch oft der größte Hass ins Gesicht. Auch unser großer König Artus ist am Ende niedergestreckt worden von den Kräften des Bösen in Gestalt von Mordred.“

Johns Gedärme meldeten sich knurrend zu Wort. Renies Mundwinkel zuckten.

„Ich denke, Mordred können wir in unserem Fall als Täter ausschließen –“, begann sie. Diesmal jedoch drehte O’Flanagan den Spieß um und fiel ihr ins Wort.

„Da wäre ich nicht so sicher.“

„Wie meinen Sie das?“, fragte Renie irritiert.

O’Flanagan beugte sich nach vorn über den Tisch und flüsterte, „Morgan le Fay“.

„Morgan … le Fay?“, wiederholte Renie stupide.

„Artus’ Halbschwester, die Tochter seiner Mutter Lady Igraine und ihres Ehemanns Herzog Gorlois. Und die Mutter von Mordred.“ John war stolz auf sich, dass er dank Paulines Nachhilfe auf dem Laufenden war, was die Verwandtschaftsverhältnisse der verschiedenen Sagengestalten betraf.

„Sie ist die dunkle Macht“, orakelte O’Flanagan in düsterem Ton. „Gut, ich weiß, dass manche sagen, sie wäre eine Heilerin. Aber für mich ist sie nichts anderes als eine böse, böse Zauberin, die ihren Sohn als Werkzeug benutzt hat, um Artus zu vernichten.“ Jäh hob er den Zeigefinger. „Wussten Sie, dass der Ausdruck Fata Morgana auf sie zurückgeht? Das passt. Etwas vorzuspiegeln, das dem Dürstenden Rettung verheißt wie eine Wasserstelle in der Wüste, um ihn dann jämmerlich im Staub verrecken zu lassen – das ist ihr Charakter. Sie will alles zerstören, was zum Licht strebt, was im Herzen rein ist, seit Anbeginn aller Zeit. Und sie findet immer willfährige Handlanger, die ihr Werk verrichten.“

Renie schien es zum zweiten Mal an diesem Tag die Sprache verschlagen zu haben. John erhob die Stimme. „Verstehe ich das richtig: Sie wollen damit andeuten, dass Harvey Reynolds auf Geheiß von Morgan le Fay umgebracht wurde?"

O'Flanagan breitete die Arme aus wie ein Priester, der die Gemeinde segnet. „Es gibt mehr Dinge zwischen Himmel und Erde, als unsere Schulweisheit uns träumen lässt", deklamierte er.

„Hamlet zu Horatio, erster Akt, fünfte Szene", kam es automatisch von Renie. Offensichtlich wirkte das harte Training bei ihrem Schauspiellehrer, der geradezu besessen von Shakespeare gewesen war, immer noch nach.

„Haben Sie eine Vorstellung, wer dann in Harveys Fall der Handlanger gewesen sein könnte?", wollte John wissen.

O'Flanagan zuckte mit den Schultern. „Da kann ich Ihnen nicht weiterhelfen. Auf jeden Fall niemand von unseren Symposiumsteilnehmern. Wir alle sind geeint im Streben nach etwas Höherem. Etwas, das über unser diesseitiges Leben hinausgeht. Wir alle sind uns in der Gemeinschaft herzlich verbunden. Harvey wird schmerzlich vermisst. Etliche haben mich schon gefragt, ob wir nicht etwas zu seinem Angedenken machen sollten, irgendeinen Tribut an ihn errichten. Aber ich bin mir noch nicht schlüssig, was das sein könnte." Er blickte Renie an. „Sie als Medienprofi hätten vielleicht eine Idee, wie wir es gestalten könnten, ein sichtbares Zeichen unserer Verbundenheit zu Harvey zu setzen?"

John beschlich das Gefühl, dass es Tim O'Flanagan eher darum ging, das Gralsrittertreffen oder auch seine eigene Firma ins Rampenlicht zu rücken.

„Na ja, das Wichtigste in seinem Leben waren offensichtlich seine Hunde. Wie wäre es mit einer Spende an die Auffangstation, die Harveys Hunde aufgenommen hat?", schlug Renie vor.

„Ah, die liebreizende Guinevere. Man hat sie wieder gefunden, habe ich gehört. Gott sei Dank, sie ist so ein liebes Tier. Es war furchtbar für Harvey, als sie verschwunden war."

„Sie wussten davon?", fragte Renie.

„Natürlich. Harvey hat mich sofort angerufen, als er am Freitag heimkam und sie weg war. Wir waren hier im Hotel den ganzen Abend mit unserem Team zusammen, um das Symposium vorzubereiten. Er ist dann so gegen zehn gegangen und kurze Zeit später hat bei mir schon das Telefon geklingelt. Er wollte, dass wir alle kommen und auf der Stelle eine Suchaktion starten. Aber das ging beim besten Willen nicht. Es war noch so viel zu tun und ich brauchte wenigstens ein paar Stunden Schlaf. Am Samstag früh habe ich mir dann doch zwei Stunden Zeit genommen, weil Harvey keine Ruhe gegeben hat, und die Klippen Richtung Boscastle abgesucht."

Er schüttelte den Kopf.

„Mir war schon klar, dass das sinnlos war. Erstens ist das sowas wie die Suche nach der Nadel im Heuhaufen. Und zweitens wäre Guinevere nie von selbst weggelaufen. Ich glaube, dass jemand sie entführt hatte. Harvey war überzeugt davon, dass ihr Verschwinden mit der großen Hundeschau in Newquay zusammenhing. Er hatte große Hoffnungen in sie gesetzt. Wir haben unser Symposium extra so gelegt, dass es nicht mit den Wettbewerben der Yorkshire Terrier kollidierte." Er lächelte.

„Harvey hatte alles durchgeplant. Am Dienstag sollte Guinevere die Konkurrenz bei den Yorkies gewinnen und morgen Nachmittag, nach Ende unserer Tagung, wollte er mit ihr im Zuchtgruppenwettbewerb antreten und zum Finale möglichst noch um den ‚Best in Show'-Titel kämpfen. Wirklich traurig, dass ihm das nun versagt geblieben ist."

„Sie kennen sich ja gut aus in der Systematik der Hundeschauen", bemerkte John.

„Harvey und ich hatten ein gutes Verhältnis, wie ich schon sagte. Ich war sogar ein paarmal auf Shows dabei, um mir den ganzen Zirkus anzusehen. Ist nicht mein Ding, aber ich fand es recht interessant."

„Hat Harvey jemals mit Ihnen über Unregelmäßigkeiten bei den Wettbewerben gesprochen, oder über Konflikte, die er mit anderen Ausstellern hatte?", fragte Renie.

O'Flanagan legte die Stirn in Falten. „Er hat manchmal geschimpft, wenn er von einer Show zurückkam und es nicht so gelaufen war, wie er sich das vorgestellt hatte. Da kamen schon mal Nörgeleien, dass der eine oder andere Richter Tomaten auf den Augen gehabt hätte. Aber ich denke, das ist normal, wenn man verloren hat." Er senkte die Stimme. „Ich habe heute früh in der Zeitung gelesen, dass ein Funktionär des Hundezuchtverbands im Zusammenhang mit Harveys Tod vernommen worden ist. Wissen Sie Näheres darüber?"

„Die Polizei ermittelt in alle Richtungen", erwiderte Renie unverbindlich. „Auf der Hundeschau wird es auf jeden Fall bei der großen Gala morgen Nachmittag ein kurzes Gedenken an Harvey geben. Sein Sohn wird als Ehrengast dabei sein –"

„Ach, jetzt auf einmal taucht er auf?“, rief O’Flanagan. „Der Herr Weltenbummler? Der sich über die ganzen Jahre einen Dreck um seinen Vater geschert hat? Dabei stand ich Harvey doch viel näher als sein eigener Sohn.“ Seine Hand ballte sich zur Faust. „*Wir* hatten eine gemeinsame Leidenschaft. Mit seinem Sohn verband ihn doch überhaupt nichts.“

Renie betrachtete den jungen Mann nachdenklich. Dann sagte sie, „Wenn Sie sich mit meiner Idee einer Spende an die Auffangstation anfreunden können, könnte ich bestimmt arrangieren, dass die Übergabe morgen bei der Abschlussgala stattfindet. Es wäre ein würdiger Rahmen für die Aktion und Sie könnten ein paar Worte über Harvey sagen. Auch das Regionalfernsehen wird da sein –“ Sie ließ den Satz in der Luft hängen.

O’Flanagans Augen leuchteten auf. „Das ist ein hervorragender Vorschlag, Ms. Hughes. Ich werde sofort veranlassen, dass Spendenboxen aufgestellt werden. Und den Betrag könnte ich in einer schönen handgeschmiedeten Schatulle aus meinem Laden überreichen, damit das Ganze nach etwas aussieht. Denken Sie, ich könnte im Kostüm kommen?“

„Warum nicht? Das wäre doch ein schöner Farbtupfer auf der Messe“, erwiderte Renie ohne eine Miene zu verziehen. „Sagen Sie, wussten Sie von den Differenzen, die Harvey mit Dr. Stevens hatte?“, fragte sie dann übergangslos.

Er stutzte kurz und meinte dann, „Ach was, Differenzen. Es gab ein paar Missverständnisse zwischen den beiden, das ist alles.“ O’Flanagan erhob sich und stülpte sich die Kappe auf den Kopf. „Und jetzt müssen Sie mich wirklich entschuldigen. Ich muss mich um so viele Dinge kümmern. Aber wir sehen uns ja morgen. Haben Sie vielleicht eine Karte? Dann können wir uns noch über die Einzelheiten der Spendenübergabe kurzschließen.“

Renie nahm eine Visitenkarte aus ihrer Geldbörse, auf die das Logo des *Guardian* aufgestanzt war. O’Flanagan betrachtete es ehrfürchtig.

„Der *Guardian*, allen Ernstes. Normalerweise lese ich ja nur unser örtliches Blatt, die *Newquay Voice*, das reicht mir.“

Renies rümpfte ein wenig die Nase.

„Aber nachdem sich im Dorf rumgesprochen hatte, dass eine Reporterin vom *Guardian* dabei war, als Harveys Leiche gefunden wurde, habe ich ihn mir doch einmal gekauft und Ihren Artikel gelesen“, fuhr er eifrig fort. „Ich habe ihn sogar ausgeschnitten.“

„Wie schön.“ Unvermittelt hielt Renie ihm das Papier aus der Höhle unter die Nase. O’Flanagan fuhr zurück. Seine Kappe rutschte ihm nach vorn in die Stirn. Sorgfältig platzierte er sie wieder auf seinem Haupthaar.

„Was ist das?“

„Ich habe es in Merlins Höhle gefunden. Wir nehmen an, dass es die Botschaft ist, die Harvey dazu gebracht hat, aus dem Kelch zu trinken.“

„Oh.“ Seine Hände begannen zu zittern. „Trink und du wirst leben … Das ist teuflisch. Daraus spricht das Böse.“ Er trat abrupt einen Schritt zurück, wie um eine sichere Distanz zwischen sich und den Zettel zu bringen. „Sie werden sehen, ich hatte recht. Es ist Morgan le Fay, die Harvey vernichtet hat.“ Jäh packte er John am Arm. „Sie könnte auch hinter mir her sein! Ich muss sofort die Druidin Morrigan um einen Schutzzauber bitten.“ Er schob seine Besucher förmlich zur Tür hinaus, deutete eine Verbeugung an und eilte mit wallendem Umhang davon.

„Was war das jetzt?“ Renie starrte dem eigenartigen jungen Mann nach. „Ist der Typ echt vom Wahnsinn umnachtet oder hat er uns komplett verarscht?“

John lachte in sich hinein. „Beschwören könnte ich es nicht, aber ich glaube, er hat uns etwas vorgespielt.“

Erbost stemmte Renie die Hände in die Hüften. „Wenn dieser Vogel meint, er kann uns mit seinem Bla-Bla von wegen Ehre und Ritterlichkeit und mit seinen esoterischen Sperenzchen ablenken, dann hat er sich aber geschnitten! Morgan le Fay als Auftraggeberin eines Mordes! Was für ein ober-mega-hyper-Bullshit!“

John wurde wieder von einem brennenden Schmerz durchfahren.

„Ich bin gleich wieder da.“ Glücklicherweise wusste er nun bereits, wo die Toiletten sich befanden.

Als er wieder zurückkam, sah Renie von ihrem Handy auf und musterte ihn prüfend. „Allmählich siehst du echt schlimm aus. Du erinnerst mich an einen ausgemergelten alten Klepper.“

„Herzlichen Dank.“ John ließ sich in eines der Sofas fallen, die in der Hotellobby standen und vergrub den Kopf zwischen den Händen. Er fühlte sich wirklich ziemlich schwach. Mittlerweile war er überzeugt, dass nicht nur das Rezept des Eintopfs aus dem Mittelalter stammte, sondern auch die Zutaten Reste aus grauer Vorzeit gewesen waren.

„Trink das.“ Renie drückte ihm einen Becher Tee in die Hand. „Soll ich dir etwas zu essen bringen?“

„Bloß nicht“, würgte er hervor. Beim bloßen Gedanken an feste Nahrung wurde ihm übel. Er nippte an dem Tee und wünschte, eine Fee oder von ihm aus auch Merlin käme und würde ihn direkt in sein Bett zaubern. Dazu noch Pauline als Krankenpflegerin … Bei der Vorstellung entspannten sich seine Züge etwas. Allerdings nur kurzfristig, denn schon grummelte es wieder tief in seinem Inneren.

„Wir müssen los, sonst kommen wir zu spät zu Dr. Stevens“, sagte Renie. John stöhnte. Das Büro von *English Heritage* lag unten an der Küste. Es war nicht weit dorthin, aber momentan fühlte er sich definitiv an einem Ort in unmittelbarer Nähe der Toiletten am wohlsten.

„Ich gehe allein“, beschloss Renie, die seine Not erkannte. „Du bleibst hier und ruhst dich aus. Nicht, dass du mir noch zusammenklappst.“

John brachte ein dankbares Lächeln zustande. Renie schnappte sich die Kamera und verschwand, das Handy schon wieder am Ohr. Er lehnte sich in das leicht abgewetzte Polster zurück und schloss die Augen. Ah, ein Moment der Ruhe … Am Einsinken des Polsters merkte er, dass jemand neben ihm auf dem Sofa Platz genommen hatte. Widerwillig öffnete er die Augen wieder. Und erblickte eine zarte Frau undefinierbaren Alters, die ihn aufmerksam betrachtete.

„Ich könnte Ihnen etwas gegen Ihre Beschwerden bringen“, sagte sie.

„Oje – es war mir gar nicht bewusst, dass ich so leidend aussehe“, erwiderte er.

„Nun ja, wie das blühende Leben wirken Sie nicht gerade. Es ist Ihre Verdauung, nicht wahr?“

Er nickte verlegen.

„Ich habe etliche Kräutertinkturen dabei und denke, etwas davon könnte Ihnen guttun.“

Als er zögerte, lachte sie leise auf und meinte, „Vielleicht sollte ich mich vorstellen. Ich bin Caitlin MacCarthy. Mein Beruf – und meine Berufung – ist Heilerin.“

„John Mackenzie.“ Er reichte ihr die Hand. Spontan hatte er das Gefühl, dieser Frau mit der warmen, dunklen Stimme vertrauen zu können.

„Ja, nun, wenn Sie etwas hätten, das meine Eingeweide etwas beruhigen könnte, dann wäre ich tatsächlich dankbar dafür. Ich habe wohl etwas gegessen, das mir nicht bekommen ist."

„Ich bin gleich wieder da." Sie erhob sich federleicht vom Sofa und verschwand. Als sie wieder zurückkam, hatte sie ein kleines Fläschchen bei sich und einen Pappbecher mit heißem Wasser. Sie träufelte einige Tropfen hinein und reichte John den Trank. Er nahm einen Schluck. Der Geschmack war herb, aber nicht unangenehm.

„Was ist da drin?"

Sie ratterte eine Reihe von Kräutern herunter, von denen John noch nie gehört hatte. „Ich habe sie alle selbst gesammelt an Beltane", setzte sie hinzu.

„Beltane?", fragte er.

„Das keltische Fest zum Beginn des Sommers", erklärte sie. „Die Nacht vor dem ersten Mai. Die Natur erlangt wieder ihre Kraft und mit ihr auch alle Wesen. Es ist eine Zeit enormer, wilder Energie." Ihre Augen funkelten. „Und deshalb sind auch diese Heilkräuter hier sehr wirksam. Noch dazu stammen sie aus einem Hain, der ein besonderer Quell der Lebenskraft ist, in Glastonbury."

„Leben Sie dort?", erkundigte sich John und führte den Becher wieder zu den Lippen. Tatsächlich fühlte er sich schon deutlich besser.

Sie nickte. „Es ist ein magischer Ort. Ein Anziehungspunkt für Suchende, egal ob sie aus dem christlichen Glauben kommen, Neopagane sind, Moslems, was auch immer. Alle Richtungen koexistieren in absolut friedlicher Weise. Glastonbury ist der Nexus des Spirituellen schlechthin. Gut, natürlich gibt es auch einige Auswüchse der Kommerzialisierung", schränkte sie mit einem Lächeln ein. „Wie überall, gibt es auch bei uns Geschäftemacher, die Besuchern allen möglichen Kram aufschwatzen, der angeblich der Erleuchtung dienen soll." Sie gluckste vergnügt. „Aber auch das hat lange Tradition. Im zwölften Jahrhundert schon haben die Mönche des Klosters versucht, mit allen Mitteln die Pilgerzahlen zu erhöhen. Dazu verscharrten sie zwei Leichen in der Klosterkirche und gaben vor, das Grab von König Artus und Guinevere höchstpersönlich gefunden zu haben, komplett mit passender Inschrift. Und voilá: Die Besucherzahlen explodierten."

John lachte. „Ein früher Fall von Fake News." Er stellte den leeren Becher zur Seite. „Ich schätze, es kommen auch viele Gralssucher nach Glastonbury."

Caitlin MacCarthy nickte. „Es gibt immer wieder Fälle, dass Leute am Fuß unseres mythischen Hügels, Glastonbury Tor, zu buddeln anfangen. Sie haben von der Legende gehört, dass Josef von Arimathäa den Abendmahlskelch dort vergraben haben soll und starten kurzerhand ihre eigene Schatzsuche."

„Kannten Sie Harvey Reynolds? Er war ja auch ein unermüdlicher Gralssucher, habe ich gehört."

„Harvey? Ja, natürlich kannte ich ihn. Ich komme seit Jahren zu diesen Treffen hier. Ich leite den Workshop ‚Tarot-Karten legen mit Artus'. Es tut mir leid um ihn." Ihr Blick wanderte in die Ferne.

„Harvey hat sein Leben damit vergeudet, einem Gegenstand nachzujagen, der nichts weiter als ein Symbol ist. Natürlich, auch für uns neuzeitliche Druiden hat der Gral eine große Bedeutung. Aber für uns ist er nichts anderes als der Kessel unserer Muttergöttin Cerridwen, in dem sie das Gebräu kochte, das uns Heilung auf allen Ebenen bringt – körperlich, geistig und psychisch. Die Suche nach dem Gral ist für mich persönlich nichts anderes als die Suche nach sich selbst."

Ihr Blick wanderte wieder zu John.

„In Harveys Innerem, hatte ich immer das Gefühl, war eine große Ödnis, eine Leere, die er versucht hat, zu füllen. Ich bete zu unserer Göttin, dass er, wo auch immer er jetzt ist, das gefunden hat, was er gesucht hat."

Kapitel 20

Nachdem Caitlin MacCarthy gegangen war, um ihren Workshop zu beginnen, fühlte John sich seltsam erfrischt. Seine Gedärme hatten sich offenbar beruhigt. Er erhob sich und wanderte zwischen den Verkaufsständen in der Halle umher. Da sich so gut wie alle Symposiumsteilnehmer in den verschiedenen Seminaren aufhielten, wurde er als einziger potenzieller Kunde vom Verkaufspersonal wachsam verfolgt.

„Ein schönes geschmiedetes Schwert, der Herr? Oder vielleicht einen Ritterhelm? Wir führen nur einheimische handgemachte Ware, keinen Billigschrott aus Fernost. Bitte fassen Sie ruhig die Sachen an und überzeugen Sie sich von der einzigartigen Qualität …“

„Wie wäre es mit einem mittelalterlichen Kostüm? Geschneidert nach Originalgemälden der Zeit. Wir haben eine breite Auswahl. Auch für Kinder bieten wir Gewänder. Kleine Ritter oder Prinzessinnen. Für Ihr Kind … oder Ihre Enkel.“

John zuckte zusammen. Er warf der Verkäuferin einen entsetzten Blick zu. Enkel?? Du liebe Güte, für wie alt hielt dieses junge Ding ihn? Er warf einen verstohlenen Blick in den Spiegel, der wohl für Anproben bereitstand. Hatten ihn die Torturen des heutigen Tages so sehr altern lassen? In der Tat schien es ihm, als hätten sich die Falten tiefer in sein Gesicht gegraben. Ein Jammer, dass Caitlin McCarthy schon fort war, vielleicht hätte sie eine wirksame Tinktur gegen Alterungserscheinungen auf Lager gehabt.

„Sehen Sie, dieses Gewand eines Edelmanns aus dem fünfzehnten Jahrhundert würde Ihnen wunderbar zu Gesicht stehen“, machte die Verkäuferin einen neuen Anlauf.

„Nein, danke“, brummte er und ging schnell weiter. Am Schmuckstand entdeckte er einige Stücke aus Silber, die schön gearbeitet waren. Er wählte einen Anhänger aus. Der in ein verschlungenes Design gefasste Stein passte genau zu Paulines Augen. Als er bezahlte – der Preis ließ ihn ein wenig schlucken – fiel ihm ein Stapel Flyer ins Auge: ‚*Excalibur Reisen – auf der Spur des Gralsmythos*‘. Er nahm einen zur Hand.

„Interessieren Sie sich für eine Rundreise?“, fragte der Verkäufer eilfertig. „Wir haben ein Messeangebot, das nur noch bis morgen gültig ist. Sie erhalten zehn Prozent Rabatt auf den Gesamtpreis. Unser

Chef, Mr. O'Flanagan persönlich, begleitet jede Reise. Er ist ein absoluter Fachmann für alles, was mit König Artus und dem Heiligen Gral zu tun hat. Jede Unterkunft ist persönlich von ihm getestet worden. Es sind durchwegs erstklassige Häuser, in denen genächtigt wird. Vor Ort gibt es spezielle Führungen mit lokalen Guides, die exklusiv für Excalibur Reisen veranstaltet werden." Er beugte sich näher zu John. „Ich kann Ihnen sogar einen Super-Sonder-Spezialpreis machen, wenn Sie sich für die Reise im Juli entscheiden. Das ist nämlich unsere Einführungsreise. Diese ersten Teilnehmer werden sozusagen als Pioniere unterwegs sein."

„Das ist ja interessant. Diese Rundreisen sind also ein neuer Geschäftszweig von Mr. O'Flanagan?", erkundigte sich John.

„Brandneu sogar", erwiderte der Verkäufer. „Die Flyer sind gerade gestern frisch aus der Druckerei gekommen. Sehen Sie –" Er faltete einen auf.

„Sie haben alle Top-Destinationen in einer kompakten Reise zusammengefasst, jeder Tag bietet ein neues Highlight. Es gibt zwei Stopps in Spanien: Valencia und San Juan de la Pena. Dann einen in Frankreich, die Katharerburg in Montsegur. Und der Höhepunkt schlechthin: Das Heilige Land. Dort, wo alles seinen Ausgang nahm. Durch seine exzellenten Kontakte konnte Mr. O'Flanagan eine Exkursion zu den Ausgrabungen am Tempelberg arrangieren. So etwas bekommen Sie sonst nirgends geboten, Sir. Das ist eine Erfahrung, von der man noch seinen Enkelkindern erzählt."

Wieso war nun schon wieder die Rede von Enkeln? Mit einem säuerlichen Lächeln tippte John auf den Reisepreis. „5295 Pfund pro Person: Das ist ja –" Wucher, dachte er, beschränkte sich aber darauf, zu sagen „ – nicht gerade preisgünstig."

Der Verkäufer erging sich daraufhin in einem Klagelied über die immensen Flugpreise, Kerosinzuschläge, unverschämte Hoteliers und andere Geißeln der Menschheit. Schließlich bemerkte er, dass er bei John so offenbar keinen Blumentopf gewinnen konnte. Schnell schwenkte er um.

„Wir haben auch eine rein britische Reise im Angebot, die ein echtes Schnäppchen ist. Da wandeln wir auf den Spuren unseres großen Königs Artus. Wir besuchen Glastonbury, Winchester, Bath, Camelford und Stonehenge. Der Ausgangspunkt ist natürlich hier bei uns in Tintagel. Sie übernachten direkt hier im Hotel und erhalten eine Sonderführung in Tintagel Castle, geleitet vom Burgverwalter persönlich. Dr. Stevens ist eine Koryphäe für Artus." John horchte auf. Dr. Stevens arbeitete mit Tim O'Flanagan zusammen? Dem Kompagnon des Mannes, mit dem er sich angeblich spinnefeind war? Während er darüber nachsann, plapperte der Verkäufer munter weiter.

„Dazu bekommen Sie noch ein Willkommensgeschenk im Wert von zwanzig Pfund, das Sie sich frei aus dem Sortiment von ‚Excalibur and more', Tintagels erster Adresse für mittelalterliche Accessoires, aussuchen können. Das Ganze zum Spitzenpreis von nur 1999 Pfund! Und vergessen Sie nicht: Auch hier gilt das Messeangebot. Wenn Sie sich schnell entscheiden, können Sie sich zehn Prozent Rabatt sichern."

John schob das Päckchen mit dem Anhänger in die Hosentasche. „Ich werde darüber nachdenken", sagte er unverbindlich. „Ist ja eine schlimme Sache mit Harvey Reynolds, nicht wahr? Er fehlt Ihrem Chef bestimmt sehr."

„Es war ein brutaler Schock." Die Kleiderverkäuferin hatte sich von hinten angepirscht, wohl in der Hoffnung, doch noch eines der Gewänder an den Mann zu bringen. Sie lehnte sich gegen die Schmuckauslage.

„Den ganzen Freitagabend waren wir zusammen hier und haben das Symposium vorbereitet. Am Samstag dann waren wir ehrlich gesagt ein bisschen sauer, weil wir alle Hände voll zu tun hatten und Harvey nicht mehr aufgetaucht ist. Er ist den ganzen Tag herumgelaufen und hat seinen Hund gesucht. Sogar unser Chef musste ein paar Stunden mithelfen, während wir rotiert haben wie die Verrückten, um alles fertig zu kriegen. Bis in die Puppen haben wir geschuftet."

Der Schmuckverkäufer warf seiner vorlauten jungen Kollegin einen kritischen Blick zu.

„Was wir natürlich gern tun. Das Symposium ist das Highlight der Saison hier. Und Harvey Reynolds gebührt großer Respekt dafür, dass er die Pionierarbeit geleistet hat, das alles aufzubauen. Sein Tod ist ein großer Verlust für die ganze Gegend. Also, Sir, kann ich Sie nun für eine unserer Reisen interessieren?"

„Oder vielleicht für eine schöne Kopfbedeckung mit einer echten Habichtsfeder?"

Nun nahte auch noch ein dritter Verkäufer mit einem Tablett in der Hand. „Möchten Sie ein Gläschen Met aus hiesiger Produktion verkosten, mein Herr? Oder einen wunderbaren Rotwein vom Avalon-

Weingut aus Sussex? Sie sehen aus, als ob Sie einen Genießer-Gaumen hätten."

John fühlte sich an einen Schwarm Krähen erinnert, die sich unter lautem Gekrächze auf einen leckeren Happen stürzten. Er entschied sich zur Flucht und zog sich zurück, bevor er sich doch noch eine mittelalterliche Montur oder eine völlig überteuerte Reise aufschwatzen ließ.

„Dr. Stevens können wir vergessen", schnaufte Renie, als sie am oberen Ende des Klippenpfades angekommen war und John entdeckte. Sie ließ sich wenige Meter weiter ins Gras fallen. John tat es ihr gleich.

„Gehts dir wieder besser?", erkundigte sie sich, während sie in schneller Folge durch die Fotos auf Tommys Kamera blätterte, bis sie das gefunden hatte, das sie John zeigen wollte.

Er nickte. „Eine Teilnehmerin am Symposium hat mir einen Heiltrank gegeben. Der hat tatsächlich geholfen."

Renie sah auf. „Einen Heiltrank? Du hast dir von einer Fremden, die noch dazu zu dieser doch ziemlich schrägen Artus-Szene gehört, irgendwas einflößen lassen? Du hast ja ein Gottvertrauen."

John schüttelte grinsend den Kopf. „Jetzt hör aber auf. Denkst du etwa, das war eine moderne Inkarnation von Morgan le Fay, die mich mit einem Gifttrank um die Ecke bringen wollte?"

„Quatsch. Ich hatte eher an K.O.-Tropfen gedacht. Rein mit lecker Liquid Ecstasy und ab in die Besenkammer. Machen zwar eher Männer, aber es soll auch Frauen geben, die sich damit das Objekt ihrer Begierde gefügig machen."

Nun musste John so sehr lachen, dass er fast über den Rand der Klippe geplumpst wäre.

„Objekt der Begierde", japste er und wischte sich die Lachtränen aus den Augen. „Dabei hat mich eine Verkäuferin vorhin schon für einen Großvater gehalten."

Sie grinste. „Wär ja theoretisch auch möglich in deinem Alter. Aber jetzt zurück zu Dr. Stevens." Sie hielt John das Display der Kamera entgegen.

„Oh. Der arme Mann sitzt ja im Rollstuhl."

„So ist es. Aber zu seinem Glück nicht dauerhaft. Er hat sich vorige Woche bei einem Sturz auf seiner Kellertreppe den Unterschenkel gebrochen. Er kann kurze Stücke mit Krücken gehen und wird ansonsten im Rollstuhl herumgekarrt. Das hat mir eine seiner Mitarbeiterinnen bestätigt. Es ist also auszuschließen, dass er sich über den ganzen Strand und durch die Höhle geschleppt hat, um dort den Kelch für Harvey zu deponieren."

„Dann haben wir einen Verdächtigen weniger. Hast du es Simon schon berichtet? Der wird sich freuen."

„Ich habe ihm sogar noch mehr berichten können, wobei ein Teil der Infos von Mum und ihren Kontakten im Schatzamt kommt. Pass auf: Harvey und Tim O'Flanagan haben vor drei Jahren eine gemeinsame Firma gegründet, die als Veranstalter für die Symposien auftritt. Die gehört nach Harveys Tod nun Tim allein. So steht es in den Geschäftsstatuten. Viele Steuern hat diese Firma in den letzten Jahren nicht bezahlt, weil der Gewinn durch die Veranstaltungen gerade mal bei ein paar tausend Pfund lag. Aber: Tim ist verschuldet bis über beide Ohren. Vielleicht ist ihm da sogar diese Summe verlockend genug erschienen, um seinen Geschäftspartner aus dem Weg zu räumen."

„Es könnte auch sein, dass er ein wenig Startkapital für seinen neuen Geschäftszweig brauchte", überlegte John und erzählte Renie von ‚Excalibur Reisen'.

„Da ist sogar eine Zusammenarbeit mit Dr. Stevens geplant, der Spezialführungen für die Reisegruppen anbieten wird", schloss er.

„Hah! Dann verstehe ich auch, warum Stevens über Tim sagte, er wäre ein patenter Kerl. Die beiden wollen gemeinsam ins Geschäft kommen! Das passt zu dem Herrn Burgverwalter. Ich sag dir, wenn der irgendwo die Chance wittert, einen Penny zu verdienen – natürlich nicht für sich selbst, sondern für *English Heritage* – dann ist er sofort dabei. Deswegen hatte er in den letzten Monaten Streit mit Harvey Reynolds." Sie kicherte.

„Das ist auch so eine eigenartige Geschichte. *English Heritage* plant, das Burggelände ein bisschen aufzupeppen. Es ist ja wirklich nicht mehr sooo viel zu sehen da. Also wollen sie nun eine Art Statue aufstellen, die an König Artus erinnern soll und ein Relief in die Felsen außen an Merlins Höhle eingravieren lassen, das Merlins Gesicht darstellen soll. Das hat offenbar in konservativen Historiker-Kreisen schon für Diskussionen gesorgt – von wegen, man wolle eine Art Disneyland aus Tintagel Castle machen – aber Harvey hat wieder den Vogel abgeschossen. Er hat behauptet, Artus' Geist wäre ihm erschienen – so etwas hat uns ja Kay Finnegan schon erzählt – und hätte ihm aufgetragen, diese Pläne zu vereiteln, weil sie die Würde des Ortes zerstören würden. Harvey hat sich da so hineingesteigert, dass er Dr. Stevens immer mehr als Feind sah, obwohl die beiden früher sogar befreundet waren. Die ganze Sache ist endgültig eskaliert, als Stevens Harvey bei der Polizei angezeigt hat."

„Wie kam es dazu?", fragte John.

„Es ging tatsächlich um den Nanteos Cup, wie Grandpa erzählt hat. Offenbar hat Harvey schon seit längerer Zeit immer wieder versucht, das Ding sehen zu dürfen und war mit der Besitzerfamilie in Wales in Kontakt. Aber die haben die Schale in einem Bankschließfach aufbewahrt und wollten ihm keinen Zugang gewähren. Letzten Sommer ist sie an eine schwer kranke Frau in Herefordshire ausgeliehen worden, die sich von ihr Heilung erhofft hat. Während die Frau dann im Krankenhaus war, ist die Schale gestohlen worden. Genau zu einem Zeitpunkt, als Harvey mit unbekanntem Ziel weggefahren war. Daran hat Dr. Stevens sich erinnert, als er wieder mal einen erbitterten Streit mit Harvey hatte. Ich glaube, er wollte ihm einfach eins auswischen, indem er ihn bei der Polizei angeschwärzt hat. Und dann war er ganz enttäuscht, als von den Ermittlern grade mal einer bei Harvey angerufen hat und die Sache dann sofort versandet ist. Offenbar war der zur Zeit des Diebstahls nämlich wieder auf einer seiner Grals-Such-Reisen, diesmal in Frankreich."

John runzelte die Stirn. „Tim O'Flanagan bekommt also Harveys Anteile an der gemeinsamen Firma. Den Gewinn aus dem diesjährigen Symposium kann er gut gebrauchen. Und er möchte mit einem Intimfeind von Harvey Reynolds ins Geschäft kommen, was Harvey garantiert nicht gut fand. Er wohnt in Tintagel und kennt sich hier bestens aus. Da er davon lebt, alle möglichen pseudo-mittelalterlichen Sachen zu verkaufen, dürfte es ein Leichtes für ihn sein, eine Bezugsquelle für einen halbwegs authentischen Kelch zu finden."

Ihm fiel noch etwas ein. „Pauline sagte doch, ihr Seminarleiter heute früh hätte ein ähnliches Gefäß in Jerusalem gesehen. Wenn es stimmt, dass O'Flanagan alle Orte der Grals-Reise schon besucht hat, dann muss er auch dort gewesen sein."

Renie klatschte in die Hände. „Tada. Womit wir einen neuen Hauptverdächtigen hätten." Unternehmungslustig sprang sie auf.

„Los. Wir müssen sein Alibi überprüfen."

„Wie willst du das machen?"

„Wir schnüffeln bei seinen Nachbarn herum", erwiderte sie mit größter Selbstverständlichkeit. „Vielleicht hat ja jemand bemerkt, dass er spätabends noch mal aus dem Haus ist. Komm, wir starten einfach bei seinem Geschäft in der Hauptstraße und fragen uns durch."

Ach, die Energie der Jugend … John hatte allmählich das Gefühl, dass dieser Tag schon ein bis zwei Ewigkeiten dauerte. Und er war lange noch nicht zu Ende. Mit krachenden Knien rappelte er sich auf und trottete hinter seiner Nichte her.

Nach einer Stunde fruchtlosen und für John zunehmend ermüdenden Herumlaufens gabelten sie James und Pauline auf. Renie hatte zu ihrem Ärger niemanden finden können, der am Samstag einen nächtlichen Ausflug von Tim O'Flanagan beobachtet hatte. Nachdem O'Flanagan über seinem Laden lebte und es im Haus keine weiteren Wohnungen gab, hatte er keine direkten Nachbarn.

„Die klappen hier spätestens nach Einbruch der Dunkelheit die Bürgersteige hoch. Da könnte ein Nilpferd über die Hauptstraße traben und keiner würde es merken", stellte sie unzufrieden fest.

James und Pauline hatten in ihren Nachmittags-Workshops ebenfalls nichts Hilfreiches mehr erfahren. Auf der Rückfahrt nach Newquay wollte Renie auf der Stelle ein Brainstorming abhalten, wie sie Tim O'Flanagan am besten überführen konnten. Allerdings waren alle außer ihr so ermattet, dass sie nach kurzer Zeit einschliefen. Renie schoss ein paar unvorteilhafte Aufnahmen ihrer weggedämmerten Mitfahrer und trat dann genussvoll auf das Gaspedal. Zumindest konnte nun keiner das übliche Genörgel über ihren Fahrstil anstimmen.

Eine Dreiviertelstunde später sah John sehnsuchtsvoll Pauline nach, die winkend mit James im Haus verschwand. Der kurze Schlaf hatte ihn nicht erfrischt, im Gegenteil. Übelgelaunt verschränkte er die Arme und starrte stumm aus dem Fenster, während Renie den Wagen auf dem Weg zu Jake Foster durch die Innenstadt von Newquay manövrierte.

Die Straßen waren voll mit Familien, die jetzt am späten Nachmittag vom Strand kamen und in die Geschäfte, Spielearkaden oder ihre Unterkünfte drängten. Renie bedachte unachtsame Fußgänger mit bissigen Kommentaren, hupte und konnte mehrfach nur mit einer Vollbremsung eine Kollision verhindern. Nach der zweiten angehenden Herzattacke war John versucht, einfach auszusteigen und sich davonzumachen. Wenn Pauline nicht im Ferienhaus auf ihn gewartet hätte, hätte er ernsthaft erwogen, zum nächsten Bahnhof zu laufen und direkt nach London zurückzufahren. So harrte er leise vor sich hin grantelnd aus. Prompt begann auch sein Bauch wieder zu grummeln, was seine Laune noch weiter verschlechterte. Als sie endlich vor einem leicht verlotterten einzeln stehenden Haus am Rande der Stadt ausstiegen und er mit Leichenbittermiene an der Haustür stand, stieß Renie ihn mit dem Ellenbogen an. „Wenn du so schaust, verschreckst du den armen Jake. Mach mal ein freundlicheres Gesicht."

„Die Aussicht, die Rückfahrt in einem Auto mit einer Irren am Steuer überstehen zu müssen, würde dem Abgebrühtesten im Magen liegen", raunzte er.

„Dann fahr *du* doch nachher. Aber dann müssen wir uns noch Proviant kaufen, weil wir nämlich sonst verhungern, bis wir wieder zu Hause sind", schoss sie zurück.

Aus dem Haus war Hundegebell zu hören. Als die Tür sich öffnete, zwang John sich, seinen finsteren Blick ein wenig abzumildern. Renie umarmte den mageren jungen Mann, der vor ihnen stand, und stellte dann John vor. Sie schüttelten sich die Hände.

Renie beugte sich zu dem zotteligen schwarzen Hund hinab, der die Besucher mit einem Schwanzwedeln begrüßte. „Hallo, Murtaugh. Na, wo ist dein Kumpel?"

„Riggs gehts heute nicht so gut. Er liegt auf der Couch", sagte Foster. „Kommt rein. Wir können uns im Wohnzimmer breitmachen, meine Schwester ist nicht da." Er ging voraus durch einen engen Flur mit einer völlig überladenen Garderobe. Kinderschuhe quollen aus einem kleinen Regal heraus.

„Winnie ist auf der Arbeit. Wollt ihr was trinken?" Foster deutete vage auf ein paar Stühle, die um den Esstisch standen.

„Wenn Sie Tee für mich hätten, wäre ich sehr dankbar", sagte John.

„Geht klar. Renie, du auch?"

„Ich hätte lieber etwas Kaltes." Sie ging auf die Knie, um die gefleckte Promenadenmischung zu begrüßen, die auf einem Kissen auf dem Sofa lag und ihr sogleich über die Finger schleckte.

„Ich hab n Bier im Kühlschrank. Budweiser", bot Foster an. „Sonst gibts nur Leitungswasser."

Renie war wohl in Versuchung, das Bier zu wählen, fing aber Johns mörderischen Blick auf. Sie seufzte. „Ich muss fahren, also lieber ein Wasser. Was fehlt Riggs denn? Er sieht irgendwie traurig aus."

„Naja, er ist nicht mehr der Jüngste. Und ich glaube, er vermisst die Mädels. Meine Nichten", erklärte er mit einem Blick auf John. „Sie sind über die Ferien bei ihrem Vater." Foster kramte im Küchenschrank nach einem Teebeutel. John streichelte Murtaugh, der sich neben ihm auf den Boden gelegt und seinen Kopf auf Johns Schuh gelegt hatte.

„Ein sehr freundliches Tier", bemerkte er.

„Der beste Freund, den Sie haben können. Und das ohne jeden Stammbaum und obwohl ers die ersten Jahre sicher nicht leicht hatte. Wir haben die beiden vor, warten Sie mal, zehn Jahren oder so aus dem Tierasyl geholt. Jemand hatte sie als Streuner aufgegriffen und hingebracht. Das ist herzzerreißend da, sage ich Ihnen. Diese ganzen Hunde, die keine Chance auf eine Familie haben. Bloß, weil irgendwelche Klugscheißer sagen, dass sie nicht perfekt sind. Oder weil irgendwelche Volldeppen von Eltern ihrem Kind einen Hund zu Weihnachten geschenkt haben und wenn das blöde Gör dann merkt, dass da richtig Arbeit damit verbunden ist, ihn wieder loshaben will."

Er setzte die Teetasse so hart auf den Tisch, dass die braune Brühe überschwappte. „Tschuldigung. Aber ich muss mich echt aufregen. Es gibt so viele herzlose Typen da draußen. Denen ist das Schicksal von so einem Tier total egal. Und zu den Schlimmsten gehören diese Zuchtverbandsleute", erregte Foster sich. „Die sind nicht besser als der Ku-Klux-Klan, sage ich. Alles, was nicht ihrem Standard entspricht, ist es nicht wert, zu leben –"

Renie kam zum Tisch und legte ihre Hand beruhigend auf seinen Arm. „Wegen den Vorwürfen gegen den Verband, die Harvey Reynolds erhoben hat, sind wir hier", unterbrach sie seine Tirade.

„Das sagtest du am Telefon. Aber was wollt ihr noch darüber wissen? Ich habe dir doch schon alles erzählt. Und den Bullen auch, nachdem du mich extra deswegen dahingeschleppt hast." Foster holte sich ein Bier aus dem Kühlschrank und setzte sich zu ihnen.

„Wir denken, dass die Polizei möglicherweise den falschen Mann wegen des Mordes an Harvey verhaftet hat", ergriff John das Wort. „Es gibt offensichtlich Spuren in andere Richtungen, denen nicht nachgegangen worden ist. Deswegen ist es wichtig, dass Sie sich an jedes Detail Ihrer Gespräche mit Harvey erinnern. Darf ich Sie also bitten, jeden Ihrer Kontakte für mich noch einmal nachzuvollziehen?“

Fosters Augen verengten sich misstrauisch, dann jedoch zuckte er mit den Schultern und meinte, „Von mir aus. Wenn Sie unbedingt meinen.“ Er griff nach einem Smartphone, das auf dem Tisch lag und tippte darauf herum.

„Er müsste doch in meiner Anrufliste gespeichert sein“, murmelte er. „Da ist er ja. Schauen Sie: 27. Mai. Das ist Harveys Nummer. Da haben wir zum ersten Mal telefoniert.“

Renie studierte die angezeigte Nummer und nickte dann. „Das ist seine Festnetznummer. Sie steht in den Polizeiakten.“

„Am Freitag haben wir uns dann getroffen. Bei ihm zuhause. Und er hat mir den ganzen Dreck erzählt, der hinter den Kulissen von dem ach so piekfeinen Club vorgeht.“ Während Foster wiederholte, was John bereits aus Renies Dossier wusste, begannen seine Eingeweide, sich wieder auf höchst unangenehme Art zu regen.

„Verzeihen Sie. Dürfte ich Sie fragen, wo ich die Toilette finde?“, presste er heraus.

„Ich zeig sie Ihnen. Mann, Sie schauen ja auf einmal gar nicht fit aus.“

Foster wies ihm den Weg zu der kleinen Nasszelle. Erleichtert schloss John die Tür hinter sich und ließ sich auf der schon leicht ramponierten Schüssel nieder. In Gedanken belegte er den Wirt des Pubs in Tintagel mit ein paar unfreundlichen Ausdrücken. Wegen des Mittelaltereintopfs lagen mittlerweile sicher schon etliche Festivalbesucher darnieder. Als ihn ein heftiger Schmerz durchzuckte, krümmte er sich unwillkürlich zusammen. Aus dem Augenwinkel bemerkte er dabei etwas Rotes, das unter dem Waschbeckenschrank lag. Als er wieder Luft bekam, sah er nochmal hin. Es war eine Spange. Ihm schoss durch den Kopf, wo er zuletzt genau so einen Haarschmuck gesehen hatte: Im Fell der beiden Yorkshire Terrier auf dem Löseplatz der Hundemesse. Was zum Teufel hatte eine solche Spange hier im Haus von Jake Fosters Schwester verloren?

Kapitel 21

Er rollte etwas Papier von der Klorolle ab, faltete es und hob das rote Plastikteil damit vorsichtig hoch. Als er ein daumenlanges, sehr feines Haar daran entdeckte, begann sein Herz noch heftiger zu klopfen. Für ihn sah das definitiv nach einem Hundehaar aus, das jedoch weder zu Riggs noch zu Murtaugh passte. Seine Gedanken rasten. Was sollte er tun?

Schließlich fischte er sein Handy aus der Hosentasche und wählte Simons Nummer.

„John. Was gibts?", fragte sein Cousin. Im Hintergrund waren zwei keifende Frauenstimmen zu hören. Dann das Zuklappen einer Tür.

„Hier herrscht gerade dicke Luft. Isabel und Emmeline beharken sich wieder mal. Und zwar wegen dir. Deine Mutter beschimpft Isabel in höchsten Tönen, dass du in deinem maladen Zustand nur wegen ihres – ich zitiere: Gigolos – den ganzen Tag Detektiv spielen musst und immer noch nicht Feierabend hast, obwohl alle anderen mittlerweile zuhause eingetrudelt sind. Isabel lässt sich das natürlich nicht gefallen und feuert aus allen Rohren zurück." Simon schnaubte. „Wenn es an einem Theater mal die Rollen als Elisabeth I. und Maria Stuart zu besetzen gibt, wären die zwei die beste Wahl –"

„Hör mir zu", unterbrach John drängend.

„Warum redest du so leise?", wollte Simon wissen. „Ich verstehe dich kaum."

„Dann spitz die Ohren." John verdrehte die Augen. „Ich sitze auf Jake Fosters Klo und habe hier etwas entdeckt."

„Ich wage gar nicht zu fragen, was es ist." Simon klang amüsiert.

John verlor allmählich die Geduld. „Verdammt, jetzt sei still und hör zu. Hier liegt eine Haarspange unter dem Schrank. Sie sieht exakt genauso aus wie die, die man bei Yorkshire Terriern oft auf dem Kopf sitzen sieht. Es ist ein Haar daran, das für mich so aussieht, als ob es aus einem Hundefell stammt."

Simon sog scharf die Luft ein. John seinerseits durchfuhr abermals ein brennender Schmerz. Er stöhnte unwillkürlich – und hätte sich gleich darauf ohrfeigen können: Durch den Luftzug war das Haar davongeweht worden.

„Gottverdammte Scheiße!", entfuhr es ihm in hellem Entsetzen.

„Was ist los, John?“, fragte Simon alarmiert. Unmittelbar danach hörte John seine Mutter. „Was ist mit meinem Jungen? Gib ihn mir, los.“ Simon beugte sich dem barschen Kommandoton.

„John? Geht es dir gut? Mein armer Junge, da hetzt diese Furie dich den ganzen Tag in der Weltgeschichte herum und dann bist du auch noch so schlecht beieinander. Ich sage, du kommst jetzt sofort nach Hause.“

„Das geht jetzt nicht, Mum –“

„Geht nicht, geht nicht. So ein Unsinn. Ihre Königliche Hoheit soll sich jemand anderen suchen, der für sie den Laufburschen spielt. Ich lasse mich jetzt von Maggie zu dir bringen und hole dich. Wo bist du?“

Müde ließ John den Kopf hängen. „Mum, wirklich. Es ist alles in Ordnung. Ich sitze bei Jake Foster auf der Toilette –“

„Ach, mein Ärmster! Ist es schlimm? Oh Gott, hast du etwa Blut im Stuhl?“

John widerstand der Versuchung, in den Waschbeckenrand zu beißen.

„Nein, Mum. Es ist nur eine kleine Darmverstimmung, weil ich etwas Falsches gegessen habe. Glaub mir. Es wäre wirklich unglaublich wichtig, dass du mich jetzt mit Simon sprechen lässt. Dann kann ich bald nach Hause kommen.“

„Na gut, wenn du meinst. Ich koche dir schon mal einen schönen Tee nach dem Hausrezept von Elsie, unserer Nachbarin. Der wird dir gut tun. Ich habe in der Nähe einen Kräuterladen gesehen, da hole ich gleich mal die Zutaten.“

„Ich danke dir, Mum.“

Endlich war Simon wieder am Apparat. Glücklicherweise hielt er sich nicht damit auf, den Zustand von Johns Verdauungsapparat zu diskutieren.

„Ich habe nachgedacht“, begann er sofort. „Ich denke, bei der aktuellen Indizienlage hätten wir Grund genug, die lokale Polizei einzuschalten. Aber bis wir eine DNA-Analyse des Haars kriegen, könnte es dauern –“

„Das Haar ist weg“, sagte John dumpf. „Es ist weggeweht und liegt jetzt irgendwo in diesem Badezimmer. Keine Ahnung, ob ich es wiederfinden kann.“

Nun war es an Simon, zu stöhnen. „Das ist ja zum Haare ausraufen.“ Er schwieg einen Moment. „Es hilft nichts, John. Die Zeit läuft uns davon und auf die Arbeit der hiesigen Polizei gebe ich ohnehin keinen Pfifferling. Es gibt nur einen Weg: Du musst Foster dazu bringen, die Entführung des Hundes und am besten auch gleich den Mord an Harvey zu gestehen."

John richtete sich auf seiner Schüssel kerzengerade auf.

„Wie bitte? Wie soll ich das machen?"

„Überrumple ihn, jage ihm Angst ein, mach was du willst. Du hast sicher schon eine Menge Agentenfilme gesehen. Da werden doch immer kreative Verhörmethoden gezeigt."

John schnappte nach Luft. „Von wegen Film. Ich glaube allmählich, ich bin im *falschen* Film."

„Dir fällt schon was ein. Und diese Konversation hat natürlich nie stattgefunden." Die Leitung war tot. John fühlte sich ebenfalls kurz davor.

Fünf Minuten später öffnete John die Badezimmertür, straffte sich noch einmal und marschierte zügig durch den Flur, bevor seine Courage ihn wieder verließ. Während er darauf gewartet hatte, dass sein Bauch sich beruhigte, hatte sich in seinem Kopf ein vager Plan gebildet.

Im Wohnzimmer saßen Renie und Jake Foster neben dem altersschwachen Riggs auf der Couch und streichelten beide das Tier. Murtaugh strich im Garten umher, wie John durch das Fenster sehen konnte. Er nahm wieder am Tisch Platz. Als Renie sich erkundigte, ob alles in Ordnung wäre, nickte er kurz.

„Mr. Foster", hob er dann an. „Ich kann verstehen, warum Sie Guinevere entführt und Harvey Reynolds den Erpresserbrief geschrieben haben."

Jake Foster erstarrte, seine Hand im Fell des Hundes. „Was … was reden Sie da, Mann?", stotterte er dann. Renie blieb der Mund offen stehen. Stumm blickte sie zwischen dem Tierschützer und John hin und her.

„Ihr Motiv ist klar", sprach John in aller Gemütsruhe weiter und nahm einen Schluck von dem inzwischen nur noch lauwarmen Tee. „Sie wollten Harveys Gemütslage ausnutzen, weitere Zwietracht im Zuchtverband schüren und damit genau zur großen Hundeschau in Newquay den ohnehin schon schwelenden Streit weiter anheizen. Harvey wäre bestimmt über kurz oder lang mit seinem Verdacht, dass jemand von den anderen Züchtern Guinevere entführt hatte, an die

Medien gegangen. Gerade in der angespannten Lage nach den Skandalen bei Crufts hätte das die Rassehunde-Szene weiter in Verruf gebracht. Aus der Warte des fanatischen Tierschützers keine schlechte Strategie."

Foster schluckte.

„Was ich nicht verstehe, ist, dass jemand wie Sie die kleine Guinevere einfach aussetzen konnte, neben einer Straße, wo sie jederzeit überfahren werden konnte. Völlig schutzlos. Den Elementen ausgesetzt. Das war wirklich verantwortungslos. Ein Verhalten, das um keinen Deut besser ist, als das, was Sie bei anderen immer so lautstark kritisieren."

Foster öffnete den Mund, aber John war mit wenigen Schritten beim Sofa und baute sich bedrohlich vor ihm auf.

„Behaupten Sie gar nicht erst, Sie wären es nicht gewesen. Ich habe im Bad den Beweis gefunden, dass Guinevere hier war." Er zog das Klopapierbündel heraus und schlug eine Falte zurück. Beim Anblick der Spange wurde Foster kreidebleich. Blitzschnell packte John sie wieder ein und setzte dazu, „Es ist noch ein Haar daran. Die Forensik wird keine Mühe haben zu beweisen, dass es von Guinevere stammt."

Renie gab ein ersticktes Geräusch von sich und rutschte abrupt auf dem Sofa zur Seite, so als wollte sie Distanz zwischen sich und Jake Foster bringen.

John packte ihn jäh bei den Schultern. „Ich bin Mitglied einer Sondereinheit der Metropolitan Police. Und ich schwöre Ihnen: Wenn Sie nicht jetzt sofort auspacken, und zwar komplett, dann sorge ich persönlich dafür, dass Ihre Machenschaften an die Öffentlichkeit kommen. Ich nehme an, Sie können sich vorstellen, was das für Ihre Tierschutzorganisation bedeutet. Wenn den Menschen klar wird, dass Leute wie Sie, die sich auf die Fahnen geschrieben haben, das Leben jeder Kreatur wertzuschätzen, über Leichen gehen und sich in Wirklichkeit einen feuchten Kehricht um die Tiere scheren."

John trat einen Schritt zurück und zeigte anklagend mit dem Finger auf Foster.

„Mit Ihren schändlichen Handlungen, Mr. Foster, haben Sie den Tieren und den *echten* Tierschützern einen absoluten Bärendienst erwiesen! Und damit haben Sie sich selbst entlarvt: Sie wollen in Wirklichkeit nur Ihre eigene Agenda verfolgen. Sie wollen Aufmerksamkeit und Sie wollen Ihre Hassgefühle auf gesellschaftliche

Gruppen ausleben, die Ihnen moralisch weit überlegen sind. Sie sind ein billiger Erpresser und wahrscheinlich auch noch Mörder."

Das war zu viel für Jake Foster. Er sprang auf.

„Ich bin kein Mörder!", brüllte er. „Und ich hätte Guinevere nie ausgesetzt. Das war Winnie. Nachdem ich Guinevere aus einer total spontanen Idee heraus aus Harveys Haus entführt hatte, hat sie mir erlaubt, sie hier zu verstecken. Aber nach Harveys Tod bekam sie Panik. Wir haben gestritten. Sie hat gesagt, wenn man den Hund hier findet, dann ist die Kacke am Dampfen. Sie muss an die Kinder denken. Und dann hat sie Guinevere einfach weggebracht, als ich geschlafen habe."

Er schien in sich zusammenzufallen. Schwer plumpste er zurück auf die Couch und sah Renie beschwörend an.

„Du darfst nicht schlecht von mir denken. Ich wollte wirklich nur das Beste –"

Renie biss sich auf die Lippen. Sie schien mit den Tränen zu kämpfen. „Du bist das Hinterallerletzte", brachte sie heraus. „Und ich bin eine selten blöde Kuh, dir dein ganzes Geschwafle abzunehmen. Da sitze ich hier mit dir, Stunden um Stunden und höre mir deine Stories an, wie schlimm die Zustände in der Rassehundezucht sind und dass man etwas tun muss, um die Tiere zu schützen. Ich war gerührt, weil du dich so goldig um Murtaugh und Riggs kümmerst. Und während dieser ganzen Zeit war Harveys Hund hier direkt vor meiner Nase versteckt." Sie schüttelte fassungslos den Kopf.

„Meine Schwester war mit ihr weggefahren. Ich hatte ihr noch Bescheid geben können, bevor wir am Montag hierher gekommen sind", murmelte Foster beschämt.

„Hattest du die ganzen Geschichten, die dir Harvey angeblich anvertraut hat, auch alle erfunden?", fragte sie erbittert.

„Nein! Das hat er mir alles wirklich erzählt, über Kenwyn Deveril und Diane Douglas und all die anderen, wo er mir die Namen noch nicht verraten wollte. Echt, du musst mir glauben!"

Renie schlug sich eine Hand vor den Mund. „Deveril! Oh mein Gott, er sitzt im Knast, weil die Polizei glaubt, er hätte Guinevere entführt und den Erpresserbrief geschrieben. Weil deine Schwester den Hund ausgerechnet in der Nähe von Deverils Grundstück freigelassen hat. Und wegen Harveys Vorwürfen der Bestechlichkeit, für die es aber auch keinen anderen Zeugen als dich gibt. Der einzige andere

Verdachtsmoment ist das Telefonat zwischen Deveril und Harvey am Abend seines Todes.“ Ihre Faust ballte sich.

„Du elender Mistkerl. Du und Winnie, ihr habt den armen Deveril als Sündenbock der Polizei zum Fraß vorgeworfen. Herrgott, hast du überhaupt kein Gewissen?“, schrie sie ihn an.

Foster schrak zurück. Offenbar befürchtete er, Renie wolle ihn tatsächlich schlagen. Riggs ließ ein lautes Knurren hören und zog die Lefzen hoch. Offenbar sah er die Notwendigkeit, sein Herrchen so gut er konnte gegen die unliebsamen Besucher zu verteidigen. John war froh, dass Fosters Schwester nicht ein Paar muskelbepackter Kampfhunde ihr eigen nannte.

„Es war gar nicht meine Absicht, Deveril reinzureiten. Das hat sich irgendwie so ergeben. Winnie hatte ganz allein die Idee, den Hund genau bei seinem Anwesen rauszulassen, weil die Bullen ihn sowieso schon im Verdacht hatten“, protestierte Foster.

„Das hat sich irgendwo so ergeben, das hat sich irgendwie so ergeben“, äffte Renie ihn in beißendem Ton nach. „Gott, wie ich das hasse, wenn einer nicht mal den Arsch in der Hose hat, die Verantwortung für seine Taten zu übernehmen. Jake, du bist echt eine ganz traurige Gestalt.“

Foster schwieg schmollend.

Nach einem Moment fragte Renie, „Hast du Harvey umgebracht? Sag die Wahrheit.“

Foster schüttelte emphatisch den Kopf. „Nein, das habe ich doch schon gesagt. Ich war scharf darauf, dass er mir möglichst schnell die ganzen dreckigen Details nennt und damit wollte ich an die Öffentlichkeit gehen. Das hätte einen Riesenwirbel gemacht. So, wie es ist, habe ich überhaupt nichts davon, dass er tot ist.“

Renie warf einen Blick zu John. Er nickte. „Ich glaube ihm. Diese ganze Inszenierung mit dem Kelch in der Höhle, das passt nicht zu seiner doch ziemlich kurzsichtigen Handlungsweise.“

Foster blickte erleichtert drein. Aber nur für einen Moment. Renie stand auf und befahl ihm barsch, „Schwing deinen Hintern hoch. Wir fahren jetzt auf der Stelle zur Polizei. Und du sagst alles aus. Wenn du Zicken machst, dann schwöre ich dir, ich mache dich öffentlich fertig. Und vergiss nicht, ich habe den *Guardian* in der Hinterhand.“

Nachdem sie diese Trumpfkarte mit offensichtlichem Genuss ausgespielt hatte, zog sie ihren Autoschlüssel aus der Tasche.

John, der eine stundenlange Vernehmung in einem stickigen Revier auf sich zukommen sah, fand sich trotz der spektakulären Entwicklung mit Grausen erfüllt. Da kam ihm ein Gedanke.

„Wie wäre es, wenn statt mir Tante Isabel und deine Mutter nach Bodmin mitfahren, Renie? Gemeinsam könntet ihr sicher Deverils Freilassung erwirken. Konfrontiert mit einer leibhaftigen *Dame Commander*, einer formidablen Staatsanwältin und der Presse muss selbst D.I. Brown einsehen, dass er die Anklage gegen Deveril fallen lassen muss."

Renies Augen leuchteten auf. „Das ist eine hervorragende Idee, John. Das machen wir."

Foster begann wie Espenlaub zu zittern. Fast hätte John einen Hauch von Mitleid mit ihm verspürt. Die Fahrt nach Bodmin, umgeben von der geballten Frauenpower des Mackenzie-Clans, würde sicher ein einschneidendes Lebensereignis für den jungen Mann werden.

Im Ferienhaus angekommen, erwarteten Tante Isabel und Maggie sie bereits gestiefelt und gespornt. Gleich auf der Rückfahrt hatte John mit ihnen telefoniert, während Renie den Wagen im Eiltempo durch die Stadt steuerte und Jake Foster im Rücksitz dumpf vor sich hin starrte. Er schien sich in sein Schicksal ergeben zu haben.

John übergab seiner Schwester die Spange, winkte dem davonzischenden Auto kurz nach und ging zum Haus. Pauline erwartete ihn in der Tür.

„Mein Held", sagte sie mit einem Lächeln und schloss ihn in die Arme.

„Lass uns gleich nach oben verschwinden. Ich will heute nichts mehr hören und nichts mehr sehen", raunte er in ihr Haar.

„Du musst unbedingt noch das Gebräu trinken, das Emmeline für dich angesetzt hat. Sonst ist sie zu Tode beleidigt", flüsterte sie zurück.

Da nahte seine Mutter auch schon. „Mein Junge! Du siehst ja ganz eingefallen aus. Aber jetzt hast du die Strapazen hinter dir. Komm rein und setz dich."

Ergeben trottete John hinter ihr her. Das Haus war von Barbecue-Duft durchzogen. Offenbar hatte Alan den Grill wieder angeheizt. John verspürte jedoch keinerlei Appetit.

In der Küche saß Simon und bestürmte ihn sofort mit Fragen.

„Lass ihn in Ruhe. Einmal muss Schluss sein“, fuhr Emmeline ihren Neffen an. „John hat jetzt Feierabend.“

Angesichts des ungewohnt scharfen Tons zog Simon es vor, die Unterlagen, die er vor sich ausgebreitet hatte, zusammenzukramen und sich zu trollen. Dankbar schlürfte John seinen Tee, wachsam beäugt von seiner Mutter. Pauline hielt schweigend seine Hand. Er war froh, nichts reden zu müssen.

„Danke, Mum. Und jetzt muss ich mich wirklich hinlegen“, sagte er, als der Becher leer war. „Ich bin fix und fertig.“ Er erhob sich, Pauline im Schlepptau.

„Ich könnte dir noch eine schöne Haferschleimsuppe zum Abendessen machen“, bot Emmeline an.

„Das ist sehr nett, Mum, aber ich möchte einfach am liebsten zwölf Stunden durchschlafen. Du tust mir den größten Gefallen, wenn du Renie davon abhältst, in unser Schlafzimmer zu stürmen, sobald sie aus Bodmin zurück ist. Egal, was es für Nachrichten gibt: Es reicht mir absolut, wenn ich sie morgen erst erfahre.“

„Recht so, mein Junge.“ Sie warf einen strengen Blick auf Pauline.

„Dass du ihn mir ja gut pflegst, meine Liebe.“

Das ließ Pauline sich nicht zweimal sagen.

Kapitel 22

Als John am nächsten Tag erwachte, fühlte er sich so, als könnte er Bäume ausreißen. Zu seinem Bedauern war Pauline schon aufgestanden. Kein Wunder, wie er mit einem Blick auf die Uhr bemerkte: Schon halb neun. Tatsächlich hatte er dreizehn Stunden wie ein Murmeltier geschlafen.

Pfeifend ging er wenig später die Treppe hinunter. Aus der Küche drang Gelächter. Offenbar herrschte beim Frühstück Hochstimmung. Auf dem Tisch standen zwei offene Champagnerflaschen. Als John eintrat, gab es ein lautes Hallo der gesamten Familie.

„Da ist ja der Mann, der den Tag gerettet hat.“ Ken Deveril stand vom Tisch auf und kam auf John zu, um ihm feierlich die Hand zu schütteln. Tommy, der seine Kamera griffbereit neben sich liegen hatte, beschloss, diesen erhabenen Moment festzuhalten und begann zu filmen.

„Ich danke Ihnen für Ihren großartigen Einsatz. Miss Renie hat uns schon in glühenden Farben geschildert, wie Sie das entscheidende Beweisstück gefunden haben –“

Nur dank dem vermaledeiten Mittelaltereintopf, dachte John im Stillen.

„– und diesen vermeintlichen Tierschützer dazu gebracht haben, alles zu gestehen. Damit haben Sie entscheidend dazu beigetragen, meine Freilassung herbeizuführen. Meinen tiefsten Dank noch einmal.“ Abermals schüttelte Deveril Johns Hand. Gleich darauf klingelte etwas in seiner Jackentasche. Deveril zog sein Handy heraus und runzelte die Stirn. „Trisha. Das Gespräch muss ich annehmen. Entschuldigen Sie mich.“ Er ging nach draußen.

„Das war schon ein Spitzenbluff, mit dem Hundehaar“, rief Renie ausgelassen. „Hätte ich dir gar nicht zugetraut, Onkelchen. Wo ich doch dachte, du wärst der schlechteste Schauspieler auf der Welt. Und wie du Jake dann immer weiter in die Enge getrieben hast, so richtig wie ein echter Cop. Echt cooler Auftritt.“

„Hört, hört“, rief Isabel und hob ihr Champagnerglas. „Auf unseren wandlungsfähigen John!“ Pauline reichte ihm ein Glas Orangensaft und alle prosteten ihm zu.

„Danke“, äußerte John etwas verlegen. „Ich … habe mir einfach vorgestellt, wie unser familieneigener Superintendent in so einer

Situation gehandelt hätte.“ Er deutete eine Verbeugung in Richtung seines Cousins an und fuhr fort, „Und ich muss auch sagen, dass es nicht meine Idee war, Foster an Ort und Stelle soweit unter Druck zu setzen, dass er gestand, sondern Simons. Und überhaupt meine ich: Wenn er nicht unsere gestrigen Aktionen geplant und die Fäden im Hintergrund in der Hand gehalten hätte, hätten wir auch keinen so glücklichen Abschluss gehabt.“

Simon lächelte geschmeichelt, als nun John seinerseits das Glas auf ihn erhob und der ganze Tisch ihm folgte. Dann huschte ein undefinierbarer Ausdruck über sein Gesicht. Er stand langsam auf und räusperte sich. Alle verstummten und blickten ihn erwartungsvoll an.

„Ähm. Ja. Ich danke euch. Und ich will die Gelegenheit ergreifen, euch zu sagen, dass ich die letzten Tage hier mit euch allen sehr genossen habe. Mir … ist klar geworden, wie wichtig die Familie für mich ist. Emmeline und James, ihr habt mir als Kind ein Heim geboten, als meine Eltern es … nicht mehr konnten.“ Johns Mutter traten prompt vor Rührung Tränen in die Augen und sie griff nach der Hand ihres Mannes.

„Maggie, David, John“, sprach Simon weiter, „ihr habt mich ausgehalten, auch wenn das manchmal sicher nicht einfach war.“

David sah aus, als wollte er etwas sagen, aber Annie trat ihm unter dem Tisch auf den Fuß und er klappte den Mund wieder zu.

„Tante Isabel, du kannst stolz sein, die Patriarchin dieses Clans zu sein und ich schätze mich glücklich, ein Teil davon zu sein. Auf uns alle.“ Ein drittes Mal klangen die Gläser.

Wenn das so weitergeht, dachte John amüsiert, dann hat der Großteil der Familie mittags schon einen in der Krone. Er war sicher, dass sein Cousin mit der ihm eigenen Gerissenheit die Gunst der Stunde und die heitere Stimmung nutzen würde, den Auftrag der Polizeipsychologin zu erfüllen. Und in der Tat: Geschickt bereitete der Superintendent den Boden, sein Anliegen loszuwerden.

„Es hat mir große Freude gemacht, euch bei der Ermittlung zur Seite zu stehen. Ihr wisst ja, dass ich mit Leib und Seele Kriminalermittler bin.“ Allseitiges wohlwollendes Nicken.

„Ich mache diesen Beruf nun schon viele Jahre und habe einen großen Erfahrungsschatz, möchte ich sagen. Aber: Man kann sich immer weiterentwickeln. Ich bin gegenwärtig dabei, mit einer Fachfrau im Yard meine Methoden zu optimieren und zu verfeinern und zusätzlich ganz neue Herangehensweisen ins Auge zu fassen.

Gerade auch für die Personalführung. Als Führungskraft hat man natürlich viel Verantwortung und möchte jedes Mitglied bestmöglich fördern, um mit dem gesamten Team möglichst effizient arbeiten zu können –“

David, dem der dritte Schluck Champagner wohl zu Kopf gestiegen war, platzte heraus, „Sag mal, willst du uns jetzt irgendein Managementtraining verkaufen, oder was?“

Simon lächelte. „Keinesfalls, David. Gib mir nur noch eine Minute, okay? Also: Wir entwickeln in meiner Abteilung neue Kommunikationsstrukturen, um unsere Abläufe weiter zu optimieren. Grundlage dafür ist eine vertiefte Selbstreflexion aller Beteiligten. Natürlich ist es mir ein Anliegen, als gutes Vorbild auf diesem Weg voranzugehen. Und deshalb möchte ich eine ungewöhnliche Bitte an euch stellen: Könnte mir jeder von euch – zumindest die erwachsenen Mitglieder der Familie – ein kurzes schriftliches Statement geben, was ihr für Schwächen und Stärken bei mir seht? Das wäre eine unschätzbare Hilfe für mich. So hätte ich gleich mal ein paar Ansatzpunkte, an denen ich arbeiten kann. Ihr kennt mich mein Leben lang und seid alle offen und ehrlich, das weiß ich. Wenn mir also jeder im Laufe des Tages einfach einen kleinen Zettel mit ein paar Stichpunkten geben könnte, wäre ich sehr dankbar.“

„Das finde ich hervorragend, Simon“, ergriff Maggie nach einem Augenblick überraschten Schweigens das Wort. „Lasst uns das doch gleich erledigen, bevor es wieder untergeht.“ Im Handumdrehen hatte sie Stifte und Notizzettel organisiert. Es herrschte Schweigen, während alle eifrig etwas hinkritzelten. Anschließend sammelte Maggie alle Papiere ein und überreichte sie Simon.

„Respekt, wirklich, Simon“, sagte sie warm. „Du überraschst mich, das muss ich zugeben. Ein sehr progressiver Ansatz. Er gefällt mir so gut, dass ich darüber nachdenke, in meinem Team in der Staatsanwaltschaft auch so etwas anzuleiern. Wir könnten uns viele Reibungsverluste sparen, wenn wir auf einer vertieften Basis zusammenarbeiten würden.“

„Für meine Firma wäre das sicher auch etwas“, stimmte Alan ein. „Bei der Kooperation zwischen meinen Softwareentwicklern ist manchmal auch noch Luft nach oben. Und erst recht zwischen Vertriebsleuten und Entwicklung –“

Die Gartentür öffnete sich und Ken Deveril kam wieder herein.

„Ich muss mich verabschieden. Ich werde auf der Messe gebraucht. Es gibt da unter den Züchtern eine prominente Dame, die offenbar ein wenig kapriziös ist und besonderer Aufmerksamkeit bedarf.“

„Kyla Macpherson“, entschlüpfte es John.

„Ah, ich sehe, es hat sich herumgesprochen.“ Deveril zuckte mit den Schultern. „Ich hatte mir schon gedacht, dass wir ihr Inkognito nicht wahren werden können. Nun, sei’s drum. Ihr Hund hat in seiner Klasse gewonnen und nun läuft er heute im Wettbewerb ‚Best in Group‘. Sie legt großen Wert darauf, ihm zuzusehen. Dabei ist sie drauf und dran, einige meiner Ehrenamtlichen zur Verzweiflung zu treiben. Ich muss sehen, was ich tun kann.“

„Ich komme mit dir, Ken“, entschied Tante Isabel.

„Aber meine Liebe, das musst du nicht. Du hast schon so viel getan“, protestierte Deveril. „Komm doch zusammen mit deiner Familie nach, wenn die Gala losgeht.“

„Nein. Erstens kenne ich Ms. Macpherson und ihre Launen und kann euch sicher im Umgang mit ihr unterstützen. Zweitens möchte ich noch ein, zwei Dinge zu Ende führen, die ich gestern begonnen habe. Und drittens freue ich mich, wenn ich Zeit mit dir verbringen kann.“ Sie schenkte ihm ein kokettes Lächeln.

„Ach, meine Liebe. Du bist wirklich überwältigend.“ Mit verklärter Miene geleitete Deveril sie hinaus.

„Maggie, bring mir mein Galakleid mit“, rief Isabel noch über die Schulter zurück, dann waren die beiden alten Herrschaften verschwunden.

„Da brat mir doch einer einen Storch“, brach es aus James heraus. „Das sieht ja fast so aus …“

„Als ob deine Tante, die älter ist als die Dinosaurier, auf ein amouröses Abenteuer aus wäre.“ Emmeline schürzte missbilligend die Lippen. „Die Frau schreckt wirklich vor nichts zurück.“

„Grandma, gehen wir wieder an den Strand?“, fragte Bella schnell, die nichts über derart peinliche Themen hören wollte.

„Ja, lasst uns alle gehen. Nutzen wir den herrlichen Tag, bevor wir nachher wieder in der Messehalle sitzen.“ Maggie stand auf und räumte geschäftig das Geschirr zusammen.

David trug einen verträumten Ausdruck im Gesicht. „Kyla Macpherson. Diesmal kriege ich ein Autogramm von ihr, das schwöre ich euch.“

Annie knuffte ihn. „Komm mit runter ans Meer. Da kannst du dich abkühlen, mein heißblütiger Romeo.“

„Ich möchte erstmal in Ruhe frühstücken“, sagte John, dem heute Morgen nicht einmal der Gedanke an die schottische Sängerin den Appetit verderben konnte.

„Ich mache dir Pancakes. Wir kommen dann nach“, sagte Pauline. Während sie am Herd werkelte, leerte das Haus sich schnell. Simon verschwand mit einem Ausdruck diebischer Freude im Gesicht in sein Zimmer. Renie blickte ihm nach und schüttelte den Kopf.

„Das glaubt doch kein Schwein, dass Simon so mir nichts, dir nichts einen auf Selbstkritik und persönliche Weiterentwicklung macht. Der hat uns sauber eingeseift.“ Sie setzte sich neben John und raunte, „Da ist doch was im Busch, oder?“

Oh, wie gern hätte John ihr von Simons Bredouille erzählt, in die er sich selbst hineinmanövriert hatte. Die Therapie, zu welcher der Superintendent auf Grund seines untragbaren Verhaltens gezwungen worden war und dazu noch der missglückte Versuch, die Psychologin zu täuschen. All das hätte für gehörige Erheiterung gesorgt. Aber er hatte seinem Cousin nun mal versprochen, diese unangenehmen Wahrheiten nicht preiszugeben. John seufzte und brummte, „Kein Kommentar“. Schweigepflicht war manchmal die Pest.

Nachdem John vier Pancakes verputzt hatte, lehnte er sich behaglich zurück und schenkte sich noch eine Tasse Darjeeling ein.

„Erzähl mal. Wie war es gestern bei der Polizei?“, forderte er Renie auf.

„Jake hat gesungen wie eine Nachtigall“, kicherte sie. „Er hatte soviel Angst vor uns dreien – vor allem vor Tante Isabel – dass er freiwillig in Untersuchungshaft geblieben ist. Wir hätten ja auch im Auto gar keinen Platz mehr für ihn gehabt, nachdem wir Ken Deveril gleich eingepackt haben. Inspektor Brown war sichtlich angefressen, als er ihn laufen lassen musste. Das war ein glorreicher Moment, sag ich dir. Und sogar noch rechtzeitig vor Redaktionsschluss.“

Sie hielt ihm triumphierend den heutigen *Guardian* vor die Nase. Ein kurzer Absatz im hinteren Teil vermerkte, dass der im Mordfall Harvey Reynolds beschuldigte Verbandsfunktionär Kenwyn D. auf Grund neuer Beweise wieder aus der Haft entlassen worden war. ‚Die Ermittlungen müssen neu aufgerollt werden‘, wurde D.I. Brown zitiert. Von Jake Foster kein Wort.

„Die Hundeentführung an sich ist ja vergleichsweise ein Bagatelldelikt, vor allem, da das Tier unbeschadet wieder freikam", erklärte Renie. „Ich denke, die Öffentlichkeit kann es verschmerzen, dass sie nicht darüber informiert wird, wer dahintersteckte. Damit würde der Ruf der Tierschützer in den Dreck gezogen und das möchte ich nicht. Ich finde deren Arbeit nach wie vor wichtig. Und letzten Endes haben wir es ja Jake mehr oder weniger versprochen, dass die Sache nicht breitgetreten wird, wenn er sofort auspackt. Er … ist wohl wirklich ein ‚fehlgeleiteter junger Mann', wie Tante Isabel von Anfang an gesagt hat." Sie legte die Zeitung weg. „Ich bin froh, dass das Kriegsbeil zwischen ihr und mir nun endgültig begraben ist. Sie ist so euphorisch, weil wir Deverils Freilassung erwirken konnten, dass sie mir verziehen hat."

„Das ist schön. Was hatte es denn mit dem Telefonat zwischen Harvey und Deveril am Samstag Abend auf sich?", fragte John.

„Es war ihm sichtlich peinlich, aber als ihm klar wurde, dass alle anderen Verdachtsmomente gegen ihn weggefallen waren, hat er doch ehrlich erzählt, worum es ging: Harvey hatte ihn am Freitag Mittag angerufen und gedroht, dass er eine Schmutzkampagne gegen den Verband führen würde, wenn er nicht mindestens die Yorkshire Terrier-Gruppe bei der Hundeschau gewinnt. Das Gespräch ist wohl ziemlich eskaliert. Am Samstag Abend wollte Deveril nach seiner Aussage Harvey nochmal kontaktieren, in der Hoffnung, dass er sich wieder beruhigt hatte. Er wollte ihm klarmachen, dass die Öffentlichkeit seit Crufts ohnehin kritisch gegenüber den Rassehunde-Wettbewerben ist und deswegen ein Skandal momentan verheerend wäre. Aber er sagte, Harvey hätte am Gespräch kaum Interesse gehabt. Er gab düstere Andeutungen von sich, von wegen, dass er sich nicht mundtot machen ließe, egal wie er unter Druck gesetzt werden würde. Im Nachhinein können wir uns denken, dass er damit auf die Hundeentführung angespielt hat, von der Deveril da noch gar nichts wusste. Harvey hat das Gespräch dann recht abrupt abgebrochen und noch einmal gedroht, dass der Verband sich auf harte Zeiten einstellen sollte."

„Aha. Deswegen wollte Deveril nichts darüber sagen. Offenbar will er auf Teufel komm raus vermeiden, dass auch nur der Hauch des Verdachts von Unbotmäßigkeiten auf seinen geheiligten Zuchtverband fällt." John rührte nachdenklich ein Stück Kandiszucker in seinen Tee.

„Und er hat befürchtet, dass die Polizei ihm erst recht ein Mordmotiv unterstellt, wenn er zugibt, dass Harvey ihm wirklich gedroht hat“, ergänzte Renie.

Pauline stellte die abgespülte Pfanne weg und setzte sich zu ihnen.

„Können wir nun noch irgendetwas tun, um Harveys Mörder zu finden? Oder überlassen wir es der Polizei? Wenn Inspektor Brown schon verspricht, die Ermittlungen neu aufzurollen, wird er diesmal wohl gründlicher nachforschen.“

„Bah“, ertönte es hinter ihnen. Simon war wieder in die Küche getreten. „Darauf würde ich nicht vertrauen. Dieser Brown ist und bleibt ein Esel.“

Renie grinste. „Wo du recht hast, hast du recht. Aber Tante Isabel scheint es nun auch egal zu sein, ob Harveys Mörder endgültig identifiziert wird oder nicht. Hauptsache, ihr lieber Ken ist wieder frei und die Hundeschau kann zu einem würdigen Ende kommen.“

„Oh“, meinte John erfreut. „Dann können wir unsere Mission ja als beendet ansehen –“

„Hey, ihr Stubenhocker“, rief Tommy aus dem Flur und kam gleich darauf in die Küche gelaufen. „Dad und ich haben das Beachvolleyballnetz aufgebaut und könnten noch ein paar Mitspieler brauchen. Kommt runter zum Strand.“

Paulines Augen leuchteten auf. „Volleyball! Der einzige Sport, bei dem ich in der Schule gut war. Das habe ich ja schon ewig nicht gespielt. Komm, John, lass uns mitmachen.“

„Cool. Was ist mit dir, Renie?“, fragte Tommy.

Sie schüttelte den Kopf.

„Egal, ob es Tante Isabel interessiert oder nicht – ich glaube, Tim O’Flanagan ist unser Mann und ich will noch ein bisschen über ihn recherchieren. Es wäre doch zu schön, wenn wir ihn dingfest machen könnten“, sagte sie.

„Und eine aufsehenerregende Schlagzeile dazu: ‚Investigativreporterin Maureen Hughes überführt eigenhändig den Gralsmörder von Tintagel‘“, meinte John mit milder Ironie.

„Das wäre nicht schlecht, oder? Also bitte, frönt ihr nur eurem Urlaubsvergnügen, ich bleibe an unserem Fall dran.“ Renie klappte ihren Laptop auf.

„Willst du dich uns anschließen, Simon?“, erkundigte sich John etwas bänglich. Er hoffte inständig, dass sein Cousin ablehnen würde. Mit seinem übersteigerten Ehrgeiz machte er aus jedem freundschaftlichen Spiel eine erbitterte Schlacht. Zu seiner Erleichterung hatte Simon andere Pläne.

„Ich möchte in die Stadt“, sagte Simon. „Ein schönes Souvenir für Patricia kaufen und einen gepflegten Happen essen. Ich treffe euch dann auf der Messe. Spätestens zu Isabels Ehrung bin ich da.“

Als John vor dem Haus auf Pauline wartete, die sich noch umzog, kam Simon heraus, die Schlüssel seines Jaguars in der Hand.

John konnte sich eine bissige Bemerkung nicht verkneifen.

„Das war ja ein genialer Coup vorhin, das muss ich dir lassen. Hast du genügend positive Aussagen von der Familie abgesahnt?“

Simon verzog den Mund zu einem wölfischen Grinsen. „Das kannst du laut sagen. Dazu bekomme ich von Tommy noch eine Kopie seines Videos von meiner kleinen Ansprache vorhin. Wenn die nicht der Beweis ist, dass ich ein Musterbeispiel an Introspektion, Sensibilität und wertschätzender Kommunikation bin … Nimm das, Dr. Amelia!“ Er ballte die Hand zur Siegerfaust und brauste davon.

Der Superintendent war noch nicht aufgetaucht, als das Showprogramm mit einer Vorführung der Rettungshundestaffel und einer Dog Dancing-Einlage zu Ende ging.

Das Publikum saß dicht gedrängt um den großen Show-Ring in Halle 1. Sämtliche anderen Ringe waren bereits abgebaut worden, da die hochkarätigen Wettbewerbe am heutigen Tag alle hier stattfanden. Die Sieger in den einzelnen Zuchtgruppen standen bereits fest.

Die Konkurrenz um den Titel ‚Best in Show‘ stand als nächstes auf dem Programm. Den offiziellen Abschluss der Veranstaltung würde die Ehrung von Tante Isabel bilden. Zum Galadinner danach in einem nahe am Messecenter gelegenen Hotel waren nur geladene Gäste zugelassen. Zu ihnen gehörten auf Isabels Wunsch auch Tim O’Flanagan und Percy Reynolds.

Ebenfalls am Ehrentisch sitzen würde dann der Besitzer oder die Besitzerin des Siegerhundes der Schau. Zu Johns grenzenloser Erleichterung kam Kyla Macpherson hierfür nicht in Frage, da ihr ‚Highland Beauty of Lomond‘ im Rennen um den Gruppentitel bei den Gesellschafts- und Begleithunden schmählich von einem Affenpinscher geschlagen worden war. Tante Isabel hatte berichtet, dass die Sängerin die Auszeichnung als Reserveanwärter für ihren Chihuahua mit erstaunlichem Sportsgeist entgegengenommen und der Besitzerin des Gewinners freundlich gratuliert hatte. Sie hatte Tante

Isabel sogar beste Grüße an ‚Jeanie' aufgetragen. So hatte sie Renie, die beim Clanfestival in Edinburgh für die Künstler zuständig gewesen war, zu deren gehörigem Verdruss stets genannt.

„Natürlich hat sie sich auch nach dir erkundigt, John", hatte Isabel vergnügt erzählt – mit einem vielsagenden Wackeln der Augenbrauen, das eindeutig an Groucho Marx erinnerte. „Ich habe ihr in glühenden Farben geschildert, was für ein schönes Paar du und Pauline seid. Daraufhin hat sie sich zügig verabschiedet und ist ohne viel Aufhebens verschwunden."

Trotz dieser Versicherung hatte John nervöse Blicke über die Reihen der Zuschauer schweifen lassen. Kylas attraktives Antlitz hatte er jedoch nicht entdeckt, so dass er sich allmählich entspannte.

„Ich danke allen, die sich an unserem bunten Programm beteiligt haben und viel Zeit und Mühe darauf verwendet haben, etwas für uns einzustudieren. Das Ergebnis war höchst sehenswert und zeigt die Vielfalt der Einsatzmöglichkeiten unserer vierbeinigen Freunde", schloss Ken Deveril den Showteil des Nachmittags ab.

„Bevor wir nun zum heißersehnten Höhepunkt kommen, nämlich der Kür des besten Hundes der gesamten Ausstellung, möchte ich noch auf ein trauriges Vorkommnis eingehen. Wie Sie ja alle wissen, hat uns eines unserer dienstältesten Verbandsmitglieder vor einigen Tagen auf tragische Weise verlassen. Harvey Reynolds' Tod hinterlässt eine große Lücke. Nicht nur bei uns als seinen Hundezüchterkollegen, sondern auch bei seinen Angehörigen und Freunden. Wir freuen uns besonders, dass sein Sohn Percival und sein guter Freund Tim O'Flanagan heute den Weg hierher gemacht haben. Mr. O'Flanagan hat zum Andenken an Harvey eine großartige Spendenaktion durchgeführt, von der er uns erzählen möchte."

Er winkte O'Flanagan nach vorn, der in seinem mittelalterlichen Outfit wie ein Fremdkörper auf der Hundemesse wirkte und für einige amüsierte Blicke sorgte.

„Harvey Reynolds", hob er an, „war für mich weit mehr als nur mein Geschäftspartner beim Mittelalterfest und Gralsrittersymposium in Tintagel – das im Übrigen ab sofort jährlich stattfinden wird und bei dem ich natürlich hoffe, Sie alle im kommenden Jahr zu sehen. Harvey und ich haben diese Veranstaltung zusammen aufgebaut und ich möchte die Sache in seinem Sinn weiterführen und ausbauen. Ich habe den Ehrgeiz, ein Festival auf die Beine zu stellen, das den Vergleich mit den größten dieser Art nicht zu scheuen braucht."

„Oh Mann“, flüsterte Renie. „Nicht mal hier kann er es lassen, Werbung für sich und sein Gralsritterdings zu machen. Was für ein skrupelloser Mistkerl.“

Auch Tante Isabel hob kritisch eine Augenbraue. O'Flanagan schien zu merken, dass er übers Ziel hinausgeschossen war, fand aber bemerkenswert geschmeidig zum eigentlichen Anlass zurück.

„Ich kann nur hoffen, dass mir das annähernd so gut gelingen wird wie dem Team rund um Mr. Deveril, das es hier in Newquay gleich bei der allerersten Auflage geschafft hat, eine herausragende Hundeschau auf die Beine zu stellen.“ Erstmals erklang Zwischenapplaus.

„Ein ganz herzliches Dankeschön an Mr. Deveril und *Dame Commander* Isabel Mackenzie, die es mir ermöglicht haben, am heutigen Tag hier bei Ihnen zu sein.“ Er nickte den beiden, die ihn links und rechts flankierten, zu.

„Ich darf sozusagen stellvertretend für Harvey hier stehen, der mir Mentor, Förderer, Gefährte und väterlicher Freund war. Ich weiß – und ich darf wohl mit Fug und Recht behaupten, dass ich ihn kannte wie kein zweiter – dass er seit Monaten darauf hingefiebert hatte, hier mit seiner über alles geliebten Guinevere von Camelot anzutreten. Am Namen seiner Hündin können Sie schon ablesen, dass es im Leben von Harvey Reynolds zwei Leidenschaften gab“, fuhr O'Flanagan fort. „Die Ritterwelt, die sich im Ideal von König Artus exemplarisch wiederfindet und seine Hundezucht. Und deshalb habe ich gern einen Gedanken aufgegriffen, der von Ms. Maureen Hughes vom Londoner *Guardian* stammt.“ Er drehte sich nach links und lächelte Renie an. Ihre Reaktion ähnelte eher einem Zähnefletschen.

„Zum Gedenken an Harvey haben wir auf unserem Symposium in Tintagel Spendenboxen aufgestellt. Den Betrag habe ich aus eigener Tasche aufgerundet und so sind 750 Pfund zusammengekommen. Was könnte eine bessere Hommage an Harvey sein, als diese Summe der Auffangstation zur Verfügung zu stellen, die Guinevere und die anderen Hunde so aufopferungsvoll umsorgt.“

Ken Deveril stupste Mr. Carter an, der neben ihm platziert war. Die Spendenübergabe erfolgte unter warmem Applaus. Danach übernahm Deveril nahtlos das Mikrofon, dankte Tim O'Flanagan für seine schöne Geste und ergriff die Gelegenheit am Schopf, das Engagement des Zuchtverbands für herrenlose Tiere herauszustreichen.

„Und so kämpfen wir für das Wohl aller Hunde, auch derer, die nicht das Glück haben, so liebevoll und artgerecht versorgt ihr Leben führen zu können wie das bei den Hunden all der Besitzer der Fall ist, die uns in den letzten Tagen hier so viel Freude bereitet haben."

John wechselte einen stummen Blick mit Pauline. Vor Beginn der Gala hatten beide mit Staunen beobachtet, wie ein großer apricotfarbener Pudel für den abschließenden Wettbewerb noch einmal in Glanzform gebracht worden war. Das Arsenal an Bürsten, Scheren, Kämmen, Haargummis und sonstigen Schönheitsutensilien, das die Besitzerin ausgebreitet hatte, hätte jeden Frisiersalon vor Neid erblassen lassen. Ob man die ausufernden Styling-Prozeduren, bei denen der Hund mit einer Engelsgeduld stillgehalten hatte, allen Ernstes als ‚artgerecht' bezeichnen konnte?

Kapitel 23

Vor Beginn der ‚Best in Show'-Konkurrenz gab es eine kurze Pause, in der es einen regelrechten Ansturm auf die Verpflegungsstände gab. Die Reihen der Zuschauer lichteten sich kurzzeitig erheblich.

„Ich hole mir einen Schokodonut", kündigte Bella an. „Will sonst noch jemand einen?" Außer John, dessen Eingeweide seit dem Mittagessen einen Rückfall erlitten hatten und spürbar übel gelaunt waren, verlangte die ganze Familie lautstark nach einem Fettkringel. Bella zählte die erhobenen Arme. „… zehn, elf, zwölf. Das kann ich ja gar nicht alles tragen." Schnell sprang David auf. „Ich begleite dich. Dann können wir noch etwas zu trinken mitbringen. Wer möchte welches Getränk?"

Mit der Flut der unterschiedlichen Bestellungen sah David sich schnell überfordert. Maggie verdrehte die Augen.

„Los jetzt, ich komme mit euch mit. Einer muss ja den Überblick behalten."

John lehnte sich in seinem Sitz in der ersten Reihe zurück und ließ den Blick müßig durch die Halle schweifen. Am Einlass des Showrings konnte er die sieben Hunde aufmarschieren sehen, die um die Krone des Show-Champions kämpfen würden. Gleich an erster Stelle der Pudel mit seinen eigenartigen Fell-Pompons, dahinter kam ein Hund, der an ein wolliges Lämmchen erinnerte. Ein Bedlington Terrier, wie Tante Isabel vorhin erklärt hatte. Der Affenpinscher war gerade einmal so groß wie der Kopf des Bernhardiners, der an Nummer Vier stand. Ein schokoladenbrauner Labrador und ein Irischer Wolfshund folgten. Der wuschlige Hund, der als letztes in der Reihe platziert war, kam John bekannt vor. Er sah genauer hin. Im selben Moment sagte Pauline, „Das ist ja Boomer. Kannst du dich erinnern, John? Isabel hat uns die Besitzerin am ersten Tag der Messe vorgestellt."

„Du hast recht. Sally … irgendwie. Die Frau mit dem Klickertraining."

„Genau. Der Hund ist wirklich süß. Ich freue mich, dass er es in die Endrunde geschafft hat", meinte Pauline. „Auch wenn es mir immer noch ein Rätsel ist, wie man so verschiedenartige Hunde miteinander vergleichen kann."

„Es geht immer um den individuellen Rassestandard“, sagte Renie und blickte von ihrem Handy auf, auf dem sie emsig herumgetippt hatte. Bei einem flüchtigen Blick sprang John der Beginn des Texts ins Auge. ‚Lieber Geoff‘.

Renie ließ die Finger noch einmal über das Display tanzen und steckte das Telefon dann weg. „Das Tier, das diesem am besten entspricht, gewinnt. Wie bescheuert und tierquälerisch manche von diesen Standards sind, darüber will ich mich jetzt und hier nicht weiter auslassen“, setzte sie mit einem Blick auf Tante Isabel leiser hinzu. Plötzlich stutzte sie.

„Das ist doch Inspektor Brown. Da drüben, in der zweiten Reihe. Und sein vertrottelter Constable ist auch dabei. Was machen die hier?“

John und Pauline sahen in die Richtung, in die Renie deutete.

„Momentan machen sie gar nichts“, stellte John fest. „Sieht aus, als ob sie ganz gemütlich dasitzen und auf den Beginn des Wettbewerbs warten.“

„Ob sie hier sind, um Ken Deveril im Auge zu behalten? Vielleicht glauben sie doch nicht wirklich an seine Unschuld“, spekulierte Pauline.

„Oder sie verfolgen eine andere Spur, eine, die auch in die Hundeszene führt. Es könnte ja sein, dass sie den Vorwürfen nachgehen, die Harvey Jake gegenüber geäußert hat.“ Renie beobachtete mit Argusaugen, was die beiden Beamten taten. Aber außer ein wenig im Ausstellungskatalog zu blättern, zeigten sie keinerlei Aktivitäten.

„Sagt mal, ist das Diane Douglas, die da vor ihnen sitzt?“, fragte sie auf einmal atemlos. „David hat mir einen Link zu einer Fotostrecke geschickt, wo sie zu sehen ist. Moment … Ha! Genau, das ist sie.“ Sie hielt John und Pauline ihr Handy vor die Nase.

„Das ist also das ‚rattenscharfe Gerät‘“, murmelte John.

„Wie bitte?“ Pauline sah ihn erstaunt an.

„Davids Worte“, beeilte er sich zu sagen. „Für meinen Geschmack ist sie viel zu … offensichtlich.“

Renie grinste. „Das kann ich mir schon vorstellen, dass die ihre weiblichen Reize zielgerichtet einsetzt. Seht euch diesen Rock an. Und wie sie da ganz pomadig in der ersten Reihe sitzt. Sie erinnert mich irgendwie an –“

„Sharon Stone“, platzte Pauline heraus.

„Ganz genau. Passt auf, wenn sie jetzt ihre Beine übereinander schlägt, dann kippen ein paar von den älteren Herren da unten freiweg um.“ Renie kicherte. „Kuckt mal, der alte Elliott kriegt auch schon Stielaugen.“

„Wenn die Polizei Ms. Douglas in Verdacht hat, sind sie schon wieder auf dem Holzweg“, bemerkte John. „Wenn ich David richtig verstanden habe, hat die Frau ein wasserdichtes Alibi für Samstag Nacht.“

„Dass diese Knallköpfe Harveys Mörder je finden, kann ich mir sowieso nicht vorstellen. Da müsste der Täter schon freiwillig hingehen und darum betteln, ein Geständnis ablegen zu dürfen“, ätzte Renie. „Für mich bleibt Tim O'Flanagan der Hauptverdächtige, auch wenn ich nichts direkt Belastendes über ihn auftreiben konnte. Aber er profitiert definitiv am meisten von Harveys Tod.“ Sie streckte den Hals. „Wo ist er überhaupt?“

Pauline schaute sich um. „Ich kann ihn nicht sehen. Wahrscheinlich ist er sich einen Imbiss holen gegangen. Harveys Sohn ist auch nicht hier. Aber wenn der Wettbewerb losgeht, sind sie bestimmt zurück.“

David kam mit einer Ladung Donuts zurück und verteilte sie schnell. Für sich selbst hatte er wie zu erwarten gleich zwei mitgebracht.

„Möchtest du nicht abbeißen? Er schmeckt himmlisch.“ Pauline bot John ihren Kringel an.

„Nein, danke. Ich glaube, ich hätte heute besse…r noch auf Schonkost setzen sollen“, antwortete John und rieb sich mit einer Grimasse über den Bauch. „Die vier Pancakes zum Frühstück und das Chili mittags waren wohl zu viel für meine lädierte Verdauung.“

Am gegenüberliegenden Ende des Showrings nahm der Richter seinen Platz ein, als Johns Magen so laut rumpelte, dass Pauline ihm einen besorgten Blick zuwarf.

„Gehts dir gut, John?“

Er wog unschlüssig den Kopf. „Ich bin mir nicht sicher. Ich glaube, ich sollte noch schnell einen Abstecher in Richtung Toiletten machen.“ Er gab ihr einen schnellen Kuss und stand auf. Durch die Menschenmassen, die nun beladen mit Sandwiches, Süßigkeiten und Getränkebechern zurück zum Ring drängten, bahnte er sich einen Weg. Im Gewühl bemerkte er nicht, wie jemand ihm verstohlen folgte.

Als er zehn Minuten später aus dem Herrenklo trat, hörte er über die Lautsprecher, wie Ken Deveril feierlich den Beginn des Wettkampfs um die Show-Krone verkündete. Der Gang, der vor ihm lag, war bereits menschenleer. Er hastete in Richtung des Rings und bog gerade um eine Ecke, als er zwanzig Schritte vor sich eine Gestalt mit leuchtend blondem Haar erspähte, die ihm vage bekannt vorkam. Sie drehte ihm den Rücken zu und hielt ein Mobiltelefon in der Hand.

„Kümmern Sie sich darum, Jill, und zwar pronto“, hörte er ihre unverkennbare Kommandostimme. Wie vom Blitz getroffen fuhr er zurück und trat eilends den Rückzug an. Kyla Macpherson! Sie trug offensichtlich eine Perücke, aber John war sich absolut sicher, dass sie es war. Wenn sie hier auf dem verlassenen Flur stand, konnte das nur eins bedeuten: Sie musste ihn beobachtet und sich dann an seine Fährte geheftet haben.

Grundgütiger, was wollte diese Frau nur von ihm? In Gedanken verfluchte er Renie, die beim Clanfestival in Kyla den Gedanken erweckt hatte, er wäre unsterblich in sie verliebt. Nun ja, es hätte damals auch nicht viel gefehlt und er wäre den Reizen des Folkmusik-Stars tatsächlich erlegen, wie er sich beschämt eingestehen musste.

Ihm brach der Schweiß aus. Was tun? Er wusste, dass es feige war, aber er wollte Kyla keinesfalls über den Weg laufen. Was für Szenen die temperamentvolle Schottin hinlegen konnte, das wusste er zur Genüge. Sollte er sich also im Klo verstecken? Irgendwann würde Pauline unruhig werden, wenn er nicht zurückkam und nach ihm suchen. Aber was, wenn sie auf Kyla traf? Die Vorstellung, dass sich zwei Frauen um ihn fetzten, ließ John zwar für einen Moment einen wohligen Schauer über den Rücken laufen, aber gleich darauf schalt er sich selbst. Diese Konfrontation wollte er Pauline definitiv ersparen.

Er lief an der Toilette vorbei in die andere Richtung, stets darauf gefasst, dass Kyla um die Ecke kam und die Verfolgung aufnahm. Er meinte, High Heels hinter sich zu hören und gab noch mehr Gas, wobei er sich mühte, möglichst geräuschlos aufzutreten. Unversehens fühlte er sich an die Sicherheitsschulungen bei der britischen Armee erinnert, die vor jedem Auslandseinsatz auf dem Programm gestanden hatten, selbst für die Angehörigen der Truppenbetreuung. Gott sei Dank war er in all den Jahren niemals, nicht einmal in Kabul, in die Lage gekommen, die Erkenntnisse aus Modulen wie ‚Unbewaffneter Nahkampf‘ und ‚Risikominimierende Rückzugstaktiken‘ in der Praxis zu testen. Ob ihm sein Knowhow auf der Flucht vor einer nymphomanen Sängerin helfen würde, musste sich noch herausstellen.

Rechts von ihm tauchte eine zweiflügelige Tür auf, die nach seiner Einschätzung in Halle 2 führen musste. Er drückte die Klinke. Glücklicherweise ließ die Tür sich öffnen. Er huschte hindurch – und krachte jählings aufs Hinterteil. Ein gepfefferter Fluch entfuhr ihm und er rieb sich den schmerzenden Steiß. Offenbar war er auf einen kleinen Hunde-Spielball getreten, der unter ihm davongerollt war. Er rappelte sich auf und schaute sich schwer atmend in der Halle um, die vor einigen Tagen voll mit Verkaufsständen gewesen war. Nun standen hier nur noch die weißen Zwischenwände, welche die einzelnen Händler voneinander abgegrenzt hatten. Ansonsten zeugten nur noch ein paar Fetzen Papier, eine offenbar vergessene Hundeleine in Pink und ein leichter Geruch nach getrockneten Innereien von der großen Verkaufsausstellung.

John vernahm ein undefinierbares Geräusch und dann ein Röcheln, das ihm die Haare zu Berge stehen ließ. Vor seinem geistigen Auge tauchte Kyla wie eine geschmeidige Raubkatze auf, die sich zum Sprung auf ein schmackhaftes Beutetier bereit machte. Aber Unsinn – das Geräusch kam nicht von hinten, sondern aus den Tiefen der Halle. Dann hörte er Schritte auf sich zueilen.

„Oh, Gott sei Dank, da ist jemand! Bitte holen Sie Hilfe! Schnell!“

Vor ihm stand Percy Reynolds, mit verzerrtem Gesicht, blutbespritzt. Zwischen seinen Fingern, die er auf eine Wunde am Unterarm gepresst hatte, quoll es rot heraus. Er zog eine Spur von Blutstropfen auf dem Hallenboden hinter sich her.

„Du lieber Himmel! Was ist passiert?“ Schon hatte John die Hundeleine vom Boden gegriffen und schlang sie um Reynolds’ Arm.

‚Stark blutende Körperteile möglichst schnell abbinden‘, war ihm im Erste-Hilfe-Training eingebläut worden. Die Leine eignete sich hierfür bemerkenswert gut, stellte er dankbar fest. Harveys Sohn zitterte heftig und brabbelte etwas Unverständliches. John legte sich den unverletzten Arm des Mannes um seine Schulter und strebte zurück zur Tür. Nun hoffte er inständig, dass Kyla Macpherson dort draußen patrouillierte.

„Hilfe!“, brüllte er, sobald sie in den Flur hinausgetreten waren. Tatsächlich war gleich darauf das Klappern von Stöckelschuhen zu hören. Schon bog Kyla mit wehender Perücke um die Ecke. Er gab ihr nicht die Gelegenheit, etwas zu sagen, sondern rief ihr zu, „Schnell! Wir haben hier einen Verletzten! Holen Sie die Sanitäter!“

Ein Blick auf den blutbeschmierten Mann, der in Johns Arm hing, reichte. Die Sängerin machte auf dem Absatz kehrt und rannte in Richtung Show-Ring davon. John wusste, dass dort medizinisches Notfallpersonal postiert war. Da Percy Reynolds geisterhaft bleich war, hielt er es für besser, an Ort und Stelle auf Hilfe zu warten. Sanft ließ er den Verletzten zu Boden gleiten, so dass er mit dem Rücken an der Wand saß.

„Gleich kommt ein Arzt", versicherte er ihm. „Sagen Sie mir in der Zwischenzeit, was geschehen ist. Hast Sie jemand angegriffen?"

Reynolds nickte schwach. „Dieser Mittelaltertyp. Er hat gesagt, er will was mit mir besprechen, wegen dem Nachlass meines Vaters. Wir sind hierher, weil es hier ruhig ist. Und dann … hat er mir auf einmal irgendetwas Spitzes reingerammt, ich weiß gar nicht, was es war. Eine Schere oder so. Er wollte mich in den Hals treffen, glaube ich. Ich konnte ihn gerade noch abwehren." Er keuchte. „Und dann habe ich ihm die Waffe entreißen können und einfach blindwütig zurückgestoßen. Ich … glaube, ich habe ihn getroffen."

John sog scharf die Luft ein. „Ist Tim O'Flanagan noch da drin?"

„Ich weiß es nicht. Ich habe gehört, dass jemand in die Halle gekommen ist und bin einfach losgelaufen. Gut, dass Sie genau jetzt da waren. Ich hatte echt Todesangst."

John hörte in der Ferne eine Vielzahl von Schritten. Er stand auf.

„Bleiben Sie hier. Hilfe ist auf dem Weg. Ich schaue, ob ich O'Flanagan finden kann."

Er riss die Tür zu Halle 2 wieder auf und folgte der Blutspur. In dem riesigen Raum war es totenstill, daher fürchtete er, dass der Täter bereits das Weite gesucht hatte. Als sein Handy klingelte, fuhr er heftig zusammen. Im Display sah er ‚Simon'.

„Wir haben hier einen Notfall!", sprudelte John sofort heraus. „Percy Reynolds ist von Tim O'Flanagan verletzt worden, offenbar in tödlicher Absicht –"

„Was?", tönte es lautstark aus dem Hörer. „Das gibts doch nicht. John, du schilderst mir jetzt sofort, was da vor sich gegangen ist. Und zwar ganz genau."

John blieb stehen, wobei er ein wachsames Auge auf das Gewirr der verlassenen Verkaufsabteile behielt. Hier konnte sich leicht jemand verstecken und plötzlich hervorspringen. Hastig erzählte er Simon, was in den letzten dramatischen Minuten vor sich gegangen war. Dass er auf der Flucht vor Kyla Macpherson gewesen war, als er auf Percy

Reynolds traf, behielt er für sich. Das trug jetzt auch wirklich nichts zur Sache bei.

„Such sofort weiter nach O'Flanagan!", befahl Simon. „Er könnte in Lebensgefahr sein."

„Natürlich suche ich", brummte John und setzte sich wieder in Bewegung. „Aber wenn er Reynolds angegriffen hat und dann selbst in Notwehr verletzt worden ist, ist er ja auch irgendwie selbst an seinem Zustand schuld, würde ich sagen."

„Ist er ziemlich sicher nicht", bellte Simon. „Deswegen rufe ich ja an. Reynolds hat gelogen. Er war am Samstag Abend nicht bis zwei Uhr früh im Lokal. Er ist kurz nach elf gegangen. Er hätte ein Rendezvous, hat er behauptet. Ich verwette meinen A… – also zehn Pfund darauf, dass er in Wirklichkeit mit dem Giftbecher im Gepäck nach Tintagel gefahren ist."

John blieb wieder stocksteif stehen. „Woher weißt du das?"

„Tja, es gibt eben einen Grund, warum ich Superintendent bin und du nur Seelenklempner", sagte Simon leichthin. „Ich erkläre dir später alles, jetzt such schon endlich! Such!"

Pflichtschuldig trabte John los. Er kam sich vor wie ein Vermissten-Spürhund. Nur, dass es in diesem Fall keiner sensiblen Bluthundnase bedurfte, um den Ort der Attacke zu finden. Er folgte einfach der dunkelroten Spur auf dem Boden. Ein Verkaufsabteil nach dem anderen passierte er, wobei er kaum zu atmen wagte. Was würde er finden?

Mit einem Mal wurde der metallische Geruch des Blutes, der in der Luft hing, überwältigend stark. John würgte und schloss gleich darauf für einen Moment unwillkürlich die Augen, als er um eine weitere Trennwand herumging. Das Bild, das sich vor ihm ausbreitete, war verstörend. Tim O'Flanagan lag regungslos auf dem Rücken. Zwischen den Falten seines Wamses rann Blut heraus und durchtränkte den nachtblauen Umhang, der sich unter dem Bewusstlosen bauschte. Eine Schere mit langen, dünnen Klingen lag neben ihm. Genau so eine hatte John erst vor wenigen Stunden gesehen – in der Hand der Pudelzüchterin, die dem Fell ihres Tieres damit den letzten Schliff verpasst hatte. Percy musste die Schere heimlich aus ihrem Frisierkoffer genommen haben.

In seinem Kopf begann sich alles zu drehen und er stützte sich haltsuchend an der hölzernen Trennwand ab.

„John! Wo bist du?“, gellte ein Schrei durch die Halle. Renie. Er war zutiefst dankbar, ihre Stimme zu hören.

„Hier hinten! Bring die Sanitäter mit“, rief er zurück. Zumindest hoffte er, dass Tim O’Flanagan noch medizinische Hilfe brauchen konnte und nicht bereits ein Fall für den Pathologen war. Er kniete sich neben den Verletzten und presste beide Handflächen gegen die Stelle am Bauch, aus der das Blut rann. Erleichtert bemerkte er, dass O’Flanagans Augenlider flatterten. Ein leises Stöhnen war zu hören.

„Alles wird gut, Tim. Hilfe ist auf dem Weg“, versicherte John ihm und versuchte, einen überzeugenden Ton anzuschlagen.

„Das war knapp. Der Blutverlust ist hoch, aber die Klinge hat zumindest nach dem ersten Anschein nichts Lebenswichtiges getroffen. Der Mann hatte Glück, dass er dieses komische Outfit trug. Seine schweren Gewänder haben die Waffe nicht so leicht eindringen lassen. Und er hatte Schwein, dass Sie ihn rechtzeitig gefunden haben.“ Der Notarzt nickte John zu und stieg in den Rettungswagen. Percy Reynolds hatte einen Druckverband erhalten und die Order, baldmöglichst zum Nähen in die Ambulanz zu kommen. Auf Simons Befehl hin befand er sich jetzt bewacht von zwei Sicherheitsleuten der Messe im Organisationsbüro. Der Superintendent war vor wenigen Minuten angekommen. Nach einem kurzen Gespräch mit John, dem Notarzt und dem Chef der Security hatte er beschlossen, das baldige Ende der Messe abzuwarten.

„Wir wollen keinesfalls eine Massenpanik auslösen“, hatte er festgestellt. „Reynolds lassen wir jetzt erstmal eine Weile schmoren, nachdem er ja offenbar nur leicht verletzt ist – zumal er sich die Schnittwunde nach meiner Einschätzung selbst zugefügt hat, um den Verdacht von sich abzulenken. Ich verschaffe mir erstmal selbst ein Bild von der Lage und wir postieren einen Mann vor der Tür zu Halle 2. Sobald das Gros der Leute weg ist, lassen wir die Kriminaltechnik anrücken.“

Nun sah John dem blinkenden Krankenwagen nach. Er schnaufte tief durch und zog Pauline an sich, die nicht von seiner Seite wich, seit sie gemeinsam mit Renie und zwei Sanitätern am Tatort eingetroffen war.

„Alle waren ganz gebannt vom Geschehen im Show-Ring. Renie hat Kyla als einzige erspäht, als sie zum Show-Ring gerast kam und sie sofort erkannt. Als sie gleich darauf mit den Sanitätern wieder davon ist, sind wir ihr beide hinterher gefetzt“, hatte sie ihm ganz außer Atem erzählt. „Gott, ich hatte solche Angst, dass dir etwas zugestoßen ist.“ Damit war sie in Tränen ausgebrochen.

Nun standen beide engumschlungen auf dem überfüllten Parkplatz des Messegeländes. Die Sirene des Krankenwagens verklang in der Ferne und für einen Moment herrschte willkommene Stille. John spürte Paulines Herzschlag und merkte, wie das Adrenalin, das durch seine Adern gepulst war, abebbte.

Aus der offenstehenden Tür zur Messehalle hörten beide, wie Ken Deveril über das Mikrofon den Sieger des abschließenden Wettbewerbs verkündete.

„Der Titel ‚Best in Show‘ geht an den Labrador Einstein vom Maple Hill-Zwinger! Und damit hat die erste Hundeschau in Newquay einen herausragenden Gewinner.“

In der Halle brach tosender Applaus los.

„Und nun habe ich eine Pflicht und Ehre, die mir unermessliche Freude bereitet, meine lieben Freunde“, hörten sie Deveril weitersprechen.

„Ich fürchte, wir müssen wieder rein, John“, murmelte Pauline. „Isabels Ehrung dürfen wir nicht verpassen.“

John brummte etwas Zustimmendes und sie setzten sich in Bewegung. Als sie sich zu ihren Sitzen durchdrängten, ernteten sie fragende Blicke.

„Wir erzählen euch alles später“, raunte John. Renie, die gefolgt von Simon heraneilte, blieb neben dem Kameramann des Fernsehens stehen und winkte kurz herüber. Auch Tommy hatte dort Aufstellung bezogen, um den historischen Moment aus dem besten Blickwinkel zu filmen. Inspektor Brown und Constable Elliott saßen immer noch sichtlich ahnungslos im Publikum. Offenbar hatte sich bis jetzt niemand die Zeit genommen, die beiden über die dramatischen Geschehnisse zu informieren.

Ken Deverils Assistentin Trisha nahte mit einem riesigen Blumenstrauß und einer flachen Schachtel in der Hand. Deveril selbst postierte sich in der Mitte des Rings und winkte Tante Isabel zu sich. Mit einem schwanzwedelnden Walter bei Fuß schritt sie gemessenen Schritts und ohne ihre Krücke zu benutzen durch das Spalier, das die Teilnehmer des ‚Best in Show‘-Wettbewerbs für sie bildeten.

„In Vertretung unseres verehrten Landesvorsitzenden, der wegen anderweitiger Verpflichtungen heute nicht bei uns sein kann, darf ich eine Medaille überreichen, die äußersten Seltenheitswert besitzt", erhob Deveril die Stimme. „Zuletzt wurde sie vor elf Jahren verliehen. Es geht um die Ehrenplakette in Gold unseres Nationalen Zuchtverbandes, die ein Lebenswerk ehrt. Und ich meine, dass es keine würdigere Preisträgerin geben könnte als diese unvergleichliche Frau, die im vergangenen Jahr von der Queen persönlich in den Adelsstand erhoben wurde: Begrüßen Sie mit mir *Dame Commander of the British Empire* Isabel Mackenzie!"

Isabel lächelte gerührt über den frenetischen Applaus. Ihre kurze, aber pointierte Dankesrede endete mit der Aufforderung, „Meine lieben Freunde – lasst uns bei all unseren Bemühungen, die Zuchtstandards in unserem Land weiter zu entwickeln, nicht die Lebensqualität unserer Tiere vergessen. Jenseits von allem, was wir aus ästhetischen Gründen für wünschenswert halten, ist die Gesundheit und das Wohlergehen unserer Hunde das wichtigste Gut. Und zwar aller Hunde, ob sie nun einen Stammbaum haben oder nicht. Als Kreaturen wie als Gefährten sind sie alle gleich wertvoll, lasst uns das nie aus den Augen verlieren."

Sie machte eine kurze Pause. Es war nicht zu übersehen, dass in den Augen so manchen ehrgeizigen Züchters ob dieser frevlerischen Bemerkungen leichte Entrüstung stand. In Renies Augen jedoch glitzerten Freudentränen, als sie begann, frenetisch Beifall zu klatschen. Der gesamte Mackenzie-Clan stimmte mit ‚Bravo'-Rufen und Pfiffen ein und bald applaudierte die ganze Halle. Isabel hob die Hände wie ein Dirigent und es kehrte wieder Ruhe ein.

„Und deshalb spende ich das Preisgeld, das mit der Ehrenmedaille verbunden ist, unserem nationalen Tierschutzverband. Und ich hoffe, dass jeder von den Anwesenden, der ein kleines Scherflein beitragen kann, dies auch tun wird. An den Ausgängen sind Spendenboxen deponiert, deren Inhalt zu hundert Prozent an die *RSPCA* gehen wird. Damit das Leben aller unserer tierischen Freunde ein Stückchen besser werden kann!"

Sie nickte königlich in die Runde, küsste Ken Deveril geziert auf die Wange und schickte sich an, zu ihrem Platz zurückzukehren.

„Einen Moment, meine Liebe", stoppte Deveril sie. „Ich habe noch eine besondere Überraschung für dich. Und natürlich für Sie alle. Wie so mancher gemerkt hat, hatten wir unter unseren Teilnehmern eine sehr prominente Dame, die eine der angesagtesten Künstlerinnen des Landes ist. Sie stammt aus demselben schönen Landstrich wie du, Isabel. Und nun, meine wunderbare schottische Blume, wird sie zu deinen Ehren singen.“

In den Ring trat Kyla Macpherson, nun ohne Perücke und in Begleitung eines Dudelsackspielers. Pauline fasste unwillkürlich Johns Hand fester und ihr Gesicht verzog sich zu einer Gewitterwolke. Als die Sängerin jedoch ‚*O Flower of Scotland*‘ intonierte, verfiel auch sie dem Zauber von Kylas samtener Stimme. Auf Kylas Zeichen stimmte das Publikum in den Refrain mit ein, Isabel allen voran. Nur Emmeline hielt die Lippen störrisch aufeinandergepresst. Gott bewahre, dass sie die inoffizielle schottische Nationalhymne sang!

Kapitel 24

Kaum waren das musikalische Feuerwerk abgebrannt und Ken Deverils Schlussworte gesprochen, gab der Superintendent John gebieterisch Zeichen.

„Simon erwartet offensichtlich meine Anwesenheit zum Show-Down“, seufzte John. Pauline stand entschlossen auf. „Ich komme mit. Keine Diskussion.“ Sie wechselte schnell ein paar Worte mit Maggie und zog John dann hinter sich her.

Wenn Pauline befürchtet hatte, Kyla Macpherson werde wieder Jagd auf John machen, so konnte sie für den Moment beruhigt sein. Die Sängerin fand sich von einer Heerschar von Autogrammjägern eingekeilt, unter ihnen David an vorderster Front.

Auf der gegenüberliegenden Seite des Rings konnte John sehen, wie Simon kurz auf Renie einredete und beide gemeinsam dann auf die beiden örtlichen Polizisten zusteuerten. Diese jedoch waren aufgestanden und strebten jetzt den Besitzern nach, die mit ihren Hunden in der Endrunde gestanden hatten und jetzt mit ihren Tieren und den gewonnenen Preisen zurück zu ihren Vorbereitungstischen gingen. Renie und Simon nahmen die Verfolgung auf, wobei Renie ihren Bruder mit seiner Kamera hinter sich herzerrte. John und Pauline warfen sich einen fragenden Blick zu und drängten sich durch die Massen in dieselbe Richtung.

Gerade, als sie an der Bande ankamen, hinter der die Hundebesitzer Aufstellung genommen hatten, packte Inspektor Brown eine Frau am Arm und zog sie zu sich herum. Sally Wilcox!

Boomer, der sein Frauchen einem ruppigen Angriff ausgesetzt sah, knurrte vernehmlich. Nun hatten auch Simon, Renie und Tommy den Tisch der schottischen Züchterin erreicht.

„Was tun Sie da?“, fragte Simon mit schneidender Stimme. D.I. Brown ließ Sally Wilcox’ Arm los und wandte sich zu ihm.

„Mister, wir sind hier mitten in einer Polizeiaktion. Entfernen Sie sich. Zivilisten haben hier nichts verloren. Und Sie da, Sie machen auf der Stelle die Kamera aus!“, herrschte er Tommy an, der den Film unbeeindruckt weiterlaufen ließ. Browns Gesicht verfärbte sich scharlachrot. „Hauen Sie gefälligst alle ab! Sonst lasse ich Sie verhaften wegen Behinderung der Justiz!“

Mit einer geschmeidigen Bewegung holte Simon seinen Ausweis aus der Hosentasche und hielt ihn dem Inspektor ins Gesicht.

„Mitnichten, D.I. Brown. Wenn hier überhaupt jemand die Justiz behindert, dann sind Sie das mit Ihrer skandalösen Inkompetenz." Browns Augen weiteten sich. „Scotland … Yard?", krächzte er.

„Immerhin sind Sie des Lesens mächtig. Wer hätte das gedacht. Jetzt aber genug der Höflichkeiten. Sie erklären mir auf der Stelle, was Sie gerade mit dieser Dame vorhatten", befahl Simon streng.

„Das … äh … ist Ms. Wilcox. Sie steht in Verdacht, Harvey Reynolds getötet zu haben."

„Wie bitte?", kreischte Sally Wilcox. Boomer begann zu bellen. „Das ist ja –"

„Ma'am, bitte. Beruhigen Sie den Hund und beruhigen Sie sich", gebot Simon. „Ich möchte die konkreten Verdachtsgründe hören."

„Uns ist bekannt geworden, dass Ms. Wilcox bei der Hundeschau in Manchester betrogen hat. Sie hat dort zu Unrecht den Titel gewonnen. Das wusste auch Harvey Reynolds. Er drohte, damit und mit anderen Vorwürfen an die Öffentlichkeit zu gehen und deshalb hat sie ihn vergiftet." Inspektor Brown gestattete sich ein selbstzufriedenes Lächeln.

„Eine infame Unterstellung ist das!", schäumte Sally Wilcox. „Wie sollte ich denn betrügen? Und warum überhaupt? Boomer ist ein perfektes Exemplar eines Bearded Collies."

„Sie haben ihn operieren lassen. Und zwar am Schwanz. Dieser Hund hatte laut unseren Informationen den Hang, den Schwanz bei freudiger Erregung wie ein Schweinchen nach oben und über den Rücken zu beugen. Das ist laut Zuchtstandard nicht erwünscht. Durch einen unerlaubten chirurgischen Eingriff ist er jetzt nicht mehr dazu in der Lage." Brown steckte den Zettel weg, von dem er abgelesen hatte.

„Wir nennen diesen Körperteil die Rute, Sie … Ignorant", keifte Boomers Besitzerin. „Gut, ich gebe zu, dass er das als Welpe gemacht hat, aber das haben wir mit Klickertraining hingekriegt. Fertig."

„Ist das wahr, Sally?" Tante Isabel hatte sich von hinten genähert und der Auseinandersetzung offenbar gelauscht. Ken Deveril stand neben ihr und schaute höchst peinlich berührt drein.

„Ist das wahr?", wiederholte Isabel. Als ihre alte Freundin nichts sagte, wandte sie sich Simon zu. „Mit einer MRT-Untersuchung lässt sich nachweisen, ob eine Sehne durchtrennt wurde."

Sally Wilcox schien in sich zusammenzufallen.

„Das ist nicht nötig. Ich will nicht, dass Boomer diesem Stress ausgesetzt wird. Ich gebe es zu.“ Sie warf beide Arme in die Höhe, in einer Geste der Unschuld. „Herrgott, was hätte ich machen sollen. Boomer hat das Zeug zum Champion, aber wegen dieser bescheuerten Vorschrift hätte er keine Chance gehabt, einen Wettbewerb zu gewinnen. Nur wegen einer dummen Angewohnheit! Das ist doch … das musst du doch verstehen, Isabel.“

Isabel blickte sie mit versteinerter Miene an. „Es steht jedem frei, über Regeln zu diskutieren und gegebenenfalls dafür zu kämpfen, dass sie geändert werden, wenn sie nicht sinnvoll sind. Aber einfach zu tricksen – das kann ich beim besten Willen nicht gutheißen.“

Sally Wilcox seufzte missmutig. „Ist ja gut. Aber ich lasse mich jetzt nicht als Sündenbock hinstellen. Harvey habe ich nicht umgebracht.“

„Das ist richtig. Der Täter wurde nämlich bereits dingfest gemacht“, verkündete Simon und weidete sich an den dümmlichen Gesichtern der beiden Polizisten, die wie vom Donner gerührt dastanden. Aber auch Tante Isabel und Ken Deveril waren sichtlich vor den Kopf geschlagen.

„Ich denke, wir begeben uns alle ins Büro der Organisationsleitung und bringen die Geschichte zum Abschluss“, schlug Simon vor. „Dann kann die hiesige Ordnungsmacht den Mörder gleich hinter Schloss und Riegel bringen.“

Im Gehen schnappte Ken Deveril sich noch den Pokal für den Sieger in der Gruppe der Hütehunde von Sally Wilcox’ Tisch.

„Nachträglich disqualifiziert“, befand er, wandte sich ab und bot Isabel den Arm.

„Wieso werde ich hier festgehalten?“, murrte Percy Reynolds, als sie das Organisationsbüro betraten. „Was soll das hier sein? Erst werde ich als Ehrengast zu dieser Sause eingeladen, dann werde ich von einem Verrückten angegriffen und komme gerade noch mit dem Leben davon. Und schließlich werde ich genötigt, hier von zwei Gorillas bewacht zu sitzen anstatt mich zusammenflicken zu lassen.“

„Percival Reynolds, es besteht der dringende Tatverdacht, dass Sie Ihren Vater Harvey Reynolds mit Hilfe eines Pestizidcocktails vergiftet und seinen Geschäftspartner Tim O’Flanagan in tödlicher Absicht angegriffen haben. Sie haben das Recht …“ Unter dem widerwillig bewundernden Blick von Constable Elliott ratterte Simon die Rechtsbelehrung herunter und fügte dann hinzu, „Leugnen ist zwecklos. Wenn Sie zügig ein Geständnis ablegen und damit die finanziellen und Personalressourcen Ihrer Majestät schonen, können Sie mit einem milderen Urteil rechnen und der Unterbringung in einer angenehmeren Haftanstalt. Vielleicht können wir sogar eine für Sie finden, wo Sie Ihre kulinarischen Talente zur Geltung bringen können. Ihr Perlhuhn mit Pak Choi ist übrigens ein Gedicht." Er spitzte verzückt die Lippen und fuhr dann fort, „Ich hatte heute das Vergnügen, es zu probieren. Und danach habe ich mich mit Ihrem Sous-Chef, Mr. Piotr Gregorowicz unterhalten."

Ein Muskel in Reynolds' Gesicht zuckte. Simon nahm es siegesgewiss zur Kenntnis.

„Ich traf ihn in dieser kleinen Gasse hinter dem Restaurant an, wo er sich gerade einen in seinen Augen wohl sauer verdienten Joint anzündete –"

„Dieser Narr", entfuhr es Reynolds. „Tausendmal habe ich ihm gesagt, dass er die Finger von dem Zeug lassen soll."

„Deshalb hatte er offenbar auch gewartet, bis Sie gegangen waren", gab Simon trocken zurück. „Nachdem ich ihm versichert habe, dass ich zwar Kriminalbeamter bin, aber durchaus bereit wäre, ein Auge zuzudrücken, hatten wir dann ein sehr aufschlussreiches Gespräch. Im Verlaufe dessen hat der gute Mr. Gregorowicz mir Folgendes mitgeteilt: Sie waren am letzten Samstag Abend nicht bis zwei Uhr früh in der Küche, sondern sind schon wesentlich eher gegangen. Früh genug, um nach Tintagel zu fahren und den Kelch mit dem Gift in der Höhle zu deponieren. Korrigieren Sie mich, wenn ich falsch liege, aber ich gehe davon aus, dass sie Ihrem Vater irgendeine Form von Nachricht zukommen haben lassen, die diesen dorthin lockte. Da Sie Surfer sind, haben Sie sich vermutlich in Ihren Neoprenanzug geworfen und Ihr Board am Strand deponiert. Falls Sie jemand gesehen hätte, hätten Sie vorgeben können, einen nächtlichen Wellenritt genießen zu wollen. Keine Sorge, wir werden Ihr Surf-Equipment genauestens untersuchen. Anhand der spezifischen Mikroorganismen, die es in der Höhle und der Bucht gibt, dürfte es kein Problem sein nachzuweisen, dass Sie dort waren. Wir bei der Metropolitan Police haben heutzutage Möglichkeiten, das können Sie sich gar nicht vorstellen."

John meinte einen Anflug von Panik in Reynolds' Augen zu erkennen. Simon sprach unbarmherzig weiter.

„Sie haben in der Höhle versteckt ausgeharrt, bis Harvey kam und das Gift zu sich genommen hat. Nachdem Sie sicher waren, dass Ihr Unternehmen von Erfolg gekrönt war – wenn ich das mal so zynisch sagen darf – sind Sie in aller Ruhe zurück nach Newquay gefahren und zu Ihrer üblichen Zeit zuhause angekommen."

Reynolds sah aus, als müsste er sich gleich übergeben, dennoch gab er sich noch den Anschein der verfolgten Unschuld.

„Warum hätte ich das tun sollen? Wegen der alten Hütte meines Vaters? Die ist doch nichts wert. Aber dieser O'Flanagan – der hat den fetten Reibach gemacht. Ihm gehört jetzt die Firma, die mein Vater aufgebaut hat. Da hat der gute alte Dad wirklich eine Schlange an seinem Busen genährt."

„Und das war es, was Sie nicht ertragen konnten." Simon nickte nachdenklich. „Ich kann das sogar verstehen. Ein Leben lang keinen Draht zum eigenen Vater zu haben, das tut weh. Immer hintenan stehen zu müssen, weil seine wahren Leidenschaften alles dominieren. Seinem Unverständnis, seiner schon fast Abscheu gegenüberzustehen, weil man selbst diese Passion nicht teilt. Die Kälte aushalten zu müssen. Mit ansehen zu müssen, wie die eigene Mutter vor dieser Gefühllosigkeit kapituliert und selbst allmählich erstarrt. Die Einsamkeit …" Simon verstummte und fuhr sich mit der Hand über die Augen.

Percy Reynolds Körper erbebte. Ein Schluchzen füllte den Raum, in dem alle den Atem angehalten hatten.

„Es war die Hölle", brach es aus ihm heraus. „Vierundzwanzig Stunden am Tag ging es nur um seine Hunde oder um seine Besessenheit mit dem Gral. Seit meiner Geburt. Percival ließ er mich taufen. Percival, der den Heiligen Gral findet und sein Hüter wird. Damals hatte er noch Hoffnungen in mich gesetzt, wie man sieht." Voll Bitterkeit sprach er weiter.

„Aber ich konnte mich weder für seine Köter begeistern noch für das ganze Ritterzeugs. Damit war ich für meinen Vater praktisch gestorben. So schnell ich konnte, bin ich von zuhause weg. Ich wusste, Mum würde den Absprung schaffen. Ich habe meinen Weg gemacht. Ich war erfolgreich. Und trotzdem hat es mich irgendwie wieder hierher zurückgezogen. Vielleicht habe ich gehofft, dass es bei mir so sein könnte wie bei meinem Namenspatron. Im ersten Anlauf war es ihm auch nicht vergönnt, den Gral zu finden, aber nach vielen

Irrwegen ist er doch auf der Gralsburg angekommen und hat den Fischerkönig erlöst." Er schüttelte trostlos den Kopf.

„Ich bin nicht so weit gekommen. Monatelang habe ich versucht, den Mut aufzubringen, meinen Vater zu besuchen oder wenigstens anzurufen. Extra für ihn hatte ich aus Israel einen Kelch mitgebracht, den ich ihm schenken wollte. Das Ding hat mich einen halben Monatslohn gekostet, aber ich dachte, vielleicht hat er Freude daran. Als er sich genau an meinem Geburtstag bei mir meldete, konnte ich es gar nicht glauben. Ich … hätte weinen können vor Freude. Aber nach ein paar Sätzen war klar, er wollte mir gar nicht gratulieren. Er hatte gar nicht daran gedacht, dass es mein Geburtstag war. Er wollte mir nur sagen, dass er auf einer großen Hundeschau in Newquay antreten würde und dass er hoffte, zu gewinnen. Und ich sollte doch zu der Schau kommen und ihn anfeuern."

Er zupfte geistesabwesend an seinem Verband.

„Ich war am Boden zerstört, dass er mir nur wieder die Erfolge mit seinen gottverdammten Viechern unter die Nase reiben wollte. Ich antwortete, ich hätte keine Zeit für so etwas. Daraufhin sagte er nur noch einen letzten Satz zu mir, bevor er auflegte: Ich wäre eine endlose Enttäuschung für ihn und er wäre froh, dass er wenigstens eine Art Ersatzsohn hätte, der sein Lebenswerk weiterführen würde. Da hat sich in meinem Kopf eine Art Schalter umgelegt. Ich wollte ihn umbringen, ihn endlich aus meinem Leben auslöschen."

Im Raum herrschte Totenstille.

„Und was ich für ein ausgefeiltes Drehbuch dafür ersonnen habe", sprach Percy Reynolds mit einem Anflug von Stolz weiter. „Ich wollte einen Abgang inszenieren, der zu meinem Vater passte. Ein wichtiges Utensil hatte ich schon: den Kelch. Mir war sofort klar, dass der eine wichtige Rolle bei meinem Plan spielen musste. Dann suchte ich nach einem passenden Gift. Als Koch wären mir natürlich ein paar hübsche tödliche Mixturen eingefallen, aber ich wollte einen Bezug zu dieser ganzen irrwitzigen Hundewelt herstellen. Da fiel mir ein Artikel über den Giftmord an dem Setter in die Hände. Und schon hatte ich die richtigen Zutaten für meinen Cocktail."

John fühlte sich an einen Fernsehkoch erinnert, der seinen Zuschauern ein neues Rezept anpries.

„Dann schrieb ich eine schön kryptische Einladung. ‚Das Ende deiner Suche ist erreicht. Samstag Nacht, genau um halb eins in Merlins Höhle. Vernichte meine Botschaft.' Unterschrieben habe ich mit ‚A.‘. Mein Vater war verrückt genug, zu glauben, dass die Nachricht von Artus persönlich gekommen war. Ich fuhr Donnerstag Nacht nach Tintagel, parkte beim Friedhof, lief zum Haus und legte das Schreiben in seinen Briefkasten. Und was soll ich sagen – alles klappte wie am Schnürchen. Er kam pünktlich zur Höhle, las die Botschaft, die ich dazugeschrieben hatte – ‚Trink und du wirst leben‘, sogar eigens ins Lateinische übersetzt – und trank. Ich hatte ihn erfolgreich ins Jenseits befördert, oder wie mein Vater das sehen würde, nach Avalon."

Er atmete tief durch.

„Und ich hoffe, bei diesem unerträglichen Menschen, der sich hinstellt und damit brüstet, er hätte meinem Vater nahegestanden wie kein anderer, ist es mir auch gelungen. Allerdings musste ich improvisieren. Ich war erfreut über die gerechte Fügung, dass mir das Schicksal als Waffe ausgerechnet eine Hundefrisierschere in die Hände spielte. Aber dann mussten Sie", er warf einen anklagenden Blick zu John, „alles kaputtmachen, bevor ich mein Werk vollenden konnte. Wie ein Kretin, der den Ofen vor der Zeit öffnet und schon fällt das Soufflé in sich zusammen."

Bevor Inspektor Brown und Constable Elliott Percy Reynolds abführten, nahm Simon die beiden Beamten zur Seite. Verwundert, doch im Endeffekt hocherfreut nahmen die Polizisten zur Kenntnis, dass der Scotland Yard-Mann ihnen den gesamten Ruhm für die Festnahme überlassen wollte. Simon kündigte unverhohlen an, Tommys Video ihres neuesten Faux Pas, in dem sie im Begriff waren, Sally Wilcox als Mörderin zu verhaften, an die Medien zu geben, falls irgendetwas über seine Beteiligung an der Aufklärung des Mordes nach außen dringen würde. Allerdings war diese Drohung überflüssig: Die Gelegenheit, sich mit fremden Federn zu schmücken, ergriffen die hiesigen Ordnungshüter mit Freuden.

Nachdem sie zusammen mit dem mörderischen Koch den Raum verlassen hatten, kam Renie heran und streckte Simon die Hand hin.

„Gratulation. Das war echt ein starkes Stück. Ich hatte Percy überhaupt nicht in Verdacht. Wie bist du nur darauf gekommen, sein Alibi zu überprüfen?"

Simon zuckte mit den Schultern. „Jeder Spur nachzugehen – das nennt man saubere Ermittlungsarbeit."

Renie bemühte sich sichtlich, seinen oberlehrerhaften Ton zu überhören. „Und wie du ihn dann geknackt hast – das war unglaublich. Dieses Vater-Sohn-Drama, das du da skizziert hast. Reife Leistung.“

„Ja, ich habe zu all meinen anderen auch noch schauspielerisches Talent, nicht wahr?“ Simon schenkte ihr ein sardonisches Lächeln.

Nur John, der an das Gespräch zurückdachte, das er mit seinem Cousin am Strand geführt hatte, ahnte den Schmerz in Simons Augen. Weit in die Vergangenheit zurückreichend und doch immer noch gegenwärtig.

Müßig dachte er darüber nach, dass dieser Fall dank einer Darmverstimmung – Mordreds Rache! –, einer stalkenden Sängerin und den eigenen Kindheitserfahrungen des Superintendenten zum Abschluss gebracht worden war. Manchmal spielte das Leben wirklich merkwürdig.

Was niemand bemerkt hatte: Draußen am Fensterbrett saß ein Rabe, der allem Anschein nach dem Geschehen aufmerksam gelauscht hatte. Ein Rabe mit einer winzigen weißen Stelle auf der Brust. Nun erhob er sich krächzend in die Luft, drehte noch eine Runde über dem Messegelände und flog dann Richtung Stonehenge davon.

Epilog

Der sagenumwobene Nanteos Cup tauchte wenige Tage nach der Ausstrahlung von *Crime Watch* im Juni 2015 auf geheimnisvolle Art und Weise wieder auf. Wer für den Diebstahl verantwortlich war, bleibt bis heute ein Geheimnis.

Im Februar 2016 bekam die Öffentlichkeit erstmals das von *English Heritage* in Auftrag gegebene und von einem lokalen Künstler in den Stein gemeißelte Gesicht von Merlin zu sehen. Seither ziert es den Eingang der Höhle im Burgberg. Dass dies im Vereinigten Königreich nicht auf ungeteilte Zustimmung stieß, zeigt unter anderem die Tatsache, dass ein Teil der Nase des Zauberers wenig später von Unbekannten abgehackt wurde.

Auch die Statue eines Königs mit einem Schwert in den Händen wurde im Frühjahr 2016 in Tintagel enthüllt. Sie hat ebenfalls bereits für kontroversen Gesprächsstoff gesorgt, ist jedoch beliebtes Fotomotiv bei den Besuchern der Burganlage.

Crufts konnte 2016 zu seinem 125-jährigen Bestehen auf eine neue Rekordzahl an Teilnehmern zurückblicken. Für Aufsehen sorgte einmal mehr der Wettbewerb in der Rasse der Deutschen Schäferhunde. Gewonnen wurde er von einer Hündin, deren Körperbau mit seiner extrem stark abfallenden Kruppe zu einem bemitleidenswert schleppenden Gang führte. Dies führte zum Wiederaufflammen der öffentlichen Diskussion und zu Protesten Tausender Zuschauer.

Der Nationale Hundezuchtverband *Kennel Club* bestätigte auf Nachfrage, dass die Hündin alle Zuchtstandards erfülle.

****

Die Rezepte für Paulines legendäre Cookies finden sich auf der Webseite www.emma-goodwyn.com.

Printed in Poland
by Amazon Fulfillment
Poland Sp. z o.o., Wrocław

83291649R00155